讲述黄河故事
传承黄河文化

优秀文集

中共临汾市委党史研究室
临汾市地方志研究室 编著

方志出版社
Publishing House of Local records

图书在版编目（CIP）数据

讲述黄河故事　传承黄河文化优秀文集 / 中共临汾市委党史研究室（临汾市地方志研究室）编. -- 北京 : 方志出版社, 2022.4
ISBN 978-7-5144-4916-7

Ⅰ. ①讲… Ⅱ. ①中… Ⅲ. ①散文集－中国－当代 Ⅳ. ①I267

中国版本图书馆 CIP 数据核字(2022)第 082579 号

责任编辑：范静
责任校对：刘玉霞
责任印制：赵楚
出 版 者：方志出版社
地　　址：北京市朝阳区潘家园东里 9 号（国家方志馆 4 层）
邮　　编：100021
网　　址：http://www.zgfzcb.cn
发　　行：方志出版社图书营销中心（010-67110500）
印　　刷：山西德美文化产业发展有限公司
开　　本：787 毫米×1092 毫米　1/16
印　　张：30.25
字　　数：432 千字
版　　次：2022 年 4 月第 1 版
印　　次：2022 年 4 月第 1 次印刷
定　　价：198.00 元

《讲述黄河故事传承黄河文化优秀文集》

编审委员会

《讲述黄河故事传承黄河文化优秀文集》

编　辑　部

临汾市水系图

山西省自然资源厅 监制

审图号：晋S(2021)005号

黄河蛇曲国家地质公园（永和区）

2021年7月，中共临汾市委书记闫晨曦（左二）在永和县调研黄河乾坤湾景区建设、黄河流域保护工作，市委常委、秘书长郭行杰（左三）随行

2021年10月19日，市委书记闫晨曦，深入隰县、汾西县调研指导救灾重建工作，看望慰问受灾群众

2021年7月，中共临汾市委副书记、市长、市总河长李云峰（左二），在黄河第二大支流——汾河检查指导防汛工作

2022年6月，中共临汾市委副书记、洪洞县委书记黄巍（中）调研指导汾河流域生态治理和可持续发展战略推进情况

2021年10月，中共临汾市委常委、宣传部部长闫建国（左三）在蒲县调研爱心超市建设情况

2022年6月，中共临汾市委常委、组织部部长郝献民（右二）在吉县屯里镇就抓党建促基层治理能力提升进行调研

2022年2月，临汾市人民政府副市长王云（中）在乡宁县云丘山调研旅游业发展

2022年6月，临汾市人民政府副市长张潞萍（中）在隰县唐户塬智慧果园示范基地调研智慧农业项目建设

2021年10月，中指办党组书记高京斋在决赛颁奖现场对临汾团队给予高度评价

2021年10月，讲述大赛主评委、中央军委文工团专家薛勇老师高度评价临汾市讲述作品

2021年10月，中共临汾市委党史研究室（市地方志研究室）主任屈波（左三）带领讲述团队赴山东济南参加决赛

由中共临汾市委党史研究室（市地方志研究室）精心改编再创作的讲述作品《血铸的寨子》（原文作者许小根，讲述者白毛毛、宋昊），荣获全国一等奖

由中共临汾市委党史研究室（市地方志研究室）精心改编再创作的讲述作品《黄河边的歌声》（原文作者马毅杰，讲述者李泽凯），荣获全国二等奖

由中共临汾市委党史研究室（市地方志研究室）精心改编再创作的讲述作品《黄河奇兵葫芦队》（原文作者杨宇通，讲述者高志强），荣获全国二等奖

2021年10月，中指办、山西省地方志研究院领导与临汾市获奖团队合影

2021年10月，国家方志馆综合部负责人刘翔宇（中）为全国一等奖获得者颁奖

2021年10月，中共山西省委党史研究院（省地方志研究院）副院长焦永萍（右二）为全国二等奖获得者颁奖

2021年10月，中共临汾市委党史研究室（市地方志研究室）主任屈波（右三）为全国三等奖获得者颁奖

荣誉证书
HONORARY CREDENTIAL
临汾市委党史研究室
(临汾市地方志研究室):
荣获“讲述黄河故事、传承黄河文化”讲述比赛组织奖。
中共山西省委党史研究院
(山西省地方志研究院)
2021年8月28日

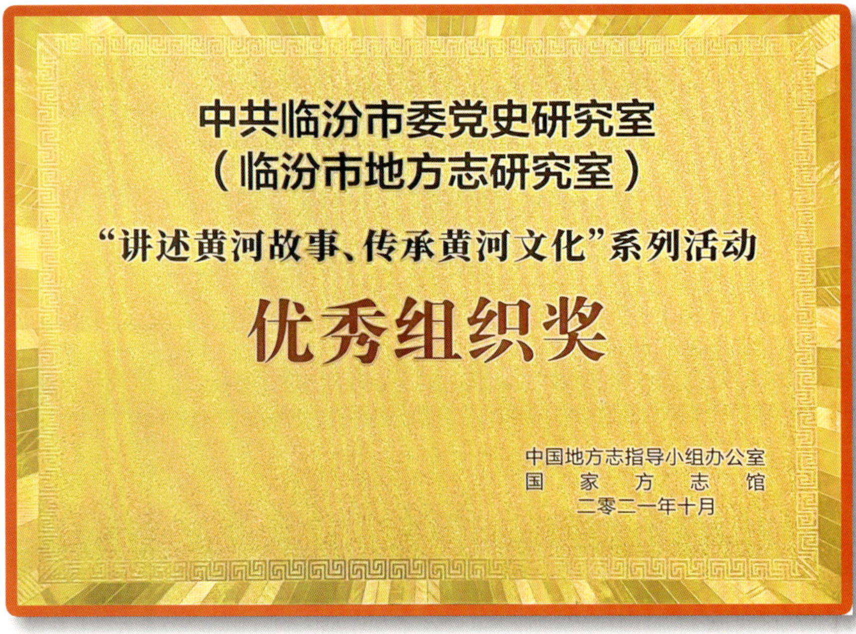
中共临汾市委党史研究室
（临汾市地方志研究室）
“讲述黄河故事、传承黄河文化”系列活动
优秀组织奖
中国地方志指导小组办公室
国家方志馆
二零二一年十月

前　言

“黄河之水天上来，奔流到海不复回。”黄河，是中华民族的母亲河，是华夏文明的摇篮。浩浩黄河水，滋养着一代又一代的中华儿女。临汾地处黄河中上游，千百年来，黄河以她博大的胸怀哺育着尧都大地，临汾人民在利用和保护母亲河的伟大实践中，创造发展了独具临汾特色的黄河文化。踏着新时代“黄河大合唱”的有力节拍，临汾在讲好黄河故事、弘扬黄河文化的征程上步履铿锵，坚定豪迈。

党的十八大以来，以习近平同志为核心的党中央高度重视黄河保护和黄河文化的传承。习近平总书记多次亲临视察黄河，就推进黄河流域生态保护和高质量发展作出重大部署。深度挖掘黄河文化的精神内涵，才能深刻领悟黄河文化的博大精深，才能更好地坚定文化自信。为此，中共临汾市委党史研究室（临汾市地方志研究室），紧紧抓住中国地方志指导小组办公室（以下简称中指办）开展“讲述黄河故事、传承黄河文化”系列活动的重大机遇，2020年5月，在全市党史方志文化系统迅速掀起系列活动的征文“风暴”行动，收到黄河故事征文300余篇，精心挑选报送中共山西省委党史研究院（省地方志研究院）100篇。其中，43篇获省级优秀征文奖，并被推送参加中指办评奖，3篇分获全国一、三等奖。在此基础上，精心创作打造的3部讲述作品在省内讲述大赛中全部获奖并代表山西省参加全国决赛。讲述团队以饱满热情参加中指办在山东济南举办的全国决赛，大赛分为线上线下两组进行，线下组设一等奖2名、二等奖5名、三等奖若干名，临汾市作品全部参加线下现场实拼，并全部摘得大奖：《血铸的寨子》荣获一等奖，《黄河奇兵——葫芦队》《黄河边的歌声》荣获二等奖。同时，临汾市委党史研究室（临汾市地方志研究室）荣获全国地级市唯一“优秀组织奖”。担任全国决赛主评委的中央军委文工团专家薛勇老师现场点评说：“一个地级市能够创作出这么好的作品，并能够有这样的讲述水平，确实是我没有想到的，这让我记住了临汾的故事，记住了临汾。”中指办党组书记高京斋说：“临汾的故事太感人了！我几次落泪，听得热血沸腾，相信大家都有同感。”

习近平总书记指出，文化自信是更基础、更广泛、更深厚的自信，是更基本、更深沉、更持久的力量。一个民族的真正复兴，也必然是民族文化的复兴。为此，在市委、市政府的重视支持下，决定编辑出版《讲述黄河故事、传承黄河文化优秀文集》，旨在通过看文章读故事得到激励和启示，在全方位推动临汾高质量发展中，更好地传承和光大黄河文化，守好全体中华儿女共同的心灵故乡，守住炎黄子孙共有的精神家园。

同时，将此优秀文集作为第三届大河文明旅游论坛礼品书籍向与会者赠阅交流，留存历史、激励当下，传承延续历史文脉，光大临汾厚重的黄河文化，为“中国根·黄河魂”文化旅游主题做好形象宣传，为彰显“母亲黄河、龙腾黄河、多彩黄河、生态黄河”的独特魅力贡献一份力量。

黄河是中华民族的摇篮，黄河文化是中华文明的根脉。九曲黄河塑造了中华儿女百折不挠、愈挫愈奋的性格特质，临汾人民也一样得到黄河文化的滋养与灌溉。勤劳勇敢、奋发图强的临汾人民将认真贯彻落实习近平总书记关于深入推进黄河流域生态保护和高质量发展重要讲话精神，踔厉奋发，担当作为，改革创新，久久为功，为建设黄河流域绿色崛起转型样板城市、打造晋陕豫黄河金三角区域中心城市目标而努力奋斗！

目　录

CONTENTS

前言 …… 001

热血豪情慨而慷

滚滚黄河见证八千晋人当红军 ……屈　波 003
吕梁精神代代传 ……宋　元 009
一张意外得来的精美图片 ……靳水旺 012
血铸的寨子 ……许小根 016
黄河奇兵——葫芦队 ……杨宇通 021
黄河岸畔的“轻骑兵”
——记抗战时期的吕梁剧社 ……张　艳 026
抗日救国旗帜在黄河两岸高高飘扬
——从瓦窑堡会议到洛川会议 ……崔梓童 034
一块银圆 ……张步军 040
黄河激浪中的一朵奇葩
——黄河仙子的传奇故事 ……李玉山 043
绿水青山金梦圆
——大宁人民治理黄河的故事 ……李玉山 048
“中国梨乡”闻名中外 ……王双定 055

黄河湾里果飘香 ……………………………………………………杜　萍 060
忠诚——信仰的力量 …………………………………………沈秀云 068
斩断黄河铁索桥　保卫陕北党中央 ……………………张凯红 071
东征村与乾坤湾 ……………………………………………梁　艳 075
红军东征的故事 ……………………………………………谢文静 079
红军东征在霍州 ……………………………………………晋文华 083
黄河儿女南下福建 …………………………………………张哲瑜 085
《黄河大合唱》诞生的故事 ……………………许小根　强爱武 089
英雄的临汾旅 ………………………………………………梁国璇 093
血染黄土坡 …………………………………………………党　源 098
最后一个军礼 ………………………………………………刘肖楠 101
阻止日军过黄河　打响午城大战 ………………………赵兵兵 104
让烈士的旗帜四季飘扬　让勇士的精神代代传承 ……宁晓琴 108
魂归太岳
——七里峪三眼窑十三烈士七十周年祭 …………邢立山 111
红军帽 ………………………………………………………白晓琴 125
穿越硝烟的歌声 ……………………………………………白毛毛 128
神龙渡河 ……………………………………………………杨青保 130
“李海水连”诞生记 ……………………………庄艳丽　崔梓童 133
在黄河拐弯的地方
——枣岭乡一日纪事 ……………………………陈　荣　陈正斌 138
壶口瀑布的来历 ……………………………………………白如冰 143
让壶口飞向世界
——纪念亚洲第一飞人驾小轿车飞越黄河壶口 ………陈保堂 148
浍河精神泽被后世 …………………………………………李普文 152
热火朝天的岁月
——下庄水库建设纪事 ……………………………………曹云平 158
晋商兴衰的见证 ……………………………………………许小根 162
黄河岸畔的脱贫攻坚战 ……………………………………李保成 165

黄河儿女多奇志

拳拳爱母心　黄河女儿情 ……………………………………刘鹏举 173
一位黄河女儿的拳拳之心
——记山西省隰县七里脚村第一书记李慧 ……………郝海军 177
黄河岸边的摩托声 ………………………………………岳方涛 184
黄河岸边一棵松 ……………………………翟颖頔　李小莉 190
汾西烈士李妙斋 …………………………………………韩　敏 193
爱国拥军模范郝英祥 ……………………………………王　军 195
英雄侦察兵张润兰 …………………………葛晨星　白晓琴 209
草根英雄来虎平 …………………………………………张瑞强 212
不为人知的地下交通员——王清堂 …………………樊苗金琴 218
渡过黄河天险的东征红军老战士刘江徐 ………………董双锁 222
壶口瀑布的守望者
——农民摄影师吕桂明 …………………………………崔家齐 225
黄河故事之烈士黄定基 …………………………………邓勇帅 230
践行承诺真帮扶　扶贫路上写初心
——我所经历的脱贫攻坚故事 …………………………王志军 236
在黄河泛滥中逃难至曲沃的抗日书记李顺天…………李普文 241
长眠于黄河壶口岸畔的革命烈士——樊耕农 ………李　宇　葛晓鑫 246
"山药蛋"派作家的抗日情怀
——西戎投笔从戎的红色人生 …………………………荀　莉 248
王光的故事 ………………………………………………李启洲 251
人祖山阻击战军官刘效曾与李晏仲轶事 ………………冯彦山 254
知青赵凤琴 ………………………………………………李翠竹 258
我陪西老到黄河壶口 ……………………………………翟耀文 261
黄河英雄儿女
——记汾东游击支队司令员景仙洲 ……………………张国富 264

巾帼英杰高梅子 ……………………………………郑 韬 273
铁骨铮铮乔贯五 ……………………………………王 晓 276
梨乡丰碑
——记2013年感动隰县十大人物李元生 ……………张朝霞 278
山 魂
——七里峪十三抗日烈士记 ………………………邢立山 288
被河水卷走两个女儿的老红军安庆英 ………………王小庆 291
你是黄河岸边最美的一朵梨花
——记全国五一劳动奖章获得者、隰县第一中学教师秦慧珍
……………………………………………王 军 299
一位县委书记和一个贫困山村的情结 ………陈 荣 陈正斌 314
白再兴 ………………………………………………许小根 317
无名老伯 ……………………………………………王 军 320
不忘初心敬先烈 牢记使命筑强国 …………………王 莹 322
把壶口推向世界的人 ………………………………段希白 324
黄河岸边绽放的女儿花 ……………………………段慧琴 329
折翼天使振翅飞 征战奥运扬国威 ………高强明 王陈红 333
母 亲 ………………………………………………王 煜 336
贴心帮扶显真情 多方举措助脱贫
——记隰县总工会派驻隰县阳头升乡居子村工作队队长张波
……………………………………………韩 蓉 339
侦察排排长张玉省 …………………………………李普文 342

诗情画意黄河图

黄河边的歌声 ………………………………………马毅杰 347
响彻黄河的威风锣鼓声 ……………………………张 旭 351
黄河赏湾 ……………………………………………马毅杰 356
天下黄河一壶收 ……………………………………王友明 363

吉县唢呐：兼具宫廷韵味与黄土风情 …………董文达 369
好大一道湾 …………王友明 372
寻黄河源　思大河魂 …………吕雨生 377
黄河安澜会有时 …………张　强 382
黄河颂 …………裴文花 386
黄河古渡——永和关 …………苏胜勇 390
龙行黄河乾坤美　天下永和中国梦 …………田永峰 397
黄河力量 …………杨逋峰 400
西望黄河 …………郭　林 404
在永和看黄河 …………乔斌斌 410
细探壶口瀑布 …………杨逋峰 413
黄河渡口师家滩 …………许正堂 416
浍水之滨　风景独好 …………李　珍 419
去壶口 …………王智刚 422
千里黄河一壶收 …………陈新平 426
为壶口干杯 …………段希白 431
到了临汾咱是回家 …………张　媛 434
古诗词中的黄河 …………薛　柔 437
壶口瀑布与她的传奇故事 …………陈健翔 441
最美莫过乾坤湾 …………田永峰 444
红色基因与黄河文化的时代价值 …………肖振国 446
黄土高原民居活化石——刘氏民居 …………王　军 454
黄河大合唱 …………冯　莉 458

后记 …………461

热血豪情

慨而慷

滚滚黄河见证八千晋人当红军

屈　波

亿万年来，黄河以母亲般的宽容博爱润泽着华夏大地。伫立黄河岸边，毛主席挥斥方遒，激扬文字，在延安窑洞里指挥着决定未来中国命运的大决战，引领中华儿女在列强环伺的欺凌中勇敢地“站起来”。80多年过去，新一代中国领舵人习近平总书记再次来到黄河岸边，驻足黄河，面向世界，擘画出新时代壮丽诗篇：“黄河是中华民族的重要象征，是中华民族精神的重要标志。我们一定要重视历史文化保护传承，保护好中华民族精神生生不息的根脉。”黄河的根脉在哪里，黄河的魂魄在哪里，黄河的未来走向又在哪里？学习习近平总书记的重要讲话，追忆先贤英烈“饮马黄河，抗日救亡”的英雄壮举，我不禁为伟大黄河孕育出的一代晋籍军人而慷慨高歌，也为我们新时代三晋儿女弘扬黄河精神、携手建设美好家园而深情礼赞。

80多年前，中国工农红军东征时，就有8000名山西子弟加入了红军队伍，走上了拯救民族危亡的抗日战场。滚滚黄河见证了这段可歌可泣的历史史实。

1936年初春，晋陕大峡谷一如往常的空旷凌峭，只是春姑娘在两岸缓缓驻足，汹涌奔腾的黄河水上漂浮着一大片一大片的桃花，大红色的桃花花瓣时而被河水卷入水下，时而又漂浮起来，无论怎样翻滚，桃花瓣鲜红的颜色始终不变，圆椭的形状也不曾有丝毫的损伤，河水的潮气夹杂着桃花的香味儿熏得人直想打喷嚏。一年一度的黄河桃花汛浩浩荡

1936年2月，中国人民红军抗日先锋军东征进入山西。图为东征红军骑兵部队。

荡来到晋陕大峡谷。

就在桃花汛期间，中国工农红军渡过黄河，打响了东征战役。短短两个半月时间，红军转战山西50余个县，取得了重大成果，实现了“瓦窑堡会议”确立的战略意图；播撒了革命火种，宣传了抗日主张，为抗战爆发后八路军顺利出师华北奔赴抗日前线打击日本侵略者奠定了政治和军事基础。

这一激动人心的大好消息，如汛期里的三月桃花在黄河沿岸弥漫开来，朵朵绽放；又如滚滚黄河水荡涤了笼罩在三晋儿女心头的阴霾，赶走侵略者，我要上战场。从此，三晋儿女走上了义无反顾抗日救亡的热血征途。黄河是肇始地，黄河是校演场，黄河也是一腔红色血脉的热情偾张。“扩红”，和着滚滚黄河水在晋南大地上延宕。

“扩红”最突出的成果，是动员8000余名山西青年参加红军，组建地方游击队30余支。其中在吕梁、晋中、太原等地扩充3000多名，在临汾、运城等地扩充5000多名。参军最多的县份包括汾西县1200人，洪赵县（今洪洞县）650名，浮山县及安泽县650名，临汾县（今尧都区）500多名，霍县（今霍州市）280名，石楼县300多名。从此，干涸的黄土地印上了红色的足迹，播下了红色的种子，黄河的浪花里有了血与火的传奇。

8000名山西子弟兵汇入人民军队的洪流以后，参加了抗日战争、解放战争、抗美援朝战争、中华人民共和国成立以后的各项军事行动以及和平时期的经济建设。他们激荡起黄河的魂魄，滚滚向前，以身许国，永不回头。有的早早牺牲在革命斗争的战场上，有的在战争中叱咤风云，战功卓著，成长为人民军队的高级指挥员，为人民军队的壮大和发展作出了不可磨灭的巨大贡献。黄河在他们心头写生，他们在为黄河立传，穿越历史的时空，留下了众多激动人心的故事。

“月娃子”当了红小鬼

东征的红军从陕北跨过黄河东征抗日，打到晋南地区的洪洞县北官庄村，村里有个孤儿，12岁，叫月娃子。月娃子2岁的时候死了母亲，10岁的时候又没了父亲，整日靠乞讨度日，实在没法子活下去了。红军来到洪洞县，月娃子打赤脚找到红军连长，提出要当红军，跟着红军闹革命！连长看看他单薄瘦小的身板，说：“你个子太小，扛不动枪，长大了再走吧。”月娃子哭着向连长讲了自己的情况，恳求连长收下他当红军。

连长看月娃子为人诚实、聪明伶俐，就把他安排到内务警卫连，给部队首长担任警卫员，负责首长的日常生活和勤务保障。大家很快就喜欢上这个操着浓重山西口音的童子军，称他为“山西娃娃”，有的称他“红小鬼”。1936年，美国记者斯诺到陕北苏区采访期间，他被安排照顾斯诺的日常起居，在精心照料好斯诺日常生活的同时，还跟着学会了不少简单

《西行漫记》中的“山西娃娃”王东平

的英语日常用语，两个人交流起来方便多了。后来斯诺先生还专门给月娃子照了一张相，在著名的《西行漫记》中提到这个可爱的“山西娃娃”，并把他的照片印在书里。月娃子后改名叫王东平，曾任八路军129师警卫连连长、警卫营营长，太岳军区司令部情报处外线派遣秘书，中华人民共和国成立后转业至襄汾县担任公安局局长等职。1999年10月逝世，享年74岁。他晚年回忆说，是红军挽救收留了他，让他从此走上了革命道路，无论什么时候，听到军号，他的心血就像黄河水在激荡。

羊皮筏通向革命路

在黄河东岸的一个水湾里，那天凌晨时分，天色微微发亮，3个羊皮筏子上趴着几个头上包着白手巾的年轻人，他们反穿着羊皮袄，腰里紧紧扎着白布带，裤口也用绳子绑住，手里握住船桨，眼睛紧盯着打着圈圈奔流向前的河水。只听得一声大喊“走啰——”，几个人同时使劲划动羊皮筏子，羊皮筏子冲开水面，向河中心冲去。轻盈的羊皮筏子在黄河汹涌的波涛里奋然前行，一会儿被送到浪尖上，一会儿又被吸进波谷里，3只羊皮筏子的队形很快就被冲散了，顺着河道朝西南方向漂去……

羊皮筏子和桃花花瓣一起飘荡在河面上，黄色的河水、红色的花瓣、白色的羊皮筏子交织成3月黄河水面特有的画面。

河面上起风了，黄色的浪头高起来，水流比那会儿更急，把羊皮筏子高高举起来，又狠狠甩下去，3只羊皮筏子像树叶一般在黄河水里起伏出没……两炷香的功夫过去了，浑身湿透的6个人像是被冲上河滩的鲤鱼，爬在河滩上张着大嘴直喘气……他们是石楼县枣庄则村的任侠惠、任侠祥、任侠敬，石楼县侯家沟村的高富有，刘家庄村的郝守志和韦明忠。领头的任侠惠知道红军总部在保安县，他爬起身子带着伙伴们直奔过去。从黄河上漂过来的这6个山西小伙儿都参加了红军。郝守志一直坚守在吕梁山抗敌第一线，担任过县长、县委书记，解放战争中跟随解放大军解放大西北，担任甘肃省张掖地委书记；高富有长期在中央警卫团工作，担负中共中央和中央军委的警卫工作，还当过毛泽东的贴身警卫。他们感念黄河，感念那3张羊皮筏子，是黄河的馈赠、黄河的磨砺，让他们走上了革命的道路。

“十四年”无愧初始心

浮山县郑家垣村的小伙子苏茂雪，决心去当红军，可是父母年迈，媳妇怀着孩子，自己走了，全家人如何生活呀？但困难再大，都没有苏茂雪参加红军的决心大！他做通了家人的思想工作，义无反顾地参加了红军。14年后，参加过抗日战争、解放战争、大西北剿匪的革命伤残军人苏茂雪光荣退伍了，一颗日本人的子弹夺去了他的右眼和右耳。村里人给他起了一个绰号“十四年”。这个浸透着忠诚、鲜血和光荣的称呼，陪伴了他的后半生。他说道：“没有这‘十四年’革命熔炉的历练，我的人生或是一片空白，是黄河水让我经风雨、长见识，赋予我为革命九死而无悔的炽热情怀。”

“老船工”渡人亦度己

柳林县军渡镇有位老船工叫任永忠，半生都在黄河边靠摆渡度日。他的船比较大，一次能载100多人。红军东征时，他冒着生命危险，在黄河上来往运送红军。东征结束后，他带着自己的木船和3个女儿找到红军首长，坚决要求参加红军。3个姑娘还做了大量布鞋布袜送给红军。红军首长见她们决心大就收下他们当了红军。后来，红军走到哪里，老船工和他的女儿们就跟到哪里。他说，在历史的洪流里摆渡自己比摆渡他人更为艰难，是红军的英雄壮举让自己找到了人生的方向。

干革命何须马革还

临汾市尧都区乔李镇当时参加红军的20多名青年，中华人民共和国成立后有音讯的仅6人。尧都区晋王坟村当红军的12名年轻人，只有2人活着回来。吕梁市柳林县的贾国胜兄弟5人都当了红军，全国解放时仅剩贾国胜1人。1939年5月八路军115 师发起的山东梁山战役，红军牺牲了300多名战士，多数为山西洪洞兵。当年黄河岸边桃花盛开时，8000名参加红军的山西子弟，跟随大部队南征北战，战胜日本鬼子，打败蒋介石，解放全中国，绝大多数为国家民族献出了自己宝贵的生命。

把酒酹滔滔，追忆无尽期。

如今，黄河上的桃花汛年年如约而至，深红色的桃花瓣随着河水滚滚而来，无论浪涛如何激荡，那桃花花瓣依然漂浮在水面上，始终保持着大红的颜色，映红了水面，映红了两岸，那是数千名山西子弟兵的英灵在告慰家乡亲人……

黄河是中华儿女的肤色，饱经风霜、艰苦卓绝的纹路下，浸透着前赴后继、赴汤蹈火的红色基因。它让中国人民站起来了，富起来了，强起来了！80多年后的今天，习近平总书记关于黄河流域生态保护和高质量发展座谈会上的重要讲话，为我们传承红色基因、弘扬黄河文化、增强文化共识，指明了前进方向。我们深切缅怀8000名三晋儿女当红军的英雄壮举，就是要汇聚磅礴力量，为实现中华民族伟大复兴的中国梦而不懈奋斗！

［作者系中共临汾市委党史研究室（市地方志研究室）主任］

吕梁精神代代传

宋　元

吕梁有着悠久的革命传统。五四运动爆发后，青年学生和爱国人士纷纷声援北京的反帝爱国运动。1925年10月，吕梁革命历史上第一个地方党组织——中共汾阳特别支部成立，翻开了吕梁革命历史的光辉一页。1926年，在大革命高潮推动下，柳林、碛口、曲峪、孝义等地先后建立了党组织，吕梁党组织进一步发展壮大，成为指导吕梁革命斗争的坚强堡垒。1931年5月，中国工农红军晋西游击队在这里诞生，燃起了革命武装斗争的星星之火。1936年2月，中国人民红军抗日先锋军东渡黄河，足迹遍及吕梁13县，为全国抗战爆发后在吕梁山区创建革命根据地奠定了基础。抗日战争和解放战争时期，作为晋绥地区和晋绥军区领导机关所在地，党领导人民进行了艰苦卓绝的武装斗争，保卫支援陕甘宁边区，熔铸了彪炳史册的吕梁精神。

对党忠诚　信念坚定

在革命战争年代，吕梁儿女义无反顾，在党的坚强领导下投身于拯救民族危亡的事业之中，听党话、跟党走，为党分忧、为国尽责。晋绥革命根据地作为陕甘宁边区的屏障，是党中央与敌后各根据地联系的枢纽。保卫陕甘宁、保卫党中央一直是吕梁军民担负的首要军事战略任务。不仅如此，吕梁儿女还用鲜血和生命践行着对党的绝对忠诚和坚定的革命信念。吕梁人的优秀代表、山西共产主义运动先驱贺昌、张叔平为革命抛家舍业，奔波在外，将青春年华和一腔热血毫无保留地献给了革命事业，用宝贵的生命诠释了共产党人对党的忠诚和坚定的信念。无论是革命战争年代还是和平建设时期，无数吕梁儿女都以坚定的革命信仰和强烈的责任担当，诠释着永远跟党走的初心和使命。

不怕牺牲 血战到底

革命战争年代，吕梁儿女团结一心、众志成城，凝聚起钢铁般的意志，用智慧与担当、鲜血与生命谱写出气壮山河的英雄史诗，彰显出巍巍吕梁威武不屈的浩然正气。面对敌军围困，文水县县长顾永田一声“同志们快撤，我来掩护”响彻云天，把生的希望留给同志，死的选择留给自己，用生命谱写了不怕牺牲、血战到底的壮丽篇章。1943年9月，八路军晋绥军区部队在山西兴县甄家庄地区反击日伪军“扫荡”的作战中，连指导员陈德新指挥部队与敌人展开白刃格斗，最后壮烈牺牲。孝义县抗日民主政府命名的“抗日模范村”——石像村，各户皆抗属、无人不抗日，全村108位村民主动参加八路军、游击队和抗日团体工作，被政府追认的烈士有23名。吕梁儿女用生命诠释了信仰和信念的力量。

顾全大局 无私奉献

革命战争时期的吕梁地瘠民贫，人民食不果腹。即便在这种情况下，吕梁人民仍然顾全大局、倾力奉献，为陕甘宁边区提供了巨大的人力、物力、财力支持。据不完全统计，1940年到1945年，吕梁人民共交纳公粮675万公斤。晋绥根据地吕梁几个专区支援中央的经费占到财政收入的70%，其中1943年上交中央的经费甚至占到吕梁各县财政总收入的81%。1946年和1947年，晋绥根据地遭受了严重的自然灾害，面对严峻的生存形势，吕梁军民一面奋起生产自救，战胜困难，一面紧勒腰带，节衣缩食，出力出工，支援前线。“捧出家中最后一颗山药蛋充军粮，拿出家里最后尺布缝军装。”千千万万吕梁儿女为了党和人民的解放事业甘做“革命的螺丝钉”，义无反顾地奉献牺牲，为革命的星星之火渐成燎原之势汇聚起不可阻挡的伟大力量。

艰苦奋斗 战胜万难

抗战时期，张初元创造的“劳武结合”斗争形式是敌后根据地人民的伟大创举，被晋绥边区授予“劳武结合的特等模范”光荣称号。吕梁军民依靠勤劳的双手和聪明才智，基本实现了从“没有枪，没有炮”到“敌人有什么，我们也有什么”的目标，完成了军事装备上的逆转，有力支援了前线。在极端匮乏的物质条件下，晋绥根据地文艺工作者利用学校、报纸、剧社宣传动员教育了广大群众，用歌曲、文章、战斗剧等展现出根据地军民热情高涨、乐观奋进的精神面貌。吕梁儿女正是凭借着艰苦奋斗的政治本色，克服艰难险阻，走出困境，走向胜利，彰显出迎难而上、坚韧不拔的精神风范和革命品质。

中华人民共和国成立后，吕梁各级干部和广大群众在党的领导下，战天斗地，在推动自身建设和发展的同时，持续为国家建设作出巨大贡献。20世纪90年代以来，先后有9批31位在推动吕梁经济社会发展中作出突出贡献的代表荣获“当代吕梁英雄”称号。党的十八大以来，吕梁广大干部群众“撸起袖子加油干”，不断为吕梁精神注入新的时代内涵：29年如一日带领群众脱贫致富、最后倒在工作岗位上的村党支部书记梁宝；上榜全国妇联100个“最美家政人”的许艳平、马金莲；驰援武汉抗击疫情的吕梁10家医院34名医护人员；受到党中央、国务院表彰的13名全国脱贫攻坚先进个人……正是这一批批新时代的吕梁人，用默默奉献、辛勤耕耘，续写着弘扬吕梁精神新的篇章。

［作者系中共山西省委党史研究院（省地方志研究院）宣传教育室主任］

一张意外得来的精美图片

靳水旺

盛世修志，志传文明。位于晋陕峡谷东岸的临汾自古受到黄河母亲的特殊恩赐，创造出晋西南大地灿若星空的黄河文明。

那是2019年7月的一个夜晚，我因编修《临汾风景名胜志》需要，在网上查找一张关于洪洞县白石村温家大院的照片。从晚上9时直到12时，采用各种搜索工具，浏览了大量有关图片资料，均未搜到合意的照片。因连续多天的加班编修，身体已十分乏累，正当决意选择一张前期征集的一般照片，将要关闭所有网页的时候，电脑桌面突然出现了一张从未见到过的温家大院的精美航拍图片，没有水印，没有来源标注，也没有客服索要使用费的任何信息，纯纯的一张大气完美的杰作！

我激动极了，心情久久不能平静。

地方志本身就是一个绝大多数时候在暗地里下硬功夫的工作。连续两个多月来，为征集《临汾风景名胜志》的彩色图片，我们以市委、市政府两办名义专门向所辖的17个县（市、区）下发了征集通知，参与志书编修的一班人又多次协调或上门联系了临汾市文联、临汾日报社等多家单位和不少的摄影爱好者，连续查阅了中共临汾市委党史研究室（临汾市地方志研究室）保存的所有图片资料和书籍，取得了很大成效。编修过程中，为解决部分图片质量不高的问题，我们又随时向各县（市、区）党史方志部门和相关景区景点征求有关图片。洪洞县白石村温家大院的照片就是其中之一。正是在多方联系征集难以胜意的情况下，借助互联网优势开始了近3个小时的线上搜索。我太需要它了，因为志书需要它，临汾转型发展需要它，找到一张与温家大院样貌品位相称的照片是修志人的责任。

温家大院是山西省临汾市域一处民国初年的精美建筑群落，是黄河文明在临汾大地广泛分布的诸多门类中民居建筑类型的近代遗存之一。院落大门庄严精致，整体布局独具匠心，亭台楼榭美轮美奂，是优秀传统民用建筑的杰作，富有重要的研究和旅游价值；又因它是早期同盟会重要成员、辛亥革命山西重要领导人、中华人民共和国成立后任北京市文史馆馆员的温寿泉旧宅，见证了辛亥革命、红军东征、八路军抗日的一系列重大历史事件，承载着厚重的民族革命和红色文化；它还是改革开放后洪洞县一位退休干部历尽千辛万苦建设的一座红军八路军纪念馆，它的事迹情怀本身就是黄河精神和时代精神的生动写照。因此，花力气选一张与其价值相称的照片入志是应该的。

万千年来，黄河滋养了临汾这片沿黄174公里、面积2万多平方公

洪洞红军八路军纪念馆白石温家大院

里的土地，孕育了10万年前的“丁村人”文化、5000年的帝尧文化、3000年的晋国文化、600多年的移民文化和100多年的民族革命文化，各个历史时期都留下了大量弥足珍贵的黄河文化圣迹。临汾因此被称为人类文明的重要起源地、中华文明的重要发源地、三晋文明的起始地和黄河文明的重要摇篮。俯瞰这块山川秀美的土地，丁村人、柿子滩、枣园等遗址通贯古今中国人类传承谱系，伏羲宫、女娲陵、神农尝谷台、黄帝东陵、仓颉造字碑等古迹累代传存，帝尧宫、帝尧陵、帝尧洞房、唐尧故园、虞舜大殿等古建群规模宏大。陶寺遗址的发掘研究使“尧都平阳”成为信史，最早“中国”由此出现。“三月三”走亲习俗持续数千年从未间断。自周以降，叔虞封唐、晋霸春秋、汉唐古遗、宋元艺术、明代移民、反清革命，都对中华文明产生了重大影响。

临汾还是山西最早建党的地区之一。红军东征、华北抗战、解放战争，临汾都是战略重地。同时，大自然的鬼斧神工造就了诸多雄伟秀丽、气势磅礴、风景如画的自然风光。壶口瀑布、乾坤七湾享誉中外，中镇霍山、翼城历山典载闻名，云丘山、人祖山壮美秀丽，二郎山、姑射山风光旖旎，紫荆山、五鹿山满目苍翠。这些壮美的山川自古受到民众的崇拜，奇峰幽谷、涌泉飞瀑、林海草甸、古树名花都被赋予灵动的人文内涵。这些都是黄河母亲的恩赐，给了临汾儿女特殊的偏爱。

为全面记录临汾境内黄河母亲赐予的景物风华，助力临汾高质量转型发展，2018年3月我们把《临汾风景名胜志》编修快速提上日程，以实际行动贯彻习近平总书记视察山西重要讲话精神，落实总书记在黄河流域生态保护和高质量发展座谈会上的讲话意见。在当年完成大部分资料征集的基础上，2019年5月新组建的临汾市委党史（方志）研究室领导班子，将编修出版列入市委向中华人民共和国成立70周年献礼的重点工程。在中共山西省委党史研究院（山西省地方志研究院）的精心指导和高效协调下，几位总纂人员昼夜加班、连续奋战，撸起袖子加油干，民主讨论科学干，为创精品红脸干，相关科室协力干，短短4个多月完成编修任务，9月12日印刷成书实现献礼目标。志书前置“黄河景观、根祖文化、锦绣山川、宗教名胜、县域古迹、红色圣迹、古镇风韵、田园风光、城市新姿、特产名吃”10个专题图片彩页，总计照片527幅。温家大院就是“红色圣迹”45幅照片中的一张。每一张前置彩照的征集筛选都倾注了编修人员的心血，每一张照片的拍摄都凝聚着专业人员的智慧和汗水，每一张图片的内容都有着一段生动的故事，给人以美感、震撼、沉思和力量，成为市域黄河文明的经典集成。正文按景物类型分10卷志，计100万字，突出贯彻总书记黄河文化、革命文化和生态文明重要思想，加大了沿黄地区的景物记述，增加了革命文化和绿色生态景观的比重，彰显了“黄河魂、中国根”文明主题，体现了中共山西省委打造黄河、太行、长城“三大板块”，促进全域旅游发展的部署，做到了彩页图片高标准、正文记述高质量、工作推进高效能、专业评价高水平，成功荣获2019年山西省方志优秀成果奖。

党的十八大以来，临汾方志系统广大干部职工坚决贯彻习近平总书记关于方志工作的重要论述，不忘来处、知恩图报，大力发扬黄河精神，自强不息、汇流同心，冲破险阻、勇往直前，奋力谱写黄河文明的史志华章，已经取得了志鉴“两全”目标攻坚战的决定性胜利，一批批高质量志鉴成果不断涌现，助推伟大复兴中国梦的实现！

[作者系中共临汾市委党史研究室（市地方志研究室）副主任]

血铸的寨子

许小根

井圪塔，这个位于山西吉县城西5里的普普通通的小山村，居住着11户农民，他们面朝黄土背朝天，日出而作，日落而息，祖祖辈辈就这样劳作着，倒也安安然然地生存过来了。谁也不曾想到，这些安分守己、安居乐业的人们却遭受过一场毁灭性的灾难。

1938年12月31日，对吉县人民来说是个心惊胆寒、毛骨悚然的日子。日本侵略者进了吉县城。县城里的居民惊慌失措，乱成一片。井圪塔人也听到消息，但他们却没有像城里人那样慌张。他们自有藏身的好去处——寨子。

井圪塔的寨子已有100多年的历史了，而且非常隐蔽，洞口在距沟底5丈多高的崖上，又被山壁突出的部分隐蔽着。从洞口往下看，视野一清二楚，从沟底往上看，却什么也看不到。没有梯子或绳子，休想攀登上去。

此时，井圪塔人正在紧张而有秩序地把粮食、水缸、被褥等一切要吃要用的东西往寨子里转移，不像是在逃难，而像是“搬家”。“家”搬完了，老百姓高兴地说：“让日本鬼子闪个狗吃屎吧。”寨子里自然容不下全村的人，安置妥当后，年轻人就去寻找自己的安身之处，剩下老弱妇孺30人在此躲避。

村民们万万没想到，这么隐蔽的地方还是被狡猾的日本鬼子发现了。

1939年元旦，本应该是个万象更新的好日子，但在那个战乱的年代却成为井圪塔人一个悲惨的日子。

中午，日酋谷口圆二郎指挥的八九个日本兵在一个汉奸的带领下杀进了井圪塔村，村里顿时枪声四起。日本兵一看村里空无一人，便径直往寨子奔来。此时，通向寨子的悬梯还没来得及抽掉，30位老弱妇孺只得眼睁睁地看着他们抢走700多块银币、十几两烟土和几床被子。

日本兵走后，惊慌失措的人们终于镇定下来，七嘴八舌地议论开来，说鬼子今天来的人少，好多东西如粮食、家什这些拿不动，说不定明天还要来。

“日本鬼。”五十多岁的老汉白老七愤怒地骂一声。随手捡起一条布袋，又大喊一声：“走，背石头去。”接着就有几个身手利索的人拿着布袋随着白老七下寨去背石头。一趟又一趟，碗口大的石头小山似的堆在寨子口。寨子里的其他人也没闲着，用镢、用铣挖了一大堆土块推在寨子口。一切收拾停当，人们抽掉了梯子，白老七拍拍手上的土，说：“叫他日本鬼子再来吧”。

第二天早晨，日本兵果然又来了，这次是四十来人，来到寨子下，见没了梯子，便叽哩哇啦地乱叫，并向洞口开枪射击。白老七等人也在上边叫骂：“小日本，有本事上来呀。”气急败坏的鬼子哪能甘心罢休？他们找来了梯子，一部分日军用枪掩护，另外的日军乌龟似的往上爬。白老七等人在崖边观察，怀里揣着石头，等他们爬到大半截时，白老七一声令下：“打！”石头土块一齐下，打得日本兵鬼哭狼嚎，跌到崖底。连续发起几次冲锋，都被洞内的人用同样的方法打退了。寨子里的人别提多高兴啦，平时连架都没打过，今天竟打起仗了，还打死了两个日本兵，打伤了四五个，真是打了个大胜仗。

1月3日，日军又来攻打寨子，又是整整一天，结果又以失败而告终，缩回了县城。

1月4日。天还没大亮，日军就把寨子包围得严严实实，使这小小的山沟里充满了血腥味和恐怖感。寨子里的人也意识到今天的情况不同寻常，但他们毫不畏惧。通过两天的战斗，他们已掌握了经验，锻炼了胆量。白老七是指挥，他把寨子里的男人分成两个组，轮流在洞口打，其余的人在洞里挖土块。

日军开始进攻了。梯子搭好后，密集的子弹朝洞口猛烈地射来，打得洞口周围的土直往下掉。洞里的人出不来，但洞里的人也不急，他们已有了经验，只要鬼子爬上了大半截，下边就不敢开枪了，怕伤了他们的人，枪声一停，赶紧出去打，时间上恰到好处。

枪声一停，白老七一挥手："打！"第一组群众迅速扑到崖边，石头骨碌碌直往下飞。日军一阵惨叫，结束了第一次进攻。就这样来来回回，从清晨打到中午，从中午打到下午，鬼子仍没有攻下寨子，气得在山下嗷嗷乱叫。高兴得老百姓在洞口放声大笑。日军又一次发起强攻。不管上边怎么打，日军一批接着一批往上爬。石头很快打完了，土块也打光了，日军却继续往上爬。洞口的人一个劲地喊："快，土块！快，土块！"洞里的人何尝不急呢，就连七八岁的孩子和六七十岁的老婆婆都操起菜刀、剪刀在洞里乱砍。土块并不容易挖到，就连壮小伙子一镢下去，也或许只能挖一堆土面子。土块供应不上，眼看鬼子就要爬上来，只见有人提着镢头照着两口大缸就是两下，水缸被砸成碎片，又有了"武器"。接着是炭块、油瓶、盐罐、脸盆、水瓢、饭碗、饭锅、锅盖……再接着是被子、毡子、枕头、煤油灯、男人们的鞋……能打的全打下去了，剩下的就是这30条命了。山下的日军见洞内打出来的这些"武器"，知道寨子里已是"弹尽粮绝"，没有抵抗能力，露出了狰狞的阴笑，得意洋洋地又往上爬。

当日军再一次爬到半截时，只见白老七、杨庚子、白福录、白德录等人带领着全寨的男女老少，手持钢锨、镢头、菜刀、剪子、火柱，大义凛然地站在崖边。只听白老七喊道："乡亲们，不要怕，只要日军敢上来，咱们就一个接一个往下跳，踩死他们。"

30位乡亲齐声怒吼："踩死他！"

这震耳欲聋的吼声在山谷里回荡。沟底的日军愣住了，他们不敢开枪，怕打到他们的人，爬到半截的日军也愣住了，他们在梯子上掏不出枪，对峙了片刻，只得战战兢兢地往下缩。他们被这怒狮般的吼声震慑住了，他们被这英勇顽强、无所畏惧的精神震慑住了。

寨子里的人知道日军还会进攻的，便趁此机会赶紧挖土块。突然，在外面放哨的人大声喊道："鬼子来啦！"原来日军找来几条井绳结在一起，一边从正面往上攻，一边从山顶往下吊人。寨子里的人也迅速分成两部分，一部分对付下边的，一部分对付上边的。下边的日军一露头，便遭到土块猛击，上边的日军一露脚，又遭到铣劈镢砍。反复几次，日军仍占不了寨子。这时，日军用一根井绳，从中间和两侧一起往下放人，从半截开始就用机枪往洞口扫射。3挺机枪封锁了洞口，洞口的人只好往洞里撤，日军趁机站在了洞口。白老七喊一声"杀！"举着钢铣便向日军捅来，可是钢铣的速度比不过子弹，日军一梭子弹射过来，白老七倒在了血泊中。白福录的镢头还没举起来，也倒在了血泊中。白月娃倒下了，杨庚子倒下了，阎徐娃倒下了……

洞里只剩下妇女和孩子。山上的日军下来了，山下的日军上来了，一场惨绝人寰的大屠杀开始了。日军举着刺刀见人就刺，洞里充满了厮打声、咒骂声、挣扎声、惨叫声和孩子们的哭叫声。这些声音没有维持多久，便陷入了安静。白老七的儿子白再兴，头上被刺两刀，肚子上被刺两刀，但他没有死，等日军撤走后，带着满身血迹跑出寨子，给外边避难的人报信，报完信便再也没有起来。乡亲们叫死叫活也没把这孩子叫醒。当时他才13岁。

当外边避难的人闻讯赶到寨子时，眼前的景象惨不忍睹。他们在清理亲人尸体时，发现两个小生命还活着，一个叫白青彦的6岁女孩被母亲及时卷入席筒里，免遭一死，一个叫白梅梅的7岁女孩被倒下的亲人压住了，没有被发现，也免遭一死，其他28人全部惨死。他们为亲人们装棺时失声痛哭、泪如雨下，怒火在胸中燃烧，斗志在心中升起。

白老七，怒目圆睁，怎么抹也抹不住。乡亲们哽咽着说："他这么刚强，怎么能瞑目呢！就让他这样去吧。"白月娃，这个连杀鸡时手都哆嗦、眼都不敢睁的人，攥刀的那只手却怎么掰也掰不开。乡亲们哽咽着说："他怎么能甘心呢！就让他这样去吧。"

杨庚子的老母亲，手中紧攥着自己的一只鞋，这是老百姓打人时最常用的"武器"，怎么拿也拿不掉。乡亲们哽咽着说："她连人都没骂过，这是咋啦。"白彦青的妈妈，这个年轻的女人，嘴里咬着自己的长发，这是农村妇女发狠时最常见的姿态，那束长发都拔断了，也拔不出来。乡亲们哽咽着说："别拔啦，她心里恨哪。"

面对鬼子的子弹刺刀，28位老弱妇孺没有屈服。他们是力量最薄弱的一个群体，手无寸铁，只凭依一座孤独的寨子和荷枪实弹的日本侵略者整整打了3天。他们打出了中国人民的浩然正气，留下了不屈不挠、不可侵犯的民族精神；他们用生命和鲜血铸起了一道抗击日本侵略者的精神长城。

（此文荣获全国一等奖，作者系中共吉县党史研究室原主任）

黄河奇兵——葫芦队

杨宇通

“手拨河水脚踩浪，腰系葫芦肩荷枪。纵横驰骋黄河上，惊涛骇浪任飞翔。”这首斗志昂扬的歌谣称颂的正是那些曾在黄河里痛击日寇和国民党反动派的水陆英雄们。他们不畏汹涌澎湃的河水，不惧敌人凶残而无情的枪炮，为了民族的未来，用自己的生命书写了一段段可歌可泣的“黄河故事”。

“什么？八路军战士竟然在黄河水里抗击敌人？”

“是的，你没有听错，英勇的战士们之所以能在黄河水里来去自如、保卫民众、抗击敌军，全靠着‘葫芦舟’这个秘密法宝呢！”

“葫芦舟”是当地劳动人民智慧的结晶。作为贫苦大众的生活用具，“葫芦舟”常被用来捕鱼弥补生计。它的做法十分简单，首先挑选尺寸和大小相差不多的4个葫芦，再选出和细竹节般粗的柳枝条，用小火烤上3分钟，做成尺寸合适的柳条圈；然后套在4个葫芦上，每个葫芦套两个柳条圈，再用麻绳将每个葫芦上的柳条圈进行捆扎，最后再用3厘米到7厘米不等的木棒进行打孔，严格按照同等间距将4个葫芦进行固定，前后穿上两个小葫芦，左右穿上两个大葫芦，“葫芦舟”便大功告成。人们爬在葫芦舟中间，就不会轻易地沉入水中。

日军的暴行和国民党反动派的压迫，导致当地民众生活难以为继，平日里被用来娱乐的“葫芦舟”逐渐演变成民众反抗压迫的有力武器。“葫芦队”原名是留庄的“抗日九中队”，因为队员们经常绑着“葫芦舟”在黄河里抗击敌寇、运送物资和保护民众，故而被乡亲们亲切地称为“葫芦队”。

神出鬼没葫芦队，打得敌人魂魄飞

由于“葫芦队”成员大多是本地青年，年轻力壮且水性极好，再配合“葫芦舟”这一“神器”，简直就是如虎添翼，在黄河水中行动就像如履平地般容易。例如在“夜袭西滩”战役中，“葫芦队”表现极为出色，不仅打击了国民党反动派的嚣张气焰、保护了民众的生命财产安全，还打出了“葫芦队”的威望。

西滩村村民本来过着幸福而殷实的日子，自从日伪军侵犯西滩村后，打破了当地平静的生活。伪军不仅压榨村民为其免费捕鱼，还大肆掠抢民众财物，甚至奸淫民女，无恶不作，西滩村村民敢怒而不敢言。为了拯救西滩村村民于水火，恢复村民往日的幸福生活，“葫芦队”肩负重任，誓要歼灭敌人方才罢休。经过多日的侦察和规划，“葫芦队”终于找到时机，决定出兵西滩村，拯救村民。

6月的黄河激流浩荡，宛如一条桀骜不驯的巨龙，拍打着两岸的巨石，仿佛在为英勇的“葫芦队”敲奏着“进行曲”，振奋着每一位队员的心，激起每一位队员的昂扬斗志。当天夜里10点左右，队长薛平华向早已蓄势待发的“葫芦队”队员们下达了“出发”的命令。只见在月光的照耀下，30多名队员宛如鲤鱼跳龙门般跃入水里，纵然河水冰冷，但战士们的内心却如同太阳一般炙热。一想到那些仍处在水深火热中的西滩村乡亲们正苦苦地等待着“葫芦队”的拯救，战士们丝毫不觉疲倦，并且更加奋力地向前游去。

但一切并没有那么顺利，队员们刚刚上岸，便碰见了日军巡逻兵，双方二话不说，立刻交上了火。子弹在耳边飞过、手榴弹在旁边炸起火花，但“葫芦队”战士们依然凭借着顽强的战斗意志、勇猛的战斗精神迅速地将其消灭。奈何计划暴露，日军驻扎部队有了防备，原计划恐怕难以继续执行。“葫芦队”被迫放弃了拯救西滩村村民的计划，转头攻打敌军仓库，经过队员们一番艰苦战斗，最终攻破了敌军防守，夺回了大量军需和民用物资。

这场战斗虽然没能彻底拯救西滩村乡亲，但在一定程度上消灭了敌军有生力量，沉重打击了国民党反动派的嚣张气焰；也间接性地削弱了反动派对西滩村乡亲们的剥削。使得“葫芦队”的名号在黄河两岸流传开来，其“敢打敢拼、奋勇杀敌”的作风也被两岸乡亲们代代传唱。

虎口夺船

1947年8月，人民解放战争进入战略反攻阶段。其中太岳兵团想要挺进中原，必然要渡过黄河。纵使蒋介石在河对岸安排了大量守军、修筑了各类明碉暗堡、配备了众多重武器，甚至天上还有飞机进行轰炸……然而这些在英勇的解放军眼里都是纸老虎，根本不值一提。

得知陈谢大军奉上级命令要从长泉渡口过河，当地民众主动为解放军送衣送粮、缝补衣鞋。在得知解放军缺乏过河船只后，当地乡亲们更是夜以继日地修补旧船、打造新船；家家户户贡献自家木板、铁料和绳索等物料，不到半个月时间，便建造了62艘船只。解放军战士们得知后，感动地说道：“这62艘船只凝聚着乡亲们的心血，也包含着乡亲们对国民党反动派的痛恨，我们一定要赶跑老蒋，不辜负乡亲们的一片真心，还给乡亲们一个幸福的生活。”

薛平华心想：“为解放军提供船只，怎么能少得了我们葫芦队呢？”经过调查，薛平华得知有家地主曾将其船沉藏在河底，随即带领“葫芦队”队员前去打捞，但问题也相伴而来，对岸敌军十分警觉，稍有动静便开枪扫射，更谈不上打捞船只了。但这并没有难住机智的“葫芦队”队员们。薛平华等人借鉴三国诸葛亮“草船借箭”的故事，先后准备了几个木排，木排上分别扎有草人并挂上油灯。等待黑夜降临，薛平华等战士将木排推进黄河，对岸敌人以为发现“葫芦

中华人民共和国成立后，留庄葫芦队依然坚持着实地训练。图为1964年英姿飒爽的葫芦队队员肩披“葫芦舟”、手持步枪，准备入河训练

队”踪影，欣喜若狂地笑话道：“人人都说葫芦队机智勇敢，不过徒有虚名，在我们眼里就是大傻帽，大晚上挂着马灯过河，这不找打吗？”随即疯狂地朝木排倾泻弹雨。而薛平华等人则趁机打捞起沉船，连夜拉纤，最终顺利地交到解放军手中。而对岸的敌军还自以为歼灭了“葫芦队”，沾沾自喜地向上级领赏，殊不知他们的末日即将来临。

掩护大军，引领航行

虽然船只等物资短缺问题得到解决，但渡河的现实却丝毫不容乐观。解放军战士多来自外地，不了解黄河河情，不知哪里水流急、哪里水流缓、哪里水下没有暗礁等。再加上当时黄河正处于汛期，河水暴涨，汹涌澎湃，河窄水猛，湍急浪高。大部队急需有人在前引航，帮助大军顺利渡河。

薛平华等人得知此事，主动请缨，向首长说道：“葫芦队队员大多是本地人，地理熟，摸水性，我们愿意组织葫芦队先渡，攻克崖头敌堡，给部队水上开路。”首长见薛平华等人态度诚恳，且对“葫芦队”敢打敢拼的名声也有所耳闻，因此便将重任交给了“葫芦队”，并且提供了炮火支援，掩护“葫芦队”渡河。

8月22日深夜，大雨倾盆，薛平华为首的“葫芦队”队员早已准备就绪，在等待上级命令期间，薛平华笑着说，“下着这么大的雨，敌人吓得都在窝里躲着呢！”队员们纷纷大笑，缓解了不少心理压力。没过多久，身后的大炮已经准备就绪，“葫芦队”队员们便纷纷熟练地跳入水中，向对岸游去。尽管队员们神出鬼没，但还是被狡猾的敌军发现了，对“葫芦队”展开了猛烈的攻击，致使多名队员受伤。杨队长躲在礁石后边，摸出手电筒向炮兵发出信号，霎时间，我军的大炮向对岸的敌方碉堡展开猛烈轰炸。“葫芦队”队员不敢有丝毫怠慢，在队长的带领下，奋力地向对岸游去，因为他们明白，他们身上肩负着党和乡亲们的厚望。个人的生命与整个中华民族的未来比起来又算得了什么？

最终，“葫芦队”凭借着顽强的革命意志圆满地完成了掩护解放军渡河这一艰巨任务。“葫芦队”牺牲小我、勇猛杀敌的故事也被世代传唱，为后人所歌颂。

（作者系山西师范大学历史与旅游文化学院硕士研究生）

黄河岸畔的“轻骑兵”

——记抗战时期的吕梁剧社

张 艳

1938年10月，抗日战争的烽火在黄河东岸绵延800公里的吕梁山区遍地燃烧。为鼓舞和提振抗日军民的斗志和信心，一支由中国共产党领导的革命文艺团体——吕梁剧社，在吕梁山区的汾西县勍香镇诞生。剧社一经成立，就肩负着宣传抗日救国的使命，历经艰险，辗转在林壑深幽、地势险要的吕梁山区进行巡回演出，受到抗日军民的热烈欢迎，并到延安鲁艺进行深造学习，向党中央和延安各界汇报演出。至1942年5月，与八路军120师战斗剧社合并，历时近4年时间，成为活跃在黄河岸畔的一支文艺“轻骑兵”，为抗日战争的胜利作出了重要的历史贡献，在抗战文化的史册上谱写了绚丽多彩的一页。这个战火中诞生的文艺团体，哺育了许多著名的电影剧作家、作家、作曲家、美术家、电影导演、演员、舞蹈家以及各行业的人才，著名作家马烽、西戎、孙谦、胡正，作曲家彦克，美术家苗波、郭生、牛文，导演华纯、李力等，为中国文化艺术事业的繁荣和发展做出了巨大贡献。

烽火中诞生——“创立阶段”

1937年“七七事变”爆发后，中国共产党高举抗日民族统一战线的旗帜，把吕梁地区创建为敌后抗日根据地，成为保卫陕甘宁边区的河东抗敌重要阵地和坚固屏障。在太原失守之后，整个山西成为敌人的后方，主要的交通线陷入敌手。在党的领导下，山西人民所组建的武装力量——青年抗敌决死队、政治保卫旅、工人武装自卫旅等，统称为“山西新军”，分布在晋东南、晋西南和晋西北等地，积极配合八路军英勇作战。中国共产党历来高度重视文艺工作，在长期的革命实践中成为党领导的人民军队的优良传统和作风。随着抗日战争的深入开展，各部队以八路军为榜样，也相应组建了自己的专业文艺团体（剧团），以活跃部队生活和密切军民关系，宣传党的路线。

1938年初，敌人沿同蒲线南下，洪赵地区变成了敌后。为了鼓舞和提振抗日军民的斗志和信心，牺盟洪赵中心区组织部部长施凌杉（原名李文德，后改名为林杉，浙江慈溪县人，1930年在上海参加共产主义青年团，1931年转入中国共产党）向组织建议开展戏剧活动，以加强宣传工作，这一建议得到中心区党组织的支持。1938年10月，林杉联合四五个爱好戏剧歌咏的同志，在牺牲救国同盟会的直接领导之下，筹备创建了一个专业性的敌后演剧团体——吕梁剧社，剧社在汾西县勍香镇宣布成立。汾西县是革命老区，具有光荣的革命传统和优良作风。勍香镇早在1936年就在东征红军的帮助下，成立了中共汾西县勍香区委员会和勍香区苏维埃政府，成为中国共产党领导下临汾成立较早的人民政权之一。

吕梁剧社成立后属于牺盟洪赵中心区编制，林杉兼任剧社的社长。在成立大会上，林杉着重讲了“文艺要宣传抗日救国”“剧社要过严格的组织生活”等要求，这成为剧社的宗旨，也是剧社的工作方针。剧社的干部，当时除林杉是兼任的以外，还有负责日常工作的专职指导员王江三（原名王江山，河北新乐县人，1936年12月参加革命，1937年加入中国共产党。原系灵石县武装自卫队队长），负责戏剧方面的有梁青石、华纯等。剧社的成员，刚成立时才30多人，而且多半是15岁左右的少年娃娃，个别大的也不过十七八岁。他们主要来自晋西南各县，其中以灵石县的最多。有的是从县城迁居乡下的县立高小学生中动员出来的，有的是从县武装自卫队中选拔出来的，有的是县儿童团推荐出来的，有的是从县妇救会调来的，也有的是来自孝义、洪洞、临汾、汾西、隰县等地。

1938年冬，日军开始对晋西南根据地进行“扫荡”。晋西南根据地军民承受着巨大的压力。1939年春，牺盟洪赵中心区转移到隰县黄土镇，吕梁剧社也一同转移，随后和蒲县文工团合并，刘仁镜带领永和流动工作团并入剧团，剧社工作人员规模也扩大到近百人，除领导干部外编了4个小组，力量得到进一步充实和加强。

虽然人数增多了，但仍属于新组建单位，剧社的成员们大部分只读过小学，个别年纪大一点的也只读过初中一年，缺少专业训练，唱歌要一句一句地教，困难是不少的。面对这些问题，剧社领导认为不提高大家的文化水平，思想和业务很难适应形势的需求，势必影响将来的发展。因此，从剧社创建开始，剧社领导十分重视全体队员素质的提高，常常在行军、战斗的间隙安排大家学习。为了提高大家的文化水平，利用外请老师授课的办法，在学政治、学专业、学作风、学节目之外，还要挤出时间来学文化。在短时间内，大家的文化水平和艺术水平有一定提高。

风暴中成长——“萌芽阶段”

1939年春，剧社全体到八路军115师的战士剧社学习培训，学政治、学业务、学作风等。八路军115师战士剧社是红军时期组建的文艺专业团体，成立于1930年，属第一方面军领导。红军改编为八路军后，战士剧社仍沿用原名，是一支久经磨砺、具有光荣传统和优良作风及较高文化艺术水平的文化宣传团队。抗战初期，115师进驻吕梁山区的孝义县兑九峪一带，战士剧社也驻于此。吕梁剧社的全体人员就背着背包经3天行军，从勍香镇到孝义县找战斗剧社学习取经。在孝义，115师领导机关和战士剧社每天派人上课，负责讲戏剧表演和导演的是刘漠，负责讲音乐课、教唱歌的是杨作铭，教舞蹈的是小牛，讲政治课的是王一夫。前后共36天，吕梁剧社的同志们除完成学习任务外，还观摩了战士

1939年，吕梁剧社部分同志于山西隰县黄土镇合影

剧社的精彩演出，如李伯钊的歌剧《农村曲》，贺绿汀的四部混声合唱《游击队歌》等。同时，还排出《弟兄们拉起手来》《张家店》等话剧和《叮铃舞》《儿童游戏舞》和《黑人舞》等舞蹈，以及《前进，中国的青年》《干一场》《自由神》《松花江上》《离家》和《上前线》等演出节目，形成了吕梁剧社最早的看家本领。

炮声中演出——“磨炼阶段”

吕梁剧社的同志们结束了在战士剧社的学习，返回了汾西勍香镇，并组织了汇报演出，因所演剧目丰富多彩，受到当地军民的欢迎，给剧社同志们以鼓舞和信心。

为了扩大宣传，吕梁剧社在晋西南地区巡回演出。1939年夏，吕梁剧社在隰县黄土镇进行了几个月的学习和排练后出发，在隰县、蒲县、临汾、永和等地巡回演出，全程400多公里，费时两个多月，演出50余场。其间，剧社先后演出了大型歌剧《农村曲》及话剧《中华儿女》，后来又排出了话剧《红灯》《胜利》等节目。晋西南地区本来物产丰富，但由于日军的侵略和阎锡山政权的压迫，广大人民过着贫困的生活。有一首民歌生动地描绘了旧社会的这一惨景："种田的吃糠咽菜，织布的少穿没戴，老爷的衙门大开，没钱的哭着出来。"

吕梁剧社出发时正是炎热的夏天，到永和时已是秋风飒飒的9月了。剧社在晋西南的巡回演出比较顺利，受到了各界好评。剧社返回隰县黄土镇后，遇到日本侵略军对晋西南再次"扫荡"，根据地的大部分县城已被敌人占领。剧社领导同永和县领导商量之后，决定先把队伍向西转移。1939年10月，剧社从永和关乘船渡过了汹涌的黄河，抵达陕北的延川县城。剧社在延川和中央组织部取得了联系，为延川县各界人民汇报演出。随后，晋西南领导机关指示剧社经陕北绥德地区向晋西北转移。1939年10月15日，剧社在陕北绥德的"中山纪念堂"演出，主要有《到敌人后方去》和《保家乡》等，林杉还根据当时斗争形势，填写了反内战的内容，词中唱道："最可恨，就是那顽固派，打内战，杀同胞，专吃摩擦饭。破坏团结和抗战，想去当汉奸，留个骂名臭万年。"

不久之后，剧社全体人员根据安排抵达米脂县，以"黄河"为代号，秘密住在郊外，等待去请示的林杉的回信，决定下一步行动。

摇篮中淬炼——"成熟阶段"

1939年11月，八路军120师359旅传来喜讯：吕梁剧社去延安学习。全国闻名的鲁艺就在延安，这为吕梁剧社的学习提供了十分方便有利的条件。剧社每个人都用麻纸和粉连纸订了几个笔记本，在土窑洞的墙上挖了一排一尺见方的小洞，作为书架和厨柜，放进笔记本、几本书、牙具和碗筷，在艰苦的生活中开始学习培训。

通过学习鲁艺演出的名剧《日出》、女大演出的大型话剧《秋瑾》和中央党校演出的苏联话剧《破坏》，不仅使吕梁剧社全体成员学到了专业知识，而且大大开拓了剧社全体成员的视野。鲁艺的千学伟、李清宇常常到剧社驻地为吕梁剧社成员讲课和指导排练。在冼星海同志亲自指挥下，吕梁剧社也荣幸地参加了中央党校举行的500人《黄河大合唱》的宏大演出。

晋西事变后，党的主要力量转移到晋西北。吕梁剧社结束了在延安的学习，返回晋西北前线。

胜利中前进——“黄金阶段”

1940年4月初，吕梁剧社回到了晋西北的首府兴县。一到兴县，剧社全体人员参加了在兴县举办的“红五月文艺会演”。其间，除了演出在延安学习移植的节目《良民》、林杉创作的《胜利》和《代用品》等独幕话剧之外，1940年5月7日，还特别演出了冼星海的新作《牺盟大合唱》。冼星海《创作手记》中曾写道：“这大合唱完全是为牺牲救国同盟会写的，因此全曲是以山西牺盟会的历史背景作题材。”演出《牺盟大合唱》，这既是吕梁剧社组建以来的空前创举，也是这部大合唱诞生以来的首次公演，比延安鲁艺演出这部大合唱还要早3天。这不仅说明了作者对吕梁剧社同志们的信赖和支持，同时也标志着吕梁剧社经过在延安的学习，在艺术道路上迈出了新的一大步。演出获得了巨大成功，大合唱中的有些段落，开始在群众中广泛流传。《牺盟大合唱》这部激动人心的歌曲，是在中华民族生死存亡的关头、抗日烽火燃烧在祖国大地、

1939年秋，吕梁剧社社长林杉（右二）、指导员王江三（左一）、副指导员刘仁镜（右一）在隰县

中国共产党领导全国人民坚持对日抗战的情况下产生的，它反映了抗日民主根据地的火热斗争，反映了百万牺盟会员和山西省1300万人民坚持抗日斗争的场面，同时又揭露了阎锡山对日本妥协投降，反共、反人民的丑恶嘴脸，控诉了他们发动“十二月事变”的罪行。这部大合唱是时代的产物，是英雄的战歌。

“红五月”演出后，吕梁剧社又奉命去晋绥的第八军分区慰问演出，活动的主要地区是汾阳、文水、交城的西山三道川一带。1940年7月，晋西党委决定将吕梁剧社划归二纵队建制，并与决死二纵队的黄河剧社（因二纵队的代号是“黄河”，故二纵队八分区的剧社称为“黄河剧社”）正式合并，仍命名为吕梁剧社，这是吕梁剧社发展的新阶段。合并后，人员更加充实，力量大大加强，组织机构也相应作了调整，按戏剧、音乐、美术专业编成了几个分队。社长由二纵队政治部宣传科科长余平若兼任，苗波任副社长，赵哲民任指导员，刘仁镜任副指导员。

1942年5月，吕梁剧社合并于120师战斗剧社，驻在绥德县城。从此，在抗日战争初期曾经活跃在晋西南和晋西北的吕梁剧社便结束了它的战斗历程，正式结束了吕梁剧社单独建制的历史，完成了它的历史使命，走上了新的战斗岗位。1942年，剧社到延安杨家岭中央大礼堂演出，演出的节目是电影导演成荫新创作的反映前线军民抗日斗争的短剧，如《求雨》《虎列拉》《自家人》等，其内容都是前线军民冒着生命危险，同日本帝国主义进行英勇斗争，掩护人民子弟兵脱险的可歌可泣的故事。这些剧目都取材于前线军民对敌斗争的真实事迹，既短小精悍又生动新鲜，感人肺腑，富有时代气息，大大鼓舞了根据地人民抗日斗争的士气。战斗剧社的演出，在延安文艺界中引起强烈的反响。同时，剧社同志们在毛泽东延安文艺座谈会讲话精神的指导下，沿着文艺为工农兵服务的方向，投身到伟大的中国革命战争中去，全心全意地为工农兵服务，满怀豪情地踏上了革命文化艺术的新征程，矢志不渝地去争取革命文化艺术的新硕果。

弹指一挥间，80多年过去了，吕梁剧社在吕梁山脉的4年历史，始终沿着黄河文艺思想的道路，开展群众戏剧运动、推动农村戏剧运动，创作富有时代特色的新剧目，提高本身工作质量和演出水平。尽管条件艰苦，但剧社的成员依然认真学习贯彻毛泽东关于革命文艺的理论，学习兄弟剧社的经验和做法，始终保持革命乐观主义精神，为时代演出，为人民发声，被黄河两岸人民群众称为推动时代轮子的戏剧工作者。他们的创作和演出，一直为坚持开展敌后抗日游击战争、争取抗战胜利而不断作出贡献，对中国文艺事业的发展具有很好的借鉴作用和现实意义。

[作者系中共临汾市党史研究室（市地方志研究室）党建人事科科长]

抗日救国旗帜在黄河两岸高高飘扬

——从瓦窑堡会议到洛川会议

崔梓童

黄河，她浩浩荡荡，滚滚滔滔，浪花相接，奔腾不息；她冲破峡谷，划开原野，映着日月，载着轮帆，有时如泣如诉，有时如怒如吼，仿佛每一朵浪花都在告诉人们，在这古老而又青春的土地上，发生了许许多多可歌可泣、可颂可赞的故事。

1935年底，在民族危亡日益严重和全国人民抗日救亡运动日益高涨的形势下，中共中央及时召开瓦窑堡会议，转变政治策略，作出红军东征战略部署。东征战役就发生在黄河两岸，黄河见证了中国共产党在国内革命战争向民族抗日战争转变阶段进行的一次重要政治军事行动。一年后“七七事变”爆发，国内形势更加严峻，在这全国抗战爆发的历史关头，洛川会议召开，为中国共产党的发展和壮大指明了方向。不久，八路军总部及三大主力师又一次由陕西东渡黄河，开赴抗日前线，黄河也再一次见证了中国共产党为开展全国性抗日救国运动所作出的贡献。

远见卓识

1935年，日军侵略的魔爪由东北伸向华北，国难当头。中共中央政治局于1935年12月在陕北瓦窑堡召开了扩大会议。这是由国内革命战争向抗日战争转变时期的一次重要会议，是中国共产党根据国内形势和阶级关系的变化而转变自己政治策略的一次会议。

瓦窑堡会议旧址

为了团结一切可以团结的社会力量，组织广泛的抗日民族统一战线，担负起领导全国人民进行民族革命战争的艰巨任务，彻底把日本帝国主义驱逐出中国，中国共产党适应抗日形式的发展和阶级关系的变动，制定“统一战线”这一新的斗争策略。

12月17—25日，陕北安定县瓦窑堡村表面上一如往日的宁静，实际上政治局扩大会议正在热烈开展。会议通过了《关于目前政治形式与党的任务的决议》，统一了“抗日反蒋，渡河东征”的战略指导思想，明确决定第一方面军行动部署之基础应确定地放在“打通抗日路线”与“巩固扩大现有苏区”两个任务上，并把“打通抗日路线”作为中心任务。

此次会议对建立抗日民族统一战线，动员全国各阶层、党派、团体、军队参加抗日民族自卫战争有着极其重要的作用，因而对山西特殊形式统一战线的建立有着直接的指导意义，标志着党的政治路线的根本转变。

渡河东征

1935年12月23日，中共中央政治局通过了《中央关于军事战略问题的决议》。为贯彻决议精神，中共中央决定渡河东征，经过山西，开赴河北、绥远前线，彻底粉碎国民党对陕北苏区的经济封锁和军事“围剿”，进一步壮大发展红军的力量，巩固和扩大抗日根据地，同时以实际行动扩大抗日民族统一战线的影响，推动全国抗日救亡运动的高涨。

1936年2月20日晚，黄河两岸沉寂的山峦隐去了白昼的风采，远近村落也披上了一层凝重的水墨色。滔滔黄河裹挟着寒风汹涌地向前奔流着，似乎察觉到了即将发生的壮举。20时，东征战役正式爆发，毛泽东等中国共产党领导人率领红一军团和红十五军团组成的中国人民红军抗日先锋军，突破黄河天险，分别由陕北清涧县河口、绥德县沟口等地开进山西，开始了为时75天的东征壮举。

红军东征历时两个半月，取得了重大胜利。东征的胜利，以实际行动向全国人民宣传了共产党“停止内战，一致抗日”的抗日救国主张和决心，推动了全国抗日救亡运动的发展，推动了抗日民族统一战线；扩充了红军8000余人，筹款50余万银圆，缴获了大批军用物资；巩固和发展了陕北根据地，体现了毛泽东“以发展求巩固”的战略指导思想；在山西广阔的土地上播下了抗日的革命火种，为后来八路军挺进山西抗日前线，创立敌后抗日根据地打下了坚实的基础。

全面抗战

1937年7月7日，日本侵略军在卢沟桥发起进攻，开始了全面侵华战争，中国军队奋起抵抗，全民族抗日战争爆发。8日，中共中央通电全国，号召全国同胞和军队团结起来，筑成抗日民族统一战线的坚固长城，抵抗日本帝国主义的侵略。只有实行这样的路线，才能引导中国的抗战取得最后胜利，并使这个胜利成为人民的胜利。

8月22日，在冯家村的一所小学内，教室被改成了临时会议室，课桌长短不一、高低不平，正是在这简陋的环境中，洛川会议召开了。这一次中央政治局扩大会议通过了《中央关于目前形势与党的任务的决定》《中国共产党抗日救国十大纲领》和毛泽东为中央宣传部起草的宣传提纲《为动员一切力量争取抗战胜利而斗争》，指明了坚持长期抗战、争取最后胜利的具体道路。

在全国抗战刚刚爆发的历史转折关头召开的洛川会议，明确了中国共产党在抗日战争时期的主要任务，指出了国共两党两条不同的抗战路线的原则区别，确立了共产党在敌后放手发动独立自主的游击战争，利用游击战争配合正面战场、开辟敌后战场、建立敌后抗日根据地的战略任务，正确地指导了党和军队实行由国内战争到民族战争、由正规战到游击战的战略转变，为实现党对抗日战争的领导权和为争取抗日战争的胜利奠定了政治思想基础，为中国共产党的发展和壮大指明了方向。

整装待发的红军东征一部

洛川会议后，为了粉碎日本帝国主义侵占全中国的企图，8月下旬至9月初，八路军115师、120师先后经陕西韩城芝川镇渡过黄河，挺进山西前线。随后，朱德、彭德怀率八路军总部也向山西前线进发，直接指挥八路军在华北与国民党军并肩抗日。10月上旬，129师也由此渡河奔赴前线。

9月6日清晨，云阳镇大操场上空响起了雄壮激昂的“誓与敌人决死战”的歌声，排列整齐的八路军队伍从四面八方聚集到这里。每支队伍的前列都高举着抗日救国的标语。蒙蒙细雨中，全体将士高声复诵《八路军出师抗日誓词》，万众齐声，山鸣谷应。气壮山河的誓词，如催征战鼓，激荡着每位出征将士的心。

16日上午，芝川渡口云集了无数八路军将士，百余条大小船只摆在了黄河边上。河面10多里宽，河水深浅不一，既有浅滩，又有旋涡。加之秋季河水暴涨，黄河水流越发湍急，行船十分困难。然而将士们抗日热情不减，船工们受到感染，努力战胜一次次恶浪，闯过一个个险滩。肩负着抗日救国重任，船队在汹涌奔腾的波涛中勇往直前。

中国共产党在国家和民族处于危亡的关键时刻展现出来的勇敢顽强、不畏艰难的革命精神，是捍卫国家主权和民族独立解放的爱国主

洛川会议旧址

义，是军民一家、鱼水相依的团结友爱，是在极其艰苦的条件下展现出的百折不挠的艰苦奋斗，是为了人民利益无畏牺牲的乐于奉献。这是数千年来中华民族精神的积淀和延续，是中国共产党领导人民军队为了人类解放奉献全部的发展和升华，是我们能够用“小米加步枪”打败强大的日本帝国主义、一洗中国百年屈辱的根本原因。中国共产党人从陕北过黄河，走上太行山，走向全中国。

黄河之水，奔腾不息。中华民族的脉搏，跟着她跳动，抗日救国的旗帜，久久飘扬，胜利的号角，在此奏响！

［作者系中共临汾市委党史研究室（市地方志研究室）党史研究一科四级主任科员］

一块银圆

张步军

一方砚台、一枚像章、一张旧钞、一把枪……红军东征永和纪念馆里珍藏的许许多多物件，都有一段来由、一段过往，它们都蕴藏着珍贵的情感和记忆。当我们重新触碰它们、凝视它们的时候，很多往事都会浮上心头。

今天，我要给大家讲述的就是珍藏在这里的一块银圆的故事。

那是1935年秋末的一天，红军东征前派出一个由5人组成的侦察小队，再次到永和县境内查看敌人沿黄布防情况，不料在阁山被敌人发现，红军果断地向黄河岸边转移，敌人一路追到佛堂。

那时候黄河水很大，天又凉，没有渡船，单靠人力根本无法过河。不远处又有敌人追来。情急之下，红军扛起枪就要跳进滚滚黄河中。“快，快到我这儿来!”就在这危急关头，正准备靠岸回家的任二小重新抄起竹篙，向红军发出了救援信号。

二小自幼生活在黄河岸边，靠摆渡和打鱼讨生活。最先来永和侦查的红军就是二小送过河的。自从听说红军要过黄河，敌人就把他家的船给烧毁了，为了维持生计，二小偷偷扎了一个羊皮筏子，藏在河湾里。

听到喊声，红军战士顶着密集的枪声，迅速跑向河湾，跳上筏子。正当要划离河岸时，只听“扑通”一声，一名战士中弹掉入河水里。情急之下，任二小奋不顾身跳入黄河，冰冷刺骨的河水瞬间包围了他，翻涌的巨浪打击着他瘦弱的身体。二小拼尽全力，使劲游向受伤的战士，一把抓住他的衣服，使出浑身解数，带着他游向筏子。浪头一个接着一个，二小硬是用头把受伤的战士顶上筏子。立在羊皮筏上的二小浑身湿透，在寒风中瑟瑟发抖。他顺手甩去脸上的水珠，斩钉截铁地说："你们趴好了！"随即把竹篙往河岸上使劲一顶，很快筏子就被划到了河中间。敌人追到河岸边大声喊道："哎！快把船划回来，赏你五十大洋！"二小头也没回，只是使劲向着对岸划着羊皮筏子。敌人见状，气急败坏地向着他们的方向胡乱开了一阵枪。

终于安全过了河。红军拉着二小的手："你不能回去了，他们是不会放过你的！""你们别管我，快走吧！"面对倔强的任二小，红军战士拿出身上仅剩的一块银圆说道："老乡，请您收下吧！"二小见状，拧了拧脖子，说道："这是干什么？为挣钱，我就不送你们！"

"老乡，你误会了，你冒的风险不能用钱算，这一块钱啊，就权当是纪念吧！"

红军走后，二小藏在岸边，焦急地瞭望着对岸的家。忽然发现自己家冒起浓烟，他划着筏子往回赶，离岸三四十米，隐约听见妻子的喊声："二小，不要回来！"

再近一点，他看见了年迈的母亲和怀有身孕的妻子都被捆绑在岸

一块银圆

边。敌人用枪托恶狠狠地把她们打倒，不停地在身上踩踏着。看见母亲和妻子被百般欺辱，听着妻子的惨叫声、母亲的呻吟声，二小心如刀绞。顿时他怒目圆睁，加快速度划到岸边，紧握着竹篙三步并作两步冲向敌人。然而，他一个人，如何斗得过如狼似虎的敌人，只听一阵枪响，二小倒在血泊里。他的母亲和妻子见状，顿时昏了过去。丧心病狂的敌人当众对着二小一阵乱刺，随后把尸体挂在了村前的大树上。

敌人走后，乡亲们不顾敌人的恐吓，把他从树上解下来，埋在了山梁上。二小的妻子在整理他的遗物时，发现了这一块带血的银圆。

第二年春天，红军回师西渡时，被救的红军战士特意来到佛堂村，寻找任二小，当他们听说任二小遇害的事后，便给他的家人讲述了这块银圆的故事。

二小的儿子任清全从未见过自己的父亲，每次问起，母亲总给他讲述这块银圆的故事。他就是听着这个故事长大的。这块银圆寄托了他对父亲的全部思念。他一直把它放在柜子里珍藏，有人要作为古董购买，他说“这是个念想！看到它就能想起我父亲，就能想起红军战士，就能想起美好生活的来之不易！”

2005年，红军东征永和纪念馆建成后，任清全把这块银圆无偿捐给纪念馆，他想让更多的人了解这块银圆背后的故事。

今天，我们回望历史，共叙军民鱼水情，就是要牢记红军东征不朽的功勋和永恒的记忆；更是要坚守自己的初心使命，走好新时代的东征路！

（作者系红军东征永和纪念馆馆长）

黄河激浪中的一朵奇葩

——黄河仙子的传奇故事

李玉山

黄河是伟大的母亲河，她从青海省的巴颜喀拉山脉起步，一路呼啸奔腾，抛洒出一串串绚丽的浪花，也演绎出一个个神奇的故事。

黄河仙子的故事就是黄河激浪中的一朵奇葩。我们大宁县地处黄河流域中段，上有如仙女丝带般的乾坤湾，下有似雄狮怒吼的壶口瀑布，还有紫气缥缈犹如人间仙境的人祖山。黄河在大宁县域西边温驯地缓缓流过，全长48华里。黄河性暴，激浪怒涛，咆哮如雷，为什么偏偏在大宁地段流速缓慢，温柔如少女迈动着轻盈的脚步款款而过呢？这就不得不说到黄河仙子。黄河仙子是黄河流域唯一的女神，人称“黄河之主”，她的祠庙就坐落在大宁县马斗关黄河东岸半山腰的一个石龛里。祠庙不大，却精巧玲珑，仙子面向黄河端坐，塑像栩栩如生，仙子的侄女和金猫玉犬侍立于侧，元、清两代镌刻的两通石碑，油光锃亮，极简洁地记载着黄河仙子的传奇故事。仙子神威，滚滚黄河流过脚下，岂能不温驯如姗姗而来的少女脚步呢。

相传，黄河仙子原为天宫玉帝身旁的一位仙女。在人类诞生的莽荒时期，她下界帮女娲抟土造人，战胜各路妖魔鬼怪和各种自然灾害。那时，黄河流域洪水泛滥，人民惊恐万状，四处奔走，难得安宁。大禹奉命治理黄河水患，这是一个十分艰巨的工程，特别是河东地面那座龙山，危岩叠嶂，绵延100余里，挡住水路，久凿不开。黄河仙子便三变老妪，为禹指点迷津，终于凿开龙山，让滚滚黄河东流而去，解除了黄河水患，使黄河流域成了一片清平世界。

玉帝召她回归天界。可是，黄河仙子与人间世界结下了深厚感情，她在天界时时牵肠挂肚，坐卧不安，于是又请求玉帝让她二次下凡。这时，人间世界已经进入宋朝初期，她就降生在陕西省延长县雷赤河村的一个铁匠家里，家人为她起名“还香”。还香生下来还没有过几天好日子，父母就先后离世，她只得和兄嫂一起生活。嫂子心肠狠毒，眼里容不下人，只把还香当作廉价劳力，让她喂猪，又让她放羊。上山放羊的时候，还要她砍柴，砍柴罢了再去纺棉线。一开始，每天纺半斤棉线，见她每天都能完成，就不断加码，一斤，一斤半，二斤……还香上山的时候总是带着家里的猫和狗，猫、狗都可怜她，就帮着她纺棉线。它们选中一块平缓的地面，把棉絮分别挂在两边的树枝上，然后来来回回地跑着，又是拉又是扯，不一会儿，猫和狗就帮着把棉线纺完了，还香回家也就能吃上一肚子的饱饭了。

一天，还香正与猫、狗一起纺线，忽然就呼呼隆隆地刮起了大风。刚砍好束成捆子的柴火被风刮得骨碌碌地直往山坡下滚去，还香就急忙拼着命地去抓柴捆，山坡下是一面齐崭崭几十丈深的崖壁，倘若掉下去哪还会活命呢？可是，就在这时，只见有一个小伙子从半山腰拼着命地扑了过来，拦腰抠住还香将要掉下去的身子，也正是还香命大，崖畔不偏不倚长着一棵粗大的柏树，正好挡住了他们的身体，如果不是这一挡，还香和那个扑过来营救她性命的小伙子都要掉下崖去，粉身碎骨。这下却是有惊无险，保全了性命，还香也因此认识了这个小伙子。小伙子原是黄河东岸的大宁县人，名叫黄山，父母双亡，独自逃难出来，在这山上打柴为生。两个苦命人患难与共，心心相印，也就拉近了距离，亲密无间，成了有情人。可是要成亲，就得向嫂子交一笔厚礼，黄山只得急急赶回大宁老家求亲告友地去筹借。还香嫂子知道了这件事，觉着从黄山这个穷小身上捞不到多少油水，心生一计，便要将还香嫁于本村一家财主的憨儿子，还香不从，兄嫂二人便把她捆绑起来，锁在后院的一间小屋里，硬是逼着她和那财主家的憨儿子成亲。谁知还香的侄女心疼姑姑，半夜三更，从她妈妈的屋里把钥匙悄悄偷了出来，开门解绑，和还香还有那狗、猫一起逃出家门，向着黄河岸边奔来。黎明时分，她们到了黄河岸边，苦苦哀求艄公渡她们过河，艄公伸出手来要钱，她们却分文没有，于是，艄公把头一仰，说了句："那你们就自己过河去吧。"这时，还香也远远看见她哥哥带着一伙人紧追着赶上来了。她急得直跺脚，谁知这一跺，竟将口袋里的一块手绢震了出来，随风落入河中，铺展开来竟有席片那么大，还香急忙拉着侄女和狗猫站了上去，飘飘悠悠地向河对岸浮去。浮到河中心，还香心平气和了，想到了人生的苦辣，世事的不公，忽然就有了一种顿悟的感觉，清晰地知道了自己转世前后的情景。她想，在天上牵挂人间，在人间苦难连连，既然在世上作为一个普通的人，不能救助于天下黎民百姓，那还不如回归神坛境界，冥冥中赐人以幸福哩。她转眼看看侄女，这是一个多好的女孩啊，她还小，还应该有很好的生活，可人间哪有好的生活等着她呢？有的只是苦难，既然要在苦难中去受罪，那就也让她归入神仙界吧。于是，过河以后，她们便立即向着山坡一面陡峭的石龛里走去，面向黄河坐下来，双目微闭，随即便坐化了。这天正是农历的正月二十二日。

黄河仙子坐化以后，回归神坛，赐福人间。她除为向她祈求的人们送子、送药、送平安以外，还为她在尘世的情人黄山送去了幸福美满的婚姻，了却她的一桩心愿。黄河仙子的灵验不胫而走，不几年的时间，晋陕沿黄一带的人们都纷纷前来向她祈拜，还为她设庙会、唱大戏。

黄河仙子在人间尝遍了酸甜苦辣，知道人世的艰辛，对人也就十分同情。她经常外出视察民情，有一天，她看到有一对年轻人正向着一泓绿油油的深潭急急走去，情知他们是要去自寻短见。这哪能行呢？黄河流域的水是为人民造福的水，哪能成了"吃人"的祸水？于是，黄河仙子立即按下云头，转身变成一个老太婆，蹒跚地向这两个年轻人走来。她问他们为什么要自寻短见？两个年轻人说出了实情。原来他们俩是一个村里的对门邻居，从小一块长大，情投意合，两小无猜，便互相表白了心意。可是，女方父母知道了，竟然指着男方家的门直骂，说是"如果你家要有摇钱树，我就把女儿嫁过去！"世上哪里会有摇钱树呢，这不是明显地不愿意又要来耍弄和难为人吗？他们想，不能在一起生，那就在一块儿死吧，反正生生死死是要在一起的。

黄河仙子听罢十分气愤，世上怎么有这么多的嫌贫爱富之人呢？对这种人一定要惩治一番。她安慰两个年轻人暂且回去，这事由她处理。

夜里，黄河仙子来到女青年的家里，对着正在酣睡的女青年的父母说："你们不是要一棵摇钱树才肯把你女儿嫁给你家对门的那个小伙子吗？现在我帮他家找来了摇钱树，放在你们的面前，你们摇吧！"

女青年的父母在睡梦中见有一棵摇钱树放在他们的面前，惊喜得几乎要跳了起来，他们急忙起身去摇，那一串一串的钱便哗哗啦啦地直往下落。开始，他们只是觉得钱少，摇了再摇，钱越来越多了起来，满屋子上上下下、旮旮旯旯都堆满了钱。最后，连他们也都被埋在了钱堆里，直憋得透不过气来，由喜而悲了。他们急忙呼叫："钱够了，钱够了，不要了，不要了！"

两口子憋得直喘粗气，惊醒过来。耳畔仍然响着黄河仙子的声音："不要了，那就好。不过，我还是想告诉你们一声，你们想要摇钱树，这不能说是件坏事，可摇钱树在哪里呢？摇钱树就在你家对面的山坡上，你们只要把山坡治理好，栽上树，管理好，棵棵树都是摇钱树，座座山都是金山银山，你们家祖祖辈辈还不就富起来了，何必硬要在儿女身上打主意呢？"说罢，只见满屋子的钱又一片一片地挂在了摇钱树上。黄河仙子捧起摇钱树飘然而去了。

两口子受了这一场惊吓，知道神灵在怪罪他们。第二天一大早，他们就亲自来到男青年的家里，言说了一番梦中的情景，主动相商，把孩子们的亲事给定了下来。不久，两个年轻人结了婚。他们两家也从此治理山坡，栽树管树，座座山坡绿油油的，日子过得越来越红火。

黄河仙子扬善柔情似水，除恶则心硬似铁。特别是对那些欺压百姓的贪官污吏，黄河仙子更是恨之入骨，非除之而后快。

大宁县历史上曾有一位十分狠毒的贪官，在民间征粮伐树，田野荒芜，逼得老百姓走投无路。黄河仙子就铁了心地要惩治这个贪官。于是，在一年炎夏之时，雷电大作，暴雨倾盆，一连三天三夜，昕水河洪水暴涨。洪水滔滔，溢满河槽，直漫上了17层城墙。守城士卒急急关闭城门，可洪水汹汹，仍然越涨越高，眼看城池就要被洪水淹没，这位贪官在全县人民的威逼下，战战兢兢地爬上城楼。他一看那泱泱洪水，巨浪翻滚，浪尖上两条蛟龙抵着犄角，咆哮如雷，俯仰腾跃，一跃便浪高数丈，顿时便吓得魂不附体，几乎晕了过去。他也算是个有自知之明的人，情知自己所作所为惹怒了天，天意难违，这官是不能再当了。于是，一把上去将自己头上的乌纱帽揪掉，随手抛入河中去，洪水方才刷地退了下去。

后来，京城又派来了新县吏。上任之后，体恤民情，精于治理，身体力行，发展生产。前任那个贪官只知搜刮民脂民膏，滥伐树木，导致水土流失，造成祸患。新县吏在那些荒山荒坡上又狠抓植树造林，并立下“造林者赏，毁林者罚”的规章制度，严格执行。不几年，天变蓝，水变绿，满山遍野葱葱茏茏，为治理黄河立下了大功。黎民百姓也都富裕起来。在此基础上，这位县吏又筹资修建县城，城墙北连山寨，南面昕水翠微，一律青色条石砌起，几十层高，齐崭崭的好不气派，遂便有了大宁县“小金殿”的美誉。

黄河仙子的故事虽然是个神话传说故事，但生动传奇，精彩纷呈，民间口碑多多。神话也反映现实，有着一定的现实意义。黄河仙子是善神，平民之神，她惩恶扬善，维护黄河一方清平安宁，是被称为“黄河之主”的黄河之神。如果大家感兴趣，可以到山西省大宁县马斗关旅游一次，到那座位于半山腰的精致祠庙里，去参拜女神黄河仙子，或邀几位当地老乡聊聊口碑传闻，或找几本《黄河仙子传奇》和《大河古话》读读，你定会体验到黄河别样的风情滋味，感受到黄河仙子传奇故事的独特魅力！

（作者系中国散文学会会员、山西省作协会员）

绿水青山金梦圆

——大宁人民治理黄河的故事

李玉山

黄河是中华民族的母亲河，孕育了中华人民，也发展了中华文明。但同时，它浑浊的躯体、暴怒的波涛也给沿岸人民的生存带来巨大危害。多年来，党中央一直号召要治理黄河，要把黄河的事情办好。沿黄河县市各级党委、政府响应党中央的号召，都在努力治理黄河，也治出了成效。现在，就让我为大家讲讲大宁历届县委、县政府治理黄河的故事。

那是1985年的时候，杨家洪在大宁担任县委书记。有一天，一片乌云突然遮蔽了天空，一阵雷雨过后，山洪便暴发了。平日文文静静绕城而过的昕水河，骤如一头狂怒的雄狮。杨家洪走近河边，掬起一捧稠乎乎的黄泥汤，心头顿时一颤，这里有多少泥沙啊，不，岂止是泥沙，这是山区人民赖以生存的鲜红鲜红的血啊！

杨家洪一来大宁就听到了这么一个传说。说是不知是什么年代，一连下了几天暴雨，河水越涨越高，凶猛的浪头一浪高过一浪，而后洪水竟直冲进城里来了。百姓哭天喊地，商贾惊慌失措，县太爷坐不稳了交椅，由衙役们扶着两只胳膊绕道上了城楼。上得城楼一观，洪水泱泱，恶浪滔滔，如猛兽般吼叫，顿时吓得魂不附体，面如土色。一把抓掉头上的乌纱帽，向城池的浪峰扔去。不料，县太爷的乌纱帽竟镇住了暴涨的洪水，像急速滑下一道陡坡似的，洪水刷地落下去了。

这虽是一个无可查考的传说，但也正是大宁县水土流失严重的一个佐证。杨家洪亲自到黄河水利委员会大宁县葛口水文站搞调查，据实测泥沙分析，多年平均含沙量为15.7%。全县水土流失面积占到总面积的72%，侵蚀模数每平方公里达10384吨，每年流失表土1000余万吨，损失有机质和氮、磷、钾可折合化肥13000余吨。多么惊人的数字，多么严重的水土流失！杨家洪在山区工作多年，他深知山区有着丰富的土地资源，但严重的水土流失却是影响农业经济发展的主要因素。解决不了这个矛盾，土地的资源优势就不可能充分发挥出来。他深深感到，治理水土流失是让人民脱贫致富的根本问题，也是治理黄河的一个严峻问题！

但是，如何治理呢？他一直在苦苦思索着。

杨家洪来到安古乡的而吉村。这是个极小的山村，20多户人家住在依崖挖出的土窑洞里。在村口，他发现一户人家的院外墙下长着3株高大挺拔的桐树，树冠绿森森地罩着一大片。为什么这几棵树长得如此奇特？他急忙下车去看，只见树下有一条长长的带沟，宽约2米，边塄高、宽都有30多厘米。主人老马告诉他：这树栽上3年，每棵径围都超过了1米；还说用同样办法在院北陡坡上挖沟栽植的苹果树，4年挂果，最大的苹果8两重。杨家洪看了挖沟栽植的苹果树，又在这3棵树下蹲了下来，他陷入了沉思，宽阔的额头上那几条智慧的年轮也在慢慢地蠕动。大约半个钟头以后，他高兴地往起一站，没头没脑地连连说：“有了！有了！”有了什么呢？随行人员都不知道书记要说什么，感到有些惊奇。可是，是谁知道，杨家洪就是在这3棵奇异的桐树身上，寻找出了萦绕在他脑海里的那个大问号的答案。

大宁县位于黄河中游，坡耕地多，是劣势也是优势。杨家洪上任不久，根据大宁坡耕地广阔的优势，制定了建设花果林牧县的实施方案。可是，有人说：“果树要有高效益，就得栽在平地里。”但大宁哪有那么多的平地呢？再说，平地栽了果树，农民群众吃粮问题又如何解决呢？现在可有了好办法，就像老马一样在山坡上挖出一条水平带沟，如果全县所有的山坡地都能束上这么一条一条的带子，既阻止水土向黄河流失，又长好了树，岂不是两全其美的大好事！杨家洪异常兴奋。

于是，在县委常委会议室里，书记、县长、副书记、副县长以及有关单位的负责人，聚精会神地进行了两天热烈紧张的讨论、辩论。

于是，县委办公室、政府办公室、政策研究室的一班“秀才”，急急忙忙地下去搞调查，又心神专注地趴在办公室的桌子上写出一份扎扎实实的调查材料。

拿着这份材料，杨家洪下临汾、上太原，请专家论证。省林科所杨春和工程师很感兴趣，觉着这既是大宁县建设花果林牧县的一件好事，也是解决黄河流域水土流失的一件大事，一举两得，一箭双雕。杨工更感兴趣的还有这位有极强事业心的山区县委书记。于是，杨工急匆匆赶来大宁，在距县城15华里的罗曲村找了一间民房住了下来，深入进行考察和实验，在杨家洪书记的帮助下，组织群众自己动手搞试点：根据坡度的陡缓和地形走向，隔一定距离挖1米宽1米深的带沟，生土打埂，熟土回垫，宜栽树，也可种庄稼。杨家洪在处理完一天的公务以后，总要来到杨工的住处，盘腿坐在炕头，或凑着淡淡的灯光，和杨工一起讨论如何把工程措施和生物措施、防护效益和经济效益、长远利益和当前利益有机地结在一起，并把这一创举定名为“隔坡水平沟”。

可是，正在隔坡水平沟不断深入进行着新的探索，阴雨连绵，淅淅沥沥地一连多日不晴，降水量达175毫米。杨春和工程师隔着一方玻璃看着斜箭似的雨丝，心里有担忧，也有经受着某种考验的喜悦。同一时间，在县委二楼的书记办公室里，杨家洪也在观望着窗外那斜斜的雨箭，也有着同样的心情。

夜，已经很深了，雨兀自在下。杨家洪躺在床上翻来覆去睡不着。他实在忍耐不住了，便穿上衣服，叫来司机小刘，驱车向罗曲村奔去。

杨工开门迎进冒雨深夜来访的杨家洪书记，心里直觉着感动。“情况怎么样？”杨家洪急切地问。

杨工谈了他白天冒雨爬上工地观察的情况，肯定地说：“雨量这么大，但沟体完好无损，水、土、肥全部拦蓄。”

两人一直谈到后半夜，共同总结出隔坡水平沟的4条好处：第一，从防护效益上看，能够蓄水、聚肥、控制水土流失；第二，从经济效益上看，可栽树种田，搞“多层次”的立体经济，一举多得；第三，从治理形式上看，简单易行、便于推广；第四，从根本利益看，是治理黄河的好办法。

接着，以县委、县政府的名义，在罗曲村北坡召开了全县各乡（镇）主要领导参加的现场会，会后，全县10个样板工程便全部搞了起来。

以隔坡水平沟的办法治理水土流失引起了方方面面的重视，《山西日报》一版以醒目位置发表题为《大宁县的隔坡水平沟是一大创举》的报道文章。水电部部长钱正英也来信鼓励。1986年1月4日，黄河委员会邀请杨家洪亲赴西安作专题汇报，汇报后，专家们一致表示：“这是个好办法，黄河中、上游各省区都能这么搞，黄河的事情就好办了！”

杨家洪和大宁县人民十分感激上级领导的支持，于是，在这一年的夏天，这个轰轰烈烈的大搞隔坡水平沟建设大行动在全县的山坡上展开了。

那正是麦收以后，县里抽出200多名党政干部，全县根据地理位置规划了几个大的作战区，上马劳力上万人，占全县总人口的五分之一。县委、县政府分别留一名领导主持工作，其余都带着铺盖卷下到工地。县委书记杨家洪亲自挂帅的指挥部设在距县城40华里的北桑峨中学，学校放了暑假，他带着铺盖和大家一起住在教室里。每天一早，他带上工具就上了工地，直到天黑才收工回来，两顿饭都在工地吃。

拼搏是艰辛的，也是振奋人心的。天突然下起了雨，噼里啪啦雨点子像打在杨家洪的心上，一阵又一阵的冷战，一颗担忧的心简直要碎了。他实在憋不住了，穿上雨鞋，戴了草帽，扛起钢锨，径直向雨幕中冲去。他艰难地拖着两只沉甸甸的泥脚爬上了工地，又一条塄一条塄地细心察看，从厚度、宽度、方位、坚实等多方面找问题。大雨虽然把他浇成了落汤鸡，可看着这一条条钢筋铁骨似的隔坡水平沟拦住雨水，经受住了这一场暴风骤雨的考验，心里却十分欢喜。

群众高兴地把隔坡水平沟称为“致富沟”，“致富沟”里欢笑多，故事也多。割麦村有个村民小组长，此人在村里是个举足轻重的人物，但极喜好打麻将，经常约几个牌友整日地打麻将牌，有时直接玩通宵。村里人有意见，老婆也常和他闹矛盾，他就是改不了这个脾性。今年麦收以后，全县掀起建设隔坡水平沟的热潮，在这股热浪的冲击下，他也偷偷去到县委书记杨家洪亲自指挥的样板工地去看，一看那热火朝天的阵势，便使他吃了一惊。他又看了几块样板工程，觉着这一道一道坚实的土埂，像"紧箍咒"一样套在坡耕地上，纵有倾盆大雨，泥土粪肥也冲不走，栽树种庄稼都好，确实是为山区人民开发的一条致富路。于是，急忙回村，对几个牌友说了一遍，第二天便扛起铁锨在自己承包的地里干了起来。他这一带头，村里人跟着走，这个村很快就掀起了建设隔坡水平沟的热潮。县里第一期工程结束以后，县委书记亲自召开广播大会，并在全县开展大评比，这个麻将迷竟然也被评上了建设隔坡水平沟的模范。

徐家垛乡模范村的侯三保，这个40来岁的中年农民，虽然个头不大，肚子里却装着一团熊熊的火。这几年，他听广播看报纸，对党的富民政策有了深入了解，但家住在一个贫瘠的干圪梁上，一家七八口子人又走不出去，怎么致富？为此他十分着急。前几日，听了杨书记关于建设隔坡水平沟的广播讲话，觉着有道理。咱山区的优势是土地广阔，特别是山坡地，祖祖辈辈广种薄收，既破坏了生态环境，又打不下多少粮食。县上号召在治理上下功夫，的确是条出路。于是，建设隔坡水平沟的热潮一掀起，他便带上家人住在北桑峨村的亲戚家，一边帮着在杨书记亲自指挥的重点工程工地上干活，一边也就学到了治理隔坡水平沟的技术和规则要求。1个月后，他们一家回了村，立即在自家承包的33亩坡耕地上标标准准地开挖隔坡水平沟，又全部栽上了优种果树。侯三保一家在地里干得热热闹闹，村里人可看红了眼，这家来看，那家来问，不几日，全村家家户户都动了手，闹得热火朝天。一天下午，杨家洪专程来到这个村，他紧紧拉着侯三保的手，表扬他带了头。侯三保一仰脖子哈哈笑着说："是书记为咱开出致富路，谁不跟着干才是傻瓜哩！"

隔坡水平沟治理引起了中央领导的重视，委派专家组到大宁进行考察，之后，获得了林业部和省科技进步奖。

杨家洪调离大宁以后，2016年，王金龙调任大宁担任县委书记。作为农学院的毕业生，他带领县委、县政府一班人，践行习近平总书记“绿水青山就是金山银山”的理念，在水土流失、生态脆弱的贫困状态中探索脱贫和生态建设，实施购买式造林，在兴林增绿中让群众脱贫，实现生态建设与脱贫攻坚互利双赢，要继续在大宁走出一条以改革创新、攻坚深度贫困的特色路径。

购买式造林是政府搞好规划设计，由造林合作社通过竞价议标，与乡镇签订合同，自主投资投劳造林，林权不变，树随地走，当年验收合格后支付30%的工程款，第三年验收后支付余款。购买式造林服务的组织方式，旨在充分发挥市场在资源配置中的决定性作用，靠市场主体的获利机制推动生态建设和脱贫攻坚互促双赢，发展方向是造林营林市场化。购买式造林为生态建设与脱贫攻坚架起了桥梁和纽带，强化了造林者的责任，提高了造林质量和贫困户收益，赋予贫困群众参与生态建设的权利和自由，激发了群众的内生动力。政府以“花钱买树活，花钱买结果”的思路，实现了造林由计划经济的“过程管理”向市场经济的“结果购买”转变，构建了一个很好的投资引诱，获得了很大的乘数效应，撬动社会资金参与造林，激发了市场活力，极大地解放了林业生产力。

大宁县城北50华里处是一抹山脉，坡坡梁梁呈现出一片荒秃和苍凉，致使这一带的上、下白村长期处于贫困状态。县委、县政府实施购买式造林，白村村民冯明星率先组织124名村民（其中建档立卡贫困户111名）成立起全县第一个造林合作社——大宁县欣达扶贫攻坚造林专业合作社，用县上购买式造林的模式打造造林基地，成为县、乡购买式造林的试点工程。白村自然条件恶劣，十年九旱，村民大多常年外出打工。现在，在自己家门口栽树，既照顾了家，赚的钱比外出打工还多，积极性十分高涨，人们纷纷回来在自己家门口栽树。村民冯还堂是建档立卡贫困户，下过煤窑，做过豆腐，当过小工，但始终没有改变了家庭的贫困面貌。造林专业合作社成立起来，他第一批报了名，手脚勤快的他是村里的庄稼能手，种树是他的“拿手戏”。他早出晚归，一门心事地种树，当年竟然就挣了18000元。持续几年下来，冯还堂家的光景就变得像模像样了，新翻修的3孔砖窑洞，一色的白瓷砖贴面，宽门大院，很是惹人注目。

实施购买式造林，绿了荒山，富了百姓，把打造绿水青山的过程，变成群众积累金山银山的途径。在购买式造林的基础上，各乡镇、村聘用护林员，实施资产化管护，管护成效与护林员工资直接挂钩。县上还设立了脱贫攻坚生态效益补偿，从2017年起，县财政每年投入150万元，给予新造林每亩每年5元的生态效益补偿。同时，开展林业资产性收益，采取“企业+合作社+农户”的模式，每年支付农户保底收入32.8万元，户均增收每年1484元，受益年限为30年。

购买式造林使绿水青山变成了金山银山。当地农民有了充分的施展空间，曾经荒山野岭是黄河的祸害，现在变成了黄金宝地，变成了农民的“绿色银行”。

大宁兴林致富，治理水土流失，既为治理黄河办了好事情，也圆了一个金碧辉煌通往富裕小康的美丽大梦！

（作者系中国散文学会会员、山西省作协会员）

“中国梨乡” 闻名中外

王双定

在滚滚黄河东岸，滔滔三北防护林中段，有一个闻名中外的“中国梨乡”。它就是靠种植梨树迅速崛起，甩掉贫困帽子，跻身富裕之林的山西隰县。

因为名气大，诱惑力强，我对收获梨果的秋景心仪已久。中秋节前，东方欲晓，我便急匆匆起床，徒步爬上塬面，扑进波涛汹涌的梨树海洋。

此刻，一片一片的梨园，互相依偎着，还静悄悄沉浸在晨光熹微的甜梦中。细雨刚过，草叶尖端还颤巍巍挑着闪光的小露珠，水银似的晶莹。秋叶卸去碧绿的浓妆，换上调色板似的新装，欲与金色的秋菊和火红的荼蘼们比谁更绚烂多彩。压弯枝条的簇簇梨果，更是洋溢着蓬勃朝气，争先恐后地展示它们独具魅力的色、香、味、形。

眨眼间，天空已脱去云雾氤氲的轻纱，袒露出无限高远的蔚蓝。柔嫩干爽的灿烂朝霞，穿透枝叶织成的巨网，悄然给我脚下铺了一层斑驳的碎金。空气滤过似的清新，甜甜的，沁人肺腑。幽幽梨香扑面而来，挑逗着敏感的味觉神经，我忍不住地频咽口水。金蜂彩蝶们飞来舞去，忙着续签明年的工作合同，生怕迟了失去这里的迷人岗位。南飞的雁阵依依掠空而过，洒下一路离情。喜鹊和野鸟们穿梭于枝头，七嘴八舌地交流着它们对秋天的感受。更可喜的是，国家二级保护动物褐马鸡，感到生态环境好了，携亲带友重回这里悠闲地散步，跟果农近距离接触。眺望远处，是层林尽染的三北防护林，覆盖了将

隰县梨园

近一半的国土总面积，它包括隰县在内的13个省市自治区551个县（市、区、旗）。浩瀚林涛汹涌澎湃，正从我脚下滚滚滔滔向远方铺展延伸，渐渐溶入浩茫碧空……这里的农民就在这种蓬勃发展的林业建设中，在雄伟壮阔的绿色万里长城护卫下，披荆斩棘，砥砺奋行，终于靠种植梨果的“甜蜜事业”富起来，过上幸福生活。

如今，隰县有新车、新房、新电器的百万元农户并不罕见。穿着西装革履潇洒走四方，上网请教八方专家，博采众长的“洋”农民与日俱增。这样舒心惬意的日子来得如此之快，连他们自己也因始料未及而十分惊喜，又因连年拼搏挥洒血汗来之不易而百倍珍惜。

太阳爬上一竿子高的时候，梨园就沸腾起来。省内外梨商车水马龙，争先恐后来拉货，使这里顿时变得门庭若市。采摘和装车的娘子军，都在忙碌中用动人的歌声笑语迎接贵宾。歌中流着婉约，笑里飞着豪放，话语间浸透着温柔，客商听了心里都热乎乎、痒酥酥的。主客双方用带着乡音痕迹的普通话相互问候、祝好、洽谈……主人大度儒雅，言谈举止很有分寸，几乎滴水不漏，使客人彻底颠覆了印象中粗犷土气的农民形象，不得不对他们刮目相看、肃然起敬。谈笑间，一笔笔收入又不断添加到果农的账户上。

啊，我终于看到什么是富裕，也理解了这个“梨”字的深刻含义了：“木”上面的“利”即那些直观的经济利益及可感的生态效益，已经看得见摸得着了。只要有了“木”，必然长出“利”来。以此类推，“森林”一词的五个“木”上面，又承载着多少利啊！真乃利在当代，功盖千秋啊！这种环境如画，意境似诗，场景若市，远景像神话的农家生活，使我想起世世代代古人对美好生活的想象、憧憬和追求来。

《诗经·硕鼠》就呼唤没有剥削压迫，舒适安静愉快的人间“乐土”，但它却千呼万唤不出来。一千五百多年前陶渊明承其思想脉络，又构想出“桃花源”那样梦中的温馨家园，描绘出更具体的美好生活图景。它不像英国莫尔的乌托邦学说那么空洞无物，而是经过努力奋斗有可能实现的理想社会。可惜依然久等未到。到了唐朝，年轻的王维又以诗的形式饱含激情地将桃花源化为想象空间更为开阔的美好境界，更强化了人们的理想和追求。遗憾的是，它仍长期停留在一张空纸上。

当年中学老师给我们讲《桃花源记》的时候，我就天真地热恋上那种生活了。盼啊盼，直盼到今天，两鬓苍苍的我才有幸“老夫聊发少年狂”似的扑进这当代版的“桃花源”里。虽不在桃花怒放的春季，但这里秋声、秋色、秋韵浓，秋容妍然笑春风。这样的秋季，浓妆淡抹总相宜，远观近看都很美，我颇有“自古逢秋悲寂寥，我言秋日胜春朝”的强烈感受。这情景，完全得益于隰县人民在黄河文化的熏陶和激励下，孜孜矻矻地植树造林、退耕还林、治山治水和护卫森林。

人类是从森林里起源和发展起来的，从有巢氏教人构木为巢起，我们的祖先就与森林结下不解之缘，那时广袤的国土上到处都被森林覆盖着。我脚下的黄土高原，也是储藏丰富森林资源的绿色宝库。隰县的“隰”字，意思就是“低湿的地方”，自然也少不了树木。慷慨大方的森林，超额地满足了祖先的心愿，源源不断地提供给他们福祉，悉心呵护他们蹒跚走出蒙昧时代，阔步迈进高度文明。

然而，事物的发展是曲折复杂的，社会进步是一柄双刃剑，不趋利避害，就必然罹祸。我国伟大的“四大发明”推动了社会发展，对世界做出了不可磨灭的贡献，但其中三项一开始就埋下消耗木材资源，产生环境污染的隐患。古人的聪明才智不断提高，学会了农耕，这自然是可喜的进步。但愚昧和私欲却将他们引入毁林种地的歧途。到西汉“伐木而谷，烧菜种粟”已经成风了。频繁的战争，使大量烧山砍林的事屡屡发生，且有增无减，触目惊心。历代帝王将相往往纵火狩猎，烧毁大量的林木。大兴土木，毁林采伐，也是破坏森林的重要内容。《阿房宫赋》中记载的“蜀山兀，阿房出”的现象写满了历代史册。兵燹战火频仍，烧山砍林不断，地球一直在忍痛哭泣中带着重伤沉重地运转。我想过，即使没有战争，在万人上山砍伐，连年车载人运的毁林恶浪不断冲刷下，多大的森林能抵挡得住如此残酷地吞噬？而一旦“楚人一炬，可怜焦土”之后，又需重建扩建，继续毁树，形成恶性循环的历史怪圈，森林怎能不年年锐减？更惨不忍睹的是随心所欲地人为烧林，顷刻之间熊熊烈焰便会将千万亩珍树古林化为灰烬！真是视之泪潸，闻之心裂！“野火烧不尽”可能经常发生，参天大树则不可能“春风吹又生”！

据记载，历代不少皇帝都提倡过植树造林，但其功远远不足以补其过。从齐国的管仲制定植树造林惩奖制度，到冯玉祥“老冯驻徐州，大树绿油油；谁砍我的树，我砍他的头”。还有过各种严厉的惩罚措施……尽管这样，还是远远不能弥补大规模损毁森林之万一！人类对大自然没完没了地掠夺和侵犯，引发了诸多恶果。于是，水土流失、干旱、洪涝、荒漠化、沙尘暴等极端天气的灭顶之灾便频频不期而遇。

几千年来，居住在黄河东岸的隰县人民，为保护大自然，改变生态环境，曾做过不懈挣扎和苦斗，但收效甚微。直到近几十年，在党

梨花盛开

和政府的正确领导下，植树造林、治山治水，才彻底改变了面貌，真正阔步走上富裕之路……此刻，三北防护林的一阵秋风掠过，母亲般地轻轻抚摸着我的头发，使我感到亲切温馨，身心通泰。此秋风显然没有“初淅沥以萧飒，忽奔腾而澎湃，如波涛惊夜，风雨骤至”的彼秋风那般喜怒无常，而是带着贝多芬《命运交响曲》那种抗争的旋律，以“穿林海、跨雪原，气冲霄汉”的昂扬气势，继续涤荡着残留人间的污浊，用晶莹剔透的晴辉点燃生命的烈焰。

如今能有如此累累硕果、美轮美奂的秋景，真该衷心地感谢黄河儿女们前仆后继数十年营造的这个浩瀚森林世界，衷心地感谢苦心经营这种现实版“桃花源”的无名英雄们，衷心地感谢为浩渺绿色日夜操劳，持续付出滴滴心血、串串汗水、累累业绩的所有劳动者！

（作者系临钢退休干部、山西省作家协会会员、临汾市作协顾问）

黄河湾里果飘香

杜 萍

秋天，黄河沸腾，河湾里热闹起来了。

奔腾的河水从倒悬的银壶中倾泻而出，湍急地拍打河岸。两旁的黄土垣畔聚集了众多的人，不是赶大集，不是唱大戏。一个个壶口汉子眉飞色舞，一个个吉县婆娘喜笑颜开，他们在一棵棵苹果树丛里穿梭，你来我往。

苹果种植的地方很多，全国叫得响的，在当地形成规模的也不少，但是像吉县这样从20世纪80年代初期就开始种植，历经三四十年而不变，一直作为主打产业的小县来说，实属不易。收获的季节，吉县人早就做了准备，早早守在田里，坐等客商的到来。

客商来了，大货车也来了，集装箱也来了，小客货来了，三轮车来了。对于吉县的人们来说，一个个苹果压枝低的景象司空见惯，红红的果子拉着那些树枝几乎挨近地面。

婆娘们胸前挂着袋子，摘一个用网膜包一个，往兜里放一个，轻手轻脚，像是呵护刚出生的婴儿。她们的目光聚在苹果上，阳光落在身后，清风浮在山巅，清香飘满河湾，美景全都忘乎所以，只有眼中的一道中国红长在眼睛里，长在心里，河湾里的肆意喧哗也充耳不闻，目不斜视，陶醉在喜悦的时光中。

汉子们底气十足，一双双稳健有力的手握住一个个红艳艳的苹果轻轻发力，果子脱离枝干，温润的感觉瞬间充盈心窝，幸福和满足成了包装果子的网膜和箱子，蓄意待发，去往全国各地，去往国外。

吉县的苹果大多是红富士，被果农们细细划分为好几种，如条红、全红等。但在外地人看来，红富士就是一种，怎么能分那么多。在这里，客商可以随意进出每个果园，看中哪个果子用手一指，果农马上摘下切开，让客商品尝，若是口味对路、口感适合，则直接下单。在吉县，园里的苹果是可以品尝的，你可以顺手“牵果”，可以“朝此”果园“暮彼”果园，可以“借此果”比“那园”，可以“观树采果”，可以“看人下果”，可以“全布网细打果”，这才能买到地道的“吉县果果”，味道“美太太”啊！

更多时候，人们总是用早就备好的纸箱来盛放果子。箱子不大，用纸片间隔成一个个的小格子，嫩红的果儿水水的。

杨朝辉站在树下，轻轻地伸出手，稳稳地握住一个果子，略略用劲，果子一个翻身，落进掌心。他的目光温柔地掠过果园，深情地凝视满园果树。阳光下，嫩绿的叶子间悬挂这一个个黄色的袋子，那是希望，是象征着美好生活的吉祥果儿、致富果儿！空气好，眼界宽，思绪伴着粗犷的歌声在果园里荡漾，“我的根在吉县，我的希望也在家乡这片土地上……”

在20世纪80年代初期，吉县还是一个小城，一条破旧的街道，十分钟便能走遍。人们的脸色和这方干旱的土地一样裸露着贫瘠的黄色。县城虽小，历史却悠久，文化积淀深厚。早在2600多年前就有了建置，史称北屈县、定阳郡、南汾州、吉州等名。境内山峦起伏、沟壑纵横、地形复杂。举世闻名的壶口瀑布就在县城西40公里处的龙王山；向北10余里是抗战期间阎锡山为山西省政府所选择的避难地——克难坡；离此不远处，便是唯一一座以“人祖”命名的山脉——人祖山，据说人类始祖伏羲和女娲曾在此“滚磨盘”“穿针为媒”，为人类开创了婚姻之源；锦屏山下的摩崖石刻、碑刻更是详尽地记载了吉县源远流长的人文传奇。

这样的历史文化积淀，这般淳朴善良的百姓，却因干旱的黄土高原垣地、恶劣的自然环境，成了“国家级贫困县”。县财政收入才区区65万元，全县近十万人口中，住窑洞，点煤油灯，吃玉米窝头蘸盐，有些人家仅有一两床破被，十年九旱，种子种进土里，等着老天爷赏饭吃。“耕一春，收一秋，四季汗白流；盼一年，干一年，年年不见钱……”电视、汽车、摩托车、电话这些现代文明的产物，在大多吉县人印象中依旧是一个个陌生的词语。日出而作，日落而归，已经成了习惯。吃，有自家产的玉米面；穿，有自家的粗布；娱乐，可以赶赶集，敲敲鼓，吼一嗓子乱弹。虽然贫穷，但肚子还能凑合填饱。他们的生活，宁静而落后，停留在温饱需求的阶段。

1983年年底，吉县的决策者首次提出苹果种植的想法，实施却遇到了难以想象的困难。群众不接受，拒绝拿自己的土地当试验品。国内知名高级农艺师、水果专家们在考察吉县的地域地貌后得出的结论坚定了吉县土地种植的改革。他们做出了几乎完全一致的判断：“这里土层深厚，土质疏松，无霜期长，日照充裕，降水量大，适合水果生长，是苹果最佳栽培区。”

专家的论证给了县领导们一个全新的理念和当好领头羊的底气，找准苹果致富路，尽快奔小康。但有些人并没有从最初的反对转为接受，他们依旧在干部们看不到的地方种着小麦和玉米等粮食作物。还有一些人，不仅仇视果苗，更是毫不手软地“破坏”。他们有的学古人“拔苗助长”，把刚栽下的苹果树悄悄往上“拔了又拔”，目的是让树苗死掉；耕地时故意“斩草除根”，犁断树根让其枯萎而死；有的“群起而攻之”，紧挨着树苗种下了高粱、玉米等高秆作物，让高秆作物将苹果苗困死、荒死；有的村民们联合起来，将别人栽种的树苗“祸害”掉，拔了烧火或者扔到沟里“毁尸灭迹”；甚至在一些村子里，村民们对包村干部大放厥词，用钉子扎漏干部的轮胎，抡起扫帚往出撵——类似的例子很多，干部们又羞又气又恼又委屈，哭笑不得又无可奈何。

如果面对的是敌人，每一个有热血的人都会拿起大刀长矛；如果面对的是一群终日“面朝黄土背朝天”的农民，是一群辛劳勤朴的劳动者，那么转变思想的最好办法就是用事实说话。他们的心理也很矛盾，即渴望快速脱贫致富，又怕“偷鸡不成蚀把米”，丢了粮食作物，也没有赚到钱。表面上，他们雷打不动，实际上，他们密切关注，似有似无的目光紧紧盯着“九个样板十个点”，紧盯着那些依靠果树“先富起来”的人。

吉县苹果喜获丰收

原本在太原做生意的杨朝辉适时出现，他自告奋勇地创办了乐之然果业合作社，用高于当地种植收入的价格承包了几十亩土地，正式开启了苹果种植的实践。

签合同后，年头到年尾的“苦日子”拉开了序幕。修剪、施肥、疏花、疏果、套袋、下袋、采摘、装袋、运输等一二十道工序都要一一过手。杨朝辉带着雇来的村民拼命干活，没有白天晚上之分，除了果园里雨后泥泞进不去人，其余时间，他们几乎都在果园。为了保证苹果的口感和品质，他从不用化肥，只用大粪，后来开始用有机肥。

人哄地一时，地哄人一季。土地不会说话，但不代表它没有感觉。相反，你投入什么样的艰辛和努力，它就会回报你数倍，甚至更多。“苹果挂果那年，纯收入十多万！”杨朝辉骄傲地伸出指头比画着，脸上绽放着春日的阳光：“特别是看到经销商把苹果预订金直接拍到我面前的时候，哎呀！我是气儿也喘不匀，心儿怦怦跳。”

样板的力量是无穷的，没有栽种果树的村民们也从中看到了苹果的美好前景和可观的利润，回去后纷纷学习效仿，相继建成了多个果园，栽种面积由原先的8万亩骤然增至23万亩，农民逐渐向果农转变。至此，黄河岸边的小县城实现华丽蜕变，苹果树栽种和苹果精品示范园面积大幅度增加，更多的人投入了苹果生产，连那些曾坚决反对栽苹果树的人也成了栽种大户。

他走到山顶，回头望向这片果园，越过一片片的斜坡，落在身后的果树上。

“你们看这棵树，旁边的枝条出去串门了，应该拉一拉，让它向主枝靠拢。”顺着手指的方向，这根枝条向上方倾斜了60度，恰好挡住了主枝和辅助枝条的光照。“向下拉，再拉，将它拉近水平方向，这样节省了空间，祖露出足够的空间来接触阳光和风，可让剥离袋子后的苹果用最快的时间着色。”

前行几步，一棵果树的枝条偏离了方向，整体下垂，密密麻麻，果树的下半截被困，宛若穿了裙装。“这个不通风，无光照，应该把树枝顶起来，给果树亲吻自然的机会。”杨朝辉多次参加培训，对苹果的一些管理颇有独特的见解。

夏伏天的下午5点，地面像是被蒸锅蒸熟的厨房，被满满的火烫裹包着。他没有停止脚步，领着果农们种植鸭茅草。这种草长得很快，嫩绿而茂密。再用切割机割倒，铺在树下，既可抗旱保墒，又能增加土壤有机质，抗日光照射太强烈而引起的日烧，也叫深草覆盖。

种果树就像是养一个女孩，要有水有饭，保持湿度又适当喂肥。还要牢记一句谚语：“大枝闹泱泱，小枝光堂堂。”刚长出来的小树树枝比较乱，枝条没有向前走，几乎没有主次，就像一个没有调教过的娃娃，针线活儿家务活儿都不会，什么也不懂，没有规矩，难成为一个贤良的母亲。

他们慈爱的眼神盯着小树，温柔地去掉一些长歪的大枝，一点点地拉一拉小枝，帮这个“姑娘”挺胸收背，让她长成凹凸有致的美女。等“她”长到十七八岁时，也就是八九月份，少量多次施肥，给“姑娘”美容和修身、保养身体，为“她”婚后生育打基础。秋季，“姑娘”生了，需要坐月子。冬季，正是“姑娘”坐月子的时候，他们并不闲着，而是加紧追加月子肥，为来年做准备。

吉县推出黄色瀑布、绿色生态、红色苹果的脱贫理念，借助苹果助力脱贫攻坚。这场没有硝烟的脱贫攻坚战中，苹果成为吉县攻坚的利器，主打的品牌再次出军，数次荣获国内金奖。

精神和物质的双重丰收并没有让杨朝辉们止步。他们对苹果管理的探索还在进行。“提质提智”“家政式托管”的模式渐渐形成。

山还是那片山，地还是那样旱，众多的村民陆续搬迁，去别的地方寻求发展，而杨朝辉再次将“魔杖”伸到了这里。

目睹过苹果价格过山车式的涨落，了解了消费市场筛选出的有机理念，结合村区域相对封闭、少雨缺水的种植条件，以及周边生态环境好，适合有机旱作农业的有利优势，杨朝辉于2017年创建山西壶口有机农业有限公司，承包下1000余亩地开始种苹果。他着力发展有机旱作农业和智慧农业，减密间伐、有机化生产，推广使用生物有机肥，杜绝使用化学农药和化学肥料；在果树下种植油菜花，可以吸引瓢虫抑制蚜虫减少危害果树。这块投多产少的黄土地，像被施了魔法，成了郁郁葱葱的果园，并成为带动吉县苹果产业升级的“智慧果园”。

行走在群山环绕的果园里，四周植被丰茂，蜂飞蝶舞，花香扑鼻。自然景致深处流露着现代化农业的新气象。通往果园的路上，路面中间低两边高、便于雨水收集，拐弯或坡路较长的路段设有旱水池、软体水窖等集雨蓄水设施，有效解决了山区果园的缺水难题。

“果树密度小了，数量降了，但品质和价格上去了，有机品牌的价值彰显。”杨朝辉高兴地搓着双手。

田间地头，可以看到一个个先进的仪器，在蓄水池、地块、有机肥堆沤处铺设的数据信息采集传感器，将酸碱值、水分、温度等数据自动传入信息采集平台。然后，结合生长环境数据分析，制定精准的生产计划。“5G＋智慧农业”科技信息化系统通过对气象、水、土壤、病虫害等监测，实现了周期性果树生长管理数据采集，适时大数据分析、会诊，及时预防自然灾害和病虫灾害。通过全天候田间管理影像监测，可以看到果树栽植、生长到开花结果的全程管理细节。

智能化管理设备让果园管护面面俱到、及时高效。果园互联网视频会议、远程网络连线教学、区块链微商营销平台、产品质量溯源追溯……一项项提升农业现代化的智能技术应用到果园建设中。

杨朝辉率先提出解放双手，在苹果种植中兴起“家政式”苹果生产托管模式：“以前，果农自己找人锄草每亩地需四五十元；托管后，采用农业机械化，每亩地只需20元。按照托管协议，保障果农每亩盛果期果园亩纯收入不低于2000元，少于收益标的企业补齐。”如今，果园支撑起果农对果园技术更新、苹果产业升级的信心。

在“智慧果园”的基础上，集苹果有机旱作研学、黄土高原文化创作、农业休闲旅游、自然生态康养为一体的智慧田园综合体正在形成。杨朝辉的脚步一直向前。

此时此刻，整个河湾仿佛都是“红色”的世界，河水在果子映照下成了红色，山川也成了红色，天空也有了一抹红色，云朵变成了浅红色，人的脸色更是红润的，笑容长在杨朝辉脸上，怎么也脱不下来。清新的滋味在口腔里膨胀，嘭的一声炸裂，牙齿变成了红色，冲击出来的汁液溅到别人脸上。爆汁的瞬间激起一片欢笑，果园又多了一层敞亮的甜蜜。

果园和河水的静止是不一样的。果园表面上看上去岿然不动，其实所有的枝条随着风声飘动，果子也好，果花也罢，风不动，它们就不动。河水是大地的血脉，低沉和隐忍，时而平静，略略蠕动，时而在风中尖利地吼叫，声音透过天穹，在云端穿梭，云朵晃了晃，消逝得无影无踪，留下一个个白色花瓣和花瓣隐去后红红的果子，果香落进水流，急急地散开了。

摘苹果的手儿，上下纷飞，在果树间驰骋。看见果儿，伸长、握住、一拧，按尺寸分类装袋。人们摘着、比画着、说笑着、兴奋着，一兜又一兜，一箱又一箱，一车又一车，不停地摘、不停地装，更多密集的车辆陆续来了走了，走了来了。河岸边的沿黄路上成群结队的车队隐在浑黄的雾气中缓缓移动，像一尾潜隐的鱼儿，漂流到一个个果园里。

看吧，蜿蜒河岸上到处是密密匝匝摘果子的人们，戴着草帽的乡民来了，赤条条的小孩屁颠屁颠来了，穿花裙裙的姑娘姗姗来了，抽着旱烟的后生火急急地来了，老汉老婆子也拄着拐杖蹒跚着来了，记者赶来了，摄影家来了，全国的果商都来了，汇聚在硕果累累的园子里，品尝着、指点着、叫嚷着、喝彩着、兴奋地尖叫着。

“看看，这个苹果真大，估计有一斤多。”

漂亮的小姐姐也顾不得装什么淑女了，嗓门突然亮了起来，指着果树上硕大的果子兴奋地叫着。

“哎呀！这么多大苹果，果园管理得真好！”不是一个在说，而是更多的人发现了新的目标，苹果个个又大又红。摘果子成了秋季的一场狂欢，收获了情趣与欢乐，填充了对生活的喜爱与狂热。无论人生多么曲折与坎坷，到了果园里，人间的一切不如意似乎都忘在脑后，眼里、心里唯一剩下的便是对着漫山遍野的果树萌生的欢乐，是数着红红的票子而萌生的甜蜜、舒畅。果香飘满了山岗，人间的烦忧瞬间尽释，疲惫中获得了满心的喜悦，舒畅中赢得了幸福的人生！

在黄河岸边，收获的欢乐凝聚着黄土味儿，凝聚着生命的本色。黄河边的黄土高垣，时不时地有信天游萦绕在山梁，在沟沟洼洼高低起伏的土沟，在水流喷溅的河床，歌声嘹亮“苹果是咱的钱串串，把幸福种进心尖尖。”

（作者系山西省作家协会会员、临汾市作家协会主席团委员、襄汾县作家协会副主席）

忠诚——信仰的力量

沈秀云

朋友，您去过双鹤乡吗？这里曾是“乡吉特委”所在地，这里曾是在抗日战争中屡建奇功的213旅所在地，这里曾是乡宁历史上地下党组织从事革命活动所在地。今天故事的主人公阎佐江烈士就是在这里为革命工作，在这里英勇就义的。

1932年，19岁的阎佐江参加了革命，他学过中医，常以针灸为老百姓解除病痛，也以医生身份作掩护，进行革命活动。他家院子西南角那个最小的瓦房是培训地下交通员和革命同志秘密联络的地方。常常午夜开会研究工作，黎明分头行动。

1937年，日本帝国主义发动全面侵华战争，延安通往各根据地的通道被日寇封锁。为了粉碎敌人对陕甘宁根据地的封锁围困，1938年，在周恩来的领导下，建立起从中央到各抗日根据地的党的地下组织和地下秘密交通线。双鹤乡作为信息传递的重要枢纽，“乡吉特委”在此建起了一支活跃在中央红色交通线上的地下交通员队伍，担任乡吉特委秘书的共产党员阎佐江就是这支队伍中的骨干。

南面汾河沿岸是沦陷区，日军不停地上山烧杀抢掠，西北黄河东岸是国统区，阎锡山疯狂镇压革命力量。艰苦卓绝的地下斗争练就了阎佐江超凡的毅力、过人的胆识、敏捷的身手。他冒着随时被抓捕和杀头的危险为党传递情报，培养和发展党员。他像漫漫长夜中的星星之火，以自己绵薄的光和热点燃着劳苦大众追求光明的希望。

1939年12月，阎锡山悍然发动“晋西事变”，宣布解散牺盟会、大肆捕杀共产党员。乡宁的地下党组织遭到严重破坏。“乡吉特委”、乡宁牺盟中心区及213旅被迫转移到太岳革命根据地。阎佐江同董光华、吕祖尧一道继续留守乡宁，开展党的地下工作。

不幸，秘密地下联络站被发现了。1940年农历正月初三，到稷王山传递情报的阎佐江和吕祖尧被两个敌兵跟踪。阎佐江知道自己的身份已暴露，设法摆脱敌兵的跟踪后，他命令吕祖尧迅速到汾城与乡宁交界处的桃花洞，约定天黑以后一起去太岳革命根据地。他嘱咐吕祖尧，如果天黑等不到自己，就不要再等，快速撤离。

阎佐江迅速回村将大批的机密文件转移、把枪支掩埋到村外的地里。等到一切安排妥当，阎锡山的414团已经把全村围得水泄不通，再出去，已经没有可能。

敌人包围了他家院子，寻找党的秘密文件和枪支，结果一无所获。丧心病狂的阎军，将他五花大绑，关押到腰里村进行审讯。面对眼前来指认的叛徒，阎佐江眼神刚毅，从未松口！

“阎佐江，你这是何苦呢？只要你交出上下级名单，马上就可以从这儿出去，啊！”

阎佐江一声不吭。

“这样吧，阎佐江，你想当团长还是旅长？只要你交出上下级名单，这里军官的位子由你挑。”

阎佐江冷笑着，向敌人投去轻蔑的一瞥。

“阎佐江，你把文件和枪支藏在了哪里？说！阎佐江，你说不说！”

阎佐江轻蔑地冷笑：“要口供没有，要命有一条。”

恼羞成怒的敌人，将阎佐江吊在村边的树上，用荆条和鞭子轮番抽打，打得他皮开肉绽，几次昏死过去。敌人又几次用冷水将他泼醒。他的十个手指被刽子手用钢签扎得骨头粉碎，血肉模糊。身上的衣服被打得嵌进骨头缝里撕也撕不出来。鲜血染红了树下的泥土，历经十天十夜非人的折磨，阎佐江却始终没有发出哪怕是极轻微的一声呻吟。

漆黑的夜晚飘起了小雪。冰冷刺骨的雪深入伤口，引来阵阵钻心的疼痛，鲜血凝成的血块在白雪中显得格外显眼。

村民们不忍看到惨景，买通了守卫，拿了家中最好的食物熬成汤饭给阎佐江送去。被冻上的血块在嘴边凝结，似乎“冻上了嘴”，被敌人打的下巴脱臼的他，勉强喝了点汤水。

1940年农历正月十三，天色阴沉，乌鸦哀鸣，阎佐江同志戴着镣铐，艰难地走向蝉峪河前湾，随着反动派的枪声，他倒下了！

他年迈的父母亲失去了疼爱的长子，年轻的妻子失去了依恋的丈夫，两岁的女儿和5个月之后才出生的儿子永远失去了爸爸……

敌人并没有放过他的家人。搜查、审讯、鞭刑，他的父亲、妻子、弟弟、弟媳，在敌人的严刑拷打下相继殉难。他们没有一个人出卖同志、泄露秘密。家里只剩下老母亲带着3个无父无母的孩子！

1947年，在党的领导下乡宁解放，乡宁县民主政府授予阎佐江烈士称号，阎佐江牺牲的地方——双鹤乡蝉峪河前湾改名为“烈士湾”。

1983年5月25日，中华人民共和国民政部正式为阎佐江烈士颁发了烈士证书，他的英雄事迹铭刻史册，永远为后人所传颂！

（作者系乡宁县人民政府教育督导办公室副主任，乡宁县鄂文化研究会会员、乡宁县三晋文化研究会会员）

斩断黄河铁索桥 保卫陕北党中央

张凯红

1947年5月20日，太岳军区司令员王新亭电令临汾旅长黄定基：“为了配合陕北作战和粉碎蒋介石的重点进攻，以切断陕北与晋南敌人的联系，党中央电令我军区部队斩断吉县、宜川间之黄河铁索桥。为此，军区经研究决定，这个光荣的重要任务交给你们旅派部完成。”

黄河铁索桥位于晋南吉县小船窝，距敌我交界处50余里。黄定基接到太岳军区电令后，心情十分激动。接到命令，他即与政委肖新春进行研究，决定把这一重要任务交给68团团长程九章派部完成。决定后，黄定基令参谋通知68团团长程九章和政委宋佩璋到旅部接受任务。

程九章回忆当时的情况说：“当部队正要打乡宁时，旅长黄定基通知我和政委宋佩璋去旅部。一进门，旅长黄定基和政委肖新春已等在那里了。黄旅长先开口说：‘你们团现在不要打乡宁了。’旅长刚说完，我本想问怎么又不让我们团打了呢？正欲问，旅长却说：‘因为你们团有更重要的任务去完成。’接着他说，‘我刚接到军区的命令，党中央把腰斩小船窝黄河铁索桥的任务交给我们旅。旅党委研究后，决定把这一项光荣任务交给你们团去完成。’黄旅长说完又强调指出，‘记住这个任务是军区、也是党中央交给我们旅的任务。因此，你们团一定要不折不扣地完成好。’黄旅长向来交代任务总是简明扼要，没一句多余的话。之后，肖新春政委又说：‘炸桥是中央军委的指示。因为胡宗南要进攻陕北，而这条铁索桥对敌人来说却是个捷径。’接着肖政委又说：‘这条铁索桥犹如秦晋两省的咽喉。斩断这个咽喉，就斩断两省之敌的联系，它对保卫陕北、保卫党中央有着重要的作用。所以，这个任务你们团只能完成好，不能出一点差错！’之后，旅长又向我们作了如何炸桥的具体指示。我和团政委宋佩璋听了后，心中都无比高兴。宋佩璋当即表示说：‘我们一定克服困难，完成党中央和中央军委交给我们的光荣炸桥任务。并且一定完成好，决不出差错。’然后我又向旅长、政委表决心说：‘对，我们坚决完成好这个光荣的重要任务。请首长放心，并等着我们的胜利消息！’随后，我们立即返回团指挥所部署这一战斗任务。我同政委宋佩璋研究后，把它交给我团一营二连去执行。同时，另派一个工兵班和一个侦察排协助二连完成这一光荣任务。与此同时，又令我团二营随二连之后跟进，以保障执行炸桥任务的二连的侧后方安全以及任务完成后撤离时的安全。为了隐蔽和行动方便，我们令二连及随同的工兵班和侦察排都化装成敌保安队，并令他们沿鄂河以西绕道行走，悄悄插入敌后。谁知，当部队正在行动时，5月26日，天突然下起大雨来。为了按时完成炸桥任务，我和政委宋佩璋毅然决定，风雨无阻，就趁这个雨天行动。”

当天，68团一营二连和配合行动的工兵班、侦察排在二连连长蓝树清、指导员杜学贤率领下，部队冒着瓢泼大雨沿着蜿蜒起伏的晋西南土路，直向敌人心腹地带挺进。经过几天的艰苦行军，部队最后到达了吉县预定的集结地点待命。

在68团一营二连出动之后，程九章又令担任掩护并截击吉县出动援敌任务的该团二营也从乡宁以北出发，向吉县西南方向之狮子河预定地区挺进。

5月31日晚上，执行炸桥任务的68团二连，连夜绕过6个村庄，又越过3条大沟，悄悄插入了敌区，隐蔽在该村附近的一座敌人平毁的碉堡废墟中休息，等待晚上行动。

6月1日夜，天仍下大雨，为尽早完成炸桥任务，二连连长兰树清和指导员杜学贤又带领部队冒雨沿着崎岖的山路向北搜索前进。他们冒雨翻越了狮子河、高楼、冯家岭等地后，即向黄河铁索桥所在地小船窝方向一直隐蔽前进。最后，当部队行进到冯家岭以西时，连长兰树清发现前方有敌人岗哨，而且山上还筑有工事。为了不惊动敌人，兰树清令部队从侧翼绕过。可在途中，又发现山脚下有敌人活动。怎么办？兰树清和指导员杜学贤立即碰头交换意见后，认为行动时机尚未成熟，只好放弃当夜的炸桥计划，并果断地率部队返回冯家岭隐蔽，决定重新侦察并另选接近黄河铁索桥的道路。随即，他又派该连八班班长崔风耀等4人化装回团报告情况并与担任掩护任务的二营取得联系。与此同时，他又派该连三排长冀祖选带两名战士，在随队前进的1名向导的带路下，以敌人“吉县便衣队”行动小组的名义，先进入大垣村了解铁索桥周围地形和敌情，随后又另选新路，前往铁索桥附近现场去侦察地形和敌情。

二连三排排长冀祖选率侦察小组到达铁索桥以东后，发现附近有敌方的一座空地堡。于是，冀祖选便带领两名战士和向导钻进这座空地堡内。将铁索桥两端的情况绘成草图后，立即迅速返回。此时，派回向团指挥所报告情况的二连八班班长崔风耀和白耀星等已回来，他们向连长兰树清和指导员杜学贤传达了旅长黄定基关于“伺机、坚决完成炸桥任务并迅返”的命令和团长程九章为完成此任务的指示。

根据旅长的命令和团长的指示，二连指导员杜学贤立即召集敌后连党支委会，统一思想并部署行动计划。会上，支委们都认为由于部队是在敌区行动，二连加上工兵班、侦察排近200人无法长时间保守秘密，因而必须尽快并果断地炸断黄河铁索桥，以完成旅长交给我们的炸桥任务。行动时间定在第二天晚上进行。

6月2日晚10时，二连派出二班在火力掩护下。该班沿事先侦察好的道路，与团派的工兵班一起，秘密地向桥头运动。可正在运动时，桥西的敌人听到动静，立即用轻、重机枪向两班战士猛烈扫射，以此进行拦阻。此时，二班班长李保正不畏牺牲，冒着纷飞的弹雨第一个登上了铁索桥，并指挥二班迅速抢占桥头两侧的有利地形，以掩护工兵班实施爆破。工兵班战士在步兵班的火力掩护下，以飞速的动作很快安放好炸药，然后撤离。之后，待反扑之敌刚刚冲到铁索桥中间，炸药响了。瞬间，敌人连同四根铁索一起落入了黄河激流之中。执行炸桥任务的战士们见状无不激动异常。任务完成得很漂亮，没出一点差错!

任务完成后，二连按旅长命令迅速撤出战斗。途中，二连在该二营的掩护下，迅速穿过火线，并于6月3日早晨胜利地回到驻地。紧接着，程九章怀着喜悦的心情，立即用电话向旅长黄定基报告了圆满完成炸桥任务的喜讯。黄定基听后十分高兴，当即表扬了该团兰树清连及该团工兵班、侦察排共同取得了斩断秦晋咽喉的重大胜利。

程九章说："炸桥任务完成的第二天，中央军委即发来电报，表扬了我们部队。旅党委又授予我团二连以'保卫毛主席有功'的奖状。紧接着，上级党委也发来电报表扬。除此，我团一营二连还获得了一面'完成中央给的任务，斩断黄河铁索桥'的锦旗。"

（作者系山西师范大学历史与旅游文化学院硕士研究生）

东征村与乾坤湾

梁 艳

东征村是山西省临汾市永和县阁底乡下辖的一个村庄，原名上退干村，“1971年，中共山西省第三次代表大会筹备期间，毛主席东征时的贴身警卫员白海山确认了毛主席1936年在永和的活动路线。中共临汾地区第一次代表大会结束后，紧接着就在毛主席的旧居上退干村召开了第一次全委会，此后上退干村改名为‘东征村’。”

东征村的名称由来无疑与红军东征有着密切的联系。回首红军东征的过程，不难看到东征红军在山西境内曾两次经过永和县，“永和县作为红军东征战役的主战场之一，境内黄河沿线的各大渡口都是红军渡河东进、回师西渡的所经之地，这里留下了毛泽东主席和东征将士们的足迹，在两个多月的东征期间（从1936年2月20日挺进山西到5月5日回师西渡在山西境内共75天），毛泽东主席和彭德怀总司令率领的东征红军总部在永和境内工作和战斗了13个日夜，路经40多个村庄，行程200多里，进行了阎山之战、李家山之战、双锁山之战等数十次战役。”毛泽东和夫人贺子珍就住在了上退干村前的关帝庙里。现在，该地已被维修扩建，成为红军东征永和纪念馆的重要组成部分。

“红军东征永和纪念馆在永和县城南25公里处，距红军回师西渡时的于家咀渡口13公里，距永和乾坤湾国家地质公园10公里，距所属阁底乡政府3公里。”这里交通便利，可从高速路口直达。1971年上退干村关帝庙挂牌为红军东征纪念馆，开始对外开放参观，2005年永和县人民政府投资修缮，在原有基础上新修了第一展厅，并对室内进行了布展；2008年再次进行扩建，新建了第二、第三展厅。2009年12月，永和县对纪念馆进行了全方位的布展，12月26日，全面对外开放。目前纪念馆人员配备齐全，基础设施完备。纪念馆的入口，周围被高大的树木包围。2005年新馆建成由著名书法家赵望进题写馆名，2009年扩建后由中央军委原副主席、国务委员兼国防部部长迟浩田题写。进门首先看到的是毛主席的铜像，铜像身后则为第一展厅，在其西面为第二展厅，东面为第三展厅。纪念馆主要以实物、文物、仿品为主，2014年，县委决定对纪念馆的陈列和设计采用现代技术，在这里既可以感受到当时活动的历史原貌，也可以通过馆内的线索条了解当时的东征进程。

上退干村改名为东征村体现的是红军东征在永和留下的足迹，而红军东征永和纪念馆的建立则是对红军东征历程的见证，东征村有红

红军东征永和纪念馆

军东征永和纪念馆，更有淳朴百姓对红军英雄故事的津津乐道。东征村作为红军东征的实体见证者，其现代价值首先体现在对东征精神的传承上，虽然东征红军在永和的斗争经历是短暂的，但它在永和人民群众中留下了生动记忆，许多红军的战斗遗迹还依稀可见、许多爱民拥军的故事还广为流传、许多与红军相关的物产为群众所珍爱、许多伟人的佳话仍被人民津津乐道。其次，红军东征永和纪念馆2009年被定为省级爱国主义教育示范基地，2013年被定为省党史教育基地，东征村营造出良好的学习氛围。近年来，各地党员来此参观学习者众多，青年朋友利用假期前往者亦不少，游客的到来使其价值得到彰显，同时这里也利用自身特点，打造了一批特色鲜明的现场教学点，在周边农家乐的帮助下，可以容纳300余人。开馆以来通过聘请专家教授、领导上台讲话、重走红军路等方式，打造主题党日班、党性实践教育班等，红色旅游走红革命老区致富是全县人民的共识和希冀。东征村作为东征路线旅游线中的一环，与乾坤湾连成一片，打造成红色旅游地，创造出了经济效益。据《山西经济年鉴》记载，2015年，永和县在旅游产业方面，高标准实施了红军泉二期和红军东征永和纪念馆毛主席诗词碑林建设，实施了东征村改造、主席路居地遗址保护等，景区服务功能进一步完善，新发展农家乐25家，有效带动了当地农民增收，2015年游客总量达到4万人次。此外，这里农副产品众多，有传说中毛主席给命名的永和县阁底乡的特产小米“珍珠米”，还有永和红枣、槐花等。近年来，在展现壮美的自然景观乾坤湾和厚重的红色记忆红军东征永和纪念馆吸引游客的同时，这里充分利用新媒体，也广泛宣传永和红枣、槐花等特色农产品，游客可以在农家乐中品味美味。

总之，东征村作为红军东征在永和的一个标志，一个缩影，其现代价值既体现在永和作为革命老区对东征精神的继承上，又表现为永和在经济发展落后的情况下，充分发挥自身特点，因地制宜，通过振兴红色文化和旅游产业来实现脱贫，走上发展之路的实践。

与东征村相距不远的另一自然风光便是乾坤湾，位于晋陕大峡

毛主席路居地

谷，与陕西延川县相望，作为黄河流域上一道奇特的风景，在这里呈现出了一个“S”形大弯，相传伏羲氏曾在此观天象、察地理，并推演出了太极八卦之道。来到乾坤湾，您可以看到黄河的壮美，还可以感受到古村落的魅力。东征村与乾坤湾呈现的自然风光和红色文化体现出了黄河的现代文化。

（作者系山西师范大学历史与旅游文化学院硕士研究生）

红军东征的故事

谢文静

许多人知道红军长征，但并不知道红军东征。今天，我们回过头来看这个标志着中国革命由国内战争转向民族解放战争的重要转折点，可以发现，它是中央红军与陕北红军会师后中国共产党的策略大转变。

红军长征到达陕北后历经多次转移，最后选择延安作为全国革命的大本营。1935年，中共中央和中央军委虽然率领陕甘苏区军民取得了反国民党第三次“围剿”的胜利并开创了革命的新局面，但是中央苏区依然面临着严峻的挑战：一方面，红一方面军只有1万余人，苏区面积狭小、人口稀少、经济落后，不论是筹款还是扩军都很不容易；另一方面国民党再次调集陕、甘、宁、绥、晋五省军队对陕甘苏区进行“围剿”，加紧实行经济封锁。

面对日本帝国主义侵华步伐的加快、国民党军队积极准备发动对陕北根据地大规模的“围剿”和抗日民主运动重新高涨的复杂形势，共产党人再一次展现出他们博大的胸怀、卓越的政治才能和过人的军事胆识。1935年12月17日至25日在陕北瓦窑堡召开了政治局扩大会议，会议主要分析了华北事变后国内阶级关系的新变化，讨论了关于建立抗日民族统一战线、建立抗日联军和国防政府等问题，批判了党内长期存在的“左倾”关门主义，并决定建立抗日民族统一战线。会议上毛泽东作了军事报告，主张红军应当乘全国抗日高潮的形势，东渡黄河向山西发展，在发展中求得苏区的巩固。他在阐述这一主张时指出，东渡黄河进入山西作战，可以进一步北进绥远或东进河北，争取对日直接作战，把国内革命战争同民族抗日战争结合起来，推动华北乃至全国的抗日运动新高潮；又可以避免同东北军、第十七路军对峙，有利于同他们建立抗日民族统一战线；还可以威胁阎锡山的老巢，迫使其把入陕的晋绥军调回山西，以缓解对陕甘苏区的军事压力；山西人口稠密，物产丰富，便于红军扩大兵员，解决给养，建立抗日根据地。最终，会议接受了毛泽东的主张。

尽管瓦窑堡会议决议确立了红军发展的主要方向应放在东边的山西和北边绥远等省，但不少人仍然疑惑东征山西的决策到底是否正确，为此，毛泽东在不同场合多次阐述，为了保卫陕甘根据地，红军东征是“以发展求巩固”的唯一抉择。中共中央政治局于1936年3月20日至27日在晋西地区的上益千村、石口村、四江村、罗村等地流动中召开扩大会议，史称“晋西会议”，再次确定了红军“以发展求巩固”的战略原则，以经营山西为主，也要准备在河北、山西、绥远3个省进行运动战。

1936年陕北的初春时节，黄河中冰凌开始融化随着黄河水在春风中滚滚奔流。秦晋两地隔河相望，河对岸，阎锡山在近千里的黄河沿线构筑了十分坚固的河防工事和碉堡封锁线，修筑碉堡1000余个，每碉驻兵1个班或2个班，重要渡口驻兵1个排以上，各碉堡之间距离以火力能够互相交叉为准，河防一线总兵力达4个独立旅之多。2月20日晚8时，20多只载着红军战士的木船乘着夜色，伴着惊涛，向对岸冲去。中途，对岸守军发现了渡河的红军，于是偷渡改成了强渡，英勇的红军战士们一边在凛冽刺骨的风中躲闪着冰凌的撞击，一边冒着河对岸敌人的枪林弹雨奋勇划船前进。至23日，红一方面军全部渡过黄河，直捣晋西军事重镇辛关、老鸦关、转交镇、三交镇等渡口，占领了包括三交、留誉、义牒各镇在内的横宽50余公里、纵深35公里的地区。阎锡山耗费数十万元修建的号称固若金汤的沿黄河工事瞬间倾倒，红军由此拉开了波澜壮阔的东征序幕。

渡过黄河后，红一军团于2月25日奉令向吕梁山区中阳县关上村前进，控制东出要点。而此时，惊慌失措的阎锡山为阻截红军，一面急调入陕“进剿”红军的晋绥军4个步兵旅撤回柳林、离石、中阳、石楼地区，一面急电驻汾阳、孝义地区的周原建独立二旅和刘彭祖炮兵第26团增援中阳，抢先占据中阳县属的关上村以作为阻击红军的前沿阵地。

周原建独立第二旅是阎锡山的王牌军之一，是个摩托化旅，一律德械装备，号称“满天飞”。2月26日，红一军团就攻击关上村之敌战斗情况致电毛泽东、彭德怀等人：“本日一军团于午后2时许开始与敌接触，因山大林密，部队运动极感困难，于黄昏稍前，始夺取敌之野战阵地。战斗开始时即将敌退汾阳路截断，击溃其1个营，将敌之旅部及一团与驻关上村之一个团隔断，其旅部及一团向汾阳退去，现究至何处不明。现关上村尚有敌之1个团固守大庙子及工事房屋，我们拟今晚袭取之。”

26日下午，红一军团以第一、第四师和第二师相互配合合击关上村守军，经数小时激战后将其全部歼灭。晋绥军独二旅旅部和第三团立即由石板上向汾阳溃逃，第一、第四师乘胜追击，于27日在郭家庄附近将其基本歼灭。此役歼灭晋绥军独二旅旅部及2个团，俘敌约500人，缴获枪支300余支。敌团长李清华，营长岳俊峰、陈捷三等被击毙，俘虏400多人，只有旅长周原建等漏网之鱼得以逃跑。

从东征酝酿到实施行动，很多领导同志都各执己见，秦邦宪、王稼祥、何克全都对东征持有不同意见，有人甚至一度不同意毛泽东东进山西的主张，要率部到陕南打游击。毛泽东、张闻天等领导人对不同意见虚心听取，在一系列的会议和电报的悉心解释后形成了团结一致共同抗日的局面，保证了东征胜利。

东征的胜利“唤起了人民，扩大了红军，筹备了财物”。据资料考证，红军东征在山西两个多月的时间中，转战山西50余县，大小战斗100余次，打垮国民党军5个师、消灭7个团、缴获各种枪支4000多支，电台1部，进一步扩大了陕甘苏区，使神木苏区和吴堡苏区连成了一片，破坏了阎锡山的经济命脉同蒲铁路和“围剿”陕北苏区的部署；红军东征期间，红军指战员和地方工作人员广泛到基层宣传和发动群众，建立县、乡、村建立苏维埃政权64个，帮助建立县、乡党组织4个和群众自治组织21个（不含恢复的和原有的），发展地方游击队30多支，使瓦窑堡会议设想的“开辟晋西五县以上地方为初步的苏区”变成现实。扩大红军和筹备财物是红军东征的重要任务之一。筹粮、筹款是在动员群众打土豪、分田地的同时进行的，而红军扩军则是在群众对红军有了深刻认识之后产生的自觉行动。在红军东征过程中，扩充红军8000余人，加上通过战斗缴获的大批军用物资，从人力、财力上壮大和加强了红军的力量。

今天，我们回首红军东征的历史，重新审视中国共产党领导下的中国革命从崎岖走向坦途、从低谷走向高潮，特别是从土地革命到抗日战争转折的历程时，可以发现东征是红军长征的延续，是积极抗日和谋求建立抗日民族统一战线的策略转变，同时也标志着抗日战争序幕的拉开和中国共产党以抗日求发展政治战略的形成。它不仅在山西播下了抗日的火种，极大地改善了陕甘根据地和红一方面军的战略态势，推动了山西和全国抗日民族统一战线的建立，也为来年八路军再度出师山西，创建敌后抗日根据地打下了坚实的群众基础。从更深层次的精神层面去审视，红军东征不只是中国革命的一段传奇历史，更是象征着中华民族勤劳勇敢、自强不息、艰苦奋斗的精神气质。

（作者系山西师范大学历史与旅游文化学院硕士研究生）

红军东征在霍州

晋从华

在日本帝国主义加紧侵略中国，中华民族处于生死存亡的危急关头，毛泽东带领中国人民红军抗日先锋军于1936年2月20日突破黄河天险，挺进山西东征抗日。

1936年3月17日，中国人民红军抗日先锋军红一军团政委聂荣臻、政治部主任朱瑞和陈赓、杨成武率领的红一师，一举突破阎锡山部队为拦击红军设置的“汾河堡垒线”，切断同蒲路，从灵石南下，全歼镇守南关车站的阎军进入霍县境内，又在狼牙山击退来援阎军的国民党军关麟征第25师后，包围了霍县城。红军进入霍县后，执行党提出的“停止内战，一致抗日”的主张，办了几件实事。红军进入霍县后聂荣臻政委和朱瑞主任住朱杨庄等村，3天后聂政委随红一师师部和三团、十三团南下、朱瑞主任和一团团长陈正湘带领一团继续留驻霍县（红军东征在霍期间，霍县民众俗称过红军）。

包围县城，围而不攻。红军虽知守敌只有关麟征不足一个营的残部和县防共保卫团等总计500余人，且无战斗力，但红军以围而不攻使敌无力出城窜挠，为深入农村工作创造了有利条件。

深入宣传，唤醒民众。一团部分主力包围县城后，派出大批干部战士驻北起师庄，南达义旺、东到霍山脚下的石鼻、西至汾河岸边退沙等87个村庄，通过发表东征宣言、集会演讲等多种形式，深入宣传蒋介石发动反革命政变和围剿苏区红军的罪行，宣传红军长征的重大意义，宣传日本帝国主义加紧侵略中国和红军东征抗日的紧迫性，使广大群众第一次受到深刻教育，认清了蒋介石国民党亲日反共的本质和日本帝国主义的侵华野心，一致拥护党的停止内战、一致对外的抗日救亡政策。

组织群众，奋起抗日。在宣传群众的基础上，具体帮助各村建立抗日农救会、抗日自卫队、抗日妇救会、抗日儿童团等群众性抗日组织和地方武装。还在退沙、师庄等部分村庄建立了人民政权。广泛地组织群众，打下了全民抗击日寇的坚实基础。

打土豪，分浮财。红军发动群众斗争了89户地主豪绅，将其一部分衣物农具和十万余斤粮食，分给了穷苦农民，广大群众第一次亲身体会到共产党和红军是真正为劳动者求解放的，更加从内心拥护共产党和抗日红军。

动员青年参军参战。在“跟上红军闹革命”的热潮中，短短几天内，全县就有靳壁村王金龙、下乐坪薛文雄、段全顺等400余名青年报名参加红军，最后参军的有90多人，更多的青年参加了本村的抗日自卫队。不久，以退沙、石鼻自卫队为基础建立了霍县抗日自卫队。

东征红军在霍县历时半个多月，消灭了一部分反动军队，打击了地方反共势力，撒下了革命火种，扩大了党和红军抗日救国的政治影响，点燃了霍县大地的抗日烽火。

在蒋阎重兵拦击人民红军东征抗日的形势下，为顾全抗日大局，党中央发出《停战议和，一致抗日》通电后，于同年5月5日红军全部回师河西。为了打破蒋介石对陕北根据地的围剿，红军挥戈西征，取得胜利扩大了根据地。

（作者系霍州市人大常委会原副主任）

黄河儿女南下福建

张哲瑜

抗日战争爆发后，中国共产党在山西先后创建了3个抗日根据地，即晋察冀、晋冀鲁豫和晋绥三大根据地，吸收和培养了大批干部。抗日战争胜利后，山西各根据地不断向全国输送干部。不论是东北、鲁西、还是陕北都有山西籍干部的身影。在解放战争进入战略决战时期，中央要求各解放区准备足够干部以适应大军挺进，山西作为解放区，立即遵照中央和华北局的指示，先后选调大批地方干部南下。以太行、太岳革命根据地选调的干部组成了“中国人民解放军长江支队”，南下福建；以晋中区为主，察哈尔省、冀中区、太行区部分干部参加组成了“晋中南下工作团”，南下湖南；以晋绥分局辖区的选调干部组成了“中国人民解放军西北入川工作团”，进入四川、西康。今天，我们以“长江支队”为主，说一说他们南下福建的感人故事。

1948年下半年，中国人民解放军连续进行了辽沈、淮海和平津三大战役后，基本上消灭了国民党的主力。随着人民解放战争的接连胜利和解放区的不断扩大，对旧政权的接管和新政权的建设成为了共产党人亟待完成的重要任务。1949年，毛泽东为新华社撰写的新年献词《将革命进行到底》中宣告：“中国人民解放军将向长江以南进军，将要获得比1948年更加伟大的胜利。”4月21日，毛泽东主席、朱德总司令发布《向全国进军的命令》，遵照这一命令，人民解放军开始向尚未解放的地区展开规模空前的全面进攻，解放了长江以南的大部分地区。为了进行新解放区的建设工作，党中央决定从华北等老解放区

1949年3月，太岳区党委行政公署欢送南下干部合影

抽调大批干部随军南下，参与新解放区的政权接管和建设工作。

早在1948年10月中共中央就作出了《关于准备夺取全国政权所需要的全部干部的决议》，要求各解放区把准备足够的干部当作一项迫切的战略任务来实现。根据党中央的指示，中共中央华北局于1948年12月召开专门会议，决定从太行、太岳两个区党委选调4000多名得力干部，组成南下区党委、地委、县委、区委四级党、政、军、群成套班子。区党委下辖6个地委，每个地委辖5个县，每个县辖5至9个区，每县编120人左右。同时太行、太岳有所分工。区党委秘书处、宣传部、社会部、人民武装部、军区司令部由太行区选调；区党委组织部、行署、农委、军区政治部由太岳区选调。这次选调干部任务重、时间短、要求急，任务确定后，两个区党委紧急着手落实。

赵亮，1928年出生于山西省昔阳县崔家庄村，家中兄弟3人。1944年3月参加工作，1949年1月随长江支队南下。南下前，他在昔阳县第四区任后勤助理员。当时，县委组织部部长赵忠善找他谈话，对他说："组织上决定派你南下，你的家属享受军属待遇，如不同意，就被解除工作。""南下是什么意思？""就是去解放南方。"赵亮当即表示绝对服从组织安排。区里派人将他送回村里等待出发命令，并要求干部要保密，尤其是不能给家里人说。1949年1月底出发前一天的晚上，赵亮的母亲知道了南下的事情。赵亮的哥哥也是一名军人，前不久在淮海战役中牺牲了，为此，赵亮的母亲深受打击，情绪一直不稳定，听说赵亮又要远去当兵，她声泪俱下，边哭边念叨说："你要去当兵了，走远了。你哥已经牺牲了，你不能去。"但赵亮深知，全国解放的形式势不可挡，祖国更需要他，只有祖国有了更好的发展，老百姓们才能更好地生活，南下是他必须完成的使命。第二天早上就要出发了，赵亮的母亲抱着赵亮的腿，说什么也不让走。眼看着集合时间临近，赵亮无奈之下，只能和亲友硬生生地掰开母亲的双手，含着泪离开了母亲，离开了家，赶忙去县里集合。

赵亮所在的太行区的南下干部，于1949年2月陆续到河北省武安县集中；太岳区的南下干部于3月15日在长治集中，3月22日到达武安县。汇合后，两区干部组成一体，共同学习，为南下做准备。在武安县集中时，赵亮的弟弟赶来劝赵亮回去。原来，赵亮的母亲在赵亮走后，因为精神上的刺激而患上了精神病。每天到村委会哭着喊着要求还她儿子，还用火烧家里的东西。村里实在没办法，只能派弟弟到武安劝赵亮回去。但此时的赵亮坚决地不回去，他狠心地决定继续跟随队伍南下。

1949年4月21日，毛主席、朱总司令发布了《向全国进军的命令》，4月24日开始挥师南下。征程6000余里，历时7个月，途经8省63个县，翻过了中条山、太岳山、武夷山等山脉，跨越了黄河、长江等大小山川河流，穿过了河北、河南、江苏、安徽、浙江等省。出发时还是寒风刺骨的冬天，到了福建已是骄阳似火的夏天。在这6000多里的行军途中，由于铁路、公路大部分被敌人破坏，只有少数几段路可以坐上运煤车、敞篷车、闷罐车和木炭车，绝大部分是靠两条腿行走。为了赶路，还得起早摸黑，绕过尚未解放的敌据点。在南京、嘉兴、建阳、南平还遭到敌机的空袭，不时遇到国民党特务、散兵游勇、土匪的骚扰和袭击。由于长途跋涉，加上水土不服，生活不习惯，不少人拉肚子，发病率极高。重病号留送当地医院治疗，其他人继续前进。尽管条件艰难，但干部们仍鼓足干劲，翻山越岭，最后终于成功到达福建。

到福建后，赵亮被分配到南平县第五区工作，后期被派到福建省第一期团校学习，团校毕业后分配回团县委工作，先后任团委组织部长、副书记、书记，与上海人陈敏结为夫妻。岁月流逝，有的干部在福建走完了自己的人生旅程，长眠在那片榕树覆盖的沃土上；有的干部回到故土安度晚年。

“喜看稻菽千重浪，遍地英雄下夕烟”，黄河儿女无不景仰他们的崇高精神，感奋他们的历史壮举。“南下干部”是革命战争年代产生的一个特殊革命群体，赵亮只是那批南下干部当中的一员，我不知道还有多少个与亲人离别的感人故事。但我知道他们为人民的解放和社会主义建设事业无私地奉献了青春年华甚至是生命。他们在近半个世纪的革命征程中，历经风雨、艰苦奋斗、舍小家为大家的革命精神是值得同为黄河儿女的我们继承和发扬的。他们是共和国的开创者、建设者，是三晋人民的优秀儿女，是山西人的骄傲。如今，历史已经走过了70多年了。抚今追昔，伟大的祖国已经繁荣富强、焕然一新。在新的历史起点上，全省上下正在转型跨越，再造一个新山西的宏伟目标。“南下的故事”无疑给我们提供了强大的精神动力。

（作者系山西师范大学历史与旅游文化学院硕士研究生）

《黄河大合唱》诞生的故事

许小根　强爱武

“风在吼，马在叫，黄河在咆哮……端起了土枪洋枪，挥动着大刀长矛，保卫家乡，保卫黄河，保卫华北，保卫全中国……”这是我国经典音乐大合唱《黄河大合唱》中的一段歌词，是一曲中华民族的精神颂歌。每当雄壮的旋律响起，亿万中国人就会热血沸腾，亿万中国人的心就会凝聚在一起。当时曾经有报纸评论：一曲大合唱，可顶十万毛瑟枪。您知道吗？这首响彻中外、至今常唱不衰的大合唱，其创作源泉就是山西省吉县的壶口瀑布，它的诞生与壶口岸畔有着千丝万缕的联系。

张光年

《黄河大合唱》词作者张光年，笔名光未然。1938年正是第二次国共合作时期，25岁的青年作家光未然以国防部政治部文化督察专员的身份，赴第二战区视察文化工作。1938年10月30日，光未然率领抗宣三队（后改为二队）从武汉出发一路跋涉，经郑州、洛阳、西安、洛川，然后从宜川东行，开赴山西吉县，最后从壶口瀑布下游的小船窝渡口过黄河。行至这里，从渡口就可以看到上游闻名于世的壶口大瀑布，只见满河黄涛从百丈悬崖倾注而下，溅起漫天的浪花与水珠，犹如朝雾般从龙潭腾起，到高空形成白茫茫的水云，霎时又伏落而下，像迅猛的雨点般降入龙潭和两岸，然后随着滚滚波涛拍击两岸，发出狮吼虎啸般的怒吼声，似黄龙般顺着龙槽直奔孟门。这是一幅多么气吞山河、雄伟壮丽的图画啊！举目再看这河东一望无际的黄土高原，那就是山西抗日前线，在那里有多少抗日志士在同日寇浴血奋战。黄河像母亲一样哺育了华夏民族，而此时在她的身边正进行着一场民族生死存亡的战争，她又以巨大的身躯捍卫着后代子孙。抗宣三队这群青年，初次来到黄河岸边，目睹此情此景，心潮澎湃，感慨万千！

在小船窝渡口渡河时，抗宣三队的成员坐在一条10米多长的木船上，船在狂涛巨浪中像一叶扁舟颠簸起伏。将近河心涛水汹涌湍急，掌舵的老船工高亢起号，全体船工齐声响应，像吹响了战斗的号角，船工们与漩流激浪展开了一场扣人心弦的搏斗。水深浪急、黄水四溅，不时溅到船里。时值11月份，船工们裸露着胸膛，汗水与黄水交汇，浸湿了衣衫。船工和抗宣三队的青年凝成了一个共同的心声，一起喊起了号子："嗨哟！冲上前！嗨哟！冲上前！乌云哪，遮满天！波涛啊，高如山！冷风啊，扑上脸！浪花啊，打进船……"等船靠了岸，大家才松了一口气，仿佛经历了一场意志的锻炼。

光未然那人民诗人特有的敏感被触动了，萌发了为壶口瀑布写诗的灵感与冲动，光未然率领抗宣三队来到克难坡，和二战区政治部一起住在壶口瀑布旁的一个村庄。第二天，光未然又独自来到壶口瀑布旁，心情激动、浮想联翩。黄河诞生了华夏五千年文明，养育了四万万炎黄子孙，而今黄河却遭受到日寇铁蹄蹂躏。然而黄河绝不会屈服，壶口瀑布排山倒海的气势，龙槽巨浪义

无反顾勇往直前的形象，不正是保家卫国将士们的生动写照吗？光未然创作的激情愈发高涨。2005年7月27日，中央电视台十套播出《讲述·去大后方》，其中就讲述了抗宣三队到吉县的史实，讲述人有时任副队长的赵荀、演员胡宗温、指挥邬析零、音乐家孟波等，讲述光未然站在壶口瀑布旁请教指挥家邬析零什么是大合唱后，便迅速投入到创作中。

光未然当年的公开身份是国民党中央军委政治部西北战地宣传工作视察专员、抗宣三队特派员，实为该队中共党支部书记。他率三队转战西北各地，1939年春，借赴陕北榆林慰问傅作义的机会，从晋西南永和县渡过黄河，回到革命圣地延安。光未然因在晋西堕马胳膊骨折，在边区医院接受治疗。2月26日，鲁艺学院音乐系主任冼星海看望他，老友重逢，冼星海建议再来一次联手创作，光未然慨然应诺。

光未然和冼星海是一对老战友，也是一对志同道合的伙伴。1938年初在武汉时，就曾合作创作《新中国》《新代歌手》《剧团抗战》《拓荒歌》等抗日救亡佳作。但这次合作创作什么呢？光未然早已有了思想准备，他把焦点放在黄河上、放在壶口瀑布上。他两次渡黄河，并到壶口瀑布旁亲身感受，所见所闻体会深刻，灵感早已在他的脑海中萦绕着、酝酿着、荡漾着，可以说已经是胸有成竹。经冼星海提议，他的主意定了，以黄河两岸人民抗日英勇斗争为题材，歌颂祖国的伟大和人民的勤劳勇敢，塑造中华民族巨人般的形象，推进整个民族抗日战争。躺在病床上的光未然逐渐构思成熟，便口授抗宣三队队员胡志涛记录下来。前后共用了6天时间，就把《黄河大合唱》400多行歌词写了出来。歌词共分8章，即《黄河船夫曲》《黄河颂》《黄河之水天上来》《黄水谣》《河边对口曲》《黄河怨》《保卫黄河》《怒吼吧！黄河》。

3月11日晚，在延安西北旅社一个窑洞里，举行了一场小型朗诵会。为了在朗诵歌词时展现良好的形象，光未然身披斗篷正好把受伤的胳膊挡住，看起来很有风度。冼星海全神贯注地倾听着朗诵，还未听完光未然介绍写作动机和意图，就激动地站起来，一把将歌词稿抓在手里，兴奋地说："我有把握把它谱好"。冼星海夜以继日，不顾延安夜里的寒冷，把多年对祖国命运的关注、对民族灾难的忧愤、对革命战争的颂扬、对抗战必胜的信心全部倾泻在这部划时代的音乐创作中，犹如奔腾的黄河、一泻千里，几天内便将8个乐章的《黄河大合唱》全部曲子谱完。又过了1个星期，全部伴奏乐谱也写出来了。初稿出来后，冼星海又以一种严谨认真的工作态度，亲自到西北旅社邀请抗宣三队搞音乐的同志到他的住处，向大家介绍渡黄河的惊险情景、壶口瀑布惊天动地的种种细节和感受，并记录了大伙模仿船夫呼喊的号子和姿态。为了体现歌词的中心思想，把壶口瀑布不畏列强的东方巨人全貌搬上舞台，表现黄河壶口的雄壮气魄和中华民族威武不屈、英勇斗争的精神，他反复修改，几易其稿，力争展现原貌、富有民族的风格和特色。

4月13日，抗宣三队在陕北公学大礼堂首次演出《黄河大合唱》，担任朗诵的还是光未然。当时延安缺乏西洋乐器，仅有提琴、竹笛、高低音二胡、三弦、口琴、锣鼓等，冼星海也只能根据现有的乐器写伴奏。但由于全体成员熟悉生活与创作过程，首次演出就获得巨大成功，震动了延安各界，大家普遍认为这是抗战以来最好的一部歌曲，在政治上和艺术上均达到了顶峰。

《黄河大合唱》被世人誉为弘扬中华民族传统精神和大无畏革命精神的代表作，气贯长虹，汹涌澎湃，传唱于寰宇的各个角落，《黄河大合唱》将和雄伟的壶口瀑布一样万古长存！

（作者许小根系吉县党史研究室原主任，强爱武系吉县党史研究室主任）

英雄的临汾旅

梁国璇

多年以后，邓仕俊还是无法忘记1948年，这一年，中国人民解放军打响了解放临汾的战役。

1948年3月5日，中共中央军委获悉，胡宗南拟空运其在临汾的部队回西安。遂电示晋冀鲁豫军区前方指挥所，命令临汾参战部队迅速向临汾开进。根据敌情变化和中央军委的命令，徐向前副司令员决定将预定于1948年3月10日发起的临汾战役时间提前3天。临汾是座易守难攻的城市，它南部平坦，不利于隐蔽作战，东部西部又有敌人筑起的几道防线，再加上城内的五万国民党守军，使得战争局势一时之间陷入了焦灼，然而却不得不在短时间解放临汾。作为山西重镇，临汾无疑具有重要的作用，并且国民党的有生力量多集中于临汾，解放山西的关键就在解放临汾。邓仕俊清楚地记着，他的部队最开始是作为八纵二十三旅的接替部队来接管东关防务的。而夺取东关的战役是4月7日下午打响的，虽然敌人号称防卫严密，但东关毕竟处于外围，并且国民党部队虽然人数众多，解放军战士们势如破竹，一举就拿下了东关。

然而真正的战斗才刚刚开始，二十三旅马不停蹄地转入了夺取临汾本城的战斗中。“临汾本城的城墙比东关的城墙高得多，也厚得多。城内不仅有内壕，而且内壕与城墙之间设有雷区，内壕及内壕内沿又筑有碉堡。”邓仕俊慢慢地说道，他苍老的脸上刻着岁月的痕迹，但提起这场战役的时候，脸上却闪现着激情的光芒。二十三旅六

徐向前元帅为临汾旅授旗

十七团——马村指挥部外，炮火连天，临时搭起来的帐篷外已经积起来厚厚的一层尘土，伴随着时不时炸开的炮声，总有尘土落下来。下午3点多，一个小个子来到了指挥部里，团长康功烈一见到这个小个子，立即敬礼：“首长好！”小个子说：

“天黑之前，你们六十七团要把东关北侧地区的据点给拿下来！”

“是，一定完成任务！”

“原来打仗，都是我们一滴血一滴血打下来的，今天，我要看看你们这些晋南人的战斗力！”

“是！首长！”最后的一声应答响彻云霄。

东北部的据点火力很猛，这是敌人在城外火力最为集中的地方，康功烈亲自指挥，一个突击连的兵力很快就打光了，这种战斗消耗是战场形势不能允许的，于是，康功烈带着一名突击队员，两个人从侧翼绕到了碉堡后面，炸掉了碉堡。就这样，天黑之前，拔掉了城外的据点。之后的重头戏开始了，敌人在临汾外围布置的兵力并不多，主要是依靠战壕和时不时的空袭以及援兵进行防守。

破除敌人战壕的任务落在了张裕龙指挥的旅教导大队二队的肩上，他带着100余名步兵会同郑其贵指挥的旅工兵连100余名工兵战士展开了艰苦的战斗。战壕最外面一圈是外壕，这一层特点是人员稀疏，高度大，目标易暴露。一个工兵战士正在那里埋头挖着，突然，敌人的突围小队冲了上来，工兵战士来不及反应就应声倒地。面对战友的突然倒下，战士们来不及悲伤，只能继续作业，但从那之后，张裕龙不得不率队另外开辟一条破城通道，同时，又要防范时不时的轰炸和突袭。经过23天的艰苦劳作，两条破城主坑道都已胜利挖过了临汾城敌人外壕，并继续向前作业。然而，由于敌人也在进行着反坑道作业，反坑道又密又多，因而主坑道则不断拐弯。伴随着坑道作业的不断向前推进，另一个问题——运土，也开始显现出来，最开始挖出的土用小车拖，到后来，坑道通过外壕，因有地下水，挖出来的都是泥，泥土过湿，车轮子难以转动，便以弹药箱替代拖车。

“小个子”也一直没有离开坑道，他几乎一直奋战在最前端，他带领着战士们来回爬行在坑道之中。第25天，他给战士们训话：

“兄弟们，敌人的防线所剩的不多了，胜利的曙光就在前头，但现在，他们可能还会反扑。我们每个人可能随时都会死，但是我们人死了，精神不死！你们怕不怕。”

“不怕！”坑道里响起了震天的声音。

“好样的，你们都是响当当的晋南汉子！”

为了加快速度，也为了增加敌人突破的难度，坑道挖得很浅、很

临汾旅旅长黄定基正在向部队介绍解放临汾战役的战斗情况

低。由于以膝代脚，许多人双膝肉皮磨破。正因为如此，进行坑道作业的战士每前进一步都要付出很大的代价。“小个子”带着大家，一寸一寸地向前推进，张裕龙的膝盖已经血肉模糊，浅浅地露出了一丝白骨。“你不要命了，这样下去你会死的。”他旁边的战士说道。

“继续挖，不要管我！”张裕龙回应道。

“可是……”

“没有可是，执行命令！”

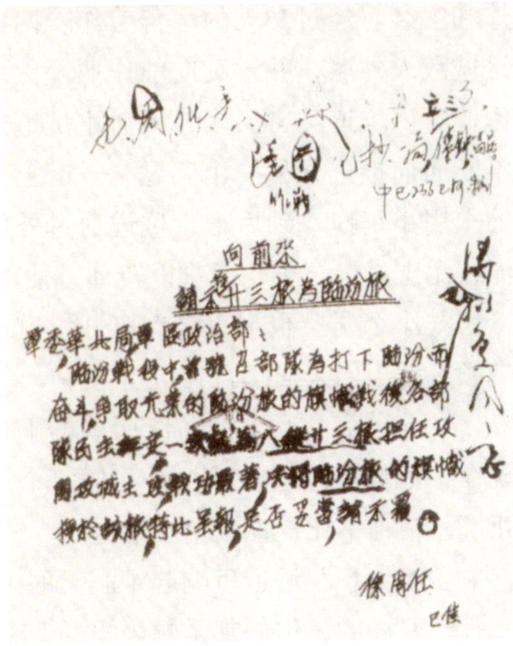

中央军委对授予“光荣的临汾旅”荣誉称号的批复

就这样，在解放军指战员的艰苦卓绝的努力下，两条一百多米的坑道最终完成了。

5月16日黄昏，“小个子”冒雨指挥坑道作业的最后的、也是最关键的环节，运送和装填破城炸药。暮春的5月，晋南夜晚尚有几分寒意。“小个子”没有打伞，穿着一件旧棉衣在雨中淋着。他手里提着炸药，为了保护炸药不被淋湿，他脱下身上的旧棉衣，用它将炸药盖着，佝偻着腰，为炸药挡雨。几百名指战员看到了首长的行动，没有谁下命令，也都自觉地脱下身上的军衣盖炸药。战士们匍匐着、佝偻着，向前方运送和填充炸药。经过3个多小时的炸药运送装填，炸药全部装填完毕了，紧接着，起爆装置安放完成。到5月17日中午1时，两条主坑道的最后作业全部结束。随着一声巨大的轰鸣声，一团巨大的蘑菇云升起，爆破任务顺利完成，攻城的准备工作全部完成。

有了这些工作，攻城并不是一件难事，在“小个子”的指挥下，二十三旅会同其他作战部队一起迅速攻下了城池，全歼敌方守军，并缴获大量的武器装备。这是一场攻坚战，临汾战役的坑道作业，其规模之大，时间之长，在人民军队攻坚作战的战史上是罕见的。临汾战役结束以后，部队尚未很好休整，就于6月开到晋中，参加晋中战役，在整个山西，都留下了这支队伍征战的足迹。

战役结束后，二十三旅被授予了“光荣的临汾旅”称号，“小个子”对战士们说：“兄弟们，你们都是好样的，你们没有给三晋大地，没有给你们的家乡父老丢脸。”这个“小个子”，就是二十三旅的旅长黄定基。解放战争胜利后，没有多长时间，黄定基就因为长期劳累、积劳成疾而离开了人世。但他把自己的功勋和荣耀永远地留在了山西大地上，他为党和人民的事业做出了贡献和牺牲，他是闽南人，但是他的士兵却多是山西人，这支钢铁的队伍，就是临汾人民最真实的写照。

邓仕俊讲完了故事，慢慢闭上眼，仿佛几十年前的战友们又回来了，他看到那面临汾旅的战旗正在迎风飘扬。

多年以后，黄定基的后人们，无数共和国的儿女们还会来到临汾，来学习他们的事迹与战斗的精神，每个人在想起自己祖先的时候，都会想起许多可歌可泣的历史，一想到他们为自由而流血，为正义而牺牲，为民族的未来而奋斗，就总会感到有股难平的热血在胸中沸腾，这支英雄的临汾旅，它是中华民族的精神财富，激励着每一个前进的中华儿女。而此时的黄河，流过了太行山，倾泻到平原上，她是那样的欢快，那样的豪迈……

（作者系山西师范大学历史旅游与文化学院硕士研究生）

血染黄土坡

党 源

距离吉县县城六七里的山坡上，有一个并不起眼的小山村——井疙瘩村，一到苹果收获的季节，满山散发着浓浓的果香，田园深处，大人们紧张忙碌着，孩子们在果园间嬉戏打闹，呈现出一幅欢乐祥和的山村画卷。穿过果园直达村口，有一块黑白相间的石碑，突兀地立在田边，与周围格格不入。石碑的正面镌写着“井疙瘩抗日英烈纪念碑”10个大字。很多年来，每经过这座纪念碑，满头白发的老人白梅梅都会驻足良久，用颤抖的双手仔细擦拭碑文。凝视着那些熟悉又要模糊的名字，老人思绪万千。

1938年冬，日军第二次侵犯吉县，城关焚为焦土，乡里遍遭践踏。消息一传到井疙瘩村，马上掀起一阵很大的骚动，人们忙乱地收拾着东西，踏上逃命的征程。有30个人转入了离村不远的一个山洞里，白梅梅一家6口人就在其中。

这是一个数十丈高天然隐蔽的山洞，历来是村民们躲避战乱，用来藏身的地方，只能凭着一把梯子从山底爬上去。然而，由于汉奸的告密，敌人终归还是找了过来。

1939年1月1日，北风呼呼，天气阴寒。八九个汉奸日军避开放哨人的视线，悄悄顺着梯子从山沟里爬了进来，抢走700多块银圆和一些衣物。

第二天，数十名敌人又来侵扰，气愤的村民决定打击下日军的嚣张气焰，乡亲们居高临下，用石块、土块痛击敌人。整整两天，日军都没有占到便宜。

村民们的反抗也彻底激怒了日军。4日拂晓，近百名日军大举围攻井疙瘩村，村民们依旧拿石块、土块、煤屑、瓦罐拼命抵抗。

从上午8时一直苦战到下午6时，洞里能扔的东西都扔光了。随着洞口的村民倒在血泊中，一张张狰狞的脸，蹿进了山洞，洞深而黑，不容易辨认里面的东西。手无寸铁的同胞，都缩做一团伏在黑暗里。

6岁的白梅梅被父亲护在了身后。日军手里尖利的刺刀，耀着寒森森的白光，找寻着猎物。时间一分一秒地过去，随着一阵机枪扫射后，无情的刺刀终于迫近了他们的胸膛。日军开始了惨绝人寰的屠杀，应着一声声的惨叫，不断有乡亲们倒在血泊中。

白梅梅2岁的弟弟被母亲抱在怀里，拼命地哭。就在这个时候，日军抓起刺刀，一刀就戳进了母亲的肚子里。母亲顺着墙滑倒了地上，想强撑着抱住孩子，可孩子还是摔倒在地上，哭着爬着找妈妈。日军听到后，抓起弟弟朝墙猛甩，可怜的孩子还没来得及再哭，就咽了气。眼看着这一切的母亲，艰难地转着头找寻着白梅梅。目光接触的一刹那，已经分不清母亲流的是泪还是血，只看见母亲的嘴唇动了动，讲不出话。白梅梅拼命地爬到母亲跟前，“妈，你快起来，妈！”正要拉起母亲的时候，她被父亲一把拽住压倒了身下。父亲临死之前拼尽最后一口气在她的耳边说：“不要出声，好好活着！”

日军离开时，还拖走了3名妇女。她们在被糟蹋后，就被推下了山崖。发现尸体时，其中一位还紧紧地咬着一束头发，另一位高高地举起一只拳头。

是的，拳头，这是割舍不下孩子，心有不甘的拳头，不甘野兽强暴愤怒的拳头。在那些自命保家卫国的国军屡战屡败，屡败屡退，从娘子关退到忻口，从忻口退到太原，从太原退到临汾，一退再退的时候，他们根本想象不到，在这个遥远偏僻的小山村，几十名手无寸铁的老百姓却死战不退；他们更没有想到，在敌后，共产党领导的军民仍在浴血奋战。想我泱泱中华，从不缺热血儿女，又岂容日本侵略者肆意猖狂。

井疙瘩村惨案共有27人遇难，白梅梅和另外1名孩子被大人藏在身下逃过此劫，日军也付出了死伤40余人的代价。惨案发生后，吉县地下党召集各界举行追悼大会，数万群众声讨罪行、振臂高呼。著名爱国人士李公朴亲临现场，告慰英灵。同时，惨案激起了群众投身抗日的热情，一时间，抗日烽火迅速蔓延。

井疙瘩的血，是仇恨的血、愤怒的血、抗争的血，更是中华儿女保家卫国、抵御侵略的血。

今天的我们，没有吞糠咽菜、没有炮火硝烟，可是，难道和平岁月，我们就可以高枕无忧、坐享其成吗？不，我们不能忘记冒着敌人的炮火、英勇冲锋陷阵的壮士们；我们不能忘记面对敌人的刑具、绝不背叛视死如归的英雄们；我们更不能忘记甘洒热血、为国捐躯的英灵们。

井疙瘩抗日英烈纪念碑如今矗立在村口，仿佛向路人诉说着往日的惨烈。白梅梅老人几年前就已经去世。今天的我们，再来追思那段血与火的历史，不是为了延续仇恨，而是为避免历史的重演；不是为了报仇雪耻，而是为了从悲壮的历史中汲取伟大的精神力量。勿忘国耻，只因我们珍爱和平！

铭记过去，才能昂首前行！

（作者系吉县柏山寺乡乡长）

最后一个军礼

刘肖楠

几年前，一个春风和煦的午后，已80多岁高龄的高振邦，为我们讲述了自己曾亲历过的惊心动魄的战事。踏着岁月的烟尘，淌过历史的河流，我们追随着老人清晰的记忆，回到了那个艰苦卓绝的年代。

那是抗战中期的一天，1支抗日队伍正好从蒲县石堆村的村口路过，只有17岁的高振邦匆匆跑回家，对母亲说："我要参军，打鬼子！"当时的高振邦家中，姐姐已经出嫁，父母身体都不好，他再去参军，家里就没人照料了。但是母亲没说什么，只是默默地走出家门，从邻居那里借了点碎布，连夜赶制出一双"千层底"布鞋。第二天，高振邦便怀揣着这双"千层底"，加入到粉碎日军"春季大扫荡"的抗日队伍中去。

没多久，高振邦就参加了著名的"午城阻击战"。那时日军为打通黄河渡口，闪击延安，出动步、骑兵800余人，炮兵一个中队，由蒲县西援。

一寸山河一寸血，战争远比高振邦想象得更加残酷。时至冬末，天气依然寒冷，已是勤务兵的高振邦跟在团长曹炳的身后，寸步不离。这场惨烈的阻击战，已经打了整整5天了，山垣上，布满了日军横七竖八的尸体，但疯狂的日军，还是不肯退去。加之双方军事力量相差悬殊，日军武器精良，有飞机、大炮、机枪，且单兵作战有素。而我军将士的手里，除了大刀长矛，只有落后的"汉阳造"步枪，阵地眼看危在旦夕。这时，团长透过望远镜又发现1支日军的增援部队，正

抗日老英雄合影，左一为抗日英雄高振邦

顺着山路蜿蜒而上。团长高喊道“高振邦，通知各连，鬼子援军正在增加，即刻进入阵地，誓死守住城头村。”“是！”高振邦传达完团长的指令，就拔出枪来，随着团长一起冲到了最前沿。等日军全部进入伏击区，团长一声领下：“打！”阵地上及两边早已部署好的潜伏部队突然开打。

日军顿时乱了阵脚。趁日军没有完全反应过来，团长又令部队发起了冲锋。战至拂晓，除百余日军在飞机的掩护下逃窜外，其余皆被歼灭。曹炳团长不幸被敌弹洞穿腰部，壮烈牺牲。

马鸣声嘶，山河泣血。团长的牺牲，对当时年仅17岁的高振邦来说，影响极大。想着团长生前对自己的悉心教导和关怀，伤心悲痛之余，高振邦在心底暗下决心：要做一名像团长一样的中国军人，捍疆卫土，马革裹尸！在后来的每次战役中，高振邦英勇杀敌，冲锋陷阵，并参加了保卫临汾金殿、南窑的抗日战斗。

1945年初，在蒲县黑龙关的对日作战中，高振邦一直冲锋在前。

当看到残余的几个日本兵还在负隅抵抗时，他奋不顾身地站了起来，拼力向敌人扔出了几颗手榴弹，把日本兵全部炸死，自己却不幸身负枪伤。因当时离家较近，部队允许他留在蒲县的家中疗伤。一天，1支八路军的小分队从他家门口路过，还没有完全康复的高振邦，又加入到了八路军的队伍中。从此，他转战南北，参加了多次战斗。

抗战胜利后不久，因伤病加重，高振邦依依不舍地离开部队，回到了高堆村务农。多年以来，他虽军功卓著，却始终默默无闻。直到近年来，通过我们的几番采访，村民们才得知，原来，这个生活在他们身边的老人，是一个抗日大英雄。当上级领导来慰问他，问他有什么需求时，他说："我能自立，没有要求。就是，请大家不要叫我英雄，我只是抗日战争中一个幸存的老兵。"

"男儿立志出夔关，不灭倭奴誓不还，埋骨何须桑梓地，人生处处有青山！"高振邦这位英勇的抗战老兵，不仅是民族的脊梁，也是蒲县精神的代表。2017年3月25日，90岁的抗战老兵高振邦不幸病逝。弥留之际，老人颤颤巍巍地举起右手，最后微弱地喊了一声"敬礼！"也许，只有这高高举起的右手及心底的呐喊，才是对过往最深刻的怀念。

虽然，高振邦永远地离开了我们，但是，与老人接触的每一个场景，却已深深地留在了我们的脑海。那是一幅不朽的英雄画卷——蒲州雾色，涧水如练，西山似黛，抗日老兵远眺的眼神，最后一个永远的军礼！

（作者系蒲县鹿城小学教师）

阻止日军过黄河　打响午城大战

赵兵兵

1938年3月14日至19日晨，八路军115师主力343旅685团、686团，由决死二纵队汾西游击支队配合，在隰县午城一带伏击日军，打了一个漂亮仗，是谓午城大战。

一、午城历史、地理现状

午城村位于隰县县城南26公里处，后魏置五城，隋改伍城，属汾州，唐武德三年置仵城县，属昌州。贞观初县废，后复置，改属慈州（今吉县），金延续其建制，后废。

午城位居隰县、蒲县、大宁三县交汇处，是三县的必经之地，东可由临汾至蒲县至午城，西可由午城至大宁至黄河，北可由隰县至吕梁、晋中。地貌由狭长弯曲沟道和两山高原组成，紫川河、东川河、蒲县河三水在此汇流，素有隰县“南大门”“晋西咽喉”之称，战略位置十分重要。现为午城镇机关驻地。该镇由原午城镇、水堤乡合并而成。地理坐标为北纬36° 20′ 30″，东经110° 52′ 52.75″，209国道、孝午线、临大线三路交叉；西纵高速、山西中南铁路在该乡经过。全镇总面积183平方公里，辖20个村委，76个村民小组，39个自然村，总户数3373户，总人口11986人，耕地面积49935亩。胡城村为隰县最低点，海拔760米，气候暖热，无霜期长，适宜小麦、棉花、瓜类生长。山西省十大白酒企业、临汾市最大的白酒企业——午城酿酒集团公司设于此。因气候暖和，瓜果、蔬菜上市早，行情好，一直享誉周边地区。

午城战斗中被焚毁的日军汽车

二、大战背景

1938年2月中旬，侵华日军第1军司令官香月清司集中第20、第109师团，第108、第14师团各一部向山西省南部及西部进犯，配合沿津浦、平汉铁路南犯日军占领黄河以北、以东广大华北地区。第20师团于2月27日占领临汾，3月1日占领蒲县，尔后主力继续沿同蒲铁路南犯，另以4000余人由蒲县西进，企图占领大宁和马斗关黄河渡口，威胁陕甘宁边区。八路军总部为支援晋南国民党军作战，粉碎日军西犯企图，巩固刚开创的吕梁山抗日根据地，令第115师代理师长陈光、政治部主任罗荣桓率第343旅在隰县午城、大宁地区，寻机打击日军，断其后方运输，迫敌后撤。

三、大战经过

3月14日12时许，第115师的先遣分队师直警备连，在午城以东约2公里处与西犯日军先头部队遭遇，该连先敌展开，抢占了有利地形，顽强抗击日军，激战两小时，日军后续部队赶到，该连即转至午城西北侧高地阻滞敌人西进，以掩护主力部队进入待机位置。14时许，日军占领午城，继续向大宁进犯。16日，第343旅第685、第686团隐蔽于罗曲、午城、井沟公路两侧，待机歼敌。当日，日军第20师团辎重部队200余人、骡马100余匹，由午城西进至罗曲附近时，被第685团伏击全歼。17日，日军60余辆汽车由蒲县向大宁继续输送物资。大宁日军500余人东行接应，进至罗曲时，被第685团一部兵力击退。由蒲县西行的汽车运输队通过井沟接近午城时，预伏在该地的第686团突然出击，歼日军200余人、截获汽车6辆，余敌西逃与驻午城的日军集聚。当夜，第686团第3营和第685团2个连袭入午城镇，歼敌大部，将汽车全部烧毁。由晋东进占临汾的日军第108师团为支援午城作战，出动步、骑兵800余人，炮兵1个中队，于3月18日由蒲县西援。第115师为打击该日军，令第343旅以第686团和汾西游击队预伏于井沟、张庄公路两侧，以第685团在午城以西阻击大宁援敌。14时许，西援的日军先头部队到达井沟，即向公路两侧实施火力侦察，预伏部队沉着隐蔽待机，当日军全部进入伏击区时，预伏部队突然开火，迅速发起冲击，日军顿时混乱，其一部占据井沟、张庄，一部退入山沟，在飞机掩护下，数次突围，均被击退。当晚，八路军继续攻击，战至19日拂晓，除百余日军逃窜外，余皆被歼。

午城大捷后，召开军民联欢会

四、参加人物

参加午城大战的指挥员在中华人民共和国成立后被授予元帅、上将之多堪称国内之最。参加午城战斗的元帅有罗荣桓，上将有杨得志、杨勇、李天佑、陈士榘、萧华，中将有苏静、吴法宪，革命领导人有陈光。

五、大战意义

午城大战，八路军共歼日军1000余人，焚毁汽车70余辆，缴获骡马200余匹及大批军用物资。八路军伤亡200余人。此次大战，给日军以沉重打击，切断了蒲县至大宁段的交通，迫使大宁之日军东撤，粉碎了其西犯黄河的企图，对开辟晋西南抗日根据地和巩固陕甘宁边区黄河河防都有重要意义。

六、军史地位

午城大战，粉碎了日军西犯黄河的企图，对开辟晋西南抗日根据地和巩固陕甘宁边区黄河河防具有重要意义。午城大战在抗日战争史上具有重要地位，是继平型关大捷之后的又一次对日作战大的战斗，战果超过平型关大捷，是以弱胜强游击战术的典范战例。隰县人民积极支援战斗，付出巨大牺牲，谱写了隰州大地全民抗战的凯歌。

（作者系中共隰县县委党史研究室主任）

让烈士的旗帜四季飘扬
让勇士的精神代代传承

宁晓琴

2019年6月，为了庆祝中华人民共和国成立70周年，我有幸参加了微电影《回家》的拍摄，我在剧中饰演的是程家明先生的孙女——程丽娜。这部微电影讲述了在党的领导下，襄汾儿女热爱家乡、缅怀英烈、开创未来新时代的深沉的家国情怀。

其实，微电影《回家》最让我印象深刻的拍摄基地——襄汾县张再烈士陵园。2019年6月12日的清晨，我们走进松柏环绕、绿荫满

1938年2月，中共襄陵县委在黄崖村召开军民抗日动员大会，成立襄陵县人民抗日游击队

园、庄严肃穆的烈士陵园。缅怀先烈，取景拍摄，让我心中的血液再次沸腾。

中共襄陵县委第一任书记郭寿天

张再烈士陵园入口正前方“人民英烈永垂不朽”8个大字分外醒目，在这里长眠着156名为了民族解放、国家独立、人民幸福而英勇牺牲的革命先烈。他们在中国共产党的领导下，抛头颅、洒热血，用宝贵的青春和生命，谱写了一曲曲可歌可泣的壮烈诗篇。

襄汾是一片古老文明的土地，也是一方仁人志士英勇奋战的革命老区。1937年7月7日，日本帝国主义为大举侵华而蓄谋制造的卢沟桥事变爆发。自此，抗日团体纷纷建立，中国人民开始了一场伟大的抗日战争。1938年10月，为了便于领导和统一指挥武装力量，中共山西省委、乡吉特委决定，将襄陵、汾城等7县人民武装自卫队合编为“山西政治保卫第二支队”。不久，又升为山西新军213旅，成为中国共产党领导的一支抗日劲旅。

1939年10月19日，为了牵制日军对吕梁根据地的进攻，213旅58团政治部主任郭寿天率领2营东渡汾河，为213旅向太岳区撤退开辟道路并做渡河准备。此事被汉奸张根喜、石燕子向日军告密。

23日拂晓，2营在桥儿上村的一个碾麦场准备化整为零，分散突围时，日军集结500多人向2营包抄过来，主任郭寿天的动员讲话还没讲完，就遭到日军居高临下地猛烈扫射。2营当即组织突围，四连、五连为先锋向敌人反击，六连侧翼掩护营部突围。战斗一直持续了两个多小时，最后在营长任达和教导员高恩堂的指挥下，2营的200多名战士终于从沟内向西突围成功。

在突围中，政治部主任郭寿天、党组织负责人王瑞、四连指导员张喜庆、五连指导员田丰、六连指导员曹佐一等58人壮烈牺牲。58个人，58张席，一卷一卷的，排了满满两孔窑洞，这是襄陵抗战中最惨烈的一次，历史上称之为“桥儿上事件”。

翌年，姚登山率自卫队，将在“桥儿上事件”中给日军送信带路的汉奸张根喜、石燕子抓获，押到桥儿上村安葬烈士遗体的土窑前进行审讯，最后执行枪决，为死难的烈士祭灵。

襄陵解放后，襄陵县人民政府于1946年清明节前把烈士遗骨全部安葬在张再烈士陵园。

历史定格，英雄长眠，烈士永生，浩气长存！

正如微电影《回家》给我们传达的意义，缅怀革命先烈，弘扬爱国主义精神。如今，我们对烈士最好的纪念是传承英烈精神，把不怕牺牲、不惧困难、不畏艰险的坚定信念转化为在本职岗位上干事创业的动力。

每个时代，都有战士负重前行，用行动表达着心中的信仰！他们是为张再烈士陵园守墓46年的陈云清，是凭一己之力筹建襄汾县抗日战争胜利陈列馆的梁茂祥，是义无反顾驰援湖北抗疫一线的襄汾最美逆行者张俊霞，是在今天弘扬红色精神、是传播社会正能量的我们……

不忘初心，牢记使命，我们一起努力，让烈士的旗帜四季飘扬，让勇士的精神代代传承！

（作者系襄汾县文化和旅游局科员）

魂归太岳

——七里峪三眼窑十三烈士七十周年祭

邢立山

一

七里峪村，位于李曹镇东北22公里的霍山山谷中，海拔2100米，是霍州、沁源、灵石、古县的交界地和物资交流的集散地。明嘉靖三十七年版《直隶霍州志》记载，该村村址处于山谷中，离东部的沁源县第一川村7华里，故名七里峪。

1943年秋，驻山西侵华日军三五零零部队两万余人，对太岳根据地发动疯狂的所谓“铁滚式三层阵地”新战法的秋季扫荡。

10月1日，日军从介休、灵石南关镇分别出发，向沁源逼近。

清晨，驻沁源上下兴居村的太岳陆军中学（以下简称“陆中”），开始转移。

当日，副校长张力之在太岳军区开会。其他校领导决定，校部和一、二队向西南方向转移，三队向正西方转移。

无论哪个方向，都要经过霍山。

茫茫霍山，高山峡谷。部队在林中小道行军速度很慢。从早上出发到达三眼窑时，已是晚上天黑时分。

近10个小时，队伍才行军60华里。

高高的山，茫茫的树，错乱了队员的时空概念。带队的校领导凭感觉认为，敌人已进入根据地，我们的部队已转移跳出到外线，于是决定校部和一队在三眼窑村宿营，二队继续前行五六里地宿营。

校领导看了看地形，规定了紧急集合地点，布置了警戒，并宣布拂晓吃早饭后上山隐蔽。

于是，疲惫不堪的队员，宿在三眼窑院内院外。

三眼窑村，说是村，其实很小，只有沟畔三孔掌山石窑。

2012年6月20日，在北京丰台区东大街北京军区干休所，笔者采访了原陆中特派员张鼎中大校。这位身经百战的老军人，转移时是三队的带队领导，对校部和一队宿营三眼窑的战斗发生，深沉地谈了自己的观点。

宿营地点选择有问题。三眼窑在沟边，是大山的唯一道路，也是敌人扫荡的必经之路。再者部队大都是无战斗经验的队员和年轻学员，战斗经验少，对敌情判断能力差，最终导致战斗发生。

说着，这位92岁的老军人，眼里泛起了泪花，近5分钟时间，没有再说话。

“假如，再往山里走50到100米，假如，哨兵不凭直觉判断，把情况及时报告给带队领导，这事可能也就不会发生了”，最后老将军感慨道。

也是同一天下午，我采访了三眼窑战斗主要当事人石磊的儿子张明同志时，他说：“父亲张力之和母亲石磊生前多次回忆这件事总是说道，假如张力之不去开会，假如张力之带着这支部队，就不会选择三眼窑宿营，也不可能出现这种状况”。

然而，历史不存在假如，事实不允许假如。

惨烈的事情还是发生了。

十月的七里峪深山，夜很黑，很冷。

深沉的黑夜将疲惫的队员们紧紧裹在睡梦中。

拂晓前，哨兵真切地听到了前方有马的喘息和人群的脚步声，以及钢件的轻微碰撞声。

空旷的静夜里，那声音尽管很小，很微弱，但很真切。

然而，哨兵是一个不足20岁的青年学生，他的第一感觉可能是三队赶了上来，并没有把这一情况及时上报。

五分钟后，带哨班长出来查哨，哨兵报告刚才听到响声的情况。

对方的声音愈来愈近，愈来愈强烈。甚至看到了模糊的人群。

“是敌人。”班长扣动了扳机。

这时，敌人已经飞快地扑了上来。

枪声中，陆中的这支宿营部队霎时乱作一团。毕竟是没经过战斗锻炼的干部和学生，有的人立即往山里跑，有的人往院里去集中，途中，把敌人错认为自己人，敌我便乱作一团。

混乱中，队员李祥和、杨茂清、郭炳、任学清、赵云、冯永亮、郝汉锦，队部的宣传干事鲁斌、技术书记刘世铭，组织干事陈国梁，公务员李荫堂、李根柱被俘。

战斗中，从学校带出来的物资损失殆尽，学校最珍贵的一套《万有文库》也丢失了。

天亮了，硝烟在山沟弥漫着，浓浓雾霭，向高山升腾着。

敌人开始搜山了。

女教员石磊在枪响后立即钻进了深山，由于她眼睛近视，跳沟时扭伤了脚，不能再走路，被搜山的敌人抓了回去。

同时，在半山腰被捕的还有宣传干事鲁兵，这位21岁的年轻人，体弱瘦小，实在是跑不动了，甚至连迈一步的力气也没有了。更不幸的是，二队在距此五六里地外的化峪村宿营。当天晚上队员孙宝琦因夜间行军把夹被丢了，天亮后顺原路返回寻找，误撞在战斗圈内，也被敌人抓了正着。

对于孙宝琦的被捕，我长时间为此感到深深遗憾，就是为了一条丢失的夹被，遭遇了不幸。当张鼎中老人谈到此时，深沉地道：“那是国家的财产”。

如果是现在，还会有人这样做吗？

我常常问自己，问自己的良心。

上午，战斗仍在进行。

顺沟跑出三眼窑到琉璃塔洞附近的曾延伟、李萍两位队主任和队员樊光（中华人民共和国成立后更名范弋）遭遇了追赶的日军，樊光为阻止敌人进山追赶，掩护两位主任转移，只身与敌人搏斗，身负重伤，流血过多而昏迷，幸被一队同志冲下山救回。

至下午四时，三眼窑遭遇战基本结束。

敌人对被俘的队员进行了简单的登记，共有15位同志被俘，其中，包括女教员石磊。之后，敌人把他们的手全部捆在一起，（石磊未捆）关进了院内一所牛棚内，并用木板把门钉死。

没有人感到惧怕。牛棚内气氛并不沉重。

石磊很镇静，这位女教员把自己随身带的炒面一口一口地喂给大家吃，和大家一起商量逃跑的办法。最后，形成一致意见，由李祥和、孙宝琦对付敌人哨兵，掩护大家逃跑。

这时，14个队员互相解开了手上的绳子。

他们在等待时机。

然而，这预想的时机终究未来。约五时许，敌人突然打开牛棚，开始点名，凡被点到的人都被带到村西一块空地上。

山里的天，黑得早，夜幕开始落下。

很显然，敌人要下毒手了。

站在人群前头的李祥和，突然扔掉绳子跳下土坎，迈过一条两三米宽小沟，钻入北山。当敌人反应过来开枪时，茫茫大树已淹没了李祥和的踪影。

跑，拼命地往山上跑，到半山腰时，他听到了骤然而起的一阵枪响和同志的呼喊声。

13位烈士集体被枪杀在长满荒草的沟畔。

茫茫的七里峪，茫茫的群山，苍天的大树见证了烈士们不畏敌人、大义凛然壮烈牺牲的场面。

这大山，勇敢地接纳了12位烈士，他们的名字是：

陈国梁（校部组织干事）

鲁　兵（山东人，校部宣传干事）

刘世铭（山西榆社人，校部技术书记）

李根柱（校部公务员）
李荫堂（校部公务员）
杨茂清（一队学员）
郭　炳（山西方山人，一九二年生，一队队员）
任学清（一队学员）
赵　云（一队学员）
冯永亮（一队学员）
郝汉锦（山西襄垣人，一队学员）
孙宝琦（山西临汾人，二队学员）
不是在三眼窑战斗中被俘牺牲的学员是：
杜清德（山西新绛人，三队学员）

二

高山不朽，高山永在。

英烈不朽，英魂永存。

高山与英魂相守相绕。

13位烈士，长眠在七里峪三眼窑的一条沟畔内。

一晃，几十年过去了。

13位烈士是如何掩埋的？墓碑是如何建立的？究竟是哪13位烈士？其中有女同志么？

时过境迁，淡去的岁月，模糊了当事人的记忆，留给后人诸多谜团。

三眼窑战斗中，陆中转移部队的校部及一队同志大部分逃出了三眼窑战斗圈，当日晚上，校部主任曾延伟召集突围出来的两个队干部开会，决定陆中继续向外线的灵石、霍山转移，派3个人去三眼窑掩埋烈士遗体。

13位烈士的遗体被草草埋在沟旁。

七里峪的山，绿了红，红了绿。

烈士的坟头，花开花又谢。

1981年9月，原陆中学生，时任国务院值班室主任的孙岳（山西夏县人），返回阔别了38年的沁源。

这位年过五旬的老革命，由时任沁源县委书记朱斌政陪同，重返三眼窑，凭吊昔日的战友、烈士。

还是这条深沟，昔日的三眼窑已不复存在，只留下一片残墙断壁。四周寂静无人，只有山风的呼啸声阵阵响过。

烈士墓何在？三眼窑附近到处是丛生的杂草、纵横的灌木。几个小时过去了，这位老革命对寻找烈士墓已不抱任何希望。只要求同行的同志为他在断墙边摄影留念。

这时，正好1个林业工人路过，告诉他们说在山上种树时见过1个墓。

一行人走上山坡，在山根处，拨开荒草灌木，露出了几座墓堆和一块约3米高，缺了角的墓碑。

“太岳军区陆军中学抗日烈士之墓 中华民国三十二年十二月五日”

背后，是烈士的英名。

面对这荒芜凄凉的墓碑坟茔，孙岳，这位身经百战的老革命，热

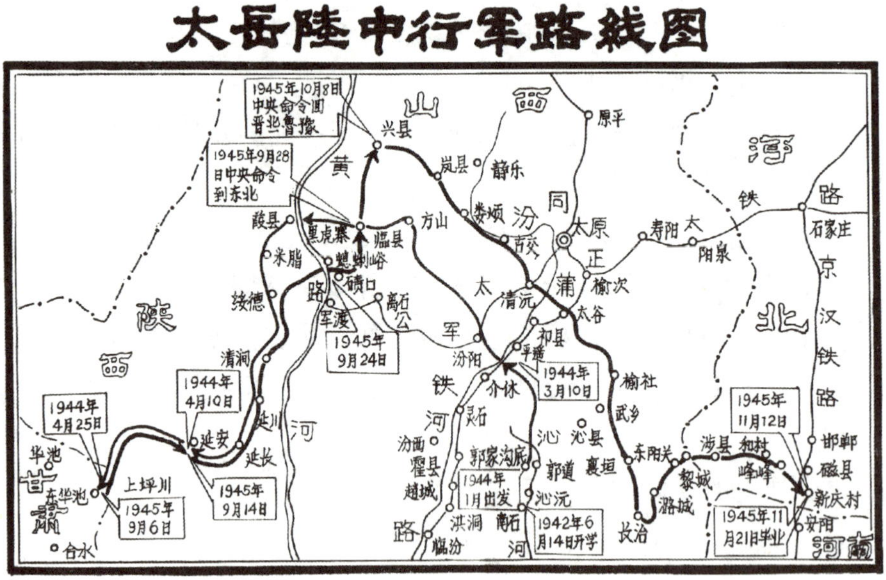

太岳陆中行军路线图

泪纵横。

40年过去了，我们的英烈就这样在深山寂寞长眠。

朱斌政书记感慨万端，提议由县政府重修烈士墓，立碑铭记，并把十三烈士事迹记入《沁源县志》。

这就是烈士坟前的第一块墓碑，让我们对这块碑的由来作一探究：从碑的落款时间上看，中华民国三十二年十二月五日，即1943年12月5日，也就是说，是10月10日惨战发生后的不到两个月时间。

这个时间对不对，不少人包括陆中中华人民共和国成立后健在的一些同学，认为这个时间不对，理由是扫荡刚刚结束，这个时间学校及军区不可能为烈士立碑。有人认为，碑是后期所刻，而把时间提前至民国三十二年十二月五日。

1983年，陆中学生、时任中国人民解放军高等军事学院教授贾容秀（山西沁县人）离休后，主动承担起编辑陆中校史的任务，用两年时间，相邀他在陆中的20多名同学，在小西天北京军区干休所的住所内，前后讨论、回忆20多次。其中对墓碑问题也进行了讨论论证。

1943年日军的秋季扫荡，历时两个多月，至11月中下旬结束。三眼窑战斗后，陆中学生陆续返回沁源，继续战斗学习，太岳军区，太岳地委机关也坚持在沁源地区，军区、地委机关的正常工作也开展起来，并对反“扫荡”进行了总结。应当说，反扫荡结束后，沁源军区的革命工作是一个相对稳定的时段，所以说，军区、地委为烈士立碑的可能性是有的。

然而，没有人能准确回忆起立碑具体时间、细节，只能凭事实、当时现状进行推断。

2001年秋，霍州市委、市政府着手七里峪开发。霍州市委领导曾在多次考察七里峪后，提议将三眼窑烈士墓作为景区的“革命传统教育基地”。

霍州市民政局承担了烈士墓重新修建的任务，据时任民政局局长杨海喜介绍，当时限于经费困难，烈士墓的修建采取了从简、从速、重内容的原则。只是把原来的两块墓碑重新用瓷砖进行了贴边，并请湖北工程队为烈士做了石膏头像，因为没有任何档案依据，头像的塑造只能采取抽象的办法。

今天，再看13位烈士头像，人们很容易发现其中有3位女性形象。杨海喜局长讲，据说烈士中有3位女同志，可能是“任广清、赵云、杨茂清”这3个名字中“清、云”带有女性色彩，这可能就是塑像中有女性形象的原因吧。

三眼窑13位烈士的具体名字留了下来，然而烈士年龄多大，何方人士及生平事迹，的确是一个谜。

几十年内，凭吊的人们只是在墓旁推想。

2012年，霍州市实施了七里峪的全面开发。烈士墓被规划为开发中的一个重要部分，应民政局局长董亚星、霍山景区管委会主任赵力之约，我开始搜集整理13位烈士相关情况。

起初，并没有想到，搜集工作如此之不易。

陆中在沁源，孙岳回忆文章中提到《沁源县志》要为烈士立传，所以我首选沁源去探询。

在沁源县党史办、县志办（合并单位）高主任热情接待下，我翻阅了《太岳日报》及沁源解放后出版的20多种图书和回忆录，一本本翻，一篇篇查，临近午饭时，最后在沁源《史料选编辑》中，翻到一篇韩元理写的《太岳陆军中学》。

我很惊喜。

韩元理何人？听高主任讲，是沁源政协文史资料委主任，我当即向主任要来电话，与韩元理同志联系，约好下午3点在政协见面。

据韩元理回忆，这篇文章写于20世纪80年代中期，贾容秀同志回乡省亲，在沁源接受了他的采访。但文章中对13位烈士具体情况没作太多说明。

再联系贾容秀同志，已不可能，20多年过去了，原来留下的电话也变了，住址也换了。

我从沁源归来，一路倍觉惆怅。

再从石磊查起。

我印象本市老领导米培仁同志，好像在太岳上过学，工作过，与米老两次沟通后，才弄明白，太岳中学和太岳陆军中学是平行关系。

米老回忆，太中有一位教导主任叫石磊。三眼窑战斗中也有石磊，然而此石磊绝非彼石磊，同名同姓者大有人在，更何况，太岳中学还有一位女生叫石磊，中华人民共和国成立后曾任临汾市政协领导。

临行前，米老给我一本太岳中学校志，“你再翻翻看，有没有参考价值”。当晚，用一整晚时间，我看完了这本近20万字的校史，终于查到：1942年2月接上级调令，太岳中学创始人之教务主任（党组成员）石磊调往陆军中学。1942年2月调往陆中。由此断定，此石磊，即彼石磊。

终于有了线索，当年侥幸生存下来的石磊在中央统战部工作，即使本人不在世，也应该有后人。

天亮了，我一扫满身疲意，没有丝毫困顿，反觉兴奋。

沁源的韩元理主任也打来电话，告诉我，他回忆起当时采访贾容秀时，曾经问起陆中具体档案，贾回答在北京军区档案馆，但不让查。

档案既然有了地方，时间也过去近半个世纪，有的档案也该解密了，更何况这次是重修烈士墓。

上北京，找石磊，去北京军区查档案。

2012年6月18日，在赴京的列车上，托北京军区一位团政委联系的军区档案馆的王助理给我来了电话，他告诉我，中华人和共和国成立前的军区档案，应该在解放军档案馆。

19日一早，我来到昆玉河畔的解放军档案馆，一位姓赵的处长接待了我，听说是给烈士立碑，他很热情地打开电脑，但根本没有陆军中学这个条目，查烈士档案只有1944年以后的名单。

我真是万般无奈。

难道，偌大个国家，就没有保存烈士档案的地方么？

19日的北京，天热的出奇，白天最高气温达37℃，是那年气温最高的一天，我坐在昆玉河边的树荫下，突然灵机一动，去国家图书馆再查。

近11点50分，我在国家图书馆办好查阅手续，管理员打开电脑，输入“太岳陆中”这一条目，还是空白，再查太岳地区，信息显示有一篇《太岳地区重大资料汇编》。

也算吧，查了两个小时，有关13位烈士的情况还是没有。看来，文字线索是彻底断掉了。

20日下午，我来到石磊家。石磊之子张明夫妇热情地接待了我，提供了石磊生前的一些资料，但与13位烈士相关的东西几乎没有，临行前，张明反复思索，建议我最好明天见张鼎中，他是陆中目前健在为数不多的人，并亲自联系了张老。

那晚，在紫竹桥的如家宾馆，我预感到13位烈士的相关资料看来最后找到了见证人，就要见天日了。

为慎重起见，我列好采访提纲：

1. 原陆军中学13位烈士个人详细情况；

2. 李祥和本人情况；

3. 原陆军中学档案问题；

4. 关于石磊。

在北京丰台区东大街军区干休所，我与张明夫妇一起拜会了张鼎中老人。老人尽管93岁高龄，但很健康，只是耳朵有些背，就我的采访他回答了一些基本情况。

三眼窑战斗，陆中究竟牺牲多少人？

民国32年，太岳军区为烈士立碑，碑上明确是13人，而据张鼎中老人回忆，杜清德是三队学员，转移时是他和高志和带领着三队至霍县游击区，而三队学员杜清德则是在霍县地区牺牲的。

据贾容秀的文章，应该是12人，贾的文章是根据陆中100多人回忆的基础上而成的，亦应有一定的准确性。

杜清德亦是陆中学生，但不是在三眼窑战斗中牺牲的，太岳军区民国32年立碑时，将杜清德作为烈士，与三眼窑十二烈士合葬在一起。

太岳陆军中学宿舍旧址

故有“十三烈士”之说。

先烈魂归青山，幸矣！12、13之说并无实质意义，只是澄清当年历史罢了！

关于13位烈士中究竟有没有女性，有几位？老人回答很肯定，绝对没有女性，因为陆中当时只有3名女同志，石磊、白晋、陈桂荣。石磊被救，白晋是张鼎中的爱人，陈桂荣和他们夫妇一起转移至延安。

关于烈士档案问题，老人回答，肯定没有，原因是陆中只存在1年零7个月，又是一种特殊环境，就他所掌握情况，根本不可能有13位烈士的个人档案，一些情况大都是后人回忆，而有关陆中情况，只有贾容秀编辑的《回忆太岳陆中》一书中最全、最权威。

关于李祥和，张老一无所知。

我们告别张老，与张明夫妇一起，在贾容秀老人家里见到贾老遗孀陈韵女士，找到《回忆太岳陆中》一书。

这本回忆录，对陆中的成立、成长、发展，到陆中学生毕业全过程，都作了详细的回忆和整理，尤其较为准确、全面地描写了三眼窑战斗，并对牺牲的烈士部分人员身份、籍贯都予以说明，是目前有关陆中最全面、权威的资料，该书1983年由贾老主持，20多位太岳陆中学生参与编写，历时两年，几经讨论而成。

至此，有关十三烈士的档案问题，终于尘埃落定。

尽管不太详细，但把这本书拿在手上，我还是松了口气。

在太岳陆军中学历史上，在七里峪三眼窑战斗中，石磊是一个关键人物，是事件的见证人。说太岳陆中，说三眼窑战，石磊必不可少。

一位传奇、优秀、智慧的中国女性，一位勇敢、无私、坚强的共产党人，一位勤勉、善良的母亲。

一部历史、一种典范。

看石磊是在读一本书。

进京之前，我多次温习石磊的故事，在能查阅到的资料中，见到最多的人物，也是她。1934年，17岁的石磊考入北京师范大学，她参加过“一二·九”学生运动。1937年1月她正式入党，经组织安排来山西青年军官教导团、山西牺盟总会宣传部工作。1940年转入敌后太岳根据地，任太岳区妇教会宣传部部长，并参与创建闻名的“太岳中学”任教务主任，因工作需要，1942年调太岳陆中。当时，她丈夫张力之任陆中副校长。

半年后，她遇上了逆转人生命运的三眼窑战斗。

三眼窑被俘后，她很勇敢，牛棚内15人中她学历最高，最有办法，是同志们的主心骨。考虑到她腿已伤，无法逃跑，为不连累同志们，她要求同志们把她掐死。

也的确有人动手掐她，但没有被掐死。

原因很简单，她是女性，又是教员，人们下不了手。

之后，她被敌人带到汾阳，巧遇一位曾在太岳地区妇教会工作过的姓白女性（此人是我党地下党），趁敌人扫荡部队未回汾阳，经地下党组织营救，通过秘密交通线前往解放区，重返太岳根据地。

张鼎中在太岳见到了被救后的石磊，他清楚看见了石磊脖子上的绳勒印子。太岳军区党委对她进行了审查，认定她坚强、勇敢保持了党员、军人气概。

1944年10月，她随陆中全体师生从沁源县郭家沟底出发，向延安转移。陆中学生陈桂荣回忆了这一次转移情景。在大雪弥漫的绵山，她走动不了，立即被几个大个子学员用被子将她蒙头裹起来，推她向前移动，到了圪宣头村，一进屋她便休克，同志们七手八脚用雪帮她搓身体，才慢慢苏醒过来，然而鞋、袜、脚掌都冻在一起，好半天才脱下来。从此给她的腰和腿留下了一生的病根。

从太岳到延安，石磊历经了艰苦岁月的磨难，在多次战斗中，她因为近视戴眼镜，尤其黑夜行军，多次历险，成为太岳陆中勇敢、坚强、智慧的优秀人物。几年之后，组织为她作出了“在革命战争年代，她积极为党工作，克服困难，发动群众，宣传党的政策理论培养积极力量，为民族独立和人民解放事业做出了不懈努力”的高度评价。

中华人民共和国成立后，石磊被调入中央统战部工作，先后任政研室副主任，主任，至1982年6月离休。

带着敬意，我来到北京石磊家。老人儿子张明夫妇告诉我，老太太已去世，享年95岁。

还是晚了，差半年时间，就有幸能一睹老人风采。

张明夫妇很热情，为我提供了老人生前的一些资料，交谈中，一位高大形象的女性慢慢向我走来。

老人一生光明磊落、正直无私，为家庭、子女留下无尽的精神财富。一生从不居功，从未向组织提出过任何要求，总是对子女讲“做人做事要对得起组织、对得起党”。1958年，丈夫张力之去世，石磊一方面忘我工作，以此寄托对丈夫的思念，一方面操心持家，精心照料有病的婆婆、失明的公公及自己的儿子。

老人一生把物质看得很淡，平生工资积蓄全部贴用养家糊口，“文化大革命”期间，工资停发后，为了照顾两边家庭，她向组织借钱给老人寄生活费，纠正后，补发工资，同单位的大都补发10000多元，而她只有500块钱。

2004年，统战部职工宿舍拆迁，石磊第一个带头配合搬迁工作主动迁出，搬入新家时，她居然没有装新家的钱，老人平生第一次提出向组织借钱，统战部黄部长看到信，派人调查属实，黄部长感慨万分：这才是石磊，这就是石磊。当时她在自己母亲的遗物中找到了留给老人的几万块钱后，石磊又主动要回了借款信。

老太太部级干部，工资也不算低，尤其唯一儿子参加工作后，家境应该算过得去，但是每逢天灾人祸，老人总是主动捐款，每次都是数千元，不把钱留给儿子，“钱是祸害，自己的生活自己过”，她常如是说。

老人一生心态平和，学习不断，晚年生病十多年，躺在床上三年时间，仍心系国家大事，后期双眼几乎失明，每天由儿媳读报纸念新闻。

2012年1月13日10时30分，老人走完了他伟大的一生，遵照老人生前遗愿：丧事从简，不搞遗体告别，家中不设灵堂，不留骨灰。遗体无条件捐献医疗机构。

组织为她作出了最终评价：石磊同志的一生是革命的一生，战斗的一生，为党的事业奋斗的一生，她的崇高革命精神和优秀品德永远值得我们学习。

弥留之际，老人叮嘱儿子、媳妇：有机会代她到曾经战斗过的太岳老区、延安走一走，看一看。

三

我再次来到七里峪三眼窑。

已是深夏初秋时节，大山已是一片深绿，三眼窑烈士墓前，新的烈士墓修建正在进行当中。

两旁山坡上，各种野花儿开得正浓正艳，四周一片浓浓野草和花香味，夕阳中，那稍显破旧的墓碑耸然而立，如此高大，仰之弥高。

（作者系霍州广电局原局长）

红 军 帽

白晓琴

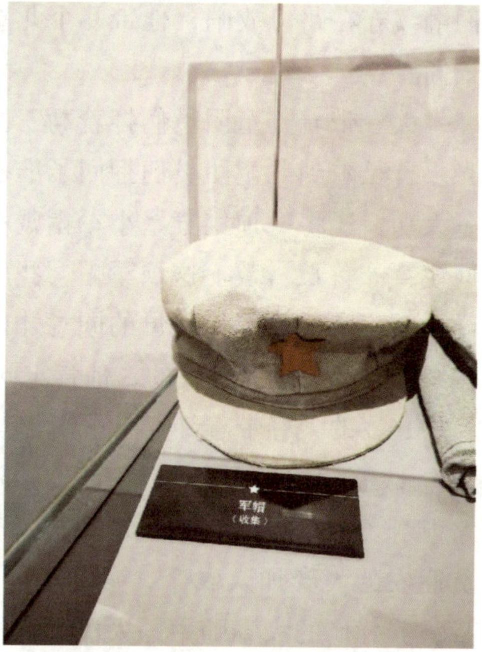

珍藏在红军东征永和纪念馆的红军帽

1936年，毛泽东主席率领红军东征时，在永和县赵家沟、桑壁镇、退干村居住了13个日夜，其间，在赵家沟村陆续居住了7天。

赵家沟的乡亲们看到红军首长和战士们和蔼可亲，帮乡亲们挑水扫地，给病人治病送药，于是自发组织群众保护红军首长和战士们。村里还成立了儿童团，最大的16岁，最小的只有9岁。他们人人手握红缨枪、个个精神抖擞。他们喊着口号，在儿童团长大春带领下来到十字路口放哨，凡是进村的人必须拿出路条才能放行。

一天，儿童团员们正在路口放哨。看到一个戴着皮帽，背着褡裢的人鬼鬼祟祟地从呼家庄方向走过来。儿童团长大春低声说："那不是呼家庄的恶霸地主高王富吗？他不是被关起来了吗？""你看他贼头贼脑的，肯定是到城里报信去的。""咱们分成两队，我带一队从后面围高王富，由小双带一队在前面堵截，一定要抓住他。听到了吗？”“听到了。”“好，上。”

“不许动，举起手来。”儿童团员们举着红缨枪，很快将恶霸地主高王富围了起来。高王富双手抱头，一双三角眼贼溜溜地望着眼前的孩子们，赔着笑脸道：“我是兰家沟的村民，准备到城里置办点东西，娃娃们，你们放我过去吧！我这里有钱，给你们买糖吃。”说着掏出一把钱来。大春一把夺过他的钱，扔到他脸上喊道：“谁要你的臭钱，你不是兰家沟的村民，你是呼家庄的高王富，把他绑起来。”儿童团员们七手八脚将高王富绑了个结实。大春让小双带着儿童团员们继续守在路口放哨，他带几个儿童团员，押着高王富去赵家沟见首长们。

大春带着儿童团员们押着高王富来到赵家沟，村里已经亮起了灯光。首长看到儿童团员们押回了准备逃跑告密的高王富，夸奖他们立了大功，还将一顶红五星小军帽戴在儿童团长大春的头上。大春高兴地说：“首长，戴上这顶军帽，我就是红军战士了吧？”首长摇着头说：“一定要征得你父母的同意才能参加红军。”“我从小就没见过爸妈，是爷爷把我养大的，他肯定同意我参加红军。”

16岁的大春带着红五星军帽，参加了红军。1936年5月，他随东征红军十五军团回师西渡后，参加了陕西省定边的西征战役，在送信的路上身负重伤，回到家乡永和县赵家沟养伤。在家乡养伤期间，身为贫雇农的大春加入农会，参加了轰轰烈烈的土改运动。1950年6月25日，养好伤的大春随中国人民志愿军，在彭德怀司令率领下，跨过鸭绿江，赶赴朝鲜战场。大春在抗美援朝的三次战役中，奋勇杀敌，显示出不怕牺牲大无畏的精神，多次立下了战功。就在支援朝鲜的第四次战役中，第五十军和三十九军攻占汉城时，身在三十九军的大春冲锋在前，敌人的炮火在猛烈地扫射着，看到一批又一批的志愿军战友们倒了下来，怒火中烧的大春举起炸药包，轻声对身旁的战友说：“记得把我交给你的包裹带回我的家乡。”说完纵身跃入枪林弹雨中。“嗒、嗒嗒、嗒嗒嗒”，大春倒下了，他忍着剧痛在熊熊火光中匍匐着向前爬去，他咬着牙一尺一尺地爬着，身后留下几道深红色的血迹。终于爬到了敌人的火力点，他拼尽全力，将炸药包投入敌人的火力集中点。轰隆的声响中，敌人的火力集中点被炸毁了，大春也随着熊熊火光失去了生命。

抗美援朝战役结束后，大春的战友——拄着拐杖的柳东升，于1956年辗转来到永和县赵家沟村，找到大春的爷爷，将一个带着血迹的小包裹交给了老人家。大春的爷爷颤巍巍地打开包裹，看到一顶依然崭新的红军帽，还有大春25块的军饷钱。柳东升流着泪说："大春时常说他要做个好样的，不能给帮他戴上红军帽的首长丢脸；一定要给爷爷争光；要给家乡人民争光。大春他做到了，他不但是您的好儿孙、家乡的好战士，还是保卫国家捍卫领土主权的好卫士。"

直到大春牺牲，他也不知道这顶红军帽是谁给他戴上的。但是仍然珍藏在赵家沟红色纪念馆内的红军帽，会将大春的故事永久地流传下去。

（作者系《文学月刊》特约编辑，《文学月刊季度版》主编，《纪实半月刊》特约记者）

穿越硝烟的歌声

白毛毛

有一首歌，想必大家都很熟悉，它就是《游击队歌》。几乎每个人听到它都会热血沸腾，而这首歌就诞生在我的家乡——临汾。82年前，年仅34岁的贺绿汀在临汾经历了什么？是什么让他创作出这首令每一位中华儿女都为之振奋的作品呢？让我们一起走进那段难忘的烽火岁月……

1937年7月7日，抗日战争全面爆发，中华大地烽烟四起，中华民族危在旦夕。贺绿汀跟随上海抗日救亡演剧队辗转来到了当时八路军驻晋办事处驻地——临汾。一路上，老百姓妻离子散、四处逃亡的悲惨景象深深触动了他的心。

一天，他们刚准备在驻地开演，一个小孩儿冲了过来，执意要参军。大家看他人还没有枪高，都劝他回家。可小孩儿瞪着眼睛拼命喊："我没家了！我哥就是游击队员，我哥行，我也行！"喊着喊着，他竟哭了起来。原来，在小孩儿来临汾的前不久，日军袭击了他们村庄，两岁的妹妹被活活烧死，父母亲被吊死在树上，姐姐被逼得跳了崖……孩子的哭喊让所有人义愤填膺。贺绿汀的泪水在流淌，怒火在燃烧，他冲上前去振臂高呼："我们不要悲伤的泪水，我们要和鬼子拼到底!"

抗日的烽火燃遍全国，古老的民族正经历着血与火的考验。身在延安的毛泽东，针对中国地大物博、人口众多的特点，面对敌强我弱的局势，在人类战争史上第一次把游击战提升到战略的高度。游击队灵活机动、神出鬼没，让日军陷入了人民战争的汪洋大海之中。

这天，贺绿汀被刚缴获的钢炮和“三八大盖”吸引了。团长指着战利品说：“看，没有枪、没有炮，可有敌人给我们造啊！”在一旁的游击队员自豪地说：“不光枪和炮，还有粮食、衣物和弹药哪！”游击队员这么厉害！于是，他跑去听彭雪枫的游击战术。在密林里、高岗上，游击队员的麻雀战、破袭战、伏击战让他大开眼界。平型关，一一五师冒雨伏击，歼灭日军1000多人；阳明堡机场，769团雨夜袭击，炸毁敌机24架。战士们用自己的语言，形象地概括了我们的游击战术：“鬼子多了咱就转，鬼子少了咱就干，鬼子住下咱就扰，鬼子后退咱向前。鬼子挨炸又挨打，一个人也看不见。”在敌后，日军草木皆兵，他们的军校里从来没有学过这样的战法。我们的敌后游击队抗击着64%的日军和几乎全部的伪军。

这些真实的故事让贺绿汀热血沸腾，他再也坐不住了，转身奔向了窑洞，他要为游击队员写一首歌。窑洞里油灯昏黄如豆，贺绿汀的心中却似一团烈火在熊熊燃烧。脑海里的枪声人影化成了节奏旋律，节奏旋律又化作枪声人影……天亮时分，《游击队歌》同初升的太阳一同诞生。

1938年春节，这首歌在洪洞正式唱响。歌声插上了翅膀，穿越了硝烟，在汾河两岸、在太行山上、在全国各地的抗日军民中迅速传唱开来。它像阳光，驱散了阴云，鼓舞了斗志，在民族生死存亡的关头，激励着无数中华儿女前赴后继，英勇杀敌。

82年过去了，这首《游击队歌》依然传唱在中华人民共和国的大地上。如今，我们拥有自己的人造卫星、航空母舰，有百万雄师守卫边疆，我们更有14亿颗拳拳赤子之心。当《游击队歌》再次响起，依然会激励亿万中华儿女不忘初心，牢记使命，为中华民族的伟大复兴而继续努力——前进！

（作者系临汾职业技术学院教务科科长）

神龙渡河

杨青保

王树声

抗日战争时期，在中条山一代，流传着一个神乎其神的神龙显灵，驮着八路军渡过黄河的神奇故事。

据说是1945年1月的时候，王树声来到了中条山。此时敌情复杂，王树声不敢懈怠。中条山三面环山，一面向水（黄河），如此险地，稍有不慎，就会陷入绝境。当晚，王树声带领部队在山顶的破庙里宿营。在油灯下，王树声翻开地图陷入了思索。现在的情况极为不妙，在他的面前是奔腾的黄河，而他的后面是险峻的中条山和随时都有可能扑来的日伪军。一旦敌人堵住山口，王树声将插翅难逃。

中条山有一首民歌："中条山，中条山，上山三十二，下山二十三，莫看五十五，脚脚考好汉。"险峻的中条山让王树声彻夜难眠。此时接到了中央的电报："黄河封冻，快速渡河！"王树声立即下令，第二天天亮马上渡河。当第二天天刚亮，王树声带领部队来到黄河边上一看，一下子傻眼了，在他面前是一条奔腾而去的黄河。上游巨大的冰块互相撞击，发出了"砰砰"的声响。很明显，黄河并没有安静地躺在那里，而是汹涌得像一匹脱缰的野马，向下游奔涌而去。

怎么办？就在这时候，侦察兵突然报告："中条山东面有日军，西面有伪军向我军扑来。"这样的情况，就算是找到船渡河估计也相当凶险。没有办法，王树声一面令八路军战士布置防御阻击敌人，一面让人马上去找船。

就在大家忙来忙去的时候，有人发现从河对岸走来了一个白胡子老头儿。老头儿背后背着一筐木炭，竟然横跨黄河而来。原来他脚下有一座冰块搭成的浮桥！王树声马上让警卫员白金泉叫老人过来。问老人道："老乡，你是怎么过来的啊？"老头儿答道："这不，黄河封冻了，我从对岸踩着这些连起来的冰块过来的。"

王树声高兴地说："日本人快追过来了，带我们过河吧！"老头儿说："行，但是我这木炭还没有卖啊，我是过河卖木炭的。""我全包了！多少钱？"王树声说道。老头儿向他伸出5个指头。王树声马上叫管理员拿出5块边币交给老人。老头儿看着摇了摇头："不！给银圆！"王树声二话没说，吩咐给了老人5块银圆。

老头儿把银圆掂在手上掂了两掂，笑微微地说："你们不是国民

八路军渡黄河

党，也不是日伪军，肯定是八路军。走，我带你们过河，慢了冰就冲开了。”就这样王树声的部队跟着老头儿，踏着一道浮冰搭起的浮桥渡过了黄河。尾随的日伪军想过河时，冰桥已被冲散了，只好眼睁睁地看着八路军跳出了他们的包围圈。这个故事在当地越传越神，后来演变成在危急时刻，一条神龙突然从汹涌的大河里显身，朝着王树声摇头摆尾，用它的身体搭起一座浮桥，帮助八路军渡过了黄河。

后来也有人来到黄河边，向人们打听当年的真相。村里的老人们说，是附近的群众用羊皮筏子，捆绑的秸秆等物件，巧妙地搭乘浮冰搭起了一座浮桥，帮助八路军渡过了黄河。远远看去，就像一条黄龙浮起在汹涌的河面上，让八路军踩着它的脊背过了大河。所以人们传说是神龙显灵。

故事虽然是故事，但里面蕴含的意思耐人寻味：一是说明八路军是真正的仁义之师，待人友善，不强买强卖，得到了群众的由衷拥护；二是说明在人民的心中，多么期望八路军能逢凶化吉，关键时刻能够得到神灵的保佑。其实，黄河母亲养育的千百万华夏儿女才是真正的“神龙”，他们才是打赢这场民族解放战争的真正英雄。

（作者系古县政协提案委主任）

“李海水连”诞生记

庄艳丽　崔梓童

在人民军队近百年的辉煌历程中，先后诞生了成千上万名战斗英雄或无数个战斗集体。这些战斗英雄和战斗集体等荣誉的获得，大都是在战后进行总结、评选出来的。只有极个别、极少数是在战斗、战役进行期间被直接授予的。本文讲述了发生在黄河岸畔、黄土高原之上，临汾战役期间诞生“李海水连”英雄集体的故事。

临汾攻坚战是在1948年人民解放军从战略防御转入战略进攻之后，在内线发动的一次著名的攻坚战。

临汾号称“卧牛城”，是晋南的重镇，城市依山傍水，城墙依山砌成，高15米、顶宽10米、平均厚度约30至40米。城西有汾河，城东、南、北三面是平原，地形开阔，便于观察和发挥火力，利于防守，不利于进攻。主城东门外还有一道瓮城——东关，地形复杂。依靠坚固的城防体系和设施，这里成为阎锡山在晋南固守的重要战略据点。1948年2月，中共中央军委决定由晋冀鲁豫军区第一副司令徐向前任司令员，组成临汾前线指挥部，率部解放临汾。人民解放军参加临汾作战的部队有：第八纵队第二十二、二十三旅和晋冀鲁豫军区独立第二旅改编的第二十四旅；太行军区独立第一、三旅和晋冀鲁豫军区独立师组成的第十三纵队第三十七、三十八、三十九旅；太岳军区8个步兵团；吕梁军区独立第三旅和第七旅，共计5.3万余人。

1948年3月7日，临汾战役提前打响。3月23日，第一次攻击东关，第十三纵队第三十八旅第一一二团第七连（突击连）发起进攻，在通过外壕内沿时，敌人反扑，部队撤退下来。三班战士李海水同志在登城战斗中负伤后晕倒，被埋在土里，没能随部队撤退。待他清醒后，战斗已经结束，外壕里只留下他们十几名伤员。李海水主动把这十几名负伤的战士组织起来，继续同反扑的敌人战斗。

李海水看见文书王石富同志一个人在挖避弹坑，他便加入其中，为之后可能到来的战斗做准备。天快亮了，他们估计敌人一定会出来反扑，就商量对付敌人的办法。没一会儿，敌人从南边出来了，重伤员郭福锁（五班副）、王长成（六班新战士）大声呼叫："敌人出来啦！"三个穿便衣的敌人往上爬，王任之（汤阴解放战士）想往回跑，李海水说："现在你还往哪跑？打！"说着他自己就掷出一颗手榴弹，炸死敌人两个，跑了一个。这时王石富鼓励大家说："今天宁肯牺牲，也不让敌人捉活的！"伤员们纷纷表示："对，坚决和敌人干到底！"

第一次把敌人打回去后，他们发现刚才这样没有策略地乱打行不通。李海水便给大家分了工：王石富手榴弹扔得太近，就负责运手榴弹和扯出拉火线；李海水的手榴弹扔得远，就负责扔手榴弹；王任之机枪打得好，就专打机枪。王的右手已伤势很重，但也接受了这个任务。张鱼昌打步枪；两个重伤员专管监视敌人，指示目标。并约定好了：敌人少时用步枪打，多时用手榴弹、炸药一齐打。他们的手榴弹、子弹都是从外壕里拾捡起来和从重伤员同志身上取下来的。

过了一会，敌人又进行第二次反扑，两个重伤员发现后立即叫道："敌人过来啦！"敌人连冲三次，都没冲过来，王任之用机枪打倒三个，李海水用步枪打倒两个，又用手榴弹把敌人打了回去。第三次也是这样把敌人打下去的。第四次，敌人一个一个往上摸，李海水、王任之、张鱼昌都用步枪打，打得敌人抬不起头来。第五次，敌人利用城上的火力支援，攻得很凶，外壕里的敌人喊："只有一个人在打枪哩（指李海水），捉活的！"但是敌人光叫唤，不敢冲过来。敌人喊着："你们缴枪吧！我们也优待。"文书和海水回答说："你们过来吧！"第六次敌人反扑，城墙上敌人用炸药包和机枪一齐掩护，李海水气急了，一手打出两个手榴弹，又把敌人打回去了。

在把敌人六次反扑打下去后，他们的手榴弹、子弹都快用完了。李海水说："现在赶快往后撤，能走的就走，能爬的就爬。"这话给敌人听见了，敌人又喊："你们不行了，缴枪吧！"他们毫不理睬，一心想办法掩护伤员同志撤下去。李海水先用步枪掩护，不行，又打了两个手榴弹，也不行，最后他从外壕里拾起一个五公斤重的炸药包，向敌人投去，利用爆炸的烟尘作掩护，他们就趁机向后撤退下来了。当时因城上敌火猛烈，有的伤员同志不敢上。海水说："快上！宁叫打死，也不能在这里当俘虏，我带着你们走。"他带着大家爬上外壕，通过电网，十几名战士全部安全回到了我军的阵地。

李海水、王石富等同志在负伤之后，不顾伤痛，不怕危险，坚持与敌人进行决死战斗。尤其李海水同志，在紧急危难关头奋不顾身，鼓励大家坚持斗争，坚决掩护其他伤员同志撤退，并能自觉组织其他同志团结起来，克服一切困难，想尽一切办法，从第一天下午坚持到第二天上午，打退九倍于我的敌人六次反扑，掩护16个伤员同志安全撤退，其行为不仅体现了人民战士英勇顽强的战斗精神，同时更体现了人民战士对同志高度热爱、对敌人极端仇恨的高尚革命品质。

徐向前司令得知李海水等战士们的英雄事迹后，立即打电话给十三纵队首长，给予表扬，并于4月8日以晋冀鲁豫军区的名义发布嘉奖令，特决定李海水同志所在连命名为"李海水连"，同时在临汾前线部队中开展了学习李海水的运动。

时任晋冀鲁豫军区第八纵队宣传科科长的毕革飞，十分动情地在临汾战役前线现场创作了《学习李海水》快板书：

学习李海水

谁是英雄谁好汉，战斗中间来考验，
十三纵队李海水，英勇顽强人人赞。
二十三日那一天，咱们队伍打东关，
海水担任突击组，冲锋他在最前边。
城上机枪瞎胡打，往下乱摆手榴弹。

海水同志受了伤，昏昏沉沉心迷乱。
心里还想往前进，谁知手脚难动弹。
半夜海水醒过来，原来身子埋在土里边。
用了力气睁开眼，十几个伤员离他也不远。
文书正在挖工事，还有几个难动弹。
智勇双全李海水，脑子马上打算盘。
忍痛咬牙往前爬，爬到外壕正当间。
组织伤员快快挖，就地抵抗不怠慢。
东方发白天快亮，城墙敌人大声喊。
“冲呀冲呀捉活的！”话大胆小尽扯蛋。
三个敌人很混蛋，顺着暗道来见面。
海水见了不着慌，机动灵活又勇敢。
顺手扔出手榴弹，敌人脑瓜来应战。
两个敌人被打死，一个抱头往回窜。
海水的炸弹打完了，又在外壕把弹药拣。
敌人又有二十多，二次暗道往外钻。
海水同志给壮胆，连声鼓动众伤员：
“困难面前不低头，时刻记着这一点。
组织火力好好打，哪个过来给他个脸朝天。”
海水的步枪打得红了膛，扔了无数手榴弹。
敌人反扑吃败仗，死尸躺在阵地前。
六次反扑打回去，站在城头光叫喊。
敌人真是老鼠胆，老鼠再多是瞪眼看。
十几个伤员坚持一整夜，天明组织撤退不混乱。
海水同志管掩护，动员伤员下火线。
扔出一个炸药包，扑通一声满天烟。
趁着烟雾往回撤，十六个伤员得安全。
海水同志回到连，全连同志都来看。
这个给他端开水，那个给他端汤面。
这个看他负了伤，那个看他鼻孔熏了烟。

亲亲热热照护他，赞扬他顽强又勇敢。
徐司令员下通令，连队改称海水连。
人民英雄人人敬，他的名字到处传。
咱们学习李海水，临汾战斗要看咱。
虚心不在嘴边上，实际行动来表现。

5月17日，经过72个昼夜顽强奋战，终于取得临汾攻坚战彻底胜利，临汾宣告解放。但是，我们的战斗英雄李海水在追击逃敌时英勇牺牲。

滔滔黄河、巍巍太岳。在这块神奇、美丽、富饶的土地上，英雄的故事在黄河岸畔、黄土高原上久久传颂……

[作者庄艳丽系中共临汾市委党史研究室（临汾市地方志研究室）党史研究二科科长，崔梓童系中共临汾市委党史研究室（临汾市地方志研究室）党史研究二科四级主任科员]

在黄河拐弯的地方

——枣岭乡一日纪事

陈 荣 陈正斌

天下黄河99道弯。黄河流经闻名中外的壶口瀑布南下20余公里，一座名为“万宝山”的山脉把滔滔南下的黄河拦腰截住，迫使黄河不得不向西流、东流，最终向南流去，黄河拐弯处至运城河津市下化界，21.6平方公里的一大片土地，就是我们要去的地方——山西乡宁县枣岭乡。

岭上村新曲

大巴车终于走完坑洼不平的土路，驶上平坦的209国道，走新路，回想老路，我们就是走在这坑洼不平的道路上，眼前新和旧形成鲜明对比。这一对比，使我们更加认识到改革开放的重要性、必要性和改革成果的来之不易。是呀，要不是改革开放，我们还不知要在弯弯山道上徘徊多少年。改革开放，给老百姓带来了最大利益，路平了、直了、宽了，人们心情爽了、眼睛亮了，前进的步伐加快了。一段行驶老路的经历，竟让我们受到这样一场教育，实在是意外的收获。

几幢现代化建筑出现在我们面前。这是岭上果蔬批发市场，是枣岭乡林果龙头企业所在地。该项目集储存、加工、销售于一体，总占地30亩。市场建设分两期实施，一期投资350万元，完成地基平整和组合式果蔬冷藏库建设。二期投资200万元进行市场场地硬化和销售门市建设。

结合式果蔬冷藏库是目前世界上技术较先进的冷藏库，可以实现果蔬保鲜贮藏进行反季节销售。以苹果为例，全乡苹果年产750万公斤，每公斤贮存后增值1元，就可以增加750万元的经济效益。果品储藏涉及全乡21个村委，辐射西坡镇、西交口乡、昌宁镇和吉县部分乡镇的果农和椒农2000余户。

村支部书记左家志把我们引进冷藏库，一股清香沁人肺腑，只见成叠上摞装进纸箱、标着“乡宁红”的苹果，一箱箱整整齐齐地堆满库房。眼前情景，让人联想到许多年前的事。由于耕作技术落后，每当小麦收割时节，老天降雨，小麦出芽，丰产不丰收，我们每个人也都饱尝过出芽小麦的滋味。有了收割机，这一难题得到解决，农民朋友又遇到果蔬过剩，如何解决呢？眼前的冷藏库，完全解决了果蔬过剩问题，农民又增加了收入。在这一点上，枣岭乡走在前面，做出示范，不由地让人从心里发出赞叹。

面前是一座高标准的寄宿制学校。文史研究会会长、原县政府副县长郑福祥说：“我们曾在这里见过闫秀娣老师。”郑会长说的闫秀娣是现县政协主席闫灵娣的姐姐。20世纪60年代中期，闫秀娣从县城来到这里任教，当时，岭上是一座完小，说是完小，也就是七八孔土窑洞。土台子、泥孩子就是当时的情景。当时年轻的郑会长刚从学校毕业，分配在县城80里外的西坡中学任教。岭上距县城40里，可以说

黄河风光——枣岭乡老君庙景区全览

是中间地带，从县城步行到学校，从学校步行到县城，经过岭上，顺便到学校转转，说是看望老师，实际上是找碗水喝，歇脚解解路途乏气。现在面对气派的新校舍，先进的教学设施，与其说是想起闫老师在这儿的艰苦，不如说是想起过去那破败的校园情景。“天地之差、天地之差！”郑会长在任副县长期间，去过好多地方，眼前的情景仍然让他折服。

岭上村是乡宁县通山下河津必经之地，也是乡宁城西群众重要集贸市场，随着新农村建设的步伐，这个承载特殊功能的小村庄，将会发挥新的作用，焕发出新的生气、生机。

“琪尔康”轶事

山西琪尔康生物制品有限公司位于枣岭乡长咀湾村，成立于2000年3月。项目为翅果树研究开发，是农业产业化龙头项目。说的是翅果油树，翅果，翅果油，为什么叫“琪尔康”？“琪尔康”乍听起来，是个洋名儿，是国外进口的吗？在前往公司路上，张春龙书记郑重其事地向我们作了介绍。他说，“琪尔康”叫起来顺口，听起来洋气。平添一份神秘色彩，迎合和满足部分人的“崇洋”心理。其实，“琪尔康”不是“舶来品”，是国货，是地地道道的中国制造。打开字典，琪，宝玉；尔，你；康，健康，都是美好、吉利词汇。张书记再三说明，这是“琪尔康”几位老总绞尽脑汁想出来的。一个简单的起名儿，竟是这般复杂、曲折、费心、费力。

“这里农村和城市一样亮堂，”张书记接着告诉我们，“‘琪尔康’公司自建发电厂，自己发电自己用。发的电用不了，输入电网。大电停了，公司发电，公司电厂出了故障，又用大电……这里从来没有‘停电’一说。”

说话间，我们来到了公司。接待我们的是公司牛副总经理。他向我们详细介绍了翅果油树、翅果油生产情况。

翅果油树是我国特有的植物资源。翅果油富含亚油酸、维生素

E等多种成分，可降血脂、降胆固醇，防治糖尿病、神经系统疾病等，具有很高的药用价值和食用价值。翅果油树根系发达，是保水固土、绿化荒山荒坡的先锋树种，实施该项目具有良好的经济效益、生态效益和社会效益。

公司已建成了1300平方米和1600平方米两幢现代化全自动控温大棚，与中国林科院、北京林业大学等院校合作，成功实现了翅果油树的扦插育苗、实生育苗、嫁接育苗和组织培养育苗等。

在公司的控温大棚里，我看到偌大的场地被形形色色的苗木占满空间。翅果油树不能落地生芽，原因是翅果油树的种子翅果有外壳又有内壳，尤其是内壳，有一层厚厚的皮，内核成芽，难以冲破内壳，即使是冲破内壳，还有外壳……这样，如何让翅果落地生根也就成了待解决的难题。对此，“琪尔康”人努力着，问题解决之时，就是黄河沿岸人民群众富裕、富足之时。

白草梁今昔

车向西行，公路两边是梯田，放眼望去，远处仍是梯田。层层叠叠的梯田里，长着一株株花椒树，树上的椒叶在微微的秋风里沙沙作响。

这是枣岭乡白草梁花椒基地，是枣岭乡花椒生产重点工程之一。眼前情景使我不由想起新世纪头一年前的事。同样是这个时节，我随着时任乡宁县委书记的窦正森下乡，当时的乡党委书记贾二元、乡长张春龙把我们带到这里。贾二元和张春龙向窦书记汇报，全乡组织人力财力大战白草梁，要把白草梁变成花椒梁，许多干部群众想不通，这干巴巴的白草梁能长花椒吗？群众组织不起来，乡里一边组织各村委主任开会学习，提高认识，一边采取措施，谁干不了，谁辞职。干部劲头有了，大了；群众热情有了、高了。打着红旗，带着工具、干粮，苦战一个月，硬把10多平方公里的白草梁全部栽上花椒树。

就在那一天，就在这道白草梁上，我有意识地蹲下身子，仔细观

黄河在枣岭乡师家滩村边流过，远处是横跨黄河上的第47座民营大桥（1998年承建）——乡韩黄河大桥

察脚下一方土地，几丛小蒜青葱水灵，显示它旺盛的生命力，而刚栽上不久的花椒苗却显得弱不禁风。如今，5年时间过去了，仍是这道白草梁上，我又仔细观察脚下一方土地，一簇一丛的小蒜仍是青葱水灵，可它总长不大，还是那么矮小，而当年弱不禁风的花椒苗长成树形。高了、大了、结果了。我们来迟了，没有赶上收获花椒的季节。不久前，县电视台播放了题为《花椒红了师家滩》的专题片，那是何等的画面啊，火红火红的花椒染红了山尖、山川。人们收获火红火红的花椒。火红火红的花椒给人们带来了火红火红的生活。《花椒红了师家滩》正是白草梁的生动写照，是整个枣岭乡的缩影。乡党委、乡政府提供的有关材料显示，枣岭全乡已种植花椒700万株，确定目标为1000万株，户均2000株，人均增收3000元。当地花椒已注册“乡宁红”商标，销售北京、广州、深圳等地，不久将会打开国际市场，“乡宁红”红乡宁、红山西、红中国、红世界。

（作者陈正斌系中国作家协会山西分会会员，陈荣系中共乡宁县委党史研究室党史股负责人）

壶口瀑布的来历

白如冰

黄河是中华民族的母亲河，壶口段则是母亲河的心脏。壶口，作为大禹治水的主战场，大禹在此写下了辉煌的一页，留下了千古佳话。《尚书·禹贡》中关于大禹治水的记载是“壶口”第一次在历史文献中出现。壶口作为秦晋分界线，发挥着重要的作用；壶口也是历代兵家必争之地，他们把壶口作为战略要道，成就了一段段不平凡的历史。先祖们用自己的智慧成就了自强不息、昂扬奋发的民族精神，而这种精神，正是中华民族的“民族魂”。黄河壶口也曾留下了古老而美丽的传说，如母亲般的胸怀容纳这一切。

黄河壶口瀑布风景名胜区位于吉县城西45公里处晋陕大峡谷中段，为世界上最大的黄色瀑布，因其气势雄浑而享誉中外。壶口瀑布西岸属陕西省延安市宜川县壶口乡，东岸则是山西省临汾市吉县壶口镇，总面积60平方公里，两岸夹山，滔滔黄河到此被两岸苍山挟持，束缚在狭窄的石谷中，300余米宽的洪流骤然收束为50余米，这时河水奔腾怒啸，山鸣谷应，形如巨壶沸腾，故名壶口瀑布。

黄河壶口瀑布是中国的第二大瀑布，也是黄河上唯一的黄色大瀑布，号称“黄河奇观”。黄河壶口瀑布风景名胜区是以壶口瀑布为中心的风景区，集黄河峡谷、黄土高原、古塬村寨为一体，展现了黄河流域壮美的自然景观和丰富多彩的历史文化积淀，为中国旅游胜地四十佳之一。

黄河浪涛激起一团团雾烟云，随着水雾的升高，烟云由黄变灰、由灰变蓝，景色奇丽，有“水底生烟”之说。壶口瀑布不仅有“水底冒烟”“彩桥通天”“群龙戏浪”“谷涧起雷”奇景，更有“旱地行船”之说。上游船只到此，必须离水登陆，经人抬或车运绕过壶口（即所谓“旱地行船”）方可入水续航，千百年来，概莫能变。

壶口瀑布的故事传说

相传上古的时候，人祖造人时丢掉一段肉绳，天长日久，这段肉绳吸天地灵气变成一条孽龙。这孽龙自称皇帝，狂妄自大、为非作歹，一心要与轩辕氏争天下。孽龙被玉皇大帝制服后，后背又被太上老君贴了一道咒，压得它不能动弹，过了好些年月，天的西北角塌了一个大窟窿，女娲炼石补天，补到最后还短一块石头。顺手在黄龙的一个角上搬一块石头，谁知，这块石头正与太上老君的符咒连在一起，搬石头时扯去符咒上一个角，孽龙虽然出不来，但可以用尾巴祸害乡民。

吉县壶口瀑布彩虹

大禹奉舜帝之命，身先士卒，和百姓打成一片，用了9年时间，疏通999条河道。黄龙山一带，河水被一座大山槽挡住，河水乱流。大禹同百姓一齐动手挖山，白天挖一尺，晚上长一丈，怎么也挖不通，大禹奇怪了，就去问壶口山上的土地神。土地神据实告诉他“这是一条孽龙的尾巴作怪。你要挖掉这座山，需到灵霄殿借来二郎神的神斧。”大禹辞别了土地神，去灵霄殿见二郎神，二郎神慷慨地拿来神斧交给大禹说：“禹啊！你为民除害造福，功德无量，哪有不助你一臂的道理呢？”大禹接过神斧，辞别了二郎神，来到黄龙山下，正要拦腰劈下，这时土地神赶来叫道：“禹呀！那山就是孽龙的尾巴。”大禹一听这山就是孽龙的尾巴，运足气力一斧就把孽龙的尾巴斩为两段，本来洪水已经顺着斧劈的山槽向南流下，但大禹怒气未消，又横过斧头左右连劈数下。突然轰隆隆一声巨响，山崩地裂，神斧劈处出现了千丈深槽，河水到此形成壶口瀑布。这就是壶口瀑布的来历，此山后人也改名叫壶口山。

壶口瀑布的成因

据有关资料显示，黄河壶口瀑布是一处地质遗迹。它是在地球形成、演化的漫长地质历史时期，受各种内、外动力地质作用形成、发展并遗留下来的自然产物。它不仅是自然资源的重要组成部分，更是珍贵的、不可再生的地质自然遗产。

黄河壶口瀑布形成的三大主要因素：一是合适的物质组成。瀑布周围的岩石是灰绿色、浅红色的中细粒长石杂砂岩和砾岩夹粉砂质泥岩，地层层位属于二马营组，地质年代为中生代中三叠世，距今大约有2.2亿年左右的时间。这种长石杂砂岩杂基含量高，胶结差，和花岗岩类和灰岩类岩石比较，它可以算作软材质，易于风化剥蚀。但是与泥岩相比，它还是十分坚硬的。这种由砂岩和泥岩组成的地层结构，达到一定的比例，才能满足形成瀑布的必要条件。世界上的瀑布均有溯源侵蚀的特性，但都没有像壶口瀑布这样快的速度，以每年1.05米的速率向后挪移，这是一个十分惊人的数字，可以推断若干年后瀑布向后挪移到何地。由于泥岩比较松软，易于被流水冲蚀，造成其上砂岩悬空，甚至坍塌。因此，如果泥岩在其中所占比例偏大，就会形成一个缓坡。反之，也不易形成陡坎。从孟门孤岛到现在的瀑布处，地层层位相同，砂岩和泥岩所占的比例合适，所以能够形成瀑布。如果瀑布再向后推移，地层层位就会提高，而泥岩和含量相对增多，瀑布陡坎消失的可能性增大，将会被一个缓坡代替。二是恰当的构造条件。砂岩中发育有两组节理，一组是南北走向的直立节理，正是这一组节理控制瀑布走向；另一组节理是近东西向的直立节理。这两组节理与近水平的地层层面构成3个互相垂直的3个面，将岩层切成小块，岩层面上出现纵横交错的各种裂纹，为岩石的破碎打下基础。三是流水的作用。流水在瀑布形成过程不可没，它是岩石破碎和搬运的具体操作者，一方面凭借自身流动的巨大动能和所携带泥沙直接对岩石进行不断地冲刷和磨蚀；另一方面流水还对砂岩下较松软的泥岩不断掏蚀，造成砂岩悬空，受重力作用，或冬天石缝中冰楔作用，加之自身的裂隙，砂岩就会松动脱落。世称“九河之蹬”的孟门山，原本是耸立在河心的一块巨石，如今不仅宽度变小，中间还出现坍塌，变为两个互不相连的孤岛。如果听之任之，必将自行消亡。所以，我们要很好地保护、开发与利用。

据史书记载，公元前770年，壶口瀑布紧连孟门。到公元813年（经过了1583年），壶口瀑布距孟门北1660米，平均每年向北推移1.05米。2700多年后的今天，瀑布却在孟门上游3000余米的地方。而且今后还会继续向北移动，可见壶口瀑布是世界上移动最快的瀑布。从孟门到现今瀑布处所遗留的所谓的“十里龙槽”地质遗迹推断，壶口瀑布像目前的样子已持续了2700多年。那么，壶口瀑布到底是什么时间形成的呢？还是说，孟门以前还是否有瀑布的地质遗迹存在？

有人认为瀑布最初形成于65公里外的河津龙门，很久以后挪移至此。如果这话是真的，按照瀑布平均每年向北推移1米计算，那么瀑布的形成已有6.5万年。

盆地边缘断层的形成时间为10万年左右。边缘断层处的地层是寒武纪灰岩，灰岩比杂砂岩坚硬，估计瀑布北移的速度要慢些，当然壶口瀑布的形成时间要比6.5万年古老很多。

根据上述讨论可以得出，黄河瀑布可能存在了6.5万年以上，但像现在壶口瀑布的形状存在仅仅有3000年至4000年的时间。此前的瀑布不论是规模与形态和现如今的完全不同，我们应该倍加珍惜瀑布呈现给我们的雄伟壮观，我们应该千方百计地保护壶口瀑布地质遗址，使它能更好地为人类服务。

经过专家研究推断，壶口瀑布已经经历了幼年期和青少年期，进入最为辉煌的壮年期，将来还会进入老年期。它和世间的万物一样，也有发生、发展和消亡的过程。

壶口瀑布，其声、其势、其景，壮、秀、奇，使人不能不为之陶醉。黄河如母亲般的宽容胸襟容纳了一切，壶口瀑布雄伟壮观的景象，也只有、唯有你在壶口瀑布身旁才能切身感受到黄河的伟大、气势与魅力。

（作者系吉县政协信息中心负责人、临汾市作家协会会员）

让壶口飞向世界

——纪念亚洲第一飞人驾小轿车飞越黄河壶口

陈保堂

1997年6月1日，是一个轰动全国和震撼世界的日子，也是一个难忘和值得纪念的日子。

那一天，黄河壶口岸畔红旗招展，气球高悬，锣鼓喧天，人山人海，气势非凡，万余辆车摆放在公路一旁和宽广的河滩，河东、河西广告林立，人头攒动，来自国外和全国各地的十余万宾客翘首以待，为迎接香港回归祖国，由山西、陕西两省人民政府主办，中央电视台和香港凤凰卫视中文台直播的亚洲第一飞人柯受良驾小轿车飞越黄河壶口（以下简称“飞黄”）将要展现在人们的眼前。

我作为“飞黄”的策划人，时任吉县县委书记，现场飞越的副总指挥，心里有说不出的喜悦、兴奋、激动、紧张和不安。

如今，弹指一挥间，一晃20多年过去了，虽然时过境迁，物是人非，壶口发生了翻天覆地的变化，而我对当年惊心动魄的“飞黄”时刻记忆犹新，久久不能忘怀。

对一飞惊天下，把壶口飞向世界，为壶口天下扬名立下不朽功勋的柯受良先生肃然起敬，永远怀念，不写一篇纪念文章，于心不安。

柯受良先生浑身是胆、乐于奉献，是第一个驾车飞越黄河的人，是永远值得怀念的人。我们要学习柯受良的革命胆略、英雄气魄、不惧困难、顽强拼搏、挑战自我、超越极限的精神风貌和革命英雄主义。

时势造英雄，英雄创奇迹，柯受良确实是一个了不起的中国人。

没有柯受良当年惊天动地的飞越黄河，就没有壶口今天的辉煌。

柯受良飞越之前，吉县县委、县政府一班人苦苦求索，加大宣传，狠抓壶口基础设施建设，连续3年举办壶口国际漂流月活动，千只雄鸭漂壶口，今古奇观大漂流；杨云女士壶口上表演走钢丝；河南艺术团60米高空骑摩托；天津张志强勇士乘密封舱漂壶口、黄河大桥悬索跳，这些惊险奇绝的活动虽然吸引了不少人的眼球，但是壶口旅游业仍不兴旺，门票收入只由1992年前的几千元上升到几十万元，壶口依然是藏在深山知人少、国内国际影响小。

然而，从1995年9月柯受良到壶口现场考察，到1996年经过一年多的筹资和艰难的前期准备，到1997年倒计时，香港凤凰卫视中文台介入，投资1200万元，中央电视台开动机器，进行宣传，再到264米飞越跑道的搭建，已经产生了名人宣传效果，到壶口看稀奇的人一天多于一天，直到正式飞越的1997年6月1日上午，进入壶口景区的车道上两排车堵了12里路；河滩搭建的帐篷掏钱也租不到；县城与壶口大小宾馆和临时家庭旅店全都爆满；卖茶水、米汤、熟鸡蛋和方便面的商贩赚得盆满钵满；山西师大400人的合唱团歌声震天；地区交通局千人威风锣鼓队和陕西安塞腰鼓队整装待演；100多平方米的五星红旗覆盖在黄河龙槽上；香港著名歌手刘德华、张学友，凤凰台总裁刘长乐和凤凰台著名主持人吴小莉，歌唱家殷秀梅、解晓东，主持人朱军、周涛等提前来到了现场，山西、陕西两省的省长和临汾、延安地区的有关领导也来到了现场，柯受良上午10点来到了现场，除热身外，还为观众献上一首《爱拼才会赢》的热情洋溢的歌曲，现场气氛热烈，人们从来没有见过如此振奋人心的场面。

那一天，是星期天，人们都坐在电视机旁，期待飞越的那一瞬间。国内万众瞩目，国外直播到96个国家、地区，近30亿人收看、收听。

中午12点过后，柯受良驾车奔驰在飞越跑道上，不知是车速还是心态原因，突然中途刹车，倒回起跑点，二次起动，飞越成功！壶口两岸一片欢腾，柯受良激动得连话也说不成。此时此刻我完全理解他那幸福和辛酸的心情，我的一颗被压抑的心也轻松了，不由自主地流

柯受良飞越黄河

下了热泪。

在给柯受良“飞黄”的庆功会上，我将吉县民间艺人做的精美的工艺布公鸡赠送给柯受良，祝他永远大吉大利。

这次规模空前、声势浩大、影响深远的黄河飞越，产生了名人效应、轰动效应，一夜之间，使壶口名扬四海、身价百倍，真正把壶口飞向了全国，飞向了世界。

从此，壶口声名远播，到壶口摄影照相的、写生画画的、体验生活的、著书立说的、挥笔书豪的、制作影视的、旅游观光的络绎不绝。能容上千辆停车场终于停满了各式各样的车辆，游人成倍地增加，景区设施得到改善，道路加宽，管理改进，2016年门票收入超过8000多万元。

虽然涛声依旧，还是那股黄河水日夜奔流，而门票收入成百倍地增长，社会效益更是可观。

没有柯受良的“飞黄”就没有朱朝辉的“飞黄”。由于柯受良飞黄的影响巨大，直播成功，深深地鼓舞了全国人民和教育了吉县人，对吉县人“收了麦子种棒子，年年是那老样子”的陈腐观念是一种冲击。旅游是朝阳产业，连农民都能看到旅游能赚钱，特别是对年轻人来说，不甘寂寞、不愿封闭保守、不想过穷日子，决心闯出一片新天地。西关村青年农民朱朝辉就是突出的典型，在柯受良飞越的当天，小朱早早来到壶口，留心观察柯受良的一举一动。

柯先生飞越成功后，朱朝辉暗下决心，要紧跟柯受良的步伐，驾摩托车飞越壶口。随后他主动找到我，表明要骑摩托车飞壶口，我当时觉得谈何容易，但他说他从小就喜欢玩摩托，他可以不抓车把骑几十米远等。随后他自费从北京请来教练培训了一个多月，能在田径场上骑车飞30多米远。

有了这个基础，我们县四大班子领导成员专门开会讨论了朱朝辉的请求，大家认为柯受良飞越后确实影响大，但当时主要宣传的是山西、陕西两省，提及临汾、延安两个地区，几乎没有宣传吉县，甚至“飞黄”后人们还不知道壶口在吉县，吉县有壶口，为了“让吉县与壶口齐名”，我们决定由吉县县委、县政府主办，吉县黄河娃朱朝辉飞越，吉县民营企业家刘效平投资，再搞一次飞越，以进一步扩大吉县与壶口的宣传影响和知名度。1999年6月20日，为迎接澳门回归，朱朝辉驾摩托车成功飞越了黄河壶口，实现了许多仁人志士想驾摩托车飞越壶口的梦想。

这次飞越有6万多人现场观看，北京电视台现场直播，全国各省市电视台转播，也收到了农民挑战自我、挑战极限，宣传吉县、宣传壶口的效果。全国人民十分关注、关心青年农民能不能飞过黄河，中央电视台当晚新闻联播进行了报道，《参考消息》刊登了外国人的评论，朱朝辉一夜成名，也成为“飞黄”英雄，北京电视台还为其召开了庆功会，临汾地委、行署专门在地区体育场召开了朱朝辉“飞黄”庆功大会。

朱朝辉的二次飞越为壶口的发展进步起到了推波助澜和二次重大宣传的作用，与柯受良的飞越影响是分不开的。

（作者系吉县原县委书记，临汾市政协原常务副主席）

浍河精神泽被后世

李普文

朋友，也许你不止一次地去过浍河水库，去过正在火爆中的晋国春秋城。或领略浍河水岸的自然风光，或尝鲜浍贤庄的北京阳坊涮羊肉，或品尝水城小吃街的美食，或品味晋国民俗风情，或乘快艇畅游于湖光山色之间，或驾车驶过笔直平坦的浍河坝顶公路。

当你驻足于浍河岸边，站在水库大坝上，极目东眺，波澜不惊，上下天光；转身俯视，阡陌纵横，浍水蜿蜒；浍水岸畔郁郁葱葱，杨柳掩岸；岸上游人如织，川流不息，真的是一派好风光！

浍河，是曲沃人民的母亲河，东起浮山，西至新绛，注入汾河，全长129.5公里，由东向西流经曲沃县境南部19个村庄，流长14.8公里。

千百年来，浍河水的涓涓清流滋养了曲沃人民，成就了曲沃古往今来的辉煌历史。但是，浍河的洪灾水患也给曲沃人民带来了无尽的泪水和难忘的辛酸。要么洪水泛滥、淹没田庐、冲走人畜、损伤庄稼，要么河流干涸、土地龟裂、禾稼不收、饿死人民。

20世纪50年代末期，共和国大业方创，经纬万端，6亿人民节衣缩食，在平复着近百年来烽火不息的战争创伤，尚无盈余之资大力兴办亟需发展的水利事业。而浍河水库则是在共和国版图上寥寥几座同期动工的大中型水库之一，是由一个不足15万人的农业小县兴建的、本来需要五年时间而实际只用了1年又10个月便胜利竣工投入使用的宏伟工程，其用土方量比著名的十三陵水库还要大。

它开创了山西省大中型水库建设之先河。

它第一次彻底制服了为害千年的浍河。之后，晋国之都的老田老土方有十里荷红、百里鱼跃、万亩稻香。

它陶冶了整整一代曲沃人的铮铮铁骨，全县广大党员在和平时期受到了一次党性锻炼。

望着烟波浩渺的浍河水，望着当年民工住过的万千小土窑，望着大坝北端郁郁的小松林中一座座荒草浸芜的坟头，透过60多年的历史烟云，遥想当年这里艰苦卓绝的劳动场景，追忆先辈们当年在这里同洪水一次次的奋死拼搏，那分明就是曲沃人民“战胜大自然，活活气死天”的英雄气概。

望着雄伟耸立的浍河坝，望着大坝两头层层叠叠的梯田，望着从坝头伸向远方的宽敞的公路，仿佛看到了浍河两岸漫山遍野红旗招展，听到了往日寂静的浍河滩千万人声和响彻寰宇的高亢夯歌，那就是曲沃人民“立下雄心壮志，誓把河山改造”的豪迈情怀。

这是曲沃人民史无前例的伟大壮举，是竖起在曲沃大地上的一座丰碑，是修建在蜿蜒百里浍河上的造福万民的聚宝库，是构筑在曲沃人民心中的一座丰盈富足的精神家园，是60多年来曲沃人民顽强奋斗、建设幸福家园的力量之源！

60多年前的一幕幕，仿佛就在眼前；就像电影的一个个片段，述说着一个又一个鲜为人知的故事。

1957年12月18日，西北风刮得刺骨，冷空气已到零下5度。来自全县66个农业社的一半劳力，大约17000多人，从四面八方扛着铣镢，挺着胸脯，迈着雄赳赳的步伐，朝着当年修建的晋南专区县级的第一个大礼堂的广场行进。

这是一次不平凡的集会，是向浍河进军的誓师大会。

誓师大会上，中共晋南地委常委、书记处书记兼中共曲沃县委第一书记张耀廷甩掉拐杖，手撑桌沿，代表中共曲沃县委向全县人民发出了气吞山河的号召：全党全民动员起来，为根治浍河而战！张耀廷深情地俯视着台下广场上上万名质朴的翻身农民，张开双臂大声说：“事实证明，群众就是我们战胜一切困难的力量源泉。只要相信群众，紧紧依靠群众，任何困难都不能阻挡我们前进……让我们携起手来，同心同力，为美好的生活，为了后代子孙的幸福，向浍河胜利挺进！”

曲沃是革命老区，经受了抗日战争和解放战争的洗礼，在长期的革命斗争中，一批批曲沃儿女逐渐成长起来，翻身农民积极投入远征支前解放大西北、挺进豫西，南下干部积极参加解放并建设大西南、大东南。他们身上体现出来的忠诚、勇敢、奋斗、奉献精神与大战浍河精神一脉相承。

古晋国人那种敢为人先、勇敢倔强、包容豁达的性格融入了曲沃人的血脉之中，成就了当代曲沃人的气魄和干劲，激发了曲沃人自力更生、艰苦奋斗创造美好幸福生活的豪情，凝聚成了曲沃人“根治浍河，造福万载”的伟大力量。

以张耀廷为代表的从战火中走来的共产党干部，不计个人得失，坚持实事求是，不跟风、不虚报、不唯上，为浍河工程上马攒足了底气。

从这一天起，浍河干渠工程正式开工了！近2万名治河民工，怀着开发浍河的满腔浩气，怀着对于社会主义发自内心的热爱，怀着对于领导他们翻身的共产党的无比忠诚，怀着对于改变干旱落后的自然生产条件的如火般的渴望，开向浍河干渠工地。大雪纷飞，天寒地冻，英雄的曲沃人民仍然坚持战斗在浍河渠道工地上。真是：英雄不怕天气寒，大风大雪只等闲，铣镢飞舞山河动，誓志改造大自然。

看！白店乡的特等治浍模范申铜牛同志，他脱掉棉衣，赤膊上阵，正在担土往返飞奔。旭光社双目失明的杨廉月老汉由11岁的儿子带路，在修渠工地拉车运土。

看！安居乡的女英雄们冒着严寒风雪，在渠道工地拉车运土，提前完成了干渠工程任务。

1958年新春，全长50多公里的干渠及总长100多公里的支渠（总土方220余万立方米）全部开通。滔滔浍河水，一路扬波一路歌，流往曲沃古城。

曲沃城万人空巷，涌向城北看浍水。

治河民工云集在浍河河谷里。方圆村庄，家家户户住满了人，顶棚上住着人，炕上住着人，就连炕下也住人。晚上走路不小心便会踩着了人。沿河两岸，帐篷千顶，连营十里，昼则人声如沸，夜则万盏灯火。

曲沃浍河水库建设现场

4月的天气，河水刺骨，春风如刃。

大坝工程开工了。从排水、清除卵石淤泥、开挖坝基开始，一连串的工序，都在泥水中进行。11米深的淤泥坑中，担上担子，上一步滑两步；挖成台阶往上翻，台阶同人往往一同滑于坑底。有人干脆空手往上爬，哪里跌倒，就在哪里双手抠出一团来往上运。寒风中，民工们不分昼夜地在河滩中挖卵石、排泥水。来此劳动的曲沃中学的学生们挽起了棉裤，赤脚浸在水里，拣出卵石，手脚浸冻得通红，谁见了谁心痛。

和时间赛跑，和洪水赛跑，赢得时间就是胜利，驯浍英雄们为了保证提前完成筑坝拦洪任务，人人干劲冲天，斗志昂扬。

看！拦洪坝工地上，正在展开紧张的战斗。平车往来快如穿梭，银铣上下翩翩起舞；拖拉机机声轰鸣，打夯英雄们的夯歌亢亮；工地上人声沸腾，红旗到处飘扬，汇成了雄壮的征服大自然的凯歌。

民工拉着装满土的平车，由两岸坡上奔向大坝，借着下坡冲力，两臂驾辕，两脚腾空，俯冲而下，形如燕子飞翔，迅如雷电闪驰。

看！安居乡张寨村的民工狄宗让正在飞车运土，他创造了每日拉土运行145公里的新纪录。瞧！北董乡援工社的李金忠又创造了每日拉土运行149公里的新纪录。

男人能够创造新纪录，妇女也不甘示弱。安居乡团结社的青年好姑娘康怀梅也创造了每日拉土运行120公里的新纪录。

浍河工地上的“佘太君”——北董乡的王明花老大娘，人老心不老，干劲赛青年，年轻人推多少车土，她也推多少，真是老当益壮，可歌可敬。战斗在浍河工地的安居乡刘胡兰突击队，是曲沃妇女的一面红旗，队长李风英同志曾经出席过县、专、省和全国社会主义建设积极分子大会。

在劳动竞赛活动中，浍河水库工地上树立了王风岐、赵小根、直桂枝、赵哑巴、桑光耀、张海莲、李凤英、马德义、王桂香、叶如风等十面红旗，使人们经常保持着高涨的劳动热情。

参加突击队已成为一种很高尚的荣誉，突击队的红旗插遍了山头、河滩。

经过英雄的曲沃人民一年多的艰苦战斗，30多米高的拦洪大坝像一条金锁链，紧紧地锁住并驯服了浍河这条蛟龙，浍河变成了为人民

浍河工程动员大会

造福的幸福河!

如今，当我们或驾车驰过大坝，或走过大坝驻足观赏美景，禁不住会想到，脚下的大坝浸透着曲沃人的多少牺牲，那千层万层黄土之中，覆盖着多少鲜血、汗水和创痛。

巍巍金字塔式的浍河大坝，雄踞于河谷之中，浪之汹涌，摧之不垮，风之呼号，撼之不动，它正散发出一种博大深沉的旷远感，无论天荒地老，永远昭示后人!

正如习近平总书记所说，“幸福都是奋斗出来的”。

在兴建浍河水库的伟大壮举中，曲沃人民万众一心，敢想敢干，艰苦创业，不屈不挠。这是曲沃人民伟大创业精神的真实写照，是曲沃人民艰辛创造的一笔精神财富，是曲沃人民的传家宝，早已沁入曲沃人民的血脉之中。

1959年9月，时任中共侯马市委第一书记的张耀廷为浍河水库工程胜利竣工题词：“英雄的人民，豪迈的事业，血汗的结晶，幸福的源泉”。

60多年来，曲沃人民在中国共产党的正确领导下，紧跟时代步伐，将中华民族艰苦奋斗的传统美德与时代精神结合起来，并从中汲取力量，取得了社会主义建设的伟大胜利，不断开创了改革开放的新局面。

新时代里，曲沃县委带领全县25万人民，紧密团结在以习近平同志为核心的党中央周围，在习近平新时代中国特色社会主义思想的指引下，焕发出新干劲，彰显出新作为，激励广大干部群众战胜各种困难，为实现“争当新标杆，打造新高地，建设新曲沃”高质量发展目标而不懈奋斗。

（作者系曲沃党史方志研究室主任）

热火朝天的岁月

——下庄水库建设纪事

曹云平

下庄水库是隰县水利建设史上的一个经典巨作，是隰县人民智慧的结晶，被誉为“人间奇迹”“高原明珠”。半个多世纪以来，它像一朵永不凋谢的睡莲，静卧于下庄紫峪河间，默默承受着风雨的洗礼。

1958年，十三陵水库的建成，成为全国水利建设工程的典范，是共和国水利建设史上浓墨重彩的一笔，同时也揭开了人工水库建设的华美乐章。一时间，全国水库建设如火如荼。据统计，五六十年代，全国各地（以黄河流域为主）建成大大小小水库上万座，如北京的密云水库（1960年）、天津的于桥水库（1959年）、河北的黄碧庄水库（1960年）等，这些大型水库就有653座，仅山西省就有21座。下庄水库就是在这样的历史背景下应运而生的。

由于下庄村地处蒲县克城川和隰县紫峪川汇合点，加之下游是数十里的宽阔川道，一旦下雨，绵延几十里的农田就会被洪水淹没，所以把水库选择在下庄。事实证明，当时的选择是科学合理的。

下庄水库始建于1959年冬，1961年夏季竣工，前后动用隰县、永和、交口三县劳力上万人，动土80余万立方米。历时一年半左右。

工程设指挥部，总指挥由县委副书记仝兴才担任，副总指挥由副县长王德政和杨耀清担任，指挥部下设工程处、政治处、工改处、后勤处、办公室。实行半军事化管理。工程施工人员来源于隰县、永和、交口三县社员，以公社为单位，分别组成各兵团，兵团以下为连队，兵团指挥一般由公社负责人担任，连队队长则一般由劳模和积极分子担任，最多时候达9个兵团。

俗话说，万事开头难。面对这样一个庞大的工程，人力、财力、物力，包括生活、生产每一道环节都至关重要。这些建设者们硬是靠一腔热忱，脚踏实地、克难攻坚的精神，创造了一个个奇迹。

挖槽而居。施工初期，首先要解决的是生活问题，数千人的吃、住、后勤供给以及照明等，尤以住房最为迫切，村里的旧房子被大坝占用，无法利用，于是，只好选村西土坡挖壕搭棚，用树木盖顶或掏土窑，以草为铺，席地而睡。时值初冬，寒冷潮湿可想而知，即使被褥每日晾晒，也难抵冬日之寒。那些建设者们在这种简房陋棚里住到工程竣工。

伐木筑堂。因施工人员众多，一些大型会议和文艺活动需要一个合适的场地。而当时的条件又很艰难，在一无资金、二无材料、三无技术的情况下，他们利用靠山近的优势，在山上砍伐了一些树木，用木料搭架、油毡盖顶，在村前一小块平地上建起了一个大礼堂。该礼

隰县下庄水库黄土兵团合影

堂的建成，为举行大型会议和文艺活动发挥了重要的作用。

御寒抗冻挖石槽。水库施工第一项任务就是挖结合槽，这是水库大坝重要的基础工程，要求大坝基础挖到原来固定的基础上，这样大坝才能牢固，避免卵石透水现象。时值1959年初冬，开始工程进度还差不多，进入深冬，因气候寒冷，加之下庄村地处几个山口之间（老百姓称之为“风口子”），空气就更冷了。可想而知，从冰冷刺骨的水里挖石头和沙子是多么困难。几台水泵同时抽水，一边抽一边挖，干部带头，昼夜赶工，24小时不停歇，三班轮流倒，人停机不停，1960年春终于完成了水库结合槽首期工程。

水中倒土，大坝回填。工程量最大、任务最艰巨的是大坝回填，这是水库的主体工程。时任工程处处长的王志明，在《水利专辑》之《下庄水库首期工程》一文中这样写道：从工程量上相比大于结合槽的不是几十倍，而是几百倍。结合槽工程完成之后，接着就是大坝回填。

大坝回填采用的是“水中倒土”技术，即在坝面先用土围成1米宽、3米长、30厘米高的长方形方畦，然后将方畦内放进三分之二高度的水，最后再用土回填。要求既要保证质量，还要保证进度，所以，这一时期工程进入高潮，人员最多，场面最大，干劲最足。全部干部和民工最多时超过万人，可谓人山人海、红旗招展、轰轰烈烈。时任东风兵团政委的王臣标用宏大、壮观、热烈之词形容了当时的施工场面。

在水库建设当中，涌现出了许多感人的事迹和人物。

飞车能手贾本亮。大坝回填所需土方均由小平车（土车）运输，全库共有1000多辆小平车，为了保证工程进度，指挥部各兵团在保证安全的前提下，训练和培养了一批飞车能手，一般飞车能手具备的素质有拉车技术熟练、反应快速、机警、灵敏的特点。其中，东风（黄土）兵团突击连连长贾本亮，以其高超的驾驶技术被誉为“飞虎将军”，被评为全库标兵，多次获奖；东风兵团红色姐妹连指导员曹冬花所带领的姐妹连100多名女社员，个个是飞车能手，大部分是劳动模范，她们推着几百斤的土车，身轻如燕，脚尖轻点车就能飞出几十米，常常赢得工人们的阵阵掌声和喝彩声，成为工地上的又一道靓丽

隰县下庄水库红色姊妹连合影

景观。1960年，曹冬花光荣地出席了全国民兵代表大会，受到毛主席的亲切接见，并奖给她一支半自动冲锋枪，至今她还珍藏着。

下庄水库是一座以灌溉、防洪为主，兼顾养殖等综合利用的小型水库。坝址以上控制流域面积257.6平方千米，大坝为水中倒土加轻碾土坝，原设计坝高30.51米，水库总库容611.6万立方米，水库枢纽建筑物由大坝、溢洪道和灌溉洞组成。水库担负着下游省道公路洪——永线、隰县黄土镇、寨子乡和午城镇的20个自然村、1万多人和2.31万亩耕地的防洪任务。下庄水库是隰县水利建设史上的一个奇迹，凝聚了隰县人民的智慧和血汗，是利国利民的千秋大业，它以其独特的魅力和作用，像一颗明珠镶嵌在下庄河上。

（作者系山西省作协会员，隰县畜牧兽医局办公室主任）

晋商兴衰的见证

许小根

史载，明清时期壶口东岸庙宇遍布，香火旺盛，店铺林立，繁华如阜。清代贾时遇在《龙王辿》中描述了当时的盛景“斯地也，山势巍巍，重叠万仞，河水浩浩，波浪千层……险若天堑，舟楫到此，能不舍水登陆乎？是以客船星集，如鱼贯之相连，店铺林立，似雁行之不绝。东西要路，南北通衢，春秋二季，水旱码头，盖莫善于此地……求利若折技，远招四方之游民……地虽偏小，胜得泾阳三原，形似弹丸，赛过长安八水……”正是由于壶口瀑布的天然落差，使得古代中国黄河水运在此受阻。船行至此，不得不靠岸卸货，将空船在陆地拉行，这样就云集了远近乡民和各大客商；壶口东岸也就成为水旱码头重镇和重要的物资集散地，于是就留下了一处处引人入胜、令人深思的遗迹遗址。

“明代码头”，因其兴于明代而得名，此地叫龙王辿，现在已废弃，但码头风韵犹存。这一带水域宽广，水流平稳，路经壶口舟楫在此停泊。东岸山脚下，遗存的100多孔石窑和三层街道，鳞次栉比，风格独特。这里曾聚集了商号、钱庄、皮庄、当铺、药店、染房、旅栈。站在码头，凭河临风、极目远望，脑海里便会浮现出一幅美丽的画卷：河中帆影相连，舟楫如蚁，岸上人欢马叫、笙箫协鸣。巨商大贾，长衫短褂，手持蒲扇，脚迈方步，潇洒自如，风流倜傥，或傲立船头，或漫步沙滩，或聚于酒楼，或游于店铺，把这弹丸之地搞得沸沸扬扬、红红火火。

“旱地行船”，这是数代人以血开创造出的一道独一无二的风景线。正常年景，路经壶口的船只达5000多只，船到码头后，将所装货物全部卸下，由牲畜驮运下行，而船体则由人力拖上石岸，肩拉背扛，纤拉到瀑布下游入水续航，于是就有了这罕见的“旱地行船”。在码头至下游入水处的石岸上，有一道十多米宽、深浅不一的摩擦痕迹，这痕迹就是“旱地行船”时船体磨出来的，令人惊叹不已。当年数百人拉着一条大船，在河东的石岸上爬行。“背哩的背，拉哩的拉，拉到渡口就把钱发，嗨哟”，雄壮有力，粗犷豪迈的拉船号子，伴随着瀑布的怒吼，使硕大的船体在石岸上一吼一挪，震天动地。

“牛马王庙”紧靠码头，为牛马而建庙，确属少见。当时，路上运输工具主要以牛马为主，为保佑牛马的平安，在康熙五十五年（1716）建起，同时，此庙还是“六股头”进行各种经济活动的场所，壶口附近的6个大村，每村一股，皆选一个股头，组成了庞大的航运组织。“六股头”的产生，使船只的搬运工作有序化并杜绝了搬运中出现的滞卸、抢运，斗殴等现象。六股头人在马牛王庙内运筹帷幄、调度搬运，同时也从中渔利。

“龙王庙”坐落在长城之上，庙前有戏台。庙与戏台及长城基座，作为一个整体，颇像一艘船。这是特意设计的结果，还是一种巧合，耐人寻味，客商船工在续航入水前均要进庙烧香一炷，盼望风调雨顺，祈求龙王保平安。

在码头街道上部山脚下存有一关，上书“河清门”3个大字，是往来客商驼队进入河东内地的必经之路。进得河清门，有“之”字形甬道通往山巅。在悠悠岁月中，河清门和那条“之”字形通道默默地向游人展现着当年商旅连绵，商队逶迤，铃铛叮咚的商路奇观。

“桑津古渡”，黄河自孟门往下，便进入一个大弯。大弯如弓，背向东岸，弯中水流平缓，岸边岩石裸露。因舟楫多在此云集停靠，故又叫“小船窝”，此地在战国时期因桑源茂盛称采桑津，为兵家必争之地，后晋商利用此地搞经济活动。河边石碣上，数百个拴船石孔密布。另有碑刻铭文，记载了当年除礁排险，兴建航运的具体情况。

与小船窝相对的圪针滩渡口，现有百十孔窑洞的船工大院，当年晋商在四乡收买粮食、皮毛、药材等集中在此，建窑存货，尔后装船运至禹门口贩卖。

晋商在壶口一带活动兴起于明代，兴盛于清代，败落于日军侵华时期，在这漫长的400余年中，数代晋商在这里饱经风霜，同时也给这里带来繁荣。吉县本是贫穷落后的县份，商业意识比较淡漠，但壶口一带的村庄却是另一番景象。码头搬运、拖船每年收入白银27000两，可折购小麦1600万斤，大约是吉县粮食总产的40%，一般人家都饲养高骡大马，许多人家开有商号。特别是住宅，在吉县独领风骚，直到今日，吉县农村普遍住窑洞，而壶口一带村庄居民的住宅早在清代就十分考究。一般人家的住宅多经石工精凿，带有托梁走廊，尚有不少住户在庭院中，建有宽大挑脊、砖木结构的大客厅，虽不能和王家大院、乔家大院相比，但风格颇为特殊。

壶口一带经济活动败落几十年后，随着旅游业的发展，新一代的晋商又在此地重振雄风，投资建起了不同档次的宾馆、酒楼、商厦、服务设施等，把壶口景区建设成一个集行、住、食、游、购、娱于一体的旅游风景区。壶口是一方宝地，将成为新的一代晋商大显身手的地方。

（作者系中共吉县党史研究室原主任）

黄河岸畔的脱贫攻坚战

李保成

地处晋西吕梁山脉南端，黄河中游晋陕大峡谷东岸的永和县，是黄河这条母亲河上一颗耀眼的明珠。黄河流经这里68公里，形成了七道神奇的大湾，这七道被称之为乾坤湾的壮美大湾，被中央电视台等多家国家级媒体报道和展示。这是永和这块红色热土的骄傲，更是永和人民的自豪。

然而，很多年来这里贫困发生率高，贫困程度深，又成为制约这块土地的“痛点”“难点”。全县面积1214平方公里。2018年，永和县总人口6.8万，辖2镇5乡，79个行政村，306个自然村，建档立卡贫困村就有78个，贫困人口6609户18059人，贫困发生率高达34.5%。是全省确定的10个深度贫困县之一，也是国家扶贫开发工作重点县。

困境如山横亘。

出路何方？

要攻克贫困，必须掌握形成贫困的根本原因。

立地条件极差，交通位置偏远，经济基础薄弱，人才严重缺乏，成为制约永和经济发展的主要因素。

从立地条件看，永和全县耕地面积35.8万亩，25度以上的坡耕地就占到70%；水土流失面积达1072平方公里，占全县总面积的88.4%，年土壤侵蚀量达到1280万吨，自然灾害频发，生存条件恶劣。

从交通位置看，永和地处省市边缘，距省会城市太原290多公里，距临汾市160多公里，受自然条件制约，道路建设成本高、施工难、等级低。

从经济基础看，2017年，永和县GDP完成8.3亿元，在全市占比0.6%；固定资产投资10.91亿元，在全市占比1.9%；农民人均可支配收入3636元，仅仅达到全市平均水平的33.8%。经济总量小、产业基础差，仍然是县域经济的主要特征。

从人才拥有量看，全县高级教师仅有82人，千人口拥有执业（助理）医师1.36名，千人口拥有执业护士1.002名，千人口拥有床位3.1张。学生异地上学、群众异地看病现象突出。

问题找出来了，如何一一破解这些难题，成为广大干部群众工作的着力点。

要攻克难题，首先要提振干部群众的“精、气、神”。

黄河是中华民族的母亲河，她对民族精神和民族文化的孕育发挥了重要作用。在永和乾坤湾，黄河虽然千折百回，但矢志向东的目标从未改变；在永和乾坤湾，黄河不畏艰辛、敢于挑战、勇往直前的精神得到最直接的体现；在永和乾坤湾，黄河从容大度，静静流淌，表现出无比坚定的信念。

1936年，毛主席率领红军东征，在永和战斗和生活了15个日日夜夜，将“渡河东征、抗日反蒋”的方针，改变为“回师西渡、联蒋抗日”的策略，在极端困难的条件下，毛泽东主席以大无畏的革命乐观主义精神和不屈不挠的革命斗志，促成了抗日统一战线的形成，关键时刻扭转了中国革命的乾坤。

永和县委、县政府抓住这些有利条件，充分挖掘利用黄河文化、红色文化，用黄河精神激励广大干部群众，积极投身于脱贫攻坚战。

脱贫攻坚战打响以来，永和县委、县政府坚持把脱贫攻坚作为全县的头等大事和第一民生工程来抓，采取务实管用精准有效的措施，推动脱贫攻坚取得决定性进展。截至2018年底，全县共脱贫53个村，4500户12812人，贫困发生率降为10%，下降幅度为24.5个百分点。在肯定成绩的同时，永和县也看到，全县仍有25个村2109户5247人未脱贫，主要生活在生存条件恶劣、产业基础薄弱的偏远山区，都是脱贫攻坚最难啃的硬骨头。2019年要实现整体脱贫摘帽，任务很重、难度很大。在这个关键时刻，永和全县上下进一步发扬黄河精神，尽锐出战、迎难而上，真抓实干、精准施策，确保脱贫攻坚任务如期完成。

为切实加强对脱贫攻坚工作的组织领导和进一步推动政策落实、责任落实和工作落实，实现高质量脱贫摘帽，永和县一方面组建了脱贫攻坚七大战区，认真对标贫困县退出、贫困村退出及“两不愁、三保障”目标，聚焦“三率一度”考核指标，统筹推进抓党建促脱贫，加快推进“水电路网房文教卫生保”等工作，确保按期完成攻坚任务。另一方面整合永和县脱贫攻坚工作组。将原脱贫攻坚重点工作25个工作组，整合为7个专项工作推进组，7个专项工作推进组分别由相关分管县级领导担任，负责抓好交通、电力、水利、光伏、教育、卫生、易地搬迁、精神扶贫等重点工作。严格执行“一周双会”（全县例会、工作组推进会）“一周一报告”（周报告）工作机制，结合目前工作重点，制定“两表格、两清单”，针对性推进工作落实，形成纵横结合的责任体系，明确工作方向，细化工作措施，全面推进脱贫攻坚任务。

在推进脱贫攻坚工作中，永和县始终聚焦“两不愁三保障”脱贫标准，既不脱离实际、拔高标准、吊高胃口，也不虚假脱贫、降低标准、影响成色。针对贫困地区和贫困人口的具体情况，因地制宜，精准落实脱贫攻坚各项政策措施。为此，永和县出台了《永和县“一村一品一主体”产业扶贫的实施意见》《“一村一品一主体”产业扶贫实施细则及操作流程》等政策，鼓励贫困村选择两种或多种产业模式进行互补，提高抵御市场风险能力。2017—2018年，统筹整合财政资金20825.9万元，用于支持种植、养殖、农产品加工等182个产业项目，实现了78个贫困村主导产业和主体的全覆盖，带动3461户贫困户9000余名贫困人口，户年均增收3000元以上。2019年统筹整合财政资金24512.49万元，用于7大类140个脱贫攻坚项目。其中特色产业44个，主要涉及苹果栽植管护、荒山养蝎、麝香、养驴及中药材等产业，切实增加贫困户收入。

对一些生存条件恶劣、自然灾害频发的村庄，贫困人口很难实现就

2018年，永和县南庄乡易地搬迁村民新居地

地脱贫，永和县通过实施易地搬迁脱贫帮助贫困群众解决难题。“十三五”期间，全县规划搬迁1650户4978人，整村（自然村）搬迁25个。2019年，永和县克服立地条件差、施工难度大、资金短缺等难题，32个集中安置点全部竣工并分房到户，完成搬迁1644户4955人，搬迁率99.64%；实现入住1432户，入住率达到86.74%；整自然村搬迁完成19个，整村搬迁率76%。实现全面入住。

永和县秉持“绿水青山就是金山银山”的发展理念，全面实施生态扶贫“四大工程”，力促生态修复和农户增收双赢目标。生态治理工程，涉及36个造林专业合作社1286户贫困户3615名贫困人口，人均年收入达到4000余元；退耕还林工程，已完成2018—2019年9万亩退耕还林任务，共涉及贫困户2856户6518人，户均年增收2413元；生态管护工程，共聘用321名有劳动能力的贫困户，户均年收入8000元左右；干果经济林提质工程，增效15364亩，3年后亩均增产20%，可帮助贫困户1356户3390人实现脱贫。同时，永和县通过发展教育脱贫，下大气力狠抓全县教育事业，改善办学条件，帮助困难家庭学生完成学业。对贫困人口中完全或部分丧失劳动能力的，通过社会保障来兜底。

永和县始终把党的领导贯穿于脱贫攻坚全过程、全领域。高规格组建了脱贫攻坚指挥部，书记、县长共同担任总指挥，党政班子成员全部为副指挥长，同时，实行常委包乡、四大班子成员包村制度，78个贫困村全部由县级领导包联，负责组织包村干部、第一书记、驻村工作队、支部书记、村委主任“6人小组”开展精准帮扶。省、市、县三级下派78名第一书记，79支驻村工作队，342名驻村队员驻村帮扶。全县机关企事业单位3326名干部对所有建档立卡贫困户进行包联，实现了帮扶全覆盖。

永和县坚持把脱贫攻坚作为考察识别干部的主阵地，从2018年乡镇换届以来，通过多批次干部调整，优化了干部队伍，乡镇书记、乡镇长平均年龄39岁。县直部门机构改革调整干部77名，其中新提拔干部20名，使全县科级干部年龄结构降低了3.8岁。同时，组织第一书记、驻村工作队、包联党员干部与贫困户结成“利益共同体”，每月17日统筹开展“永和扶贫日”“主题党日”“党建共建日”“三位一体”活动，为困难群众宣讲政策、解难题、办实事，共同找准发展思路。

永和县将党组织建在产业链上，在农村新型经营主体设立28个党小组，带动600户贫困户，户均增收3000元；在产业相近、地域相邻、资源互补的村委，组建了苹果、旅游、小杂粮、蔬菜、养驴等5个联合党委，仅旅游联合党委就带动5个村100余户贫困户户均增收300元，实现产业推进到哪里，党组织就建到哪里，让困难群众有问题找组织解决，有纠纷找组织化解，有想法找组织商量，使党的政治引领和企业经济优势紧密结合，进一步增强了基层组织的凝聚力、号召力和战斗力。

历史和现实都表明，没有艰苦奋斗精神作支撑的家庭是难以兴旺发达的，没有艰苦奋斗精神作支撑的地区是难以发展进步的。如期完成脱贫攻坚任务要加强扶贫与扶志、扶智相结合，永和县一方面加强了对剩余贫困人口、返贫人口和新发生贫困人口的及时有力帮扶，高度重视并坚决克服“虚假式”脱贫、“算账式”脱贫、“指标式”脱贫、“游走式”脱贫等问题。另一方面要激励和引导贫困地区和贫困群众生发内生动力，坚决摒弃脱贫攻坚单纯依靠党和政府以及等靠要等错误思想，发扬艰苦奋斗精神，变“要我富”为“我要富”，积极主动选择脱贫门路，想方设法增收致富。

永和县坚持物质扶贫与精神扶贫并重，突出群众主体作用，激发内生动力。注重典型引路，表彰奖励突出贡献、创业带动、组织创新、爱岗敬业、爱心奉献、自强奋进奖150名。通过电视、网络等大力宣传黄河文化、红色文化以及脱贫攻坚典型事迹，使广大困难群众学有榜样，让黄河精神不断感染更多的人，形成良好的“民风”，进一步激发贫困群众的内生动力。2019年完成“永和护工”首批培训50名，全部与用人单位达成合作协议。

如今，永和县已经如期摘掉了贫困的帽子，永和人民欢欣鼓舞。脱贫攻坚战取得全面胜利，但这只是万里长征中迈出的坚实一步。我们还要聚焦“巩固提升”，落实“四个不摘、四个不减”要求，坚持因地制宜、因户施策，一体推进持续攻坚和巩固提升；完善和落实抓党建促脱贫制度机制，强化干部作风建设；继续发扬黄河精神和东征精神，用黄河精神激励全县党员干部在乡村振兴的道路上阔步前进。

永和这个依偎在母亲河畔的地方，明天一定会更加美好。

［作者系中共永和县委党史研究室（永和县地方志研究室）主任］

黄河儿女

多奇志

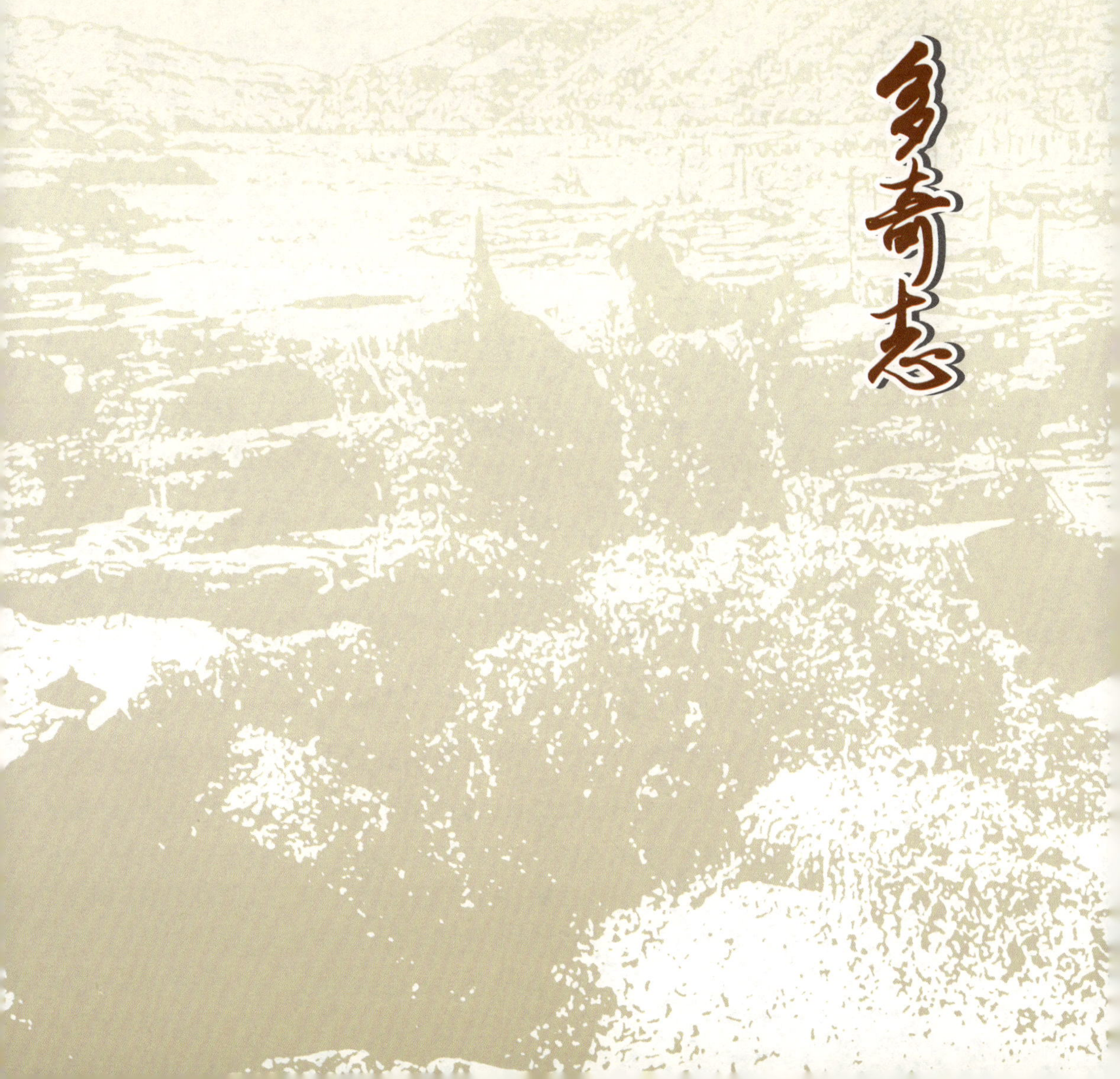

拳拳爱母心　黄河女儿情

刘鹏举

临汾市隰县，一个靠近黄河岸边的山区县，在这个默默无闻的小县城里，却出了个闻名全国的90后小姑娘。她十几年来，无怨无悔照顾养母，曾获得第三届全国道德模范、2011年感动中国人物、全国孝老爱亲道德模范、全国三八红旗手、中国青年五四奖章等荣誉称号。在感动中国2011年度颁奖词中，对她的评价是：在贫困中，她任劳任怨，乐观开朗，用青春的朝气驱赶种种不幸；在艰难里，她无怨无悔，坚守清贫，让传统的孝道充满着每个细节。虽然艰辛填满4000多个日子，可是她的笑容依然灿烂如花。

推选委员丁俊杰说："孝顺是中华民族传统美德，孟佩杰付出的是孝心，赢得的是尊重，一个感动中国的平凡女孩。"

推选委员王振耀说："小小年纪，撑起几经风雨的家。她的存在，是养母生存的勇气，更是激起了千万人心中的涟漪。"

她，就是孟佩杰，1991年11月出生于山西省交口县，却是喝黄河水长大的普通女孩，这个黄河女儿背着养母上大学的事迹曾感动全国。

5岁那年，孟佩杰的父亲被车祸夺去了生命，迫于生活压力，母亲不得不把她送给当时在山西临汾隰县老干部局工作的刘芳英收养，乖巧懂事的她给这个平凡的家庭增添了不少欢乐。

只是，这般平静幸福的生活并没有持续多久。1998年，养母刘芳英患上了椎管狭窄症，下身瘫痪，卧病在床，生活不能自理。养父无法忍受困境悄然离家出走。丢下了瘫痪在床的妻子和年仅8岁的孩子。8岁，正应该是在父母身边撒娇卖萌的年纪；8岁，正应该是懵懂无知、享受童年最美好时光的年纪。而小小年纪的孟佩杰，却在突如其来的灾难面前，过早地失去了童年的欢乐，承担起了家庭的重担，在柴米油盐中挣扎求生，学习之余侍奉瘫痪在床的养母。

俩人就靠养母微薄的病退工资生活；孟佩杰每天要在学习的同时买菜做饭，替养母刘芳英洗漱梳头、换洗尿布、为全身涂抹3种褥疮药膏。

孟佩杰朦胧地记得她在妈妈指导下做的第一顿饭，“土豆丝切得比指头还粗，吃起来像咸菜，还半生不熟”。

据养母刘芳英说，“那时候，她人还没有灶台高，每天就踩在凳子上生火做饭，不知道摔了多少跤，但从没喊过疼。因为她明白自己是家中唯一的劳力，没有人可以依靠”。

“一开始她分不清各种蔬菜，就自己编口诀‘长长的青葱圆圆的蒜，扁扁的豆角绿油油’；有时家里没钱了，她就自己出门去找街坊邻居借。”

最初的那段日子，除了要包揽全部家务活之外，孟佩杰要面对的还有因病几近崩溃的妈妈。当时的刘芳英根本无法面对如此致命的打击：自己瘫了，丈夫走了，家里穷了。她经常莫名其妙声嘶力竭地大哭或大笑。“我觉得，家是一生关爱，要用无尽的情滋润温暖亲人的心，让生活永远充满希望。”懂事的她用自己的情温暖着妈妈的心。因此平日里功课再多再累，她都留出时间陪妈妈聊天，给妈妈读书，和她分享有趣的事，想方设法地逗她开心，帮她解闷。

看着女儿如此孝顺贴心，刘芳英更加地自责与痛苦，她不忍心拖累佩杰，让人帮忙买了几十片止痛片，然而孟佩杰在收拾床铺时，意外地在妈妈枕头下发现了这些药。孟佩杰回忆道：“当时虽然年纪小，但我也听说过吃去痛片自杀的事，家里一下子冒出这么多的药片，我害怕极了。在我一再追问下，妈妈终于说出了真相。刹那间，我如五雷轰顶、失声痛哭。”她哭喊着央求妈妈千万别丢下自己。

从那以后，孟佩杰照顾妈妈更加小心了。家里的刀子、剪子、锥子，凡是她觉得能寻死的东西都放得远远的，吃药的时候就守在妈妈旁边，一粒也不多给。再苦再累，她都没在养母面前没流过一次眼泪，什么时候都是一脸阳光高高兴兴的样子。她还常鼓励妈妈，说“妈妈别怕，有我呢，只要精神不滑坡，办法总比困难多”。就这样，在女儿精心照顾和开导下，刘芳英终于走出了痛苦的阴霾，享受生命和煦的阳光。

6年时间，过去那个挨家借钱买菜做饭、边抹脸上的炭灰边喊着“迟到了”向学校跑去的孟佩杰，已出落成了一个漂亮的大姑娘：脸庞白净，眸子明亮，脸上挂着笑容，眼神透着坚强。

2007年，孟佩杰初中毕业，养母的病情却开始恶化，全身瘫痪，完全丧失了自理能力。为就近照顾养母，孟佩杰主动选择在临汾学院隰县基础部学习。2009年，按照学校的安排，在隰县基础部上完两年后，孟佩杰还必须到临汾（总校）再接受3年教育。她毅然决定：带上养母去上学！她在离学校最近的地方租了房屋，并向学校申请了走读，利用一切课余时间，克服了同龄人难以想象的困难，不离不弃地悉心照料养母。

早晨五六点钟起床，把妈妈安顿好后就回学校上早自习；中午12点下课后，匆忙赶回去给养母喂饭、擦身子，活动筋骨；下午两点再赶回学校上课，4点多放学先到医院照顾妈妈，接着赶回学校上7点钟的晚自习，直到9点半晚自习结束了再回来陪妈妈……这就是孟佩杰的一天。

孟佩杰的中学同学、大学同学杨姣姣说，从中学到大学，孟佩杰给大家印象最深的是她什么时候都是小跑着，一路小跑着去上学，一路小跑着回家照顾养母，经常跑得气喘吁吁，面红耳赤。“孟佩杰妈妈病倒后，又要生活又要治病，为补贴家用，她一有时间就上街帮人发传单，原来白白的女孩生生地晒成了‘黑姑娘’。”

这样的生活，孟佩杰坚持了十几年。她每天悉心地照料着自己的养母，在本应该享受父母宠爱的年纪，她肩扛如此沉重的责任和负担；在多舛的命运前，孟佩杰从未失掉面对生活的态度。正如2012年中国青年五四奖章评选公示所说："12年来，她克服了别人难以想象的困难，给予养母悉心照料，关怀备至，不离不弃，展现了当代青年知孝感恩的优秀品质。"

命运对她很残忍，她却以微笑回报这个世界。她稚嫩的肩膀，担起了家庭的重担，担起了母亲心头的沉重；她纯真而善良的眼神，散发着青春的坚毅与倔强，传递着不屈的精神和生活的希望。

2011年6月，孟佩杰因孝心在网络上走红，被称为"最美的女孩"。2012年受邀为春节联欢晚会嘉宾。面对铺天盖地的荣誉和称赞，她淡淡地说："我只做了一个女儿该做的事。"还有什么比这种平静来得更有力量?

2010年11月，孟佩杰参选了"隰县十佳道德模范"，点击回复率位列第一，隰县县委宣传部副部长、县文明办主任马林明说："孟佩杰在所有的候选人中，年龄是最小的，但她的事迹却最感动人，《山西晚报》报道后，我知道好多人是哭着读完这篇文章的，隰县社会各界的人都在关注她，包括许多省外的好心朋友们。"许多网友在投票帖子上留言发表感慨，有网友称19岁的孟佩杰是"年龄最小的候选人，却是最'大'的人"。

网民"与同"为孟佩杰写了一首诗："你是一个柔弱的女孩，有着瘦削却有力的肩。年少的你，是母亲的手，是母亲的腿，是母亲头上的那片天。年少的你，是黑夜里母亲床前的那盏灯，是寒风中母亲心头的那份暖。"

一位网民写道："尽孝，是一切善德之始，也是一切幸福之源。在多舛的命运前，我们不能失掉孟佩杰这般面对生活的态度。"

孟佩杰，这个黄河的女儿，用她稚嫩的肩膀，为母亲撑起头顶那方遮风避雨的晴空，担起了中华儿女对孝道的期许，她还年轻，但却用4000多个日日夜夜的坚守，向我们书写了大大的"人"字。

[作者系中共临汾市委党史研究室（市地方志研究室）副主任]

一位黄河女儿的拳拳之心

——记山西省隰县七里脚村第一书记李慧

郝海军

2020年9月的一天，已经完成扶贫任务返回原工作单位的临汾市委党史研究室（市地方志研究室）副主任李慧收到了来自山西省隰县城南乡七里脚村的一袋核桃，里面还附有一张纸条，纸条上写着："闺女，咱村的核桃熟了，给你寄一点尝个鲜，以后哪儿的核桃也别吃了，就吃咱村的，香着呢。"

闻着手里的核桃散发出的清香，李慧想起了她在七里脚村待过的3年扶贫岁月，她的眼睛湿润了。离开七里脚村已经一年多了，乡亲们没有忘了她，她依然是乡亲们心心念念的那个"七里脚村的闺女"。她的思绪又回到了难忘的3年前……

七里脚村是一个贫困村，位于国家级贫困县隰县县城以北7公里处。七里脚村村委下辖的七里脚、上王家庄、牛家沟、陈家沟4个自然村都坐落在起伏不平的山峦沟垣上。全村耕地面积3800亩，共有448户1432人，其中有39户贫困户。

久困于穷，百姓渴盼扶贫洒"甘霖"；不甘落后，干部主动请缨战"深贫"。

2016年11月，作为新近提拔的副处级干部中仅有的两名女同志之一，李慧成为七里脚村"第一书记"。11月30日，她踏上了破解七里脚村脱贫"密码"，与老百姓同甘苦、奔富路的"战贫"征程。

党建引领，一笔一画绘出脱贫作战图

李慧出生在一个红色革命家庭，爷爷是革命烈士。大学毕业后，她进入中共临汾市委党史研究室，从普通科员做起，成长为一名优秀的基层领导干部。

外表温柔敦厚的李慧，自小虽在优越的家庭环境中长大，却有着像她的祖辈父辈一样的本色，骨子里透着果敢坚毅。从知道自己要下乡扶贫的那天起，她就把自己当成了这个偏远山区小县七里脚村的一员，做好了扎根农村、柔肩担责的准备。

那是2016年12月3日，天格外的冷，46岁的李慧第一次走进山乡的夜晚。窗外西北风呼呼直叫，这是她刚到七里脚村，第一次开会，全村30余名党员只到了六七人，气氛冷清，场面尴尬。不仅如此，风凉话也接踵而至："一个女同志能带来啥资金、啥项目？""肯定是来镀镀金就回去了"……

万事开头难。重重压力之下，李慧"不甘人后"的劲头儿被激发出来了，她得先打开局面，不然纵使她有一箩筐扶贫好政策、致富金点子，也不能把老百姓引到富路上。那天开始，李慧每天的主要工作就是走村入户拉家常，一边拉家常，一边撸起袖子帮忙干活，顺便帮村民解决了许多"家长里短"的家庭、邻里小纠纷。村民们打心眼里认可了她。

从村民眼里"城里来镀金的干部"到村民口中"七里脚村的闺女"，她用无数次"面对面"换来了与村民的"心贴心"。

万里长征成功迈出了第一步，接下来千头万绪的工作又应该从哪儿入手？李慧陷入了思考。

钢筋埋进地基，堡垒坚如磐石。共产党员就是基层组织中的"钢筋铁骨"！

她和每一名党员促膝谈心，统一思想，以帮助解决村民的实际困难为突破口，建立了党员微信群，传达党的扶贫方针、政策。以党建为抓手，李慧积极配合村党支部定期组织村“两委”班子和全体党员干部学习党的路线、方针、政策和法律法规，努力提高村“两委”的政策水平和法律意识，并逐步完善规范了“三会一课”和有关议事决策制度，坚持每月举行一次“主题党日”活动和远程学习教育活动，围绕活动主题讲党课、议大事、学政策、交党费，全力发挥党员和支部的引领带头作用。

在她持之以恒的发动及带动下，七里脚村牛家沟自然村80多岁的老党员任林福，不仅每次都积极参加学习，还主动承担起村文化广场的义务打扫，得到了众多村民的啧啧称赞。

“在抓好党员干部学习教育、增强凝聚力的同时，激发群众自主脱贫的内生动力很关键。”在李慧看来，脱贫攻坚无疑是一场硬仗，只有最大限度地激发贫困群众的内生动力，才能让脱贫可持续、致富有动力。她是那样说的，更是那样做的。那个冬天，李慧这个名字便和七里脚村紧紧地捆绑在了一起。这里的山山沟沟、家家户户、梨园地头都留下了李慧的脚印和身影。

责任担当，多项多业产业扶贫铺就致富路

李慧深知，产业是乡村脱贫的抓手。无论贫困户个体脱贫，还是整村致富，产业带动必不可少。

根据七里脚村的自然条件，她和村“两委”班子、帮扶队伍认真制定了七里脚村整村脱贫方案，采取政策引导、技术指导、精准种植（小杂粮等多种特色种植和林下经济）等措施，巩固发展以梨果产业为主导、以光伏发电等特色产业为支撑的发展格局，同时，以千佛洞为依托发展乡村旅游，确立了“一洞两沟带大棚”的发展思路。如今，七里脚村新建的200千瓦村集体光伏已并网发电，年收入16万元左右，实现了集体经济收入“破零”。

在走村入户征求村民意见和广泛调查研究的基础上，她多方寻求支援，帮扶七里脚村壮大梨果、蔬菜等主导产业。全村共种植玉露香

第一书记李慧春节到贫困户家送祝福

梨600亩，同时发展苹果、酥梨、大田蔬菜、大棚蔬菜及林下经济等产业，村民年人均纯收入达6280元。

在稳定粮食生产的同时，七里脚村目前新栽植玉露香梨175亩，高接换优70亩；新发展苹果60亩，大田蔬菜360亩；采取“公司+村委+农户”的果品销售模式，贫困户与庆丰祥果品有限公司签署了梨果产业帮扶协议，该果品公司常年为贫困户提供劳务务工、技术服务、帮销产品、优惠储存等服务，极大地促进了农民增收。

同时，为了进一步发展壮大村集体经济，李慧又多方协调发展村集体辣椒种植项目30亩，吸纳贫困户进行平整土地、种植、管理采摘等工作，签订合同、按劳分配、按劳分红；采取“公司+村委+农户”的养殖模式，由企业和村委共同实施鸡蛋养殖项目，实行家庭式散养，增加贫困群众收益，预计每年每户可受益2000元左右。

“咱这土鸡蛋，比喂饲料的鸡蛋卖得好，城里人都抢着要呢……”七里脚村王家庄自然村村民小组的贫困户李春福说，自从李书记帮他们家争取到养鸡的项目后，家里就有了活钱路。李春福的手有残疾，妻子也身患疾病。了解到他们家的实际情况后，李慧和村干部们多次上门沟通，并多方奔走协调，为李春福家争取到40只鸡苗，帮助他发展养殖。如今，已经摘了“贫困帽”的李春福见人就说：“在李书记的帮助下，咱也能主宰自已的命运了。我的脱贫经历证明了一句话：幸福生活是靠双手干出来的！”

如今的七里脚村，“人人参与脱贫，家家争先致富”已蔚然成风。

黄河精神，多措并举改善民生走好初心路

隰县位居晋西地区，西面濒临黄河，七里脚村作为黄河边上的一个小山村，无疑也是黄河岸边众多山庄窝铺的缩影。

既要让村民的“钱袋子”鼓起来，也要让村民的生产生活环境靓起来，还要让良善的村风民风浸润整个村庄，让乡亲们活得更幸福、更有尊严……怀揣这个信念，自入村帮扶的那天起，李慧便一步步规划，一项项落实。

2017年，在李慧的张罗组织下，村里的村民集中地、重要路段及公共场所树起了公益广告牌，垃圾全部清除，村里有了专门的垃圾池，制定了《村民卫生公约》，整齐的篱笆墙也围了起来，沿公路两旁及村巷两侧的文化墙更成为村里的一道靓丽风景线。不仅如此，她还精心组织了爱卫先锋队、干部示范队、党员义工队、妇女清扫队，在村民中起到了很好的带动作用，七里脚村创卫工作得以稳步推进。

2018年年底，李慧多方协调为3个自然村安装了太阳能路灯。七里脚村的路灯亮了，明亮的路灯不仅照亮了山间的小路，也沸腾了整个山村。村民们迟迟不肯去睡，就站在路灯下凝望着、称赞着。受村民高涨的情绪影响，李慧和村两委一班人顾不上休息，连夜走访贫困户。“路灯亮了，人心暖了，咱脱贫了！”83岁的村民胡秀英一语道出了全体村民的心声，也令在场的李慧和村两委一班人不胜唏嘘。

七里脚村大部分农田和果园都在塬上，下雨天，道路泥泞，山上的梨果都运不下来，严重制约了当地经济发展，修整上塬路成了李慧

的一块心病。在多次与相关部门沟通后，项目落地开工的那天，李慧的心病除了，身体却也累倒了。拖着生病的身体，她上塬和村干部一起测量拉线，动员村民出工，加快修路进度。2.5公里的上塬路通了，喜不自胜的村民们纷纷邀请她坐着自家的三轮车上山摘梨。

为了把村民们从麻将桌上“解放”出来，2018年初冬，李慧开始实施牛家沟自然村文化广场工程。文化广场投入使用的那天，是个飘雪的日子，牛家沟村男女老少聚集在广场，不知疲倦，不觉寒意，欢腾到深夜才离去。

村干部们表示，“乡村振兴离不开乡村文化的觉醒和复兴。别小看这一个个不大的村级文化广场，这是构建老百姓‘精神家园’所必需的‘文化阵地’，不仅能使村民的精神面貌焕然一新，大家伙儿心里敞亮了，邻里之间也会越来越和睦，我们的工作也更好开展了！”

每年重阳节期间，村里都会开展重阳节系列主题活动。活动现场，村两委、包村干部、第一书记和驻村工作队从县城请来专业理发师为老人免费理发，把热水壶等慰问品作为节日礼物送给老人，组织村医为老人进行体检……并发动子女们给老人一个拥抱，给老人买身衣服，为老人洗脚，帮老人晒被子……老人们有的像小孩子过年一样，一整天都笑不拢嘴，有的笑着笑着，泪花就出来了。

置身活动现场的李慧也红了眼眶，她说，作为国家干部，来村里帮扶，她有责任把党和政府的关爱送给老人；作为女儿，她想让村里为人子女的村民成为孝敬老人的楷模，让尊老、爱老、敬老成为七里脚村的新风尚，用良好家风助力脱贫攻坚。

变化是最扎实的答卷，事实是最有力的证明——

如今，徜徉在七里脚村，触目所及之处，一面面与农村生活场景紧密关联的文化墙，无一不在用美观生动、寓意深远的主题述说着“中国梦”“敬老爱幼”“勤俭节约”“珍惜粮食”等核心价值观，村民们在潜移默化中崇德向善，营造出整个村庄团结祥和的文明新风尚。

农家乐、垂钓园、采摘园……如今的七里脚村，已成为远近闻名的休闲观光农业旅游风景村。摘掉“穷帽”的乡亲们用修葺一新的美丽家园、用脱贫后饱满的精气神儿笑迎八方游客。这里春有花、夏有树、秋有果，山泉淙淙、香风袭人，村容整洁、环境优雅，人们来到这里，便忘却了一切烦恼。

多年难断“穷根子”，祖辈负重；一朝甩掉“穷帽子”，山河一新！

2018年年底，隰县这个国家级贫困县全县脱贫。2019年10月，在七里脚村的脱贫攻坚巩固提升工作取得决定性成效后，李慧被组织上调回原单位工作。

离开村里的那一天，重感情的她原本想悄悄离开，但得知消息的村民们还是三三两两聚拢在她面前，来看看她，来送送她，来给她包里塞梨果，来叮嘱她一定要“常回家看看”……

3年来，厚厚的5本“第一书记”工作日志，记录了她工作的点点滴滴和经验心得，既是她在七里脚村扎根帮扶的苦乐年华，也是她送给拼搏过的自己的最好礼物。时至今日，七里脚村的老党员和曾经的贫困户还会时不时跟她通电话，念叨她给他们带来的不一样的重阳节、中秋节和春节。

七里脚村变了，摘掉了贫困村的帽子，村民过上了幸福日子，起伏不平的山峦沟垣焕发出前所未有的蓬勃生机。

李慧却没变，有两个身份她片刻不曾忘记——七里脚村“第一书记”“七里脚村的闺女”；有一种情怀须臾未曾间断——黄河岸畔，一位基层干部以拳拳之心誓让“黄土生金”的浓浓黄河女儿情！

（作者系《临汾日报》记者）

黄河岸边的摩托声

岳方涛

“从城市到乡村的逆行，决意成为一名乡村医生。不为名累，不为利牵，24小时待命出诊，用感恩的心回报乡亲。吃了无数的苦，背负上万债务，却给了乡亲最多的甜。”这是第二十二届“中国青年五四奖章”颁奖仪式对贺星龙的颁奖词。记得2018年中共临汾市委市直工委组织的一次先进事迹报告会上，我有幸聆听了贺星龙的先进事迹报告，我感受了一个黄河儿女无私奉献、自强不息的赤子情怀，一个优秀青年立志大山、回报乡亲的执着信念。

“为什么我的眼里常含泪水，因为我对这土地爱得深沉。”用他自己的话来讲，“我家周边28个山村的村民，不管谁身体不舒服了，只要打个电话，不管路有多远、多难走，我都会骑着摩托车，上门去给他们看病。这么多年来，我虽然受了很多苦，吃了一些亏，流了一些汗，也没挣到啥钱，但我不觉得有什么！因为我‘活’下了黄河边4600多位老百姓的心，我感觉活得有意义、有价值！这就是作为一名共产党员的初心与使命！”

一句誓言，一生作答。1996年，贺星龙考上太原市卫校，可高昂的学费超出了家庭承受能力。他不得不放弃，选择了运城市卫校。卫校毕业后本来可以有一个好的人生选择，抓住这个绝佳的机会，农家子弟鲤鱼跳龙门、改变人生命运实现逆袭，在城市里找一份体面的工作，将来娶妻生子，从此改变面朝黄土背朝天的生活。可黄河岸边生长的这个小伙子毅然做了一个令人吃惊的决定，他谢绝了大宁县医院

贺星龙骑着摩托车出诊

的挽留，决定回到出生的地方——大宁县徐家垛乡乐堂村，做起了一名乡村医生。乐堂村深藏于吕梁山的沟壑之中，是国家级贫困县大宁众多贫困村中的一个。他一干就是20多年，要知道做出这个重要的决定时，小伙子才20出头，为什么要不顾亲戚同学的劝阻，回到家乡这个贫穷的小山村呢？用他自己的话说，滴水之恩当涌泉相报，当时上学时家里穷，乡亲们你30、我50帮我凑足了学费上了学。他想乡亲们的血汗钱来之不易，决定当一名乡村医生回村里给老百姓治病。

黄河塑造了中华民族自强不息、刚毅不屈的鲜明气质，黄河儿女心中永远有一颗拼搏奋斗、自强自立的初心。贺星龙就是这样的人，他带着一颗感恩的心，回到了梦想起飞的地方。联想起现在的大学毕业生毕业后找不到工作，我心里有一丝触动。其实农村和基层有着最广阔的舞台和最淳朴的感情，可很多人经受不住外界的诱惑，宁愿选择在城市漂泊，也不愿意扎根农村。贺星龙的选择可能不是最好的，但是一定是最对的。这样想，他的人生选择对年轻人就有借鉴意义。

在他回家之前，这个贫穷落后的小山村，没有医生更没有医疗室，父亲为了给贺星龙建医疗室，把给他娶媳妇的一孔窑洞腾了出来，卖了家里的玉米和仅有的两只绵羊，凑了960元钱，建起了一个简易的诊所，从此贺兴龙就当上了一名村医。起初老百姓并不是很信任这个初出茅庐的小医生，觉得一个卫校刚毕业的学生能看了病？心里打上了一个大大的问号。但他从不气馁，认真学习，刻苦钻研，勇于实践，从最初的给家人和亲戚们看病开始，慢慢地赢得口碑，久而久之，村里的老百姓开始信任这个医生。最让贺星龙被认可的是村里一个85岁的老人，曾被大医院下了3次病危通知书。贺星龙认真诊断，随时观察，准确用药，坚守数十日，硬是把老人从死神手中救了过来。从此乐堂村的贺星龙成为远近闻名的好医生。从此，黄河边上、吕梁山间，他的足迹遍布山西永和、大宁、陕西延长县的28个村庄。

从最起初的步行，他用扁担挑着沉甸甸的出诊包，翻山越岭，爬坡过坎，只要老百姓有需求，他就永远在第一时间到达。多少次在雪地里摔倒，多少次在下雨天淋透，多少次在狂风中搏斗，他用自己的执着奋斗、顽强拼搏，诠释了黄河儿女的精神，他用24小时上门服务诠释了什么才是真正的共产党员、什么才是真正的医者仁心。

“贺医生，我母亲突然晕倒了，能不能到我村去看看她？”一次，贺家坡村的村民跑了十几里山路找到了贺星龙。两人一路跑步，赶到了村民家。诊断了老人的病情后，贺星龙开了药。回来的路上，贺星龙心有余悸：“如果来晚了，老人就会有生命危险。”在他的心里，老百姓看病就是天大的事，一刻也耽搁不得。要想在第一时间治病救人，就得快马加鞭马不停蹄。时间就是生命，病情就是命令。为了节约时间，贺星龙从县城废品收购站买了一辆旧自行车。为了减少路上的时间，贺星龙又从信用社贷了4000多元买了一辆摩托车。“突突突……”从此摩托车的美丽声音响彻在大山之中。前不久，贺星龙又贷款买了一辆三轮摩托车，充当起进药的货车、抢救病人的救护车。给村民服务是快了，贺星龙的危险却增加了不少，他记不清在雨天雪地里摔了多少次，自己受过多少次伤。

有一次下大雪，索堤村村民贺润平的两岁孙子发高烧，出现抽搐，情况十分紧急，贺星龙询问症状以后，马上出发。妻子对他说，雪下得这么大，路也难走，等雪停了再去吧。贺星龙顾不上去听妻子的意见，骑上摩托车就消失在大雪中。索堤村道路一路下坡，加上积雪十分的滑，一个拐弯儿处，摩托车不小心侧翻，贺星龙连车带人翻进了排水沟。他顾不上疼痛，扶起摩托连夜赶路。到达了村子里，给孩子输了液，他才回家。回家之后，他感觉到脚踝十分疼痛，他也顾不了那么多，忍着疼痛继续给村民看病，直到过了两天，在家人的催促下，去医院做检查，发现踝关节骨裂。即使这样，妻子的埋怨、脚踝的骨裂也没有让他停下脚步。

村里85岁的贺德明老人患有严重的前列腺增生症，他的两个儿子先后去世，没有人照料。老人常常是晚上发病，贺星龙晚上定好闹钟，在后半夜给贺德明插尿管。这样一干就是10年，从来没叫过苦和累，他把老人当成了自己的父亲。

当医生好挣钱，在外人眼里是个挣钱职业，但对贺星龙来说，却是个赔钱的买卖，而且他还乐此不疲。他似乎就是个“傻子”，永远带着憨厚的微笑。只要是村民看病，贺星龙一直是先看病再结账。有了给，没有就算了，贺星龙也不刻意去要。这些年累计下来，免收诊费和药品费35万余元。

他对病人很慷慨，却对自己很小气。2008年，眼看孩子就要进城上学，妻子陈翠萍在县城租了间门面房，想让贺星龙在县城开间诊所，好在城里生活，这在常人看来再正常不过。可贺星龙却瞒着妻子早早在30里外的移民新村买了两孔窑洞当作诊所，为的是方便周边3个自然村的人看病。除了动用家里的积蓄外，贺星龙还欠了1万多元。妻子看到丈夫主意已定，无奈只能打消念头退了门面房。开诊所、贷款买摩托车、购买医疗器械和药品，没有太多积蓄的贺星龙现在还欠着两万多元的外债。2016年，他把“山西省优秀共产党员”的5000元奖励金，自己又添了800元，给村民们买了农具。当孩子羡慕同学骑自行车，哭着也想买时，他却狠心拒绝了。他说，这钱不能花，村里用钱的地方还多着呢。

乡村没有学校，自己孩子上学也成了问题，为了孩子，他的妻子劝他去城里发展，他也具备这个能力和水平。看着曾经的同学穿着名牌、开着轿车、住着楼房，过着城里人的生活，贺星龙也曾动摇过。可是当看到父老乡亲一个个不舍的脸庞和需要救治的病人，他毅然选择留下。他觉得他走了老百姓看病就成了大问题。

一个人做一件善事很容易，但一辈子坚持做善事却很不容易。在最平常的事情中可以显示出一个人人格的伟大。他的行医路，足以绕地球10圈。20年间他骑坏了7辆摩托车，用烂了12个行医包，累计出诊17万多人次，免费出诊达到35万余元，为五保户贴药费达4万多元。年复一年，日复一日，常年骑摩托车让贺星龙患了风湿性关节炎；每天背着四五十斤的药品穿梭于大山之间，贺星龙早已驼背；不规律的饮食使他患上慢性糜烂性胃炎。“亦余心之所善兮，虽九死其犹未悔。”他无暇顾及自己的身体，他的心中只有病人，他用真情服务着一方百姓。

每次领奖回家，孩子都高兴地抢着看，他给孩子说，“每领到一个奖，就多一份责任，爸爸身上的担子更重了”。这是贺星龙朋友圈

贺星龙在给老百姓看病途中摔倒受伤

里的一段话。他曾荣获“全国向上向善好青年”、全国“最美医生”、“山西省道德模范”等荣誉称号，2017年8月获“白求恩奖章”，11月获第六届全国道德模范提名奖，当选党的十九大代表赴北京参会；2018年3月被评为第四批全国岗位学雷锋标兵，5月获第二十二届“中国青年五四奖章”，11月荣获第三届“百名网络正能量榜样”；2019年9月20日获“2019年全国脱贫攻坚奖获奖先进个人贡献奖”，9月25日被授予“最美奋斗者”荣誉称号；2020年5月入选山西省2020年全国劳动模范推荐人选。这些至高无上的荣誉背后是无尽的付出和奉献，更是责任与担当。青春因磨砺而出彩，人生因奋斗而升华。我常常想，作为一名机关干部，如何才能在平凡的生活中实现人生价值。人生如白驹过隙，青春更是瞬间即逝，对标先进，自己的无功无业，真的应该抓紧时间力所能及地做一些事情，珍惜时光、抓住现在、谋定未来，展现新担当、新作为。

既然选择了远方，便只顾风雨兼程。贺星龙用一次次的出诊远行诠释了黄河儿女刚毅不屈、百折不挠的性格，不惧艰险、不畏困难的勇气，拼搏进取、自强不息的奋进精神，大爱无疆、上善若水的奉献情怀。什么是人生？人生就是永不休止的奋斗！“我一定不忘初心，实实在在地把本职工作做好，把党和政府的温暖，送到乡亲们的家里头，送到乡亲们的心坎上。”他是这样说的，也是这样做的。

［作者系中共临汾市委党史研究室（市地方志研究室）党史研究一科科长］

黄河岸边一棵松

翟颖頔　李小莉

赵凤琴，女，1948年出生，北京市人，出生在一个工人家庭。1968年12月自北京八十中学毕业后，不顾左肾因结核病切除的身体状况，不要学校照顾，毅然响应北京市委号召，随同学一起来到吉县中垛公社中垛大队柯村生产队插队。先后任村民办小学教师、保健员、大队党支部副书记、公社党委副书记和不脱离生产的县妇联副主席，中共吉县县委委员，县革命委员会常委，省团委、省妇联委员。赵凤琴插队期间与群众生活在一起，为困难户排忧解难，深得群众信任。因劳累过度使病情恶化，将她送回北京治疗，但医治无效，于1974年4月20日在北京病逝，年仅26岁。

生命的最后一刻，她心里挂念的依然是远在山西的吉县中垛公社，她不止一次嘱咐家人，就是死，也要把自己的骨灰安葬在插队的中垛乡柯村水库旁边。在赵凤琴去世之后，北京有关部门最终帮助她实现了人生中最后一个愿望。中共吉县县委追授她为“优秀共产党员”称号，并摘印了她生前的日记和书信，号召党员干部、知识青年学习她扎根农村、为民服务的奉献精神，身残志坚、矢志不渝的自强精神，攻坚克难、战天斗地的奋斗精神，不怕牺牲、成就事业的革命精神。

1968年12月28日，赵凤琴和成千上万北京知识青年一道告别了天安门，离开了亲人来到了山西吉县中垛大队。开始学习走山坡路、推碾子磨面、烧柴灶做饭，到丈余深的旱井里打水，到雪后初晴的山上砍柴，学着使用各种农具干各种农活……和社员们比着挖土挑担，手磨破了，肩挑肿了，她从不后退，只管干活不多说话。她总是激情满怀，自觉跟贫下中农同心同德。后来她当上了民办教师，还自学针灸。她总说，村里太缺少有知识的人了，农民太苦了。

1969年的春天，作为积极分子，她参加了省里召开的全省知识青年学习毛主席著作积极分子代表大会，她总是眯眯着眼睛，呵呵地笑着，哑着声音大声说话，她走到哪里，哪里就有欢笑。她在会上介绍了如何向贫下中农学习、为贫下中农服务的经验，她讲了农村的贫困，讲了自己初到农村时害怕艰苦的思想，讲了自己如何斗私批修坚持与贫下中农打成一片，讲了给农村孩子上课、学会针灸的心得，就是没讲自己的身体。开会间隙她也不闲着，身上吊着那个袋子，还要帮助别人打水、扫地，她和几个代表还提出学习解放军，早晚要出操，吃完饭自己动手洗碗，不要留给服务员。于是，招待所的院子里就常常响起了操练声，饭堂里就常常有了抢着收拾碗筷的身影。白天她是欢乐的，而晚上却要忍受常人难以想象的痛苦。由于她无法正常排尿，所以总要在褥子上垫一块油布，油布上再垫尿布，身子下总是湿的，沤在里面，辗转反侧根本无法安眠。想想那阴暗潮湿的窑洞，那缺菜少油的饭食，那繁重的体力劳动，那……连健全人都感到困难的一切，她竟然拖着残缺的身体，这样高唱着、昂扬地走过，总是那么精神，那么开朗，她有着一颗怎样不同凡响的心啊。

那年国庆节，她作为山西的知青代表到北京参加了国庆观礼。她的事迹也顺着山道传遍四面八方。人们说，她手中的银针很神奇，针到病除；说她是救命的活菩萨，她从北京带来的药吃了就好；说她有一次为了救一个憋住痰的老人，竟然口对口吸出了痰，老人得救了，而她却瘫在了炕边。

1971年夏天，赵凤琴已在农村入了党，担任大队党支部副书记、公社革命委员会副主任等职，并被选为县委委员、团省委委员和省革命委员会委员。

不久，全省掀起兴修水利高潮，赵凤琴随青年突击队上了水库大坝工地。但她那副身板怎禁得起那么繁重的劳动呢？同行知青劝她无效，就是大队、公社的领导都拿她没有办法，她坚决要上一线，领导只好让她去了，但明令要求：不准干重活，还安排人照顾她。但没有人能阻止她，她干起活来什么也不顾。没过多久，就传来了她昏倒在堤上的消息，贫下中农和公社、县里的领导把她抬下来，然而，她醒来后又偷跑上了工地，直到再次昏倒被送进了县医院。原本肾就不全，接连的劳累使她的肾脏以至肝脏等重要器官都受到了损害，病情十分严重，县医院无法治疗，将她送去北京。

1974年4月24日，她在北京病逝，年仅26岁。中共山西省吉县县委追授她“优秀共产党员”称号，号召党员、干部、知识青年学习她的革命精神和高尚品德。同年7月，《山西日报》发表了以《吕梁山上一青松》为题的长篇通讯，以整版的篇幅讴歌了赵凤琴无私奉献的精神。

赵凤琴以自己独特的生活方式在超乎常人的困顿磨砺中，走完了自己短暂的人生之路。在那崇尚英雄的时代，她是那个时代追求者的典型。她的躯体深埋在浑厚的黄土高坡里，她的名字流传在乡亲们的口中。

无论时代怎样前进，科技怎样发展，社会风气怎样追求，时尚潮流怎样变化，人都是要有一点为社会、为他人的奉献精神，我们永远怀念赵凤琴。

［作者翟颖頔系中共临汾市委党史研究室（市地方志研究室）宣教科科长，李小莉系中共临汾市委党史研究室（市地方志研究室）宣教科四级主任科员］

汾西烈士李妙斋

韩 敏

巍峨薛家寨，耸然挺立，千仞绝壁，诉说千载人和事；悲壮李妙斋，傲岸忠骨，万古英名，见证当年血与火。

1933年9月，李妙斋长眠在陕甘边照金革命根据地的薛家寨。今天我们的故事就从这里讲起。

中国革命史上有这样一句话："南有瑞金，北有照金。"20世纪30年代初，老一辈无产阶级革命家在陕西省铜川市耀州区照金镇创建了西北第一个革命根据地——陕甘边照金革命根据地。它的创立，点燃了大西北民主革命的烈火，为后来整个陕北革命根据地的建立创造了条件。

李妙斋，原名王玉玺，1903年生出在山西省汾西县城关镇店头村一个贫苦家庭。1927年11月到陕北参加革命。1928年加入中国共产党。在根据地，李妙斋的名字和骁勇善战、聪明睿智紧紧联系在一起。

有一次，国民党反动武装根据红军主力北上外线作战、红军机关大本营兵力空虚的准确情报，经过周密策划，从四面重兵包围了根据地薛家寨，妄图全歼根据地后方机关。时任陕甘游击队总指挥部总指挥的李妙斋、政委习仲勋紧急召开会议，研究部署作战计划。英勇顽强的游击队指战员们纷纷请战，要与敌人决一死战，誓死保卫根据地。李妙斋面对石桌上的军用地图神色凝重："同志们，敌我力量悬殊太大，硬打硬拼我们肯定吃亏，依我看，我们可以利用熟悉地形的优势，由我带领突击队吸引住敌人兵力，其他人员从另一个方向突围，带领根据地机关安全转移。”

“突击队集合！”一声令下，近百名手拿刀枪的突击队员沿着山寨土墙迅速站成一排，目光焦灼地盯着李妙斋。

李妙斋的眼光扫过每一位队员，异常镇定地说：“同志们，保卫大本营的重担就落在我们头上，摆在我们面前的只有一条路，我们就是死也要保住红军机关的安全！”

话音一落，李妙斋就带领队员，穿山林，越沟壑，东一枪，西一枪，把敌人引得晕头转向。被拖了几天几夜的敌兵连游击队机关的影子都没看到，有的摔断了腿，有的被毒蛇咬伤了脚，几次围剿连连失败，只好乖乖地缩回了老巢。几次反围剿胜利后，根据地不断发展壮大，先后建立了5个游击队支队、6个农会分会、24个农民协会，形成了以照金为中心、横跨五县、面积2500平方公里、人口4万人的红色苏区。

然而，天有不测风云。1933年9月22日拂晓，正当李妙斋带领游击队在薛家寨休整时，忽然听到寨前枪声大作。

“敌人扑上山啦！游击队快来增援！”

听到外围岗哨的紧急呼救，李妙斋与队员们迅速拿起武器，投入战斗。在李妙斋的指挥下，游击队员们用自制的麻辫手榴弹、土地雷，数次将敌军击退。战斗进行了整整一天一夜，李妙斋一直在阵地战壕指挥，战斗激烈时，他光着膀子，抢过机枪阻击敌人，把敌军打得丢盔弃甲，溃不成军。就在李妙斋组织游击队员乘胜追击时，不幸的事情发生了，狡猾的敌人撤退时，在树林里埋伏了几名射手，李妙斋被冷枪击中。刚刚30岁的英雄倒下了，鲜血染红了桦树林，染红了薛家寨。

李妙斋牺牲后，被安葬在薛家寨一号寨洞不远处的桦树林里。革命胜利后，每逢纪念日，当地的群众和各界人士就会自发地前来祭奠，拜谒先烈英灵！走进那片桦树林，放眼望去，当年的白桦树已经长成了参天大树，微风轻轻吹过，飒飒的树叶声仿佛依旧在给人们讲述着李妙斋那些动人的故事。

［作者系原中共汾西县委党校（汾西行政学校）常务副校长］

爱国拥军模范郝英祥

王　军

郝英祥中等个子，胖胖的身材，洪亮的嗓门，走起路来昂首挺胸，说话间总带着军人的豪气。他的左臂有些僵直，那是在朝鲜战斗中留下的残疾，但右手却写得一手好正楷毛笔字。不仅如此，他曾是《吕梁报社》记者，写得一手好文章。

在我眼里，郝英祥是个平凡得再不能平凡的人，一个兢兢业业干工作的人。

我与郝英祥在县志办共事几年，是他的晚辈，是他的下级，我们很少叫他郝主任，他从不以功臣和领导自居，也从没听他提及战友的事情。

后来我调到县委通讯组，郝英祥被武装和民政部门定为拥军模范典型，让我去采访他。

在采访中，我逐渐深入郝英祥的内心深处，看到了他这个赳赳“武夫”柔情似水的一面，看到了他以生命真爱写就的横跨半个世纪的“母子”情。

情　义

“雄赳赳气昂昂，跨过鸭绿江，保和平为祖国，就是保家乡……”

唱着这气壮山河的歌曲，郝英祥踏上了朝鲜的土地。

惨烈的战斗展开了。

郝英祥是营部通讯员，多次在枪林弹雨中穿梭，到前方阵地传达命令。

飞机扔下的炸弹在他身边炸响，美军子弹不停地击中身边的战士，所到之处都是敌我双方的尸体，是血与火，是弥漫的硝烟。

郝英祥还是个孩子，他在一步步经受着战争的洗礼，一步步在战斗中成长着，多次出色地完成了任务。

那天，他又机警地行进在去前方阵地的路上。头上，敌机轰隆隆飞过，他已习惯了像黑老鹰一样盘旋在天空的敌机，没想到飞机上的机关炮响了，一个扫射，击中了郝英祥的左臂。

1951年春，志愿军伤员从前线被转送到辽宁兴城第13陆军医院。其中就有左臂贯穿被击成粉碎性骨折的郝英祥。和他一个病房、床挨着床的是右臂负伤、伤势较轻的薛义昌。

郝英祥家在山西吕梁山区的离石区，1949年参军，18岁；薛义昌，家在山东沂蒙山区临沭县石门镇徐庄村，1948年入伍，19岁。

在病房里，他俩的床紧挨着，由于薛义昌的伤势较轻，便主动当起郝英祥的义务护理员，系鞋带、穿衣服、扣扣子、端饭、打水，甚至上厕所都是小薛帮忙。而郝英祥也帮薛义昌读信、写信、念报纸。薛义昌曾参加过淮海战役和横渡长江、解放上海的战斗，立过一等功，这令郝英祥仰慕不已。而郝英祥虽然初中还未毕业，但在伤员中文化是最高的，在薛义昌的眼里简直就是个无所不能的秀才。从没进过学校的薛义昌受郝英祥的影响，学文化的兴趣也大了起来。

两人成了亲密无间的朋友、形影不离的伙伴。他们去看海，看夕阳映红的海面，看海的波涛汹涌；他们去看桃花，在桃花丛中追逐着、嬉闹着，片片桃花带他们回到了童年。

他们谈部队、谈生活、谈家事。薛义昌的母亲陈继太33岁守寡，含辛茹苦地把他们兄妹4人拉扯大。1948年，母亲送他参军。淮海战役前夕，母亲背着煎饼，步行100余里到部队看他……郝英祥是家中的独子，在太原上学，听说征兵，毅然报名参军……

朝鲜战场战火依然异常激烈，而刚刚诞生的中华人民共和国是一片恢复生产的欣欣向荣景象，两个年轻人对未来有着美好的憧憬，规划着自己的人生，战争结束后，成家立业，投身祖国的经济建设。

嘱　托

相同的年龄、一样的战斗经历、共同的革命志向与追求，使薛义昌和郝英祥在朝夕相处的3个多月里结下了深厚的革命情谊。

薛义昌的伤逐渐痊愈，三天两头让郝英祥替他写申请书，要求重返前线。

那天，薛义昌兴冲冲地告诉郝英祥：“英祥，部队首长批准了我的申请，我很快就要重上前线了。”

这个消息，既是好消息，又令人担心。好的是薛义昌又可参加战斗，担心的是薛义昌的安危，他们的友谊将要被战争隔断，郝英祥被认定为三等残废，也许要转业回家，两人将隔山隔水，再难相聚。郝英祥提议两人到照相馆照张合影照。

1951年3月13日，郝英祥（左）和薛义昌合影

郝英祥拿出他珍藏着的两人发黄的合影照片，我看到相片上薛义昌瘦高，面庞清秀英武；郝英祥稍胖，带着几分书生气。当年的他们风华正茂、血气方刚，为了祖国去战斗牺牲！而今，一个

长眠在异国他乡，一个满头华发。

我看见，郝英祥看这张照片时的目光是那样深情，他的思绪，一定又回到了和薛义昌在一起的时候。

1951年4月21日，春风吹暖了辽东大地，兴城地方党政军及各界群众在火车站举行隆重仪式，欢送志愿军伤员重返前线。车站上人山人海，锣鼓阵阵，彩旗飘扬，口号震天，气氛十分热烈。

郝英祥把薛义昌送到了登车的行列中，薛义昌背着背包，精神抖擞。战友分别，郝英祥依依不舍地握着薛义昌的手，薛义昌神色凝重交代郝英祥："上了前线，我不能给家里写信，你隔几个月替我给我家写封信，不要叫我妈挂念。"

郝英祥紧握着他的手："你放心！保证做到。"

火车启动了，车窗里，薛义昌挥舞着的手臂，越来越远、越来越远……

郝英祥挥着手臂，追着火车，"义昌，再见，再见！"

然而谁能料到，他们的告别竟是生死诀别，临行的嘱托成了生死之托。

家　书

半年之后，郝英祥转业山西侯马，不久又调来隰县工作。

郝英祥一直给薛家去信，问家中安好；也不停打听薛义昌的近况，但得到的却是失望的回答。薛义昌一直没有音讯。

突然有一天，他接到薛义昌的大哥薛其昌的信："英祥同志，部队上给咱家来了信，县政府也把烈士证送到咱家，全家都悲痛万分，母亲每日啼哭……"

郝英祥的心"咯噔"一下攥紧。

郝英祥的心在流血，郝英祥悲痛万分！他怎么也不能相信这是事实，尤其是车站分手的那一幕，仿佛就像昨天发生的事情一样，战友的音容笑貌还在眼前晃动！如今竟然已是生死相隔，郝英祥不愿意相信这个事实。

悲痛过后，他决心履行自己对战友的生死诺言，尽自己最大的可能，来安慰远方那位母亲的心。

当天，他铺开稿纸给薛义昌的家人写信，坐在桌前，思绪万千，以致话不知如何说起，他劝慰道："义昌是不喜欢我们流泪的，我们要为义昌感到光荣。"他真心地表示："我虽然没有见过伯母、哥哥、弟弟、妹妹，但是我的心里时刻想着你们，请你们把我当成你们家的一分子吧。我是愿意和你们建立亲如一家人的关系的！"

放下笔，义昌的音容笑貌又在他脑海中萦回。

很快他收到大哥薛其昌回信："英祥弟见字如面，接弟信后，母亲很高兴，她说她收下你这个儿子了。我希望弟见信后，以后要多多的通信，才能免得咱母亲的挂念。母亲说，十天半月你来封信，就好像是义昌的信，她拿你也就当'义昌弟'了。"

信中"母亲"两个字令郝英祥感到无比幸福，即日他兴奋地复信："从此我有了两个家，有了两个妈妈，有了哥哥、弟弟、嫂嫂、妹妹，这使我很高兴，使我感到再不是孤单的独生子。是不是这样呢？尊敬的妈妈，您一定高兴我这么说吧！山东省的家和山西省的家相距千万里，但都同样牵挂在我心上，都是我日思夜想的家乡。"

郝英祥的儿子郝微微说："父亲一辈子沉默寡言，军人脾气，对我很严厉，但每次看到父亲这封亲情洋溢的家书，我都会泪流满面。"

"父亲把山东临沭县石门镇徐庄村当成自己的家，虽然我们的奶奶还健在，虽然他是独生子，但在那里，他有了'妈妈、大哥、弟弟和妹妹'，也就从此开始，在山西吕梁山的我们，有了山东沂蒙山的'奶奶、大伯、二叔和姑姑'。"

家书抵万金，家书寄深情，这一写就是50年……

他每时每刻都把山东的妈妈记在心上。

桃花三月，他会去信："亲爱的妈妈，现在咱家播种了吧……"

流火七月，他会去信："亲爱的妈妈，咱家的庄稼长得好吗……"

金秋时节，他会去信："亲爱的妈妈，今年收成怎样……"

隆冬严寒，他会去信："亲爱的妈妈，天冷了，多加点衣服……"

中秋佳节，他捎去一片深情："亲爱的妈妈，把我的心从遥远的山西寄到咱家中，在这明媚的月夜里和全家人一起欢度团圆的节日吧。"

每逢新春，他又带去诚挚问候："亲爱的妈妈，我给您拜年了，祝您老人家阖家欢乐，幸福安康。"

山西雨涝，他顾不得自家的漏房："亲爱的妈妈，不知咱那里是否连阴，是否缺塑料布，有困难一定要对我说，可千万不能遭了雨淋呀。"

山东大旱，他又忧心如焚："亲爱的妈妈，旱情缓解了吗，粮食肯定减产了吧，咱家的粮食是不是够吃？"

郝英祥拿出了一张泛黄的纸笺，我看到纸笺上写着一首诗，我轻声读起来：

献给烈士的母亲

您虽然不是我的生身之母
我把儿子的心意一样给您
虽然我们相隔数千里
梦中却常常和您在一起

您虽然不是我的生身之母
我把儿子的心意遥寄给您
每当我看到您老人家
我就想起您那不朽的儿子

我的眼泪在眼眶中打转，而郝英祥，摘掉眼镜，轻轻揩一揩眼角，神情凝重地望着窗外……

工作的事情也要给妈妈汇报汇报："领导上分配我到山西隰县文化馆工作，这儿是山西的西部，下乡工作差不多就是爬山，老百姓的生活不如侯马市，吃的尽是小米、窝窝，我吃这些很香甜，比馒头大米不少吃。"

婚姻大事也高兴地跟妈妈说说："我在9月份结婚了。她叫冯念慈，20岁，就是隰县人，她勤劳、善良、有文化，就像妈妈平常说的那样。我们的感情很好，现在她就在我们报社工作，在一块工作，她帮我，我帮她，互敬互爱。希望妈妈不要挂念。"

更不忘教育后代："你们有一个值得骄傲自豪的叔叔、伯伯、舅舅，虽然你们从来没有见过他，但你们要知道他是值得我们学习的英雄，作为他的晚辈，要坚决地继承他的遗志，务农的要做个本分的农民，工作的要踏踏实实地干好自己的本职工作，读书的要读出优秀的成绩！"

……

有一封信是他几十年给山东最短的一封信。信中他只写了一句话"我现在很忙"。其实是他的生母病重，已在弥留之际，他整天忙于服侍照顾。

"父亲就我一个儿子，我又晚婚，山东奶奶来信总是唠叨这件事，所以，我一结婚，父亲马上写信告诉山东奶奶，因为他的老妈妈一定会高兴的。"儿子郝微微说。

郝英祥时刻牵挂着山东的"家"，每年都让寄来"全家福"。他说："这样才能更直观地看到山东老家的变化！"

老人家，常常坐在家门口怅望着，那是她又想儿子了。想儿子的时候，她就拿出信翻一翻，让人念上几封。她对人说："我儿子在山西上班。"

50年，鸿飞燕往，谁能数得清郝英祥寄出了多少封信？寄出了多少无价的情意？这些信跨越了近半个世纪的时空，在这半个世纪中，老人家一封不少、一页不缺珍藏着儿子的来信，这些发黄甚至发黑的信，像儿子厚实温馨的手抚慰着母亲伤痕累累的心扉，伴随她在漫漫人生旅途中跋涉，搀扶着她迈进92岁高龄的年轮。

在这半个世纪中，有多少亲情、友情在时间的长河中淡漠、遗忘，郝英祥当年一个连队甚至一个班的战友，也随着时间的推移，都渐渐失去了联系，只留在他的影集里。而他独独记挂着相处了3个月的战友，肩负着烈士的嘱托，无私地奉献着自己真挚的爱心，为了烈士能安眠于异国大地，为了老妈妈能尽情享受母子之爱，他延续着这非同一般的“母子情”。

孝心

郝英祥在好多单位工作过，给人们留下的印象是正直清廉，工作勤恳，从不计较个人得失。

他有3个孩子，全家人只靠他一人的工资。1982年，妻子病故，当时家中只有大女儿成了家，老母亲又身患乳腺癌卧病在床，家中一直处于困难状态。他是独子，没有人能帮补他。1961年住上公房，直到90年代房改时，他才把两间瓦房买下来，家里的陈设是简单得不能再简单。

我环顾他的住处，这是一间中华人民共和国成立前的老瓦房，坐

郝英祥与烈士母亲陈继太在山东老家

南面北，阴暗潮湿，房内除了那一台电视，都是旧家具。

郝英祥身上还是那身永远不变的中山装。

为了能多些收入补贴家用，他还把临街的住房开了一扇门，为别人代卖醋。

但就是在这种上有老、下有小、工资少、经济拮据的情况下，他除了50年如一日写信在精神上慰藉烈士的母亲，还竭尽全力在物质上给老人家以帮助，表达儿子的心意。

他不时给老妈妈寄些实物。物资匮乏时期，他千方百计寄去灯芯绒布、回绒布，还写信再三叮嘱：“这些布料厚实耐磨，给妈妈御寒……”街上流行毛哔叽布、的确良布，他又几经周折买了两块：“一块过年做外衣，一块夏天穿衬衫。”县老干部局发福利品，让他选择，他毫不犹豫地为妈妈领了一根能照明的拐杖，当天就给山东老妈妈寄去。到北京出差，在王府井大楼看到缎织被面，他想起妈妈盖了几十年的棉布被子，思谋着也该给她换一块了。爱人是巧手裁缝，亲自为妈妈穿针引线，妹妹很好奇，她回称：“是给山东的婆婆做的。”

牵挂了妈妈，还惦记兄妹。山东的妹妹结婚，他寄去六双袜子和两块香皂，这在50年代的鲁南贫困山村无疑是令人羡慕的“奢侈品”，成了她豪华的嫁妆，为她简朴的婚礼增添了几分喜庆色彩。如今已儿女成群的妹妹提起往事仍记忆犹新，女儿单位发了一件大衣，他马上想到当村干部的大哥风里来、雨里去，当天这件大衣就登上了发往山东的邮车，至今大哥仍穿着它为父老乡亲操劳。亲戚送他一套毛料中山装，他又想起中年丧妻的三弟缝衣艰难，于是，这套衣服穿在了三弟的身上……

生活不宽裕的郝英祥，总是尽可能挤出点钱孝敬老人。五六十年代，逢年过节，5元也寄、10元也寄，随着改革开放生活条件好转，又寄成30元、50元，甚至100元。久而久之，家里人也耳濡目染，女儿、女婿拿出工资让父亲给奶奶寄去。

郝英祥说：“儿子每信必读，帮我寄钱寄物，最是儿媳，到时就提醒我，后来干脆接过孝心接力棒，把这件神圣的事情揽了过去。”

“儿行千里母担忧”。老妈妈生活在农村，她有什么给远方的儿子呢？红薯、小麦、花生是家乡的三大特产，数来数去就寄些花生米吧，当年花生米在山西贫困山区是稀罕物，于是，每年腊月，郝家总会收到山东妈妈寄来的花生米，这一寄也是50年！郝英祥收到花生米舍不得吃，总是在春节和4月21日的饭桌上摆上一盘，用以怀念山东的老妈妈和长眠异国的烈士。也正是这一包包花生米，向孩子们讲述着慈祥的奶奶和不朽的叔叔的故事，成为郝英祥进行传统教育的好材料。

花生米属油料，当时国家有规定只准邮1公斤，后来放宽到2公斤，改革开放后则没有限制，老妈妈每年就寄上3公斤，邮资高过了花生米的价值。

郝微微说：“我们让父亲劝劝老奶奶，不要再破费了，父亲严肃地摇了头说了句，‘千里寄花生，情意万斤重’。他知道，几公斤花生米从种到刨，从剥到邮，凝结着老人的无限情思，那粒粒花生米就是老人家丝丝白发、条条皱纹、殷殷爱心……”

“我们是吃山东奶奶的花生米长大的。”

探　亲

50年，郝英祥魂牵梦绕着一个心愿，他多么想到山东那孕育了烈士的村庄探望亲爱的妈妈，在母亲的膝下献上游子的一片赤诚。

但是，繁忙的公务，动荡的年代，家境的窘迫使他几欲起程而不能成行。他只能在地图上回到家乡，在梦中见到可敬的母亲。

然而，他坚信，总有一天会和妈妈相聚。他在信中写道：“我去山东的愿望是强烈的，我想无论如何也要去一趟，哪怕是一次，也算了了我这辈子的心事。我只有一个希望，就是妈妈把身体保养好，我们一定能见上面。”

相遇终于来了。

1976年底，郝英祥调到县石油公司，工作相对轻松，他萌发了山东之行的念头，向公司领导请假。公司经理也是参加过抗美援朝的退伍军人，他没想到，工作一贯勤恳的郝英祥怎么甫一报到就要辞行，郝英祥无奈向他吐露了心事。经理沉默了，半晌，他才开口：“你先不要走，有机会我一定让你去”。

经理没有忘记自己的诺言，1977年10月华北地区石油工作会议在河北沧州召开，经理把出差的机会让给了他，并嘱咐他绕道山东看望母亲。临行时，他握着郝英祥的手：“替我向老人家问好。”

这样，郝英祥终于踏上了山东探亲的旅途。他归心似箭，南下济南，又坐了十几个小时的长途汽车，颠簸两宿，才看到了日思夜想的徐庄，他心潮澎湃，激动万分，对于家乡他是既熟悉又陌生，熟悉的是义昌战友不知多少次给他讲过家乡的一草一木，陌生的是至今他还不认识亲爱的妈妈和兄长弟妹。在几间简陋的土坯草房前他驻足了，小院中的石磨旁一位瘦小的中年汉子正在擦拭农具，见一位干部模样的人站在自己面前，他不禁一怔，随即神情将信将疑：

“你是——”

“我是山西来的……”

“兄弟——”一声哽咽，两双手紧紧地握在了一起，谁也说不出话来。

消息很快传开，大哥大嫂、三弟弟妹、侄儿侄女挤了满满一屋：“兄弟、二哥、二大爷”问好声此起彼伏，但就是不见……

“妈妈？”

一阵笑声传开，光顾高兴倒忘记了母亲。上午她刚坐独轮车去了5里外的闺女家，憨厚的三弟擦了擦眼睛，飞也似的跑出门外。

两个小时后，独轮车吱吱扭扭停在院中，郝英祥迎出屋门，26年朝思暮想的母亲踉踉跄跄，一头扎进他的怀中：“英祥儿啊！我可是把你盼来了！”恸哭声在院中回荡，这是辛酸的泪水，老人家想起了26年前壮烈牺牲的义昌，这又是喜悦的泪水，老妈妈终于看到了久别26年的活生生的“义昌”。郝英祥的泪水像决堤的洪水倾泻而下。

在那欢聚的15个日日夜夜，妈妈颠着小脚寸步不离英祥，儿子走到哪儿她就跟到哪儿，好像英祥是个很小的孩子，怕摔着、怕丢了、怕受人欺负。

她抚摸着英祥左臂的伤口，问他的母亲，问他的媳妇，问他的孩子，问他生活的一切，唯独不提自己26年的心酸、26年的艰辛。而这正让郝英祥心如刀绞，他看到的是妈妈黝黑低矮的茅草屋，囤子里的红薯干、锅里的红薯面煎饼。最让他难受的是家里人顿顿给他炒菜，并想办法弄来白面吃。

分别的日子到了，妈妈为他打点着行装，花生米、花生饼、花生油塞了满满一提包，知心话也装了满满一提包。临行时，妈妈让人搀扶着，颠着小脚上5里外的镇汽车站，她用手帕擦着涟涟泪水，向渐渐远去的汽车挥动着布满青筋的手，那情形就像当年送义昌上前线。

郝英祥走了，心却留在了山东老家。他时刻关注着山东的变化。十一届三中全会后，党的富民政策像春风吹遍了齐鲁大地，电视、电台、报纸频频报道山东的经济腾飞，老家的信也一封封向他传递着粮食丰收、收入增加的喜讯，郝英祥从内心里为他们高兴，又一次萌发了上山东老家探母的念头。

1989年，他的足迹再次踏在了沂蒙山的土地上。正值盛夏七月，雨过天晴，空气清新，村庄里一排排红砖青瓦房拔地而起，旧貌换新颜，变了，一切都变了。

郝英祥费了好大劲才找到了自己的家。

妈妈已是80高寿的人，但仍精神矍铄，口里直唠叨：“上回委屈了我儿，这次可要好好犒劳。”她跑前忙后为自己的英祥儿摊小麦面煎饼，为他变着花样炒菜吃。她眼里再没有眼泪，脸上洋溢着慈祥的笑容，她指着囤里的麦子、锅里的大米，告诉郝英祥：“红薯干已成了饲料，花生米粉还卖给外国人吃，你妈妈可赶上好日子了。”

当年想跳出“农门”改变命运的后生，早已成家立业，住进了新瓦房，他们轮流请“二大爷”上家中坐，大碗喝酒，大块吃肉，一展山东大汉的豪爽，几天下来，他们的二大爷直嚷着要吃红薯面稀饭调剂口味。

这一次，郝英祥又给他们开了一次家庭会，给他们提了两条希望：一是不要满足于现状，要有更大的发展；二是要有长远眼光，教育后代好好学习。

又该给妈妈说再见了，这一次她不用再跑5里路送她的英祥儿了，因为宽敞的柏油路铺到了村口，临上车时，妈妈拉着儿子久久不松手，没有流泪却带着哭音："儿啊！妈的日子你不用再牵挂了，只是不晓得还能不能再见上你一面？"

妈妈的话在郝英祥的耳旁时时回响。1994年，郝英祥从工作岗位上离休，清闲下来，探望妈妈的愿望更强烈了，正巧女婿赴南方出差，他去探亲的愿望便又一次实现了。

此次山东之行，他不再来去匆匆，一住就是一个多月，他要对86岁的母亲献上儿子的孝心。倾心相处的一个月中，他陪伴母亲左右，和她唠家常，给她做山西菜，帮她干家务活，用地排车拉她赶集，引得街人直夸老人家有福气。

郝英祥笑着说："老妈妈虽然手脚已不灵便，但仍给我下面条，摊煎饼，可就是不给我吃饺子，我问为什么，老妈妈笑了。她说：我们山东风俗讲究饺子是捏的，吃饺子就把情意给捏断了，所以只吃面条，又细又长，情意长存。"

郝英祥和兄长弟妹情同手足，和他们一块下地，种花生、栽地瓜，商量家务事。他欣喜地发现后辈们为他交了一份圆满的答卷：两个侄儿购置了大型拖拉机，机动喷灌，是远近闻名的种田能手；侄女在潍坊开饭店，生意颇为红火；侄女婿办了家具厂，产品供不应求；两个外甥，一个在郯城师范教书，任高级讲师，另一个留学韩国，学计算机和韩语，就连11岁的小侄女也每次在全年级考第一。

这一个月，薛家如逢喜事，院里充满笑声，村里人都知道薛家的"儿子"又回来了。

尾　声

2000年农历除夕凌晨，92岁的薛母无疾而终。当日，郝英祥携儿子踏上去山东的列车，为母亲最后送别。

2003年，郝英祥患胃癌，做手术当天，山东的三弟及侄儿、侄女、外甥赶赴隰县，在病榻前伺候郝英祥整整一个月。

2004年，郝英祥病逝，山东的亲戚为他们的“二叔”“二大爷”扶柩送行。

至今，山西—山东，吕梁山—沂蒙山，郝家后代和薛家后裔仍来往不断，亲如一家……

（作者系山西省作协会员、隰县县委宣传部主任科员）

英雄侦察兵张润兰

葛晨星　白晓琴

1913年，张润兰出生于永和县交口乡张家垣村的一个贫苦农民家庭，5岁时跟随38岁的父亲给地主家打长工，生活极其困苦，受尽地主的欺负和压迫，骨瘦如柴的润兰常常被地主家的孩子打得鼻青脸肿。因从小就在地主家人的蔑视中长大，童年时的润兰心里就埋下了对旧社会深深的不满。

少年的张润兰听说陕北有工农红军，他们跟着共产党带领穷人闹革命，打土豪、斗地主、分田地，当时的他就下定了决心要到陕北去参加红军。他常常远望着黄河西岸的陕北，静静地想着，心中激情涌动。

1935年刚过完年，满怀一腔热血的张润兰依依不舍地告别了父亲，带了仅有的随身衣服，迎着刺骨的寒风，通过冰封的黄河，直奔陕北工农红军。他也不记得走了多少天，爬了多少山，饿了就在村里找些吃的，渴了就喝沟渠里的山泉水，困了就在村里的破窑烂庙里歇息。历尽艰难困苦，终于在阳春三月找到了陕北的红军队伍，如愿成为一名光荣的红军战士。在部队首长和战友们的帮助下，他满怀对旧社会的仇恨苦练杀敌本领，进步非常快！

出生在山区农村的他，从小爬高上低，麻利机灵，部队就把他编入侦察连。他在侦察连表现积极，工作努力，特别是爬崖下洼无人能比，出色地完成了很多侦察任务，战士们称他是“孙悟空”。

1936年春天，部队在山西打了几个大仗后决定回师西渡。因为张润兰对永和地形熟悉，为了西渡路线的安全，组织上就派他到永和侦察红军回师西渡的路线。接到命令后，他往胳肢窝里压了两个大葫芦，连夜渡过黄河，秘密潜入永和，开始执行任务。为确保任务隐蔽不被察觉，他白天在山里隐蔽，晚上下山侦察。从阴德河、于家山到贺家山，山路崎岖，路很不好走，更不用说大部队了；从铁罗关到阁家坡、义合、山头侦察之后，他认为这段黄河水流急，河岸狭小过河后不易迅速转移。最后侦察了从于家咀到马家湾、冯家窑、退干、阁底这条路，途经九道腰子，红军易隐蔽，还可以迅速利用山头阻击敌人追兵，他认为这是一条最佳的回师西渡路线。他将从阁山到于家咀步行的时间、部队歇息和隐蔽的地方都记在心里，重要的地方在袄襟子内侧画了简单的草图。侦察完毕后他过黄河将草图交给红军侦察连接应他的战士，然后转交给红军总部。为确保红军西渡万无一失，10多天后，他再次奉命秘密渡过黄河潜入阁山附近，接应回师西渡的红军部队。行至张家垣至索珠村途中，他被国民党部队发现。国民党纠集几个连的兵力将他追到一个小山拗里，用绳索将他捆绑起来，用皮鞭狠狠地抽打着他，虽然一次次皮开肉绽、一次次昏迷又被冷水泼醒，张润兰仍然没有屈服。为了战友们的安全，他挺直了胸脯说自己是一名光荣的红军战士，永远都会保守党的秘密，对党忠诚，永不叛党。三天三夜的严刑拷打，国民党没有得到任何关于红军西渡路线的线索，恼羞成怒的国民党乱枪杀死了张润兰，一个年轻的生命、一个优秀的战士就这样牺牲了！年仅25岁的张润兰，始终没有忘记自己的理想信念，为了中国工农红军胜利回师西渡献出了自己年轻的生命。后来战士们将张润兰牺牲的消息告诉了他的父亲，张润兰父亲沉默着走到窑洞外山坡坡上，远望着阁山，那长满老茧的手颤抖着抹着脸上怎么也止不住的泪水！

血雨腥风的战争岁月中，像张润兰一样的革命先烈还有很多很多，他们为了人民的解放事业，为了国家的前途命运，抛头颅、洒热血，献出了宝贵的生命。

先烈已故，但精神永存。如今，每当清明节时，永和县的小同学们都会去给张润兰烈士扫墓！永和人民会永远铭记英雄先烈的事迹，坚定共产主义理想信念，继承先烈的遗志，继续发扬革命先烈的革命精神和优良传统，增强责任感和使命感！在今后的人生征程中不忘初心，继续前进！

（作者葛晨星系大宁县融媒体中心职员，白晓琴系《文学月刊》特约编辑、《文学月刊季度版》主编、《纪实半月刊》特约记者）

草根英雄来虎平

张瑞强

2011年12月6日，第八届“昆仑奖”全国十大见义勇为英雄司机表彰大会在人民大会堂举行，山西隰县司机来虎平作为山西省唯一荣获“全国十大见义勇为英雄司机”称号的模范出席会议并领奖。此次评选历时6个月、由187万张群众选票推选产生。

来虎平是一位平凡而又特别的草根英雄。路遇危难，他挺身而出，义无反顾；危急时刻，他舍己救人，不计得失。从1996年以来，来虎平先后从生死线上抢救回了12条与他无亲无故的生命。

来虎平出生于隰县城南乡白草垣村。他1996年从部队退伍后，曾在隰县公安局城镇派出所、刑警队工作，后调入隰县人大。2011年9月，被省见义勇为协会授予“见义勇为先进分子二等奖”，同时被省劳动竞赛委员会荣记个人一等功，受到当地群众的交口称赞。

见义勇为　危难之处显身手

1992年12月，来虎平参军入伍，成为湖北武警总队第三支队的一名武警战士。

服役期间，来虎平极受领导赏识。领导希望他继续留在部队，要为他转志愿兵。可是，他想到家里的窘境，谢绝了领导的好意。1995年年底，来虎平又回到了生他养他的故乡。

几个月后，隰县公安局招巡警，经过考核，来虎平成为一名人民警察，到龙泉镇派出所巡逻队当了一名巡警，之后又被调至县公安局巡警大队。

作为一名光荣的人民警察，来虎平时刻牢记自己的工作职责，多次帮人于困苦，救人于危难，收到的锦旗不计其数。

来虎平获得全国十大见义勇为英雄司机

来虎平第一次见义勇为是在1998年1月31日。那天，他路经离隰县县城3公里外的车家坡桥时，发现有许多人将桥围得水泄不通，“一定有情况！”他想。挤进人群之后，他发现，原来是两个骑摩托的小伙子掉到了大桥下面。来虎平见状二话没说，立即绕道直奔桥下，跳入齐膝的河水中将两人一一背上岸，全然不顾当时冰冷刺骨的河水。然后，他又说尽好话，拦住过路的车将伤者送进了医院。

当时，两个小伙子全身多处受伤，伤情不明，均因失血过多昏迷不醒，无法知道他们的身份，更无法通知他们的家属。来虎平就一人忙前忙后找医生，毫不犹豫地在手术单上签字，并将身上所装的500余元钱全部交了住院押金。

在医务人员的全力抢救下，两位伤者终于获救。后来，来虎平才知道，伤者是兄弟俩，他们在姐姐家喝完酒后，在回家途中酒劲发作摔下了桥。

挺身而出　寻常路上有义举

1999年8月5日，来虎平驾驶一辆微型面包车从大宁返回隰县，车上坐着他年迈体弱的父亲。他开车行至午城镇庞家圪塔村边时，见路边围了一群人，公路上有一摊血迹，职业敏感告诉他：这里肯定出车祸了。他将车停靠在路边。“让一让，我是警察！”来虎平跳下车大声说。村民们迅速闪开一条通道，他进去一看，地上躺着一个昏迷不醒的年轻人，满脸是血，头部上的一个伤口还在流血，来虎平蹲下身仔细查看，发现伤者已不能说话，但还有轻微的呼吸和心跳。

肇事者已经逃逸。救人要紧！来虎平一把抱起伤者就往车上跑，他对父亲说：“我先去救人，你在这等一会儿！”他把伤者平躺着放在后边座位上，向县城驶去。到医院后，他跑前跑后，给伤者办理了入院手续，又将身上仅有的240元钱垫付了抢救费，等他忙完一切，已是晚上七八点了。这时，他才想起自己的父亲还在25公里外的公路边。事后，伤者刘保平的父母打听到来虎平喜欢抽烟，就为儿子的救命恩人买了两条价值50多元的蝴蝶泉香烟，被来虎平婉言谢绝。

2001年4月18日凌晨3时许，来虎平加完班回家，途经西大街中医院时，发现医药库房门口有一男子形迹可疑。出于一种责任感，他上前问道：“你做什么？”这名男子说：“我找院长。”对方是外地口音，还提着一个工具包。来虎平想，哪有深更半夜找院长的？此人有问题！但是，对方比自己高大，又是深更半夜，大街上没有一个人，而且不知道工具包内装着什么凶器，不能贸然行动。来虎平佯装离开，趁对方不注意，猛地扑上去将对方的工具包夺下，打开一看，里面是钳子、改锥、锤子等物。来虎平又一扑将其摁倒在地，该男子一看行迹败露马上求饶：“我给你1000元钱，你把我放了吧？”一听这话，来虎平进一步肯定了该男子是在作案，便一手按住他，一手掏出手机报警。经审讯，该男子是一个流窜作案分子。

2001年11月17日凌晨2时许，来虎平路经县城中心鼓楼，发现一老一少两个女人在寒风中呻吟，走近一问，原来是母女二人，因女儿突然要生孩子连夜赶赴县城。可是，没等她们赶到医院，女儿已将婴儿生在裤子里。来虎平没有丝毫犹豫，当即找来平车将这祖孙三人送到了医院，由于送诊及时，母子平安。

路遇患儿　生死时速飞车技

由于工作需要，2005年，来虎平调入隰县人大工作。岗位变了，但是，来虎平见义勇为的品性没有变。

2008年11月22日，来虎平拉着刚帮自家植完树的朋友回家，路上，远远看到一对抱着孩子的夫妻招手拦车。这对夫妇神色焦急，怀里的孩子奄奄一息。来虎平马上将帮他干活的人“赶下车”，拉上这一家三口火速赶往县城，同时，通知医院做好急救准备。

路上，来虎平了解到，这对夫妻是城南乡白草垣村人，两岁的儿子玩耍时不慎将一颗豆子吸进了气管，生命危在旦夕。当时，从村里到县医院有25公里的山路和公路，且路窄、坡多、弯多、弯急，骑摩托车最快也要半个小时，但是，人命关天，为了给孩子争取一分一秒的时间，他硬是凭着过硬的驾驶技术及胆识，仅仅用了十几分钟就赶到医院，拐弯时，外侧车轱辘离地“飞到医院”，像极了影视中的惊险镜头。

到达医院后，孩子的脸色已经发白，口唇紫青，仅有微弱的呼吸和心跳。这对夫妇六神无主只是痛哭不已。来虎平立刻抱起孩子直奔急救室进行抢救。医生及时给孩子做气管切口、插管，孩子逐渐从昏迷中苏醒过来，病情暂时得到稳定。事后，医生说，再迟来几分钟，孩子就抢救不过来了，正是来虎平的生死时速，为孩子赢得了宝贵的时间。

但是，由于当地医院条件有限，医生建议他们尽快转院。可是，离隰县县城最近的大医院只有汾阳市人民医院和临汾市人民医院，鉴于孩子的特殊情况，来虎平又积极与县医院领导协商，带一名医生给孩子做随车救护。两个小时之后，来虎平将这名患儿送到了汾阳市人民医院，孩子得到进一步的救治。

出于对儿子救命之恩的感谢，被救孩子的父母多次拿着现金、提着礼品登门向来虎平表示谢意，但都被来虎平婉言谢绝了。于是，孩子的家长为他送了一个上书“赤诚爱民心 危难见真情”的镜框。

传承美德 无悔人生谱赞歌

十几年来，来虎平见义勇为、助人为乐的故事太多了。可面对锦旗、镜框、荣誉与夸奖，他丝毫没有骄傲，他觉得只有这样做心里才踏实，生活才充实，才无愧于自己的人生。

问及来虎平的救人动机时，他说，这是多年部队生活和警营工作的结果，是受人大环境熏陶和人大领导教育培养的结果，救人做好事他不图名、不图利，只求自己心安，他希望每个人的生活中能少些苦难，多些幸福。

少时坎坷 受助不忘传真情

来虎平是个苦孩子，在他8岁那年年关将近时，家里穷得揭不开锅了，他不得不领着年幼的弟弟光着脚步行几十里山路去乞讨，一位好心的大妈给了他一袋干粮，当看到他冻伤的脚时流下了眼泪，并强行将自己孩子唯一的一双鞋脱下来给了他。来虎平觉得世上还是好人多，自己长大了也一定要做个好人。从此，来虎平便记住了这位慈祥、善良的大妈。

来虎平10岁那年，母亲撒手人寰，留下一个破碎的家。母亲去世后，来虎平决定退学帮家里干活，担起生活的重担。

当年，来虎平家吃水需要到5公里外的山下去拉水，用一个大汽油桶盛装，赶着毛驴车下到沟里往上拉水，从井里往上提水时，由于大桶太重，爸爸特意为他做了两个小桶，即便如此，他提上来也十分吃力；往大油桶里倒水时，更是要费九牛二虎之力，水总是要往外洒很多，一大油桶水用大桶的话，需要往进倒12桶，用小桶则要24桶。由于他一桶水总是不能全部倒进去，甚至有时一桶水会倾泻出来……于是，他要提上30多桶水才能装满大油桶，尤其是冬天，每次拉水回到家，他从上到下都结了冰。这样经过了几次，来虎平长了心眼，他总是趁着邻居家的叔叔伯伯们去拉水时赶紧跟着人家，而这些大人们也总是十分乐意帮他。

11岁那年，来虎平开始耕地时，由于他个子太小，还没有犁把高，根本把不住犁，便把全身的重量都压在犁把上……在一次次苦难的经历中，他总能得到热心邻居的帮助，而每一次受助之后，他总会想，等他长大以后，也要尽力去帮助别人。

童年的影响是深远的，这些苦难的经历使来虎平拥有了一颗感恩他人的心和纯朴善良的品质。

多次的救难扶危中，来虎平曾多次遭受谩骂与威胁；有时，他将崭新的衣服弄得脏兮兮血糊拉渣的，还为伤者垫付医疗费，妻子也免不了似嗔非嗔地抱怨他几句，可他说："再新的衣服也没有人的生命重要啊。"

人生在世，谁还没有个难处？"遇难则帮，能为别人化解些痛苦和不幸；见死不救，自己的良心将时刻不得安宁。"正是秉持着这一信念，使来虎平在一次次的紧急关头，置个人安危于不顾，毫不犹豫地冲在危险关口的最前面，用真情践行着中华民族的传统美德，用自己的行动诠释了无悔的人生，用义举谱写了一曲曲见义勇为的英雄赞歌。

（作者系隰县县委宣传部新闻中心主任）

不为人知的地下交通员——王清堂

樊苗金琴

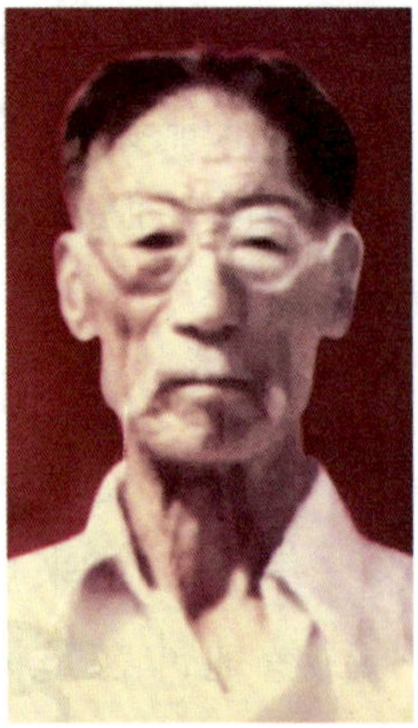

老红军王清堂

1952年“三反”运动期间，为了调查吉县李家湾村党支部书记吴凤鸣的党员身份真假，调查员们调阅了他的工作档案，其单线入党介绍人为王清堂，王清堂是谁？经过多方面调查，终于在临汾鼓楼西街海子边找到了王清堂家。在问清来人目的后，王清堂才小心翼翼地告诉调查人员，他的确是吴凤鸣的入党介绍人。直到这时，王清堂的家人才知道，原来王清堂是一名中国共产党党员，在革命战争年代还曾担任我党地下交通员。

王清堂，本是山东泰安长清县人，20世纪30年代初，他随着家人从山东逃难来到山西，最终觅定在吉县明珠乡新庄梁的山顶上定居。当时山顶只住着3户人家，王家从地主手中租了一小块地，又在山头这块狭小的平地上开垦了一些荒地，生活上也算是过得去了。

吉县地处内陆，山多水少，土地干旱。住在山顶上的人家，根本没有水源。吃水都需要到山脚下去打水。山上土石碎块很多，林木耸立，山路很是难走，成年男子一早上也只能挑来一担水。住在山上的人家，地少收成也会少，所以大家多多少少都会开垦荒地。开垦的地多了，人手又不够，农忙时邻里之间都会帮忙一起干活。王清堂为人热情，经常会帮助自己村子和周边村子的人家耕种田地，在邻居家里没有男劳力时帮忙挑水，上山砍柴后也会将柴火分给邻居一些应应急。周边的家户都知道新庄梁的王清堂为人热情、实在。王清堂的名声在周边村子里反映极好，很受欢迎。

在那个交通闭塞的年代，抗日战争的打响原本对于这些大山中的小村子没有任何影响。直到阎锡山的到来，打破了黄河岸边这里的宁静。1940年，阎锡山和他的部队浩浩荡荡地来到了吉县的南村坡。

南村坡本是个黄土山头，在吉县县城西北30公里处，西与壶口瀑布相邻。这里山大沟深、紧邻黄河，渡过黄河就可到达陕西宜川，以黄河天险和吉县山势为依托，造就了这里“易守难攻”的地理优势。阎锡山便将这里作为他第二战区司令官总部。阎锡山在得知这里叫作南村坡后，不满意“南村”的谐音“难存”，遂将这里改名为“克难坡”。阎锡山秉信“新能存在，旧必灭亡”，便都以“新”字取头，根据自然地形分别将六条沟梁命名为西新沟、一新沟、二新沟、三新沟、四新沟、五新沟。

阎锡山驻扎克难坡后，开始修建营地、构筑军事设施，将吉县群山之中的这个弹丸之地修建成了一座窑洞叠立，颇具规模，可容纳两万余人的山巅小城。1940年至1945年，阎锡山及其第二战区长官司令部、山西省政府、民族革命同志会等首脑机关都驻扎在这里，一时成为第二战区的军事重镇与山西省政治、经济、文化中心。

随着第二战区司令部以及山西省府等党政军机构的进驻，克难坡由昔日的穷乡僻壤变成了热闹的集市，买卖也日渐增多。因此，王清堂农闲之际也去此地做生意补贴家用，跟着一个叫吴大贵的朋友，在克难坡附近卖饭。有时也会做送货的生意，去附近的隰县、乡宁、蒲县、南辛店等地送货跑货。

随着交往的深入，吴大贵认为王清堂为人忠诚可靠，可以作为党的培养对象。到此时，王清堂才知道吴大贵是中共地下党员。在吴大贵的培养和介绍下，王清堂加入了中国共产党，担任着地下情报的传递工作。在卖饭、跑货的过程中将克难坡的情报传递给其他地区的地下工作者们。

当时的中国共产党工作条件十分艰苦，没有粮食也没有太多的枪支弹药。王清堂每次送情报时，会在胳膊上挎一个篮子，篮子夹层里只藏有一颗手榴弹，随时准备在必要时与敌人同归于尽。因被人告密，王清堂送情报的事情被敌人知晓。敌人用计，埋伏在吉县五龙宫他要送信的院子里，不知情的王清堂刚一进院子，就被几个大汉按在地上，慌乱之中，他赶紧去拉篮子里的手榴弹。谁知手榴弹拉响后，只见大量浓烟冒出，但过了好久都没有炸响，周围的敌人虽然被吓得不轻，但王清堂还是被抓住了。

因身处大山深处，交通不便导致消息相对闭塞，过了好几日，家里人见王清堂还未返家，便出去寻找，这才得知他被捕的消息。当时，阎锡山规定所有“疑共分子”都要被押送到克难坡，进行审判、做劳役或者处决。在当地人眼中，克难坡是个有去无回的地方，可以说，到了克难坡就没了生还的机会。王清堂家人急得如热锅上的蚂蚁，赶忙寻找周边四邻帮忙。四邻和周边村子以前常受王清堂家的帮助，得知王清堂被抓后，都为他鸣冤——平时那么朴实忠厚的人，是万万不会做出这样的事的。

当时，阎锡山在山西进行县治村政改革，实行闾邻制度。“闾邻制”是以原有的标准，按户数编成的，在每个县的下面设“区”，在区里设区长，区的下面为“村”“里”，设村长、里长，在村里的下面为“闾”，并设闾长，闾的下面为“邻”，设邻长。在王清堂的家人和闾长杨兵山多方努力下，召集周边村子里18个闾的闾长力保王清堂不是共产党，又多方走动，打点银子，才将王清堂在押往克难坡的途中，半路拦下将其赎了出来。

在被捕后经过审讯和多方磨难，几经周折才回到家中的王清堂意识到，他会被人告密，说明自己的身份已经暴露了，继续潜伏下去对其他地下工作者都存在着巨大的风险。因此他与家里人合计着，虽然将他从半路赎出来，可也不是长久之计，还是将他连夜转移比较好。妻子张桂兰对他说：“没关系，家里有我在，你放心。保住你的命是最紧要的事，你赶快连夜逃命去吧，越远越好，不要回来了，等情况稳定以后，再联系我们。”

有着家人的信任和支持，王清堂带上家里人给他准备的干粮和行李，趁着夜色向临汾城方向奔去，一路上徒步翻山越岭，从屯里沿着三叉河、河底、牛王庙、南辛店，翻越了层层大山，来到了临汾县城，改名换姓，在县城里拾破烂、打更、当厨子，安了身，但也因此与组织彻底失去了联系。

1945年抗日战争结束后，阎锡山重新控制了太原城、临汾城等重要城镇。阎锡山便从克难坡转移，再次进驻太原城。在外漂泊多年的王清堂也终于回到了吉县新庄梁与家人团聚，并举家迁入临汾县城内居住，在今鼓楼西海子边买了一块地，种田、卖豆腐养家谋生。

1948年临汾解放战役爆发。临汾城内外轰炸、激战不断。担心炮火无情的王清堂一家和城里大多数人一样，在得知解放军即将轰炸城墙，解放临汾的时候，外出避难。直到临汾城顺利解放的消息传来，王清堂终于看到了胜利的曙光，带着全家老小在鼓楼脚下，过上了幸福安稳的生活。

中华人民共和国成立后，吉县各村都开展了“小四清”运动，所有疑似国民党特务的人，都被逮捕并进行审问，当年告发王清堂的人也在其中。在一次打倒反革命分子的“石头会”中，告发者被当地人民群众揭露了其反革命的可耻罪行，并对其进行了公正审判。

留在吉县的王清堂二弟下山，来到临汾县城将这个消息告诉了正在务农的王清堂。但王清堂听到这个消息后，并没有大快人心的喜悦，他只是沉默着，没有说话，继续和往常一样种地干活。

这样一位不为人知的中国共产党党员，为了革命事业，用生命去传递情报，为了保护革命同志的安全，背井离乡，用隐姓埋名和默默无闻换取了同样从事地下工作的同志们的安全。虽然多年过去，他已经和组织失去了联系，无法证明自己的党员身份，但王清堂仍然继续以不求功名利益的共产党员精神，将一颗红心隐藏在心中。直至今日我们才得知了黄河岸边吉县山村中一个地下交通员的故事。

（作者系山西师范大学历史与旅游文化学院硕士研究生）

渡过黄河天险的东征红军老战士刘江徐

董双锁

1936年3月，中国工农红军从陕北革命根据地出发，东渡黄河，进入山西境内。为了夺取民族革命的彻底胜利，英勇的霍州儿女，积极响应党的号召，踊跃报名参战，当时全县先后有90多名热血青年加入了红军队伍。在艰苦卓绝的战争岁月里，他们不怕牺牲，机智勇敢，顽强拼搏、浴血奋战，有的为国捐躯、血洒疆场，有的扎根边区、骨埋异乡，为中华人民共和国的解放做出了不可磨灭的贡献。虽然当年的红军战士绝大部分已经离开了人世，但他们的英名和业绩，将彪炳千秋、永镌史册。为了进一步继承光荣传统，弘扬民族精神，我们特对这些老红军、老革命、老党员进行全方位、多渠道挖掘、搜集、整理，以此缅怀英烈，激励后人。刘江徐同志，就是他们中的一位。

刘江徐，1936年3月参加红军，1937年7月入党，历任红一方面军第一师战士、班长、排长，延安荣誉军人学校管理员等职。1976年离休返乡回霍，享受副厅级待遇。2001年9月病故，享年80岁。他先后在革命圣地延安度过了整整40个春秋。根据《霍州军事志》记载和其子女回忆，现采撷他本人在此期间几个鲜为人知的故事片段，以飨读者。

两个姓名的由来

20世纪20年代中期，冀州一带遭遇年荒，尚未懂事的刘江徐跟随父母从河北一路乞讨来到山西霍州。为了给儿子讨条活命，无奈之下，其父母将他送给辛置镇段庄村一户农家收养。从此之后，与亲生父母再无来往。这家养父姓徐，养母姓申，为了将他永久收留膝下，当时便给他重新取名为徐申锁，寓意徐申姓氏父母牢牢将他锁住。自从徐家收养之后，他每天跟其养父放羊喂牛，生活十分艰苦。

1936年2月，中国工农红军从延安出发，东渡黄河，兵分两路，挺进山西，宣传抗日。部队进入霍州后，年仅16岁的徐申锁得知消息，便偷偷报名参加了在霍活动的红一军团。当时他只有一个念头，决心跟红军打天下，翻身求解放。数日后，红一军团奉命向晋西北出发，与在此连克敌军的红28军会师，然后回师陕北。4月中旬，在攻打秦晋两省的交通要道、黄河天险的重要波口中阳县三交镇时，年仅33岁的红28军军长刘志丹，在指挥战斗中不幸壮烈牺牲，在参战官兵中引起很大反响。据刘江徐本人生前所述，从他参加红军的那一天起，便决定把自己的一生交给党，当时形势十分严峻，为了隐蔽自身，即产生了重新改名的念头。在他幼小的记忆中，生父姓江，养父姓徐，刘志丹是红军将领，红军就是他的亲人，为留作永久纪念，在回师陕北的途中，他取三姓为名，便改为刘江徐。

获评劳动英模

1940年，抗日战争进入相持阶段后，由于日本侵略者的残酷“扫荡”和国民党顽固派的军事进攻，经济封锁围困，加之陕北、华北地区连年遭受自然灾害的侵袭，陕甘宁边区和华北等抗日根据地军民面临着生活物资严重缺乏的紧张局面。为了克服困难，彻底粉碎日本帝国主义和国民党反动派对抗日根据地的封锁，夺取抗日战争的胜利，毛主席发出了“自己动手，丰衣足食”的号召，从此，在中国共产党的领导下，解放区的军民展开了一场轰轰烈烈的大生产运动。

1941年，刘江徐和延安根据地的党政军民及各界数万人投入了大生产运动。通过大生产运动的开展，中国共产党领导下的抗日根据地广大军民，战胜了严重的经济困难，保证了生活自给，为抗日战争的胜利，奠定了坚实的物质基础，同时也进一步改变了干部作风，密切了军民关系。

为了检阅大生产运动的丰硕成果，表彰在大生产运动中涌现出来的劳动模范，1943年11月下旬，陕甘宁边区政府在延安召开了第一届劳动英模表彰大会。由于刘江徐在大生产中成绩突出，被中央政府选为英模代表，并光荣地出席了这次表彰大会。会上，主席为他披红挂花，获得由林伯渠签名的功勋证书。会后，毛泽东、刘少奇、周恩来、朱德等中央领导，在延安杨家岭中央大礼堂接见了全体与会代表，毛主席还在会上作了重要讲话，使大家受到了极大的鼓舞。

1948年3月，根据形势需要，陕西延安革命根据地转战河北西柏坡。根据实际情况，组织决定将刘江徐继续留在陕北，安排其到子洲县地方工作。到了1976年，他告别生活战斗了整整40年的陕北，离休回霍州。

在霍州期间，刘江徐仍一直保持老红军的优良传统，在他有生之年，经常深入机关、学校，讲述革命历史，对青少年进行爱国主义教育。并利用他在部队学到的柔骨按摩技术，经常义务为当地群众服务，从不收取分文，受到了大家的敬重和爱戴。在霍生活期间，霍州市委、市政府历届领导，每逢过年过节都亲自登门看望慰问，充分体现了党和政府对老红军、老革命者的亲切关怀。

在延安的日子里，老红军刘江徐，一位平凡的普通人物，却演绎出了一个个极不平凡的传奇故事。

（作者系霍州市农业系统原工委书记，现任临汾市作家协会会员）

壶口瀑布的守望者

——农民摄影师吕桂明

崔家齐

位于山西、陕西两省交界的黄河壶口瀑布，是世界上最大的黄色瀑布，也是中国第二大瀑布。而壶口瀑布最忠实的“粉丝”，一定有这位将相机镜头对准壶口二十余载的农民摄影家——吕桂明。

20世纪70年代初，吕桂明出生在山西吉县文城乡的一个普通农民家庭。从小生长在黄河边，吃着黄河水长大的吕桂明，第一次见到壶口瀑布是十一二岁。小小的他站在山坡上，看到裹挟大量泥沙的滚滚水流像油漆一样，如山体滑坡般倾泻而下，伴随着震耳欲聋的轰隆声，腾起巨大的水雾。如此声如万钧、气势如虹的震撼景象就深深印刻在了他的心底。1988年，吕桂明高考落榜，为补贴家用，他和当时的很多农村青年一样，怀着对家乡的思念迈向了远方，外出打工的日子一晃就是10年。然而原本平常的生活却在1998年的一天泛起了波澜，家乡的黄河水在不经意间扰乱了他每日按部就班的步伐，他说，“那天，我在《山西日报》社大门口的灯箱上看到一张不寻常的壶口照片，那是壶口被冰凌封冻的样子，造型极为奇特。而我听到其作者王悦讲述创作过程中的不易，那是我第一次对家乡的景观产生了全新的认知。”而正是这次无意中见到壶口瀑布的冬日景象，勾起了他对家乡的深深思念，也正是自那时起，他便情定壶口。于是，吕桂明次年便毅然辞职返乡，在壶口当了一名景点摄影师。对于摄影，他可以说是从零开始，无异于“盲人摸象”。在苦学摄影技术的过程中，除

吕桂明和壶口瀑布

了恶补摄影书籍外，他还把来壶口瀑布搞创作的每一位摄影师都当成了老师，向其虚心求教摄影技巧。他家里放着一大摞笔记，大概七八本，每页都密密麻麻地记载着自学的摄影知识；在景区，他帮其他摄影师背摄影包、扛三脚架，仔细观察他们的取景框，学习他们怎样构图、怎样用光。此后，他便把镜头对准日夜奔流的壶口瀑布，细心观察壶口瀑布的每一个细微的变化，开始进行摄影创作。从最开始的解决生计问题到记录壶口之美，吕桂明一发不可收拾，为了能拍到更美更壮观的壶口景色，甚至不惜卖掉了家里的部分苹果园来购置更专业的相机，加上之前攒的几千块钱才凑够，“老婆为这事好几天都没理我”，吕桂明这样无奈地说道。

然而，想要用光与影来讲述壶口的壮美却并不是一件容易的事情。由于取景往往要求要保持同样的姿势不动来获取最佳的光影条件，吕桂明曾经就被河滩石头上的冰给冻在了壶口岸边；也曾经为了获得更好的拍摄角度而辗转腾挪，因此也不止一次地脚下打滑，抱着相机滚落在河床的泥泞里。而想要拍摄到完美的壶口景色，不仅需要不畏艰险的勇气，还要有莫大的耐心。吕桂明一年有300多天都坚守在壶口瀑布景区，而且，为了方便拍摄，吕桂明把家搬到离瀑布只有几百米的一孔窑洞里，观察壶口水流量、颜色，天气的变化也就成了他每天的必修课。为拍摄浪卷云舒，他不顾危险翻到龙洞下边的栏杆外；拍摄冰挂，气温零下18摄氏度，他揣着相机整整在冰层上趴了一个多小时。2016年11月14日22时左右，天空出现超级月亮，他急忙赶到壶口，找好位置，只见月光下的壶口竟然出现了彩虹，在超级月亮的映衬下，壶口一改往日的奔腾咆哮，像是一位安静的少女，散发着迷人的光彩，他调好光圈，咔嚓咔嚓，拍下这罕见的月虹奇观。而今年9月，他姨父去世时正值壶口瀑布重新开放迎客，吕桂明抽空“偷偷地”跑到壶口，拍下了首日迎客照片。

22年来，吕桂明一头扎进黄河岸畔，对摄影的痴迷程度近乎疯狂。手中的设备从一开始的胶卷相机，到数码相机，再到专业的单反

吕桂明摄影作品《大风来袭》

相机，他本人也通过努力一步步从地道的农民成长为出色的摄影师，在这期间他拍摄了5万余张不同角度、不同季节的壶口照片，正是由于这份痴迷，他得以在各类报刊发表摄影作品1000多幅，在国内外摄影比赛中荣获奖项达50多个。他的作品在各大摄影比赛中频频获奖，纪实作品《黄河生死大营救》荣获山西省摄影家协会十八届摄影展金奖，《黄河恋曲》和《天下黄河一壶收》两幅作品入选《中国摄影艺术年鉴——2009山西卷》。以他的故事为题材的吉县微电影《追梦》被上传至腾讯、优酷等视频网站，激励了更多"追梦路上"的青年人。"从拿起相机那天起，我就觉得这才是我应该做的事业，壶口是有生命的，我要拍出她最美的神韵。"吕桂明说。

岁月流转，如今的吕桂明，已经从原先的一名摄影爱好者成为了新华社签约摄影师，吉县摄影家协会副主席，但他还是一名地道的果农。"我家里种着好几亩苹果园，我们吉县的苹果有近40年的历史了，香甜可口，是山西省唯一首批成功入选欧盟保护的100个中国地理标志产品。"吕桂明对家乡的苹果也是赞不绝口，满是溢美之词。

黄河从吉县奔涌而过，留下了"千里黄河一壶收"的震撼之景，也让这里的土地在孕育优良苹果方面有了得天独厚的优势。这片土地不论是在纬度、海拔还是在土壤、水文等各项指标都有利于苹果健康生长。30多年前，吉县人发现了这份大地与黄河的馈赠，他们拔掉了玉米棒子，种上了苹果树。吉县人就靠着这一颗颗香甜可口的果实与奔涌不息的黄河脱贫致富。

而与吉县人生活一同改善的还有壶口的自然环境。为改变生态环境，当地政府在景区的山坡上、河床上植树造林。"以前壶口风沙特别大，后来为了改变恶劣的环境，景区组织工作人员在山坡上、河床上植树造林。只要有土的地方就种上树，慢慢地景区环境变好了，风沙也小了，还吸引了很多鸟。我曾拍到过红嘴鸥、白鹭和大雁。"吕桂明说。

不仅是景区的环境得到了明显改善，黄河的整体治理也有了较为显著的成效。"以前黄河发大水时，树木、煤炭甚至牲口都会随洪水而来，退耕还林还草后，已经看不到这样的场景。从2001年5月份开始黄河水变清了，遇到这么长的汛期，以前那种泥沙俱下的情况也比较少见。上游还有水库调节，黄河水有序调度排放，黄河下游已经很多年不断流。”吕桂明告诉记者。

不仅环境变好了，壶口瀑布的旅游基础设施也建设起来了，这令吕桂明感到十分欣慰：“旅游发展起来了，游客一天比一天多，我们当地老百姓都能赚钱，有牵毛驴跟游客合影的，有摆摊卖吉县苹果等土特产的，还有开农家乐的，很多人都因壶口鼓起了钱袋子，都能发家致富。”

吕桂明在壶口瀑布拍照了20多年，也义务宣传了20多年。“只要是为了宣传壶口瀑布来找我要照片，包括太原火车站挂的我的两幅巨幅壶口瀑布照片，我从来没有收过一分钱。”吕桂明说，“是壶口成就了我，也是摄影成就了我，让我可以做一个有思想、有文化的农民。”

22年来专拍壶口，让吕桂明有了“壶口代言人”之称，而这个当地百姓自封的代言人其实也就是一个与普通老百姓无异的朴实的果农罢了，他与他的11万吉县乡亲们一样，生于斯、长于斯，保护这里、反哺这里。而要说他有什么特别，大约是比起常人更多了几分对壶口至死不渝的爱恋，因为正如他自己所说，“黄河就像我的母亲，壶口就像我的爱人一样，我要守望着她们。”

（作者系山西师范大学历史与旅游文化学院硕士研究生）

黄河故事之烈士黄定基

邓勇帅

正所谓黄河故事千万篇，黄河这个母亲河孕育了伟大的中华儿女，中华儿女们衍生出诸多脍炙人口的故事，作为对母亲河的赞礼。近代以来的屈辱，无数英雄儿女，前赴后继，为中华民族的独立献出宝贵的生命，终使黄河畔的赞歌经久不绝。

在人民解放军的序列中，“临汾旅”是唯一一个以一个城市的名字来命名的一支部队，这是唯一与一段血与火的历史联系在一起的部队。战争的硝烟早已散去，但是革命先辈不畏艰苦、攻坚克难的精神永存于平阳大地。而作为“临汾旅”的人民英雄黄定基的一生更让人难以忘怀，那是革命的一生，是战斗的一生，更是光荣的一生。

1948年攻克临汾前黄定基向部队作战斗动员

1913年4月15日，黄定基出生在福建省长汀县南阳乡洪田村一户贫苦农民家里。黄定基兄弟姊妹8人，在他10岁的时候，父亲因病去世，日子更加艰难，母亲将黄定基送到乡里吹鼓手班学吹号打锣，逢个红白喜事混碗饭吃。由于当吹鼓手受人嘲笑，他决心跟一名农村竹匠学技。1929年7月下旬，黄定基参加南阳乡"扩红"会并首批报名参加红军，当了一名号兵，成了一名红军司号员。1930年下半年，黄定基由司号员当战士。他作战勇敢，不怕牺牲，1931年2月，黄定基被选送到江西瑞金中国工农红军军事政治学校第一期去学习。半年后，他以优异的学习成绩回到部队，首长根据他的学习成绩和历次战斗中的表现，调他到红十二军三十四师一〇一团当连长。1933年9月3日，黄定基从红军一〇一团调到少共国际师任连长。任期内曾荣获"特等杀敌英雄"光荣称号，并获奖章一枚。1934年10月，红军开始长征。黄定基所在的少共国际师隶属于红一军团指挥，改番号为一军团三师，作为军委机关纵队的后卫，担负着掩护军委机关纵队的任务。三师于10月16日夜晚渡过于都河，离开中央苏区。

遵义会议后，"少共国际师"为充实红军主力，和一军团合并、拆散，分别编入红一军团的一师和二师。黄定基被调到红二军团红一师三团。3月，黄定基任代营长。他带领全营红军战士以坚韧不拔的革命精神，克服重重困难，爬过了终年积雪、空气稀薄、海拔4114米高的大雪山——夹金山后，又以顽强的意志，三过草地胜利到达陕北。

抗日战争爆发后，1937年9月，黄定基所在的教导师干部队，随八路军总部东渡黄河，黄定基被派往山西决死三总队分配工作。1938年1月，在中国共产党和爱国进步人士的倡议下，阎锡山在临汾成立了山西民族革命大学（简称"民大"）。阎锡山任校长。由于"民大"在当时是一所抗日统一战线性质的进步学校，因而来自全国18个省的青年都到山西报考，招收学员达5000人之多。临汾本校容纳不下，便给各分校分去二批学员。分给随营三分校的就有1000多人。这样，三分校乃改名为民大四分校。这时，四分校共6个队。黄定基调到二队任队长。1938年2月27日，临汾被日军占领。为了适应抗战形势与对敌斗争的需要，“民大”四分校留下的约三四百学员，一部分进行武装游击活动；一部分仍继续学习和训练；另一部分则深入农村宣传抗日。参加武装游击抗日的则组成“民大”四分校游击一支队。下辖两个中队，第一中队队长为赖林芝，第二中队队长为黄定基。由于黄定基领导的游击二队作战勇敢，注意政策，团结战士，团结群众，一举一动都是按八路军的一套办法做——执行三大纪律、八项注意和群众打成一片。因而，游击队所到之处，深受群众的热爱与拥护。

1939年12月，阎锡山发动了“十二月事变”。黄定基所在的团突破重围胜利开赴太岳后，同决死一纵队二十五团合编为新二团，黄定基调任新二团一营营长。1940年8月20日晚上百团大战发起后，黄定基所在的决九团奉命担任潞城黄碾镇至微子镇之间的公路破袭任务。在他的指挥下，黄碾镇之敌全部被歼，取得了破袭大战的初战胜利。百团大战后，日军对抗日根据地疯狂地实行“烧光、杀光、抢光”的“三光”政策，进行大规模的“扫荡”。黄定基率领决九团在黎城、武乡地区参加反“扫荡”斗争。1942年下半年，决九团驻太行三分区路西榆社县。在黄定基的指挥下，九团又打下了武乡县的马牧村伪军据点，解放了武乡县大片土地。

1945年秋，黄定基率决九团参加了由刘伯承、邓小平指挥的上党战役。战前，决九团同三十一团、十三团一起，共同编入太行军区太行纵队第三支队序列。经过几天血战之后，决九团只剩下400余名干部战士了。黄定基克制着心中的无比悲痛，继续指挥部队同敌作战，直到取得最后的胜利。上党一战，黄定基指挥的决九团除攻占东地及主峰歼敌2000多人外，在

第一任临汾旅旅长黄定基

虎亭追敌时，又俘敌3000余人，打了决九团建团以来歼敌最多、战果最大的一次胜仗。上党战役后，决九团经过短暂休整，又立即参加了平汉战役。平汉战役后，黄定基所在的决死三纵队奉命整编为晋冀鲁豫军区二十三旅，黄定基升任该旅旅长。

1948年2月下旬，二十三旅即参加了由徐向前指挥的临汾战役。3月15日，临汾前指根据临汾城北地形较高、敌守备薄弱，而城南地形开阔、平坦，兵力不易隐蔽接敌的情况，决定将城南改为助攻，集中主力由东、北两个方向向临汾守敌实施进攻。3月23日至27日，临汾战役参战部队按前指部署，十三纵三十八旅两次攻击东关均未成功。于是，前指决定把具有攻坚作战经验的八纵队二十三旅调去担负攻打东关的作战任务。当晚，黄定基睡不着。他披着大衣，在煤油灯下，一边看地图，一边想问题。警卫员李珠海劝他休息，他却说："一切问题都要想在前面，这样才能用小的代价取得大的胜利。"他的肝病这时更加严重了，好几天不想吃饭。六十七团卫生队长张召光劝他休息，他回答说："再重的病，也只有把临汾打下来再说"。5月16日黄昏，黄定基冒雨指挥坑道作业的最后的、也是最关键的一仗：运送和装填破城炸药。5月的晋南夜晚尚有几分凉意。黄定基穿着一件旧棉衣在雨中淋着。为了保护炸药，他脱下身上的旧棉衣，用它将炸药盖着，害怕炸药淋湿。几百名指战员看到旅长的行动，没有谁下命令，也都自觉地脱下身上的军衣盖炸药。经过3个多小时的炸药运送装填，南边的一号主坑道共装黑色炸药6200公斤，北边的二号坑道共装黄色炸药2500公斤，另又装硝氨炸药500公斤。紧接着再安放起爆装置。到5月17日中午1时，两条主坑道的最后作业全部结束。临汾战役是一场艰巨而又激烈的攻坚战，而临汾战役之坑道作业，其规模之大，时间之长，在人民军队攻坚作战的战史上是罕见的。由于二十三旅战功卓著，徐向前提议并经中央军委批准，命名该旅为"临汾旅"。在八纵队的庆功大会上，徐向前亲自将写着"光荣的临汾旅"横幅奖旗授给二十三旅。临汾战役结束以后，部队尚未很好休整，就于6月到晋中，参加晋中战役。晋中战役由6月11日起至7月23日结束，历时42天，解放军以6万兵力，共歼敌100040人。其中，黄定基指挥的“临汾旅”歼敌7900多人。

黄定基和妻子史兰英在太行山

由于连续作战，黄定基的身体累垮了，但他不肯休息，直到兵团和纵队首长下命令，他才不得不服从。10月3日，部队向太原前线挺进，黄定基留在太谷部队驻地进行治疗。他人虽在太谷，可心却在太原前线，每天，他都想着前方、想着部队。由于黄定基强烈要求上前线指挥部队作战，旅党委先后请示了八纵队和兵团首长，最后得到徐向前许可，黄定基回到了前线。黄定基一直在火线指挥所部作战。至翌日上午10时，一七九师作战区域之敌全部肃清，城内其他地方残敌也被友邻部队歼灭。太原的解放，不仅使华北成为更加巩固的后方，而且能更有力地支援华北和全国人民的解放战争。太原解放后第三天，一七九师奉命集结于徐沟县东罗村地区休整，并进行向西北进军的准备工作。黄定基的病情愈来愈严重，兵团决定黄定基到北平治疗，并嘱咐他：“到北平好好治病，治好病回部队，解放全中国”。5月初，他离开“临汾旅”赴北平。10月1日，黄定基作为战斗英雄和光荣的“临汾旅”指战员代表，参加了中华人民共和国的开国大典。

朝鲜战争爆发后，黄定基几次向军区请求，决心参加抗美援朝战争。军区考虑到他的病情，没有同意。黄定基便决心留在后方做好抗美援朝的支前工作与消灭残余匪特。不久，他被任命为川北军区副司令员，但因病没有到职。1951年9月中旬初，黄定基的病况日趋恶化。川北军区立即向西南军区首长报告，西南军区首长当即做出决定，令川北军区派医生尽快护送他到重庆西南军区总医院进行抢救。9月14

日，川北军区首长派出两名军医，护送黄定基到重庆。西南军区副司令员李达、政治部副主任王新亭、干部部副部长黄立清等，代表军区首长前往总医院，指示总医院领导，一定要尽力抢救，治好黄定基的病。李达还请苏联医学专家前去会诊，但终因黄定基病情严重，抢救无效。1951年9月20日早上7点25分，黄定基与世长辞，终年38岁。

人民英雄黄定基的一生都奉献给了民族和人民，奉献给了中华民族的复兴，其精神永垂不朽!

（作者系山西大同灵丘人，山西师范大学历史与旅游文化学院硕士研究生）

践行承诺真帮扶 扶贫路上写初心

——我所经历的脱贫攻坚故事

王志军

我叫王志军，1970年出生，中共党员，1993年毕业于山西师范大学物理系。2018年5月调任山西航空产业集团有限公司驻临汾市吉县东城乡真村驻村工作队长，2018年9月任吉县东城乡真村第一书记，并兼任驻村工作队队长。自进入扶贫队伍以来，我始终深耕扶贫一线，信守驻村干部与乡村的“脱贫之约”，用实际行动，践行着“打赢脱贫攻坚战”的神圣誓言。

创新党建模式 助力脱贫攻坚

“农村富不富，关键看支部”。一个村的基层组织工作的好坏直接关系到这个村脱贫攻坚的成败和成效。我们刚到真村的时候，党员的情况总体说来就是各忙各的，战斗力不强，村里的事情一般不经过支部，几个村干部就定了。为了扭转这种不良局面，我和村两委研究讨论，确立了“围绕脱贫抓党建，抓好党建促脱贫”的工作思路，大力推进党建工作与精准扶贫深度融合，积极探索党建新模式，发挥了基层党建在脱贫攻坚中的战斗堡垒作用。首先是严格执行村务大事必须经过党支部讨论的规定，严格执行扶贫资金使用管理必须经过党支部讨论，把党的领导放在第一位，树立起党支部的权威。同时我们带领村里干部群众认真学习习近平新时代中国特色社会主义思想和党的十九大、十九届历次全会精神，带头创建“真村党员”微信群，“真村支部”微信公众号、组织党员注册并手把手教会党员使用“学习强国”APP。为了激励支部党员将政治理论学习转变成为一种习惯，我想到了一个办法，就是将党员干部“学习强国”的学习积分与村里爱心超市积分兑换有机结合，提高了大家的学习积极性。我们还加强了流动在外党员的教育管理，对不积极参加组织生活的党员予以教育，提出整改要求，严格落实“三会一课”制度，带头讲党课，村党支部的各项活动规范开展起来，经过一段时间的坚持，党员的精神面貌明显改变，支部战斗力明显提升，凝聚力得到巩固和加强，为后来各项扶贫工作的开展打下了坚实的政治基础。

产业扶贫架起扶贫与扶智的连心桥

我始终坚信，扶贫不是给钱给物，贫困地区发展要靠内生动力，要让村民行动起来，引导他们树立“宁愿苦干、不愿苦熬”的观念，自力更生，艰苦奋斗，依托发展产业改变贫困落后面貌。积极为每一户贫困户找准脱贫路径、谋划扶贫产业成为我们扶贫工作的重点目标。

在真村走访调查中我发现，村民的主要经济收入来源就是苹果产业，但由于真村紧邻黄河岸边，气温高、干旱少雨，苹果的品相较差，卖不上个好价钱。于是我们多次组织召开村两委会议进行讨论研究，通过广泛征求村民意见，大家反映在真村种植花椒比较适合。在苹果的主产区搞花椒种植业培育，压力可想而知。关键时刻，我们得到集团公司领导的大力支持。于是我们协调村两委制定了真村产业发展规划，即在确保苹果产业健康发展的基础上积极引导、鼓励农户利用老果园改造、宜林地上发展花椒种植产业。我们先后带领村里学习能力强、有责任心的村民到吉县柏山寺乡河头、驮婹、陕西韩城等地进行考察，选择优良花椒品种，学习先进的种植管理技术，同时邀请花椒种植专家对村民进行花椒种植技术培训。2018年至今，真村花椒种植面积达780余亩，占到全村耕地面积的40%，从而使花椒产业成为继苹果产业后的又一经济增长点，为真村今后至少20年的稳固提升，打下了坚实的基础。老百姓高兴地说“脱贫致富靠苹果，巩固提升在花椒”。

扑下身子办实事 彰显扶贫担当

“脚下沾有多少泥土，心中就沉淀多少真情。”习近平总书记的这句话一直鞭策着我。作为一名扶贫干部就要沉下心、扑下身，深入老百姓中去。真村村委下辖真村、西村和前下岭3个自然村，两年多来，无论是田间地头、还是院落炕头，真村的每一寸土地上，都留下了我们和老百姓在一起的身影。在每一户人家，我们了解情况，听取意见，讲党的政策，帮助他们规划产业。真村271户，人口772人，建档立卡户71户149人，低保户24户38人，残疾人20人，这些数字以及每户人家的情况都已深深刻在我们脑海里，只有这样才能在老百姓最需要的时候出现在他们面前。

好的计划是成功的一半。驻村以来，我主持村两委制定当年工作计划和3年乡村振兴工作实施方案，积极协助村两委争取多方扶贫资金支持，完成了真村人畜用水补充提水工程并投入使用，为下一步真村果树灌溉创造了良好的条件，还完成了真村老年人日间照料中心建设、农村厕所的改造和固沟保垣项目的建设，投资90多万元的模式化养牛场正在建设中；西村出村的路弯急坡陡，在集团公司的支持下，我们联系相关部门安装了凸面镜、减速带和安全警示牌，提升了村民出行的安全感满意度。我们用自己的真心和实际行动赢得了老百姓的认可和尊重。

群众生活中的一件件“小事”，都是我们驻村工作队心中的“大事”。一枝一叶总关情，最是“小事”显担当。

贫困户毋石平、陈五子身患肾病综合征跟着儿子常住青岛，我们带着集团公司领导的嘱托前往青岛看望，当我们千里迢迢来到青岛时，毋石平感动得热泪盈眶，连声说，共产党就是好，共产党的干部有担当。

建档立卡户冯振山因在2018年放羊过程中不慎摔下悬崖，致使腰部和腿部严重受伤，我和队员经常到家中探望，他购买的羊拉不回来，我们自费找人找车帮助他到附近的壶口镇拉回来羊，并帮助他办理残疾鉴定的相关手续。冯振山逢人便说，王书记对老百姓特别好，派人把羊给我拉回来啦，王书记真是咱们帮扶的好干部。

我们帮助建档立卡户陈彦荣搬迁羊圈，帮助建档立卡户陈来拴、重病户毋吉星进行油菜打场，村民的头发长了，我们的队员自费购置工具帮助理发；打谷场上，经常有我们的队员和老百姓一起劳动的情景。

两年来这样的故事已成为平常事，我把群众当亲人，群众把我当家人。真村党员、干部和群众对我们“心系群众之意、力办百姓好事”之情谊津津乐道，好评如潮。面对如此高的赞誉，我们只有扑下身子，默默无闻，以实际行动践行共产党员不忘初心、牢记使命的神圣职责。

勇于担当为民分忧是扶贫职责

协调处理村里各种矛盾也是扶贫工作的一大挑战。对这类事情我采取的办法是多跑、多听、多出面，带着诚信去走访，做到将心比心，在处理困难群众问题时候，结合有关政策，做耐心细致的说服工作，动之以情，晓之以理，一遍不行，就讲两遍、三遍。一次不在家，就走两次、三次，来解决问题。如在真村老村复垦改造工作中，涉及51户的旧窑洞要进行拆除或填埋。其中有部分农民的旧窑洞中放有老年人的寿木不愿意拆除，因为当地人有讲究，老人的寿木做好后就不能随便移动，否则对老人的健康不利。面对这种情况，我和村两委干部挨家挨户耐心做工作、讲政策、谈情感，经过多次的努力，顺利做通了他们的思想工作，从而使老村复垦改造工作得以顺利进行，同时也得到村里干部群众的拥护和支持，全村移风易俗工作也得到了提高。

天地之间有杆秤，秤砣就是老百姓。干部干得怎么样，分量有多重，不是靠自己说出来的，而是在老百姓心里秤出来的。按照扶贫工作要求，为了方便工作，我们扶贫工作队必须吃住在村里。由于村里条件有限，在村“两委”帮助解决了住的问题后，就在老年日间照料中心闲置的一间只有几平方米的小屋里支起了炉灶。饭是我们自己做的，就是为了不给村“两委”增添过多的麻烦，真村离城比较远，好就好在，村“两委”他们回城里的时候经常给我们捎一些菜和油盐酱醋，周边的老百姓经常给我们送自己种的蔬菜，让我们真正体会到老百姓的淳朴、热情，从而也坚定了我们做好扶贫工作的信心。

去年县电视台采访真村村委会主任张三元，他对记者说，这几年，扶贫工作队在我们村做了不少事，给我们村安了太阳能路灯，硬化了果园田间路，安装了电锅炉，还有粉刷了文化墙，美化了村里的环境，特别是他们带来新的理念，帮助我们理清了思路、增强了信心。

两年多的扶贫工作，自己感悟很深，扶贫工作是一项光荣而艰巨的政治任务，就需要我们不忘初心，牢记使命，真正地扑下身子、挑起担子，为老百姓办实事、解难题。只有扎扎实实去做了，付出了真心，才能不辜负老百姓的信任，才能完成好党和政府交给我们的任务。

功夫不负有心人。2018年、2019年我先后荣获山西航空产业集团有限公司“先进工作者”“优秀共产党员”称号。2019年我被吉县县委组织部评为优秀第一书记，真村驻村工作队被评为优秀驻村工作队。2019年我和我带领的工作队作为优秀驻村干部的代表，被吉县县委宣传部选中参加了脱贫攻坚纪录片《吉县不能忘记》的拍摄工作。

“持之以恒，久久为功”。2020年是脱贫攻坚决战决胜之年，我将不忘初心，以习近平总书记视察山西重要讲话重要指示为指引，发扬愚公移山精神，“用真心、带真情、真扶贫”履行庄严的承诺。

［作者系山西航空产业集团太原空港停车场有限公司副总经理，2018年5月至2021年5月担任原东城乡（现壶口镇）原村第一书记、工作队长］

在黄河泛滥中逃难至曲沃的抗日书记李顺天

李普文

李顺天原名史景城，又名史景峸，字介山。1915年2月22日出生于山西省曲沃县石桥堡村一个农民家庭。1934年，在太原新民中学上初中，经人介绍进入北京志成中学（北京城西小口袋胡同）读高中，积极参加反对日本侵略东三省、国民党政府镇压学生运动的学潮和游行活动。1937年9月，在曲沃县参加牺盟会，任村政协助员。同年10月，经刘裕民介绍加入中国共产党，受党组织委派返回石桥堡村，以小学教员身份作掩护开展地下工作。同年12月，任牺盟会曲沃中心区干事。1938年2月，任中共曲沃人民武装自卫队分支部书记。同年4月，任曲沃人民武装自卫支队第二大队二中队指导员。1939年5月，任中共曲沃县委宣传部部长兼武装部部长。1940年3月，任中共曲沃县委副书记。1942年2月，任中共曲沃县委代理书记。同年5月，任中共曲沃县委副书记兼组织部部长。同年8月，任中共曲沃县委书记。1943年3月，任中共曲沃县委副书记。1944年1月，任中共垣曲县委城市工作部部长。1945年10月，任中共曲沃县委副书记兼组织部长。1947年7月，任中共曲沃县委代理书记。

在李顺天同志身上彰显出一种精神，概括起来就是：坚定的理想信念，坚毅的革命斗志，坚决的奉献精神，坚强的组织观念。

坚定的理想信念

1934年，李顺天在太原新民中学上初中，经革命前辈的教育培养，接受革命理想和共产主义思想，成为革命进步青年。进入北京志成中学（北京城西小口袋胡同）读高中后，他积极参加反对日本侵略东三省、国民党政府镇压学生运动的学潮和游行活动。

七七事变后，在北京已无法上学，他向党组织要求回山西抗日前线参加战斗。党组织同意并派遣他回家乡，参加牺盟会，担任村政协助员，开展革命活动。1937年10月，他加入中国共产党，以小学教员身份回石桥堡村，从事党的工作，完成党组织交给的光荣任务。他白天穿着长衫站在讲台上，给学生讲革命道理，传授文化知识；夜晚骑马奔驰于南北两山，分析情报研判斗争形势，布置工作任务。

李顺天与霍夫云育有一女五子，给孩子起名很讲究，也很有意义。本来按辈分排，李顺天的孩子是光字辈，但他把自己对党的事业的忠诚和追求以及坚定的理想信念，倾注到了儿女的身上。1943年长子出生，时逢日军进攻兴隆庄，地下县委提出保卫兴隆庄，故起名保兴；1946年次子出生，时逢国民党军队进攻太岳区，故起名保岳；1951年三子出生，时逢抗美援朝，保家卫国，故起名保国；1953年四子出生，正值抗美援朝胜利之时，故起名保胜。

坚毅的革命斗志

李顺天的一生有许多的传奇，在烽火岁月里，可谓是九死一生，几次遇险，又成功脱险。这也进一步锤炼了他的高尚品格，锻炼了他的革命斗志。

1943年4月，翼城县抗日民主政府第四区区长张宝寅被日本宪兵队抓捕后叛变，暴露了中共条东地委总务科副科长石修家。4月6日，石修家被捕后经不起日本宪兵队的严刑拷打，叛变投敌，充当了日本宪兵队便衣特务，大肆搜捕中共曲沃县委的负责同志和其他共产党员。

石修家叛变以后，形势急剧恶化。县委对党员进行了气节教育，要求大家提高警惕，把隐蔽下来的党员进行了安排。然而，随着时间的推移，一些党员产生了麻痹思想。为此，县委书记党永立、副书记李顺天、组织部部长唐华民，于7月26日在石桥堡史景城家开会研究如何解决。会议正在进行时，岗哨急忙来报："快点，敌人进村了！"原来，这次翼城宪兵队在石修家的带领下，没有从村南的大路来，而是偷偷从村东的小沟进到村里，当岗哨发现已晚了。李顺天和党永立、唐华民立即把文件、记录本收起来，藏在偏院的牲口圈内，然后钻进了偏院墙边的柴草堆里。此时，敌人已进了院子。十来个日本宪兵叽哩哇啦冲进了正房，屋门口留下了一个宪兵和石修家。李顺天对党永立和唐华民耳语道："你们别动，我出去把敌人引开，然后你们再离开这里。"党永立、唐华民还没说话，李顺天又说："就这么定了！"他悄悄钻出草堆轻轻来到正院，探头一看，石修家和那个宪兵正探头探脑地往屋内看，便飞快地冲向大门外。他这一冲，被门口的宪兵看见，举手就是一枪。这时，石修家大喊："李顺天跑啦！"于是十几个宪兵叽哩哇啦叫喊着"抓活的！"随后便追了出去。再说党永立和唐华民听见敌人咆哮着追向北山，他们立即由石桥堡向南撤去。

因为李顺天对这一带非常熟悉，把敌人引向垆顶山，不一会儿就把敌人甩下老远。敌人觉得抓活的实在不易，便开枪射击。李顺天左拐右转，弯着腰奋力爬山，敌人的子弹"嗖嗖嗖"打在周围的山石上。就在他翻越山头时，一颗子弹穿过左脚后跟的鞋底，又把背部的衫子穿了个眼，并顺着后脑"嗖"的飞上了天，虽然惊险但并未受伤。翻过山后，他顺利地到达了中共曲襄县委驻地——安乐庄（现属襄汾县大邓乡安乐庄行政村下庄自然村）。当敌人到山头上往下看时，早不见了李顺天的影子。

坚决的奉献精神

在枪林弹雨的战争年代，李顺天不为名利，把个人利益放在最后，甚至为了工作，牺牲了个人利益。在他的引导和影响下，举家为国纾难，多位亲人为了革命而流血、奉献，甚至牺牲生命。他不愧是全心全意为人民的好党员。

史家祖籍山东，民国初年，军阀混战，黄河洪水泛滥，民不聊生。李顺天的父亲史培兰拖家带口，挑着担子，领着孩子们逃荒来到曲沃北山一带，辗转落脚在了石桥堡。史家人治沟掘窑，开荒造地，靠实打实的辛劳和勤俭，积攒下了较为殷实的家业，拥有170多亩耕地和左右相连的四座院落、五间茅草屋及十多孔窑洞，生活宽裕些，子女受教育的条件也好些。所以，李顺天才能外出求学，接受到新思想，参加抗日救亡活动，走上革命道路。

抗战期间，中共曲沃（地下）县委先后两次驻扎在史家，上级来人和县委机关人员公开身份都是李顺天的朋友、同学或是史家的临时雇工，机关办公费和生活费用全部由史家无偿供给，每天二三十人的一日三餐主要靠李顺天的妻子霍夫云和大嫂等妯娌料理。

为了建立情报站和交通线，李顺天一次就从家里拿出40多石麦子；为了使我们的同志有个落脚的地方，我方在高显开了个布店，在曲村开了宁来恭饭铺，李顺天一下子拉了一大车麦子作为开布店和饭铺的本钱。

史家为了保护地下县委的安全，做出了很大牺牲。李顺天的老父亲史培兰曾被日本宪兵队吊在树上，打得死去活来；妻子霍夫云曾被日军拳打脚踢、扇耳光，并以枪毙相威胁；三哥史景崋（史景华）、侄儿史光明、史光琳先后被抓进监狱，备受酷刑。

史家的女人，也很智慧、勇敢，积极支持并参与抗日活动，李顺天妻子霍夫云、弟媳王素萍等与妇救会主任任淑贤往来密切，凑在一起就和亲姐妹一样，他们周到地照顾和掩护在史家隐蔽的同志。

史家弟兄辈之中的史景峄（史景洋）、史景华、史景舟、史景坊，侄辈中的史光明、史义民、史光居等都是武装基干民兵，有的在残酷的对敌斗争中献出了生命，有的立功授勋。

因石桥堡在曲沃县北部边沿地带，史家又居住在村东北部边上，每逢敌人搜查和进攻根据地时，党组织的负责人、游击队及部队转移时，都要到史家隐蔽。在史家隐蔽过的有李哲人、席炳午、刘裕民、宋志先、杨蔚屏、唐华民、张超、卫光荣、党永立、解玉田、陈英、柴泽民、任淑贤、姚登山、杨文学、郭昧生、阎紫琴、赵敬斋，还有襄汾的梁福元等40余人。

坚强的组织观念

从李顺天的简历可以看出，当需要他任县委代理书记时，他能干好自己的一切工作；当宋志先到曲沃任县委书记时，他又任县委副书记，毫无怨言；需要他任县委书记时，他毅然担起书记的担子；当党永立到曲沃任县委书记时，他又任县委副书记。石修家叛变革命后，他到三地委，服从组织安排，到中共垣曲县委城市工作部任部长。

他曾说："我参加革命是为了赶走日寇和打倒国民党反动派，不是为了当官！今天我可以领导你，明天你也可能成为我的领导。要服从组织决定，不论资排辈。"对于组织的决定，他坚决服从、毫不计较，具有坚强的组织观念。

李顺天同志的革命精神永远值得我们后辈人敬仰、学习，更值得我们传承和弘扬。

（作者系中共曲沃县委党史研究室主任）

长眠于黄河壶口岸畔的革命烈士——樊耕农

李 宇 葛晓鑫

今天给大家分享的这个故事发生在黄河壶口岸畔的克难坡。克难坡在抗日战争时期是第二战区的司令部，也是我党争取阎锡山统一抗日的桥头堡。当时，中央二战区总部特别小组组长杜任之、组员樊耕农受命潜伏在阎锡山内部，向党中央秘密传递情报。潜伏期间，樊耕农凭借他的足智多谋，多次将阎部的重要情报递送给八路军办事处，转报党中央。刘雁林、陈宝泉等同志都曾得益于他的情报，成功避开了阎锡山的逮捕，为革命保存了有生力量。

是什么让樊耕农在那样的环境里生存了下来？又是什么让他一次次出色地完成了任务？是智慧？是毅力？不，是信仰，是对共产主义的绝对信仰。也正是这信仰，让我能如此清晰地记住这个故事，记住了樊耕农。

我喜欢樊耕农，喜欢他这样的人。我认为，他就是一根火柴，在最黑暗的时候，瞬间点燃，照亮天地。1941年，阎锡山公开提出投降论调。当时阎部的干部群众，对他向日投降妥协不满，却不敢公开反对，加之阎锡山封锁消息，世界反法西斯战争和中国抗战的胜利形势均被屏蔽在外。樊耕农对阎锡山的这一行径痛恨至极，他想打破这个屏障，在给阎部的学员们讲课时，他就曾说过：“抗战进入艰苦阶段，虽然斗争是曲折的，但全国人民要坚持抗战到底的，要全面观察形势，要看到人民的力量，抗日战争最终必然取得胜利！同盟国一定会打败轴心国！”他的话驱散了学员们心头笼罩的迷雾，更是让他们看到了中国抗战的光明前景。

是的，他就是一根火柴，而他的命运也如同火柴一般短暂。在一次对敌斗争中，樊耕农引起了敌人对他的怀疑，被阎锡山囚禁了起来。轮番审讯下，他坚贞不屈、只字不吐。克难坡的牢洞潮湿阴寒，不久他便患了伤寒病，因得不到医治，病情日渐严重。当杜任之赶来见到他时，28岁的樊耕农已经是一副皮包骨头、缩作一团的模样了。他泪流满面，却又微笑着对杜任之断断续续地说：“我……不够坚强……支持不住……恐怕不行了。你一个人……可不要……断了红线！”杜任之的内心很痛苦，对樊耕农说：“你要坚持下去，斗争还在后面。”怀孕的刘生岚得知丈夫樊耕农病危，一路坎坷，赶回克难坡。她不敢相信，昔日英俊潇洒的丈夫如今完全变了样，她颤抖地抱住樊耕农，痛哭着：“你怎么了？对不起，对不起，我来晚了，我还给你带了鸡汤来。”然而任凭她哭喊得多么声嘶力竭都已经没了用，此时的樊耕农已经不能言语，不能吃喝了。当这一切悲痛都凝结在了寂静中，能做的只有最后的陪伴。12月26日深夜，樊耕农走了，他是瞪着眼睛牺牲的。

瞪着眼睛，是因为他至死不屈服于敌人残害的大无畏精神；瞪着眼睛，是因为他胸中依旧燃烧着革命的熊熊烈火；瞪着眼睛，是因为在漆黑的敌营中，他要用自己的生命去创造光明。28岁啊！28岁，终其一生，却也是革命的一生、战斗的一生、光辉的一生。

（作者系壶口风景区管委会职员）

“山药蛋”派作家的抗日情怀

——西戎投笔从戎的红色人生

荀 莉

“一九三七年七月七日，卢沟桥事变爆发，日本帝国主义出兵向我国进攻。由于国民党政府一贯对日屈服，订下许多卖国条约，专一压迫屠杀人民，对日本的进攻毫没作抵抗的准备，因而不到3个月光景，便被日寇冲进长城，顺着平绥铁路、同浦铁路打进了绥远、山西……”

朋友们，这本《吕梁英雄传》大家都非常熟悉吧。今天，我要给大家讲述我国现代著名作家、“山药蛋”派的杰出代表、《吕梁英雄传》的作者之一——西戎投笔从戎的红色人生。

西戎原名席诚正，1922年12月1日出生在蒲县西坡村。1937年，丁玲率西北战地服务团从延安出发抵达蒲县，在蒲县进行了抗日演讲。当时，年仅15岁的西戎认真地听着一字字带血的呐喊和控诉，一句句铿锵激昂的抗战宣言，国家兴亡，匹夫有责。西戎激情澎湃，血气涌动，他跑回家对父母说：“爸，妈，我要去延安！我要去打敌人，保家卫国！”

西 戎

不久，阎锡山的部队从太原前线溃退下来，奸淫掳掠坏事做绝，西戎亲眼目睹了乡亲们遭受的种种苦难，这让他更加向往根据地的明媚阳光。第二年，16岁的西戎参加了牺盟会领导下的蒲县工作团，并随团转移到延安，进入延安鲁艺学习。晋西北抗日根据地建立后，他随团返回晋西北，被编入新军决死纵队二纵队吕梁剧社，足迹踏遍晋陕边区。1941年初，西戎随吕梁剧社辗转到达延安桥儿沟。在延安，他根据自己是山西人、出生在西坡村、少小离家、投笔从戎的经历，改名“西戎”；在延安，他坚定了自己的人生方向，要用手中的笔抒写自己熟悉的故事，为抗日呐喊、为救国呼唤。

1942年10月的一天，一位战友兴致勃勃地跑来，远远地就高兴地说：“西戎，快来看，你的文章《我掉了队后》在《解放日报》发表了！”他兴奋地接过报纸，看了一遍又一遍，激动地对战友说：“你用枪杆打敌人，我用笔杆打敌人，字字都是射向敌人的一颗子弹！”

残酷的抗日战争，晋绥边区涌现出了无数的民兵英雄，英雄们惊天动地的事迹相传于群众当中，西戎耳闻目睹，深受感动，使他产生了“谱以青史、亢声讴歌、弘扬后世”的强烈的创作冲动。1944年，晋绥边区召开群英大会，西戎和马烽、李东为、孙谦、胡正这5个原决死二纵队吕梁剧社的老战友白天听英雄们讲战斗故事，夜晚就伏在窑洞里的麻油灯下编节目写稿子。这时候，没有一个人说话，他们专注于自己的构思中，低着头、专心写作，只听见钢笔在纸上行走的沙沙声。饿了，吃炉灰里煨熟的山药蛋，吃时还佐以笑谈，笑谈中夹杂着他们对文稿的争论和交流；困了，就撕一绺稿纸，捏撮干烟叶，拢在手心里一拧，形似炮弹，一支接一支，边卷边抽。稿子写不出，“炮弹”便不断；西戎笑着说：“看看咱们写出的稿子吧，正是这一颗颗冒烟的‘炮弹’熏着，咱们的字就会汇聚无穷的力量，化成子弹，颗颗射向敌人。”

昏黄的油灯下，一双双明亮的眼睛紧盯着稿纸，一个字一颗子弹，一个标点符号就是一个手榴弹。时间一分一秒地过去了，稿子写到了高潮时节，子弹越聚越多，颗颗子弹汇聚一起就成了一颗能砸烂敌人的超能量炮弹，为抗日救国呐喊。这，就是被中国文坛称为“文艺战线上五战友——西李马胡孙”的故事。

西戎说："我们在写这本书的时候，首先想到的不是要当作家，不是要创作什么高雅的文学，而是要尽一个革命战士所应尽的天职。对于我们来说，拿笔杆和拿枪杆的意义是完全一样的。"

《吕梁英雄传》在报上刊登后，一时间，故事中的民兵英雄雷石柱、孟二愣和武得民等，成为晋绥边区家喻户晓、妇孺皆知的人物。1945年重庆谈判时，周恩来、董必武将该小说单行本上册带到重庆，在重庆《新华日报》上连载，引起国民党统治区广大读者的强烈反响。中华人民共和国成立后，《吕梁英雄传》全书被多次出版发行或重印，同时还被翻译成日、俄、朝鲜、波兰、匈牙利、罗马尼亚等外文。《吕梁英雄传》形象地反映了人民大众在抗日战争中的历史功绩，真实地描述了人民大众觉醒的过程，强调了中国共产党及八路军在抗战中的作用，成为我国现代文学史上解放区第一部反映全民族抗日的长篇小说，堪称全民抗战的一部不朽史诗。

"吾本山里娃，竟然成作家，文坛山药蛋，也算一枝花"。西戎一生致力于为人民写作，1992年，被山西省委、省人民政府授予"人民作家"的光荣称号。

红色的经典，英勇的事迹，西戎和他的一支笔深深镌刻在中华人民共和国的文学史上，为后人铭记和传承。让我们走近西戎，走进西戎故居，学习他追求真理、光明磊落，以笔作枪，报效祖国的伟大壮举！

（作者系蒲县文联副主席）

王光的故事

李启洲

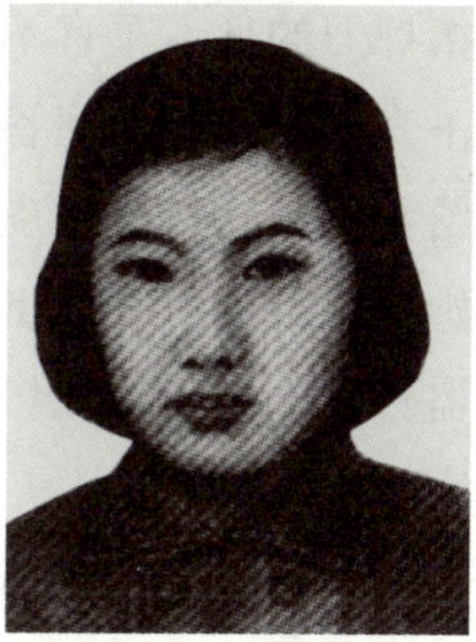

王 光

1920年，王光出生在稷山县的一个贫苦家庭。六岁时，被父母卖到了地主家做丫头，经常被打得浑身是伤，小小年纪就受尽了苦难和压迫。有一天她鼓起勇气从地主家逃了出去，一路乞讨逃到运城，被好心的王挺芳夫妇收养，取名为王兰香。养父母视她为己出，送她进运城女子师范学校附属小学读书。舅父吕程久曾留学日本，开明爱国，经常给她讲“国家兴亡、匹夫有责”的爱国道理，教导她努力读书，长大报效祖国。在舅父的教导下，她以优异的成绩，考入运城女子师范学校，并立下报效祖国的宏志。

1939年6月，她光荣地加入了中国共产党，并在入党的那一天，为自己改名为王光。她说：“革命前途是光明的。一个共产党员为了党的革命事业要有一分热发一分光，所以我要将自己的名字改为王光。”她立志救国救民，为革命事业奉献自己的光和热。同年秋，她与志同道合的剧团团长苏志乾结为夫妻。12月，王光被编入山西新军二一二旅。

1941年，党组织派她到冀氏县（今安泽县）担任一区副区长。她积极地投入到工作中去，发动群众开展生产，白天带领军民参加战斗，夜里和妇女姐妹纺线织布赶制军鞋；给他们讲解抗日道理，教唱抗日歌曲，鼓励他们参加抗日，很快她就得到了大家的认可和信任。

1943年，日军调集重兵，对抗日革命根据地发动残酷的秋季“大扫荡”，疯狂屠杀抗日军民。一天，听说日军来了，为了不让老百姓受到祸害，王光赶紧组织群众转移。大部分群众朝村东面的山沟里跑去，小部分老人和妇女尾随其后，行动缓慢。眼看日军就要进村了，王光拿了颗手榴弹就朝村西面的山坡上跑，进村的日军发现了穿着军装的王光，向王光追了过去。王光拼命地跑，眼看就要被日军追上了，她掏出手榴弹向日军扔了过去，想要和日军同归于尽，可是手榴弹却没有爆炸！王光被捕。日军把王光带到一座破庙前，绑在柱子上严刑拷打，一个拿着指挥刀的日本军官不停地问：“说！八路军在哪里？共产党在哪里？”王光斩钉截铁地回答：“不知道！不知道！”日本军官咆哮道：“打，给我狠狠地打！”皮鞭像雨点般落在了王光的脸上、身上，鲜血浸透了她的衣裳，滴落到地上！王光强忍疼痛，大声怒斥：“小日本！狗强盗！你们不得好死！滚出我们中国去！”日本军官恼羞成怒，残忍地杀害了她。

日军走后，乡亲们回到了村里，大家四处寻找，却找不见王光。

辛庄村王光烈士墓

终于，乡亲们在破庙前的空地上发现了王光血肉模糊的尸体。他们一边哭着，一边用手把王光的尸身清理出来，惨绝人寰的景象呈现在人们面前，在场的人无不悲痛欲绝、放声痛哭！

辛庄村王光烈士雕像

王光牺牲后，中共冀氏县委、抗日民主政府举行追悼大会，缅怀这位年仅23岁的抗日女英雄。1947年，太岳二专署为女英雄立碑纪念。碑文写道：“冀氏区长王光，身虽女辈，然在反‘扫荡’中，从未稍后，只身遇敌，因忠贞不移而遭剖腹。”“青山有幸埋忠骨，沁河潺潺颂英灵。”王光烈士用短暂的生命历程，诠释了一名共产党人高贵的精神品质，树立了一座共产党人不朽的精神丰碑。

“一个有希望的民族不能没有英雄，一个有前途的国家不能没有先锋。”无论时代如何进步，我们的生活多么幸福，我们都不能忘记那些为了共和国英勇捐躯的英雄们！任何时代都离不开英雄！新的时代我们正面临着前所未有的挑战，今天那些奋战在科技前沿、军事领域、抗疫前线的英雄们，那些奋战在经济领域、外交领域的英雄们不正是我们华夏大地的骄傲和自豪吗？他们都是我们中国新时代真正的英雄！

（作者系安泽县委民政局科员、八路军研究会会员，图片由安泽县委宣传部提供）

人祖山阻击战军官刘效曾与李晏仲轶事

冯彦山

刘效曾，山西垣曲县人，人祖山阻击战主力部队431团团长。

李晏仲，河北阜平县人，人祖山阻击战主力部队431团三营营附。

李晏仲

1926年，李晏仲三叔、共产党员李泰华自太原回到家乡传播革命思想，并把李晏仲带到自己任教的由阎锡山创办的太原北方军官学校步科学习。1928年，李晏仲以前三名的优异成绩毕业，并破格获得上尉军衔。当时，来校挑选士兵的正是刘效曾，他相中了李晏仲。到部队以后，李晏仲被分配到田树梅担任旅长的205旅任参谋。1937年在对日作战的忻口战役中，第十九军205旅参加崞县（今原平）保卫战伤亡殆尽，番号被撤。回到太原后，被同时参加崞县战斗的刘效曾收留到他任团长的军直属补充第一团当上了三营营附，到运城保卫省银行。自此，李晏仲便一直追随刘效曾左右。

1938年3月18日发生了吉县人祖山阻击战。其背景是：日本军占领临汾之后，纠集15000余步骑炮联军，分三路追击阎锡山的最高指挥系统。国军66师（83军前身）负责掩护第二战区司令长官部西渡黄河入陕。该师的206旅，所辖部队有431团，团长刘效曾；432团，团长朱大纯（前任邓崇禧）；401团，团长常存德。在旅长孙福麟指挥下急驰人祖山，排兵布阵，阻击5000余名来犯之敌。笔者从新近读到的2012年第80期《山西文献》获悉："师长杜春沂、参谋长许鸿林在人祖山上一个破庙里沉着指挥，旅长孙福麟亲到前线督战，整个作战方案是由参谋长许鸿林拟定和部署的。最激烈的战斗是在第431团第二、三营正面展开，该两营官兵与来势凶狠的敌人，短兵相接，英勇冲杀，打退敌人多次冲锋，杀伤敌人甚多，阻住敌人前进。在保证长官部安全渡黄河入陕后，该师便主动撤出战场，甩掉敌人向吉县境内管头山、永和县境内转进。"

由此可知，刘效曾所率的431团正是人祖山阻击战的主力部队，而此时的李晏仲是其旗下三营的营附，也就是说刘、李二人同时参加了人祖山阻击战。

此后，刘、李二人一起参加过反共的上党战役、晋中战役，均以战败告终，但刘效曾在李晏仲安排下都得以幸存。

1949年太原战役时，解放军围困阎锡山守军。刘效曾、李晏仲所在国民党43军镇守双塔寺一线，军部设于永祚寺内。此时，已投降解放军的"雪耻团"团长李佩膺给旧交李晏仲写来一封劝降信。李晏仲明察形势，以为死守无望，且半生戎马奔波，已有厌战情绪，顿生归降之意，故将劝降信拿给刘效曾。刘效曾问："你说怎么办？"李晏仲思考后答道："作为军人有三条路可走，第一是战，但从目前的战况来看是战不下去了，看城里能否再派兵来增援我们。"刘效曾说："他们连自己也顾不了。"李晏仲说："那第二条路就是死，不成功，则成仁。"刘效曾马上坚定地说："不死。""那第三条就是投降了。"话音刚落，刘效曾就说："那你回信吧。"看来刘效曾也早已深思过了。李晏仲说："咱们的师长好说，不知那俩暂编师师长态度如何。"刘效曾把几个师长叫来让他们表态，他们表示听军长的。这时天已黑了，李晏仲派人给王家坟方向的解放军送了回信，同意投降，请解放军派人来谈判。

次日天刚拂晓，解放军即发动进攻。李晏仲忙问，解放军回信了吗？一个参谋答道："回了，给军长了。军长看后啥也没说，在他身下压着呢，我看凶多吉少。"李晏仲从躺在佛龛中的刘效曾身下抽出信一看，上面就是几句简单的话：要投降就举白旗，没有谈判余地，否则天一亮，两百发炮弹送上。这时，李晏仲看到刘效曾流泪了。有人问要不要还击，李晏仲下令不许还击；有人问该怎么办，李晏仲对身边的参谋说，赶紧准备白旗，我出去看看。就在此时，几个解放军战士冲了进来，其中一人身绑炸药包，手持两个手榴弹，对着李晏仲大喊"缴枪不杀"。李晏仲平静地说："我们不打了，进去吧，军长在里边。"那个战士飞快地进了大雄宝殿，将刘效曾一干人等俘虏。双方未放一枪，解放军不足半小时便占领了双塔寺。这一天是1949年4月22日。

1949年4月24日太原解放。刘效曾连同老上司孙福麟被送往河北省永年县的华北军区军官教导团将校大队学习，后释放，在北京看自行车谋生。"文化大革命"中被造反派揪回汾阳（他曾在此驻军），于1969年被批斗致死。刘效曾是阎锡山太原守军六大军长中唯一正常存活者，这与他曾谋划投降解放军有关。其余5人，一人死于解放军的炮火，4人在中华人民共和国成立后被判死刑。

李晏仲被俘后，被送往阳泉，短期受训后即予释放。因其妻子是天津人，便去天津谋生。时任河北省副省长、天津市委书记的本家兄弟李耕涛介绍他到烟酒公司上班，1950年回到太原。由于在北方军官学校学过测绘，便帮助任太原郊委会主任的胞弟李国泽（李晏宾）测绘设计修建汾河东西灌渠，1958年转正为国家工作人员。1962年因历史问题被判刑5年，在狱中躲过"文化大革命"一劫。出狱后，李晏仲先就业于永济县五星湖农场。1975年获特赦后，被安置在太原钟楼街澡堂，月薪100元。1997年去世，享年88岁。

李晏仲之妻出身天津军人之家，伉俪情笃，随夫南北征战、出生入死。可惜一生未育，一直由侄辈李季龙等悉心奉养，得以终老天年。2003年谢世，享寿九秩。

此文所据材料来源有二：一是从网上查得；二是李晏仲的侄子李季龙先生提供，当属可信。

自谓拙文之贡献，首在厘清了人祖山阻击战的一些史实。以往说法，人祖山阻击战参战部队为国民党陆军66师206旅431团，总指挥为旅长孙福麟。于今可知，一、参战者为66师下辖之431团（团长刘效曾）、432团（团长朱大纯）、401团（团长常存德）。如此，便可解释人祖山所存由孙福麟率三位团长建立“烈士碑”的原因；二、人祖山阻击战的总指挥是66师师长杜春沂，作战计划制订与部署者是66师参谋长许鸿林，指挥所设在人祖山山顶之人祖庙。孙福麟亲赴前线督战（可称“前敌总指挥”）；三、人祖山阻击战的主力是431团，其二营、三营为正面御敌之中坚。

其次，通过对刘效曾、李晏仲一生行状之简述，可以窥见他们人生道路上的功过是非，呈现他们的立体形象，以供人评说。甚至，可从中品咂我党在对待国民党军人政策上的成功与教训。当然也有满足后来者索奇探秘心理的意义。

往事已矣！人祖山阻击战已经过去82年了，正如我为“人祖山阻击战纪念馆”编撰的对联所言：炮火声中卫圣祖，硝烟散处祭忠魂。所有在外寇入侵、人民涂炭时刻，舍生忘死、守土卫国的中国军人，都是我们心中的民族英雄，值得我们“永矢弗谖”（人祖山“烈士碑”额题）！

（作者系山西师范大学文学院退休副教授，国务院特殊津贴享受者）

知青赵风琴

李翠竹

50多年前，一群风华正茂的有志青年，带着满腔的激情和热血，拜别父母、远离家乡，来到了黄河岸边，来到了吉县这片神奇的黄土地。在这里，他们苦过、乐过、哭过、笑过。谁是扎根农村一辈子的外乡娃？谁是放弃返城深造的大才子？谁又是带病插队、病故后又葬回插队地的北京女孩呢？接下来，让我来带大家进行一些探寻，一起去寻找那个知青，去寻找那段激情燃烧的岁月。

1968年，本可以不用下乡的赵风琴，不顾自身病痛、父母阻拦，坚定地踏上了开往山西的知青专列，来到了黄河岸边的吉县中垛乡北柯榼村。

来村里没多长时间，她就有了一个新的名字——赵风儿，因为她干什么都快，就像风一样。

那个年代磨面得靠牲口，四五个小时才磨一斗麦子，从大城市来的赵风琴想让乡亲们的生活更加便捷，就去北京申请机器，要在村里建个加工厂。她想用城市里的许多先进理念来给村里带来一些改变，除了办工厂、组织带工，她还是村里的小学教师和保健员。就拿针灸来说，村民都说她手上的银针很神奇，针到病除，而这都是她到这里之后自学的，因为当时农村的医疗条件特别差，村民们有个大病小灾的都还得排队等唯一的大夫来诊治，有时候确实是很不方便。有一次，她正在给学生上课，突然一位大姐慌慌张张跑进来，拉着她就走。当她们喘着大气赶到时，就看到一个老人躺在那里，脸已经憋得通红，嘴唇发紫。赵凤琴赶紧上前查看，很快就断定老人是痰窒息，必须赶紧抢救：“快！大家搭把手！晚了就没办法了！”拍背、用手掏......各种法子都行不通，“不行不行！没时间了！得赶紧把痰吸出来”。她这话一出口，大家都愣啦，可赵凤琴二话没说，挽起袖子，深呼一口气，就口对口地为老人吸痰，一次、两次、三次……，就在众人都要绝望的时候，老人的一声轻咳让大家放下了悬着的心，而赵凤琴也如释重负，瘫软在了炕头，面色苍白。那一刻她笑了，笑得那么开心。

赵凤琴

她把黄河当成了自己的根，把这个小山村当作自己的家，村民都是她的亲人，她竭尽所能地为村里干实事，耐心地帮村民们解决困难，人们的口中的“赵风儿”也不约而同地变成了“赵大夫”，感激她的同时，也在为她担心，因为大家都知道她在来这里之前就已经切除了一个肾。那还是赵凤琴上初中时，一群人去溜冰，结果冰面破了个洞，一个小女孩掉了下去，赵凤琴想也没想就跳下去救人，反反复复拖了3次，才把人救上岸。在冰寒刺骨的湖水里待的时间过长，她回去后就病了，不得不切除一颗肾才保住性命。医生说像她这样的身体最多活不过20岁，病痛还会永远伴随着她。

73岁的白全森老人就是赵凤琴下乡插队时村支书的儿子，他说有一年4月赵凤琴的病又复发了，他大半夜赶了3个多小时的平板车才送到医院。老人清楚地记得这样的情形一共有过4次，而最不愿提起的是

1971年，那时候乡里开始修水库，赵凤琴一再要求上坝，要知道男人上了坝都要褪层皮，何况是她呢？领导和乡亲们不止一次地劝说，可她总是咧嘴一笑，回一句“我没事”。但大家担心的事终究还是发生了，她又病倒了。这一次县医院已经无能为力，直接转回北京。

1974年4月24日，赵凤琴走了，那一年的她仅仅26岁。临终前她还一再嘱托父母：要把她埋在中垛乡的水库旁边，因为她想一直守着这里，守着这里的一草一木，守着这一片黄土地。

如果赵凤琴还在，她今年也只有73岁，当她看到当初念念不忘、割舍不下的中垛已然变了样，老百姓的生活越来越美好，她一定是开心的，也是幸福的。我崇拜她，崇拜她这样的人，她不甘被生命打败，不远千里、排除万难也去要追寻自己的梦想；崇拜她为了自己的信仰，不顾个人安危，强忍病痛，也要带领人们战天斗地、摆脱贫困，甚至是付出自己宝贵的生命；更崇拜那些和她一样的一大批知识分子，他们远离家乡，积极投身国家建设。其中，有一根扁担挑四只水桶的赵志达，一手拉风箱、一手铲煤的陈佩琦，用箩子箩面的胡延光，挥动锄头锄地的李均田……他们其实与我们并没有什么直接联系，但正是因为他们，正是因为他们同当地人民一起，用自己的勤劳和智慧，才支撑起了共和国的大厦，我们才有了现在的幸福生活。

如今的我们正置身于一个幸福而温暖的环境，我们踏出的每一步，都落在前人的脚印上。虽然他们已经远去，但他们并未远去，他们那一个个故事都铭记在我们的心中，他们的精神就如那奔流着的黄河水般永远传承在我们一代又一代华夏儿女血脉里！

（作者系吉县壶口镇政府科员）

我陪西老到黄河壶口

翟耀文

1999年5月，著名作家西戎回到故里蒲县，在这期间我陪西老去了一趟黄河壶口。西老是蒲县化乐镇西坡村人，原名席诚正，在抗日战争的第二年，年仅15岁的他就参加了丁玲率领的抗日巡回剧团。他先拉幕，后演戏，再后来就改行做小报编辑，在《晋绥大众报》编副刊。由于他生在西坡村，又少年从戎，所以笔名为西戎，以示不忘故土之意。

西老是我最敬重的作家之一。在我很小的时候，就喜欢读他和马烽合著的长篇小说《吕梁英雄传》，喜欢看他和马烽合编的电影《扑不灭的火焰》。上中学时喜欢看他主编的《火花》，上大学后更喜欢读他主编的《汾水》。他写的短篇小说《赖大嫂》《宋老大进城》《灯芯绒》《春牛妈》等作品几乎伴随我成长的过程。最让我感动不已的是西老曾为我的两本诗集亲笔题词，要知道当时我并没有见过西老，西老只是见了我的诗稿后就挥笔为我题词，表现了“人民作家”对年轻一代文学爱好者的爱护、扶持。

那天，我赶往蒲县宾馆去看望西老，西老告诉我，他这次回来，主要是回老家看看，还想去一下黄河壶口，然后去运城他以前蹲点工作的地方转转。和他一块回来的除了同为蒲县人的省作协创联部主任曹平安老师外，还有他的老伴李英阿姨。

西老说话慢条斯理非常实在，丝毫没有一点大作家的架子。我忙说我愿意陪西老去黄河壶口，然后把他送往运城。西老非常高兴，并对我表示感谢。他的客气倒使我感到不好意思了。

作者与著名作家西戎先生在黄河壶口

西老看黄河壶口的兴致很高，他边看黄河壶口周围的景物边对随行的我们说，黄河不能仅仅把她看成一条大河流，黄水、黄土地、黄皮肤以及传说中的中国龙，这一切黄色的表征，把这条流经中华腹地的“黄流”升华为中华民族的“圣河”，也就是中华民族的“母亲河”。黄河是中华民族的摇篮，是一条文化底蕴非常深厚的河流。她不仅为中华民族带来悠久的历史和灿烂的文化，千百年还在这里演绎了一幕幕辉煌壮丽的剧目，涌现出了一批批优秀的中华儿女。可以这么说，黄河精神就是中华民族精神。西老见我们听得入迷的样子，兴致更高了。他接着说，一个人没有精神就直不起腰来，一个民族没有精神也站不起来、更强不起来。黄河壶口瀑布是闻名中外的旅游景点，在很好地开发利用和保护的同时，更要把传承弘扬黄河文化和黄河精神结合起来。那天西老还说，壶口的景点太少，留不住人，应该在扩大景点上下点功夫。西老在黄河壶口说的话语重心长，寓意很深，体现了人民作家的高风亮节和博大胸怀。

曹平安老师是摄影专家，我们在黄河瀑布旁边照了很多照片，西老说这些照片他要好好保留着。

从壶口瀑布回来，我陪西老又参观了黄河岸边的龙王庙，只见龙王庙的山墙被白石灰刷得雪白，上边写着鲜红的大字“绿化两座山，治好母亲河”。我告诉西老，这标语覆盖了清代名人贾时遇写的《龙王汕》。西老一听，气得直跺脚，他说：“这简直是愚昧之极、愚昧之极。”

西老说：“诗词曲赋本来是旅游景点的灵魂，把一些标语口号写在这地方，是不伦不类。”西老当时在黄河边说的话，对我们震动很大，启示很深，直到现在我还记忆犹新，所以在我编《历代名家咏临汾》系列丛书时，专门把明代人黄光炜写的《壶口赋》和清代人贾时遇写的《龙王汕》收集在里边，以防止这珍贵的文化遗产流失。

谨以此文怀念德高望重的人民作家——西戎！

（作者系山西省政府文史馆馆员、中国金融作家协会会员、山西作家协会会员、临汾市作家协会原副主席）

黄河英雄儿女

——记汾东游击支队司令员景仙洲

张国富

抗日战争时期，在山西临汾汾河以东的广阔区域，活跃着一支抗日劲旅，它就是被人称为“景疯子”的抗日司令景仙洲所率领的八路军汾东游击支队。这一时期，在黄河地区有许多像汾东游击队一样的抗日武装。其中涌现出的许多英雄人物体现了黄河儿女不怕牺牲、艰苦奋斗的优秀品质。汾东游击支队司令员景仙洲正是其中的一个典型人物。

一、“疯”劲十足，执着革命

1887年，景仙洲出生于临汾县（今临汾市尧都区）东张乡泉坡村。11岁时先后失去双亲，由伯父母抚养长大。辛亥革命后，景仙洲中学毕业，到临汾第一高小任教。五四运动爆发后，景仙洲深受学潮和革命思想影响，辞去教师职业，卖掉家中田产，在临汾城内县衙西侧路北创办了新愿书社，宣传马列主义新思想新文化。景仙洲这种放弃固定“饭碗”而冒险投资进步书社的做法，在普通人看来纯属铤而走险、蛮干傻干，非疯即魔。由此，“景疯子”的绰号逐渐传开。

新愿书社是临汾地区开办最早的进步书店，出售的《新青年》《向导》等革命书刊最受青睐。书店很快成为临汾进步青年的主要活动场所和宣传新文化新思想的阵地。1924年冬，彭真到临汾宣传马列主义和开辟党的工作，景仙洲进一步接受了革命思想，向党组织靠拢。1925年，根据党的指示，他赴榆次晋华纺纱厂开展工运工作，参与发动和组织工人开展罢工斗争，并取得了胜利，完成任务后重返临汾。1926年8月，由张振山介绍，景仙洲加入中国共产党。1927年2月，为策应北伐，反对军阀挖战壕、修工事，中共临汾地委领导2万多工人举行了声势浩大的罢工游行示威。景仙洲积极参加，四处奔波，始终站在游行队伍的最前列。

抗战时期的景仙洲

国民大革命失败后，景仙洲被捕入狱，先后被关押于临汾、太原监狱。面对敌人的严刑拷打，他始终意志坚强、正义凛然。不仅承认自己是共产党员，并“疯劲”大发，慷慨激昂、义正严辞地展开说理斗争，使敌人理屈词穷、无言以对。1930年出狱后，返回家乡。同年5月，他长途跋涉辗转南下，只身投奔赣闽红军游击队。1932年秋，受党组织派遣，回到晋南开展革命斗争。1936年春，红军东征转战临汾，他主动与红二师取得联系，加入红军参加作战。在毛泽东指挥下，随军西渡黄河到达陕北。

二、临危受命，组建武装

全面抗战爆发后，八路军三大主力相继开赴山西抗日前线。当行至侯马时，景仙洲受命留在家乡临汾组建地方武装，配合八路军开展游击战争。在临汾，中共中央北方局及时提出“坚持华北抗战，誓死不过黄河”的号召，以临汾为中心的晋西南掀起轰轰烈烈的抗日热潮。受众多激动人心的抗日文章、抗日报告演讲影响，景仙洲深受感动和鼓舞，全身心地投入到抗日的洪流之中。

景仙洲参加了抗日民族统一战线组织——牺盟会，在牺盟会临汾县分会特派员、共产党员李从文的领导下，他和共产党员亢宝芳（谷震）、沈文超等分头深入农村宣传《抗日救国十大纲领》和抗日救亡道理，唤起了广大群众的抗日热情。10多天的时间里，就组建了一支

30余人的抗日武装。

1938年6月，景仙洲任临汾县第三区区长，率自卫队第四中队活动于大阳镇王雅村一带抗击日军。1939年7月，自卫队第四中队被改编为决死二纵队第四总队第五大队，景仙洲任大队长，下辖3个中队，人数达300余人。队员和乡亲们都亲切地称他为“司令”。1940年春，景仙洲所部在沁源县县长乐村整训期间，被编入决死一纵队四十二团，并向总部人员和警卫营指战员作了开展游击战的经验介绍。景仙洲所部被改编为国民革命军第十八集团军汾东游击支队，景仙洲为支队长。1940年6月，景仙洲任太岳第二军分区副司令员，仍兼汾东游击支队支队长。在抗日战争最艰苦的岁月里，他率汾东游击支队同人民群众并肩战斗，连战连捷，打了30多个很有影响的漂亮仗，多次受到表扬和通令嘉奖。

三、三顾茅庐，扩充力量

汾东游击支队从小到大，由弱到强，经历了坎坷曲折，景仙洲付出了艰辛努力。1941年春，他率领汾东游击支队转移到霍山西南的李家洼村一带。这里山高林密，人烟稀少。有个叫侯德山的土匪，在霍山老牛沟占山为王，老牛沟一带成为远近闻名的“土匪山”。

对这一情况，支队内部出现两种意见。有的主张应立即进山清剿；有的认为，应进一步侦察摸底，弄清情况后再定夺。景仙洲认为这一带山大沟深，散居这里的多数是穷苦农民，占山为王可能事出有因，应摸清情况再说。景仙洲亲自查访了解，在老牛沟附近的山庄窝铺，他了解到侯德山的一些情况：侯德山，佃农出身，家境贫寒，为奉养双目失明的母亲，换取地主一石五斗麦子，他顶替地主的儿子当了兵。不久，队伍战败溃散，他逃回家乡。为躲避地主追讨麦子而祸及母亲，他不敢回家，才藏匿深山，落草为寇，却始终没有与普通百姓为敌。景仙洲想进一步摸清侯德山的全部底细，便给其捎去一封信，表达了晤谈之意。对家喻户晓的抗日司令“景疯子”，侯德山早有所闻，也很敬仰，渴望见面。于是很快给景仙洲回了信。但同时提出两个条件，一是上山人数不能超过3人，二是不能携带武器。景仙洲带了一个战士上山赴约，与侯德山坦诚相见，沟通顺畅。

第二次见面时，侯德山带人下山，抬着两口肥猪、一担鸡慰劳部队，并动员30多人带30多支枪投奔汾东游击支队。但侯德山和其余的弟兄却又返回了老牛沟。于是，景仙洲决定再访侯德山，促使他走上抗日的革命道路。第三次会见时，景仙洲以攻打赵城明姜日军据点为由征求侯德山意见。听说要攻打明姜据点，侯德山激动不已，一方面积极出谋划策，一方面主动要求承担最艰巨的任务。看侯德山抗日态度坚决、诚恳，景仙洲当即安排他利用人熟地熟的有利条件，完成战前侦察任务。侯德山不负众望，机智勇敢地混进据点，弄清了全部敌情，并将敌设防情况绘制成图带了回来。更令人振奋的是，侯德山带来全部人马参加汾东游击支队，使景仙洲率领的抗日队伍实力大增。在景仙洲的精心部署下，汾东支队里应外合、声东击西，侯德山带头冲锋陷阵、浴血奋战，不到两个小时，便全歼守敌。

四、造榆木炮，痛击日军

1938年春，汾东游击队活动于临汾、洪洞、浮山交界的山区里。队伍虽初具规模，但武器装备却寥寥无几。景仙洲苦思冥想，焦急万分，发动群众献计献策。听老人说，清末浮山农民起义领袖陈彩彰，曾用土造榆木炮与清军斗争。景仙洲受到启发，决心尝试。他派人到陈彩彰的家乡浮山县北王村，查访榆木炮的构造和制作工艺，并请来木匠开始试造榆木炮。郭行村的一位老铁匠也主动赶来，给榆木炮打铁箍。当地及附近村庄的群众得知后，纷纷主动给以支持配合，有的送榆木，有的送铁器，有的烧木炭，有的熬硝、弄硫黄配药，还有的化铁水、铸铁沙子。造炮现场群情激奋，热火朝天。他们把檩条粗的榆木纵向锯成两半，中间挖空，再黏合起来，用铁箍扎紧，大头做炮座，小头做炮口，制作讲究，不能有丝毫偏差。在不到两个月的时间里，先后试制8次，终于成功，精心制造出18门榆木炮。

一天，景仙洲获悉，日军60多人要下乡抢粮。当晚，他就带队来到敌必经之地——钻天沟。钻天沟是一个口袋形的山口，两旁是野草丛生的山丘，往里走，正面一个山头把路分成两岔，实际形成一个三

1944年临汾乡下丘陵民居

岔路口，易守难攻，十分利于隐蔽和打伏击。景仙洲把榆木炮按半环形配置在三面山坡的草丛中，自己带部分兵力埋伏在正面山头上。

第二天拂晓，日军果然来了。当他们走到沟口附近，突然转向拐到两边去了。景仙洲当机立断，诱敌入网，派少数队员先潜出沟外，用土枪向敌开火，边打边撤，日军见游击队人少枪劣，尾随追击进入伏击圈。一霎间，18门榆木炮齐声“轰！轰！”地射向敌人，土枪、步枪和机枪猛烈向日军齐射，手榴弹在敌群爆炸，日军全军覆没。炮是战士的胆。榆木炮使景仙洲的底气更足了，魄力更大了。紧接着，在攻击洪洞甘亭车站日军据点时，他把所有榆木炮部署在主攻方向，随着震耳欲聋的榆木炮声，日军被打得晕头转向，一个个抱头鼠窜。当队员们发起全面冲击时，日本鬼子已逃窜到铁路以西汾河滩的草地里，游击队乘胜缴获车站内的物资和弹药后迅速撤离。

五、锄奸肃特，震慑敌军

侵占临汾的日军，经常遭到抗日游击队的袭击。对此，日军先后在临汾城周边设立了一些据点，并在敌占区各村成立维持会，培植扶持反动分子为其充当耳目和爪牙。这样，游击队的活动一度受到很大限制和威胁，多次作战行动失利。

经密查暗访，景仙洲得知是西孔郭村的维持会长赖青子向日军通风报信。赖青子是有名的二流子，一贯好逸恶劳、吃喝嫖赌。起初，景仙洲认为赖青子毕竟是中国人，讲清利害，尽量使其悬崖勒马。但是，为日军效力的赖青子竟无动于衷、毫无悔意，继续作恶。景仙洲果断决定，坚决惩处汉奸，杀一儆百。一天晚上，景仙洲带领游击队员神不知鬼不觉地向西孔郭村而来，他们直扑赖家，把赖青子五花大绑，连夜押回游击队驻地大阳镇。

在大阳镇赶集的这天，游击队召开了规模宏大的公审大会，宣布赖青子甘当汉奸、祸害百姓和破坏抗日的数条罪行，并张贴布告，公开枪决。从此，有的汉奸迷途知返，洗手不干了；有的登门求饶，愿意立功赎罪；还有的主动给游击队传送情报。景仙洲乘势多方面做工作，要求敌占区的维持会长们当两面会长，表面应付日军，暗中支持配合游击队。景仙洲还通过两面维持会的关系，以修工事、垒锅灶和干杂活为名，派人潜入日军据点实施侦察，了解敌人的情况。

抗日战争时期，敌我态势犬牙交错，情况错综复杂，尤其是战斗在敌后战场的游击队，往往是“敌中有我、我中有敌”。在汾东游击支队中，也潜入了日军特务，给景仙洲和他的队伍带来严峻考验。1940年初，游击队偶遇一个衣衫褴褛、蓬头垢面的青年，似落魄遇难之人。此人苦苦哀求，欲参加抗日队伍。见这名青年执意参军，景仙洲欣然应允。此人叫德文彬，入伍后表现积极、作战勇敢，很快就被提拔为班长、副排长。

意想不到的是，德文彬竟是受过日军专门训练的潜伏特务，曾多次想暗害景仙洲，皆因景仙洲高度警惕和防备才未得手。此后，在学习毛主席《论持久战》和“三大纪律、八项注意”的思想政治教育中，德文彬受到触动。特别是当景仙洲动之以情、晓之以理地和他促膝交心时，德文彬潸然泪下，如实交代了自己的身份和任务，并诚恳地表示悔过，决心将功补过。

景仙洲宽宏大量，以支队名义推荐其到安泽县当了副区长，德文彬后来确实为党做了不少有益的工作。德文彬事件在游击队里引起了很大震动，使景仙洲提高了警惕。

1941年，日军再次秘密派遣两个特务潜入游击队，伺机破坏。仅几个月时间，在特务的煽动下，就有10多个思想不坚定的战士先后离开了抗日队伍。这一动摇军心、瓦解队伍的严重事件，引起支队领导的高度重视。支队及时采取了相应对策。一邢姓特务见势不妙，乘机逃脱。特务杨一明被抓捕归案。同年冬，根据太岳军区命令，汾东游击支队在安泽县翟泉召开大会，揭露日军特务的罪行，处决了杨一明。会后，对部队全体指战员进行了深刻的思想政治教育和清奸肃特教育。景仙洲谆谆告诫大家："我们不仅要十分重视军事战线和拿枪的敌人，而且要十分重视隐蔽战线和不拿枪的敌人，这样才能稳操胜券、无往而不胜。"

六、睿智勇战，威震太岳

全面抗战期间，景仙洲领导汾东游击支队东奔西走，战斗足迹遍布太岳区的临汾、浮山、洪洞、安泽、霍县、平遥、襄陵、沁源等地，与日伪军激战百余次，屡战屡胜，多次受到386旅、太岳军区和八路军总部的嘉奖和表彰。朱德、彭德怀、陆定一等领导曾致信表示祝贺。

1938年5月的一天，日军100余人由临汾县城出发，欲到浮山县"扫荡"。景仙洲早已提前获取情报，秘密埋伏在古贤和老母村一带的山丘中，严阵以待。日军队伍完全进入伏击圈后，他一声令下，长短枪一齐开火。日军组织了多次反击，都被游击支队的猛烈火力压制下去。战斗从上午9点，一直打到天黑，敌人死伤惨重，寸步难行。此战重挫了日军的锐气。

紧接着，景仙洲又盯住了临汾县小贾村日军据点。这里驻扎的日军多，枪支、弹药和粮食物资也多，如能得手，既可震慑日军，又可获取大量军需给养。但困难大、风险多，如同虎口拔牙。景仙洲缜密考虑后，决定奇袭智取。小贾村离临汾城10多里，是个有500多户人家、3000多口人的大村子。四周环绕又高又厚的土墙，东西南北各有一道大门，只要关闭四门，就是一个密不透风且异常坚固的堡垒。一天，小贾村据点的日军奉命去西山"扫荡"，仅留下少数兵力看守，四道门封闭了三道，只留一道门用以出入，并派兵把守。

当天深夜，景仙洲用碾麦子的石滚撞开院门，还有的搭人梯翻墙入院，10余个日本鬼子全部被消灭，投靠日军的不法地主和认贼作父的汉奸也受到惩罚。游击支队还把日军库房的物品分给村民。待日军调集兵力、气喘吁吁赶来救援时，景仙洲早已带领游击支队和大量战利品消失得无影无踪。

1940年9月，为了配合百团大战，上级指示汾东游击支队破袭敌人的交通线。情报获悉，日军的一辆军用列车将由太原开往临汾，景仙洲决定抓住战机，实施破袭。洪洞县境内的天井和甘亭是日军在临汾城外围的两个重要据点。景仙洲决定将爆破点选择在天井与甘亭两个据点之间的路段，破袭成功即可切断南同蒲铁路交通线，并割裂铁路沿线各据点间的联系。

午夜时分，在景仙洲指挥下，部队秘密靠近铁路线，割断电话线，撬起铁轨并掀翻到路基下，将炸药安装完毕，隐蔽埋伏于铁路两侧，守株待兔。不一会儿，铁轨颤动，声音轰鸣，刺眼的车灯划过漆黑的夜空。随着一声巨响，火车头翻倒在路基下，队员们高喊着“缴枪不杀”，将火车团团包围，一个日军军官负隅顽抗，被当场击毙。这次破袭战，连打扫战场不到一个小时，活捉日军火车司机3名，缴获炸药若干箱，并在车内搜到一些文件和军用地图等。景仙洲及时将缴获的文件和军用地图转交给了386旅旅长陈赓。景仙洲和汾东游击支队受到通令嘉奖。

大战风子岭是景仙洲战斗生涯中又一个令人敬佩的杰作。1941年春，应霍县抗日政府邀请，汾东支队到霍县开展活动，宿营于东山脚下的县政府驻地高王庄。霍县抗日县政府组织群众敲锣打鼓，举行了热闹非凡的欢迎会。恰在此时，接到日军要来袭击的重要情报。景仙洲等支队领导与县政府负责人召开紧急会议，仔细研究应对方案，决定在制高点风子岭迎战来袭之敌。

翌日拂晓，日军100多人和伪军200多人气势汹汹地向高王庄扑来。汾东游击支队战士早已进入阵地，布下天罗地网。景仙洲一声令下，枪声四起，数百日伪军被打得人仰马翻，困在山沟中。敌人受到意外打击后，不甘失败，想方设法扭转被动局面，一边在正面实施顽强抵抗，一边组织力量到侧翼迂回包抄，抢占有利地形，欲从背后袭击游击支队。一直密切观察战况的景仙洲一眼识破敌人的阴谋，立即调动火力迎击这股敌人，击退了侧翼迂回之敌。时近中午，战斗愈加激烈。景仙洲率队坚守阵地，连续打垮日伪军的多次反扑。战斗一直打到天黑，双方处于胶着状态。游击队乘夜幕降临，发起冲锋，直杀岭下，将敌军分割包围。日伪军见难以挽救败局，仓皇逃离。

此战，汾东支队以较小的伤亡代价歼灭日伪军40余人，从而改变了霍县抗日斗争的形势，极大地鼓舞了人民群众的抗日决心，当时就有上百名青年参加了抗日队伍。抗日司令“景疯子”及汾东游击支队更是声威大震。

景仙洲被太岳军民赞誉为“抗日英雄”。在硝烟弥漫的烽火岁月，他先后任太岳第二军分区第一副司令员、司令员。其创建和领导的汾东游击支队发展壮大为下辖3个营9个连的甲级团。1945年12月，被整编为太岳军区23旅68团，列入人民解放军的战斗序列。这支骁勇善战的劲旅，一直从山西打到西南边陲，为中国人民解放事业谱写了壮丽的篇章。

（作者系原中共临汾市委党史研究室副研究员）

巾帼英杰高梅子

郑　韬

巾帼女杰高梅子

清晨薄雾迷茫，一座被炸塌的炮楼仅剩黢黑的残壁，周围燎焦的灌木噼啪作响、火星乱窜、硝烟弥漫。枪声时断时续，一夜的鏖战渐渐平息了下来。

突然，对面山腰阵地上的战士发现，有位妇女正奋不顾身地往上爬。大家都屏住呼吸注视着她，此刻，既不能阻止她，也不能下去营救她，生怕她被流弹或敌人击中。时间一分一秒地熬着，当她爬进战壕时，手磨破了，衣服也给钩烂了，“我要见首长，郭平书记有重要情报交给他！”这不是电视剧或电影里的桥段，因为这是真真实实发生在襄陵河东某战役的一幕，而那位妇女就是我党优秀的地下交通员高梅子。

1915年，高梅子出生于山西省襄陵县周家庄，嫁于沟西村。其弟弟区委书记高飞同志时常在她家与党地下工作者接头，久而久之，她的家成为党地下工作的接头站，干部战士们都亲切地称她为梅姐。频繁地接触共产党员，深受党的熏陶和教诲，高梅子也深感只有跟着共产党走才能有新生活，只有跟着共产党闹革命，穷苦的人民才能翻身才能当家做主人，于是毅然决然地加入到革命当中。她利用农家妇女不易引起敌人注意的便利，多次把县委、区委、城工部的密件藏在头上的元宝发中，装作串亲戚，勇敢机智地穿插、绕过敌人据点送到各地，然后再把下边的情报、请示报告带回来。

1947年正月二十九，高梅子进临汾城送密件，并动员她在城内的三爸高维崇为党做点工作。进城后，她住到表弟李兴杰的家，被同村一人发现，报告阎特警队。李兴杰闻讯，抢先把高梅子送往附近医院厕所藏身。敌人摸来没抓到高梅子，便绑起李兴杰追问。高梅子藏身厕所的外墙很低，本可以翻墙脱险，但当她听到李兴杰被抓后，就将密件吞进了肚子里，挺身而出，指着李兴杰说："你们把他放了，我跟你们走！"

在狱中，军棍、杠子、烙铁等刑具摆下一片。人称活阎王的特警队长开始审讯高梅子："你进城的任务是什么？""啥任务啊，我来看我三爸妈。""接头人是谁？""啥接头人？""把缝在衣服里的密件交出来！""我身上啥也没有，不信你们搜。"匪兵没有找到密件，只找到高梅子用来防身的纳鞋底的锥子，粗鲁的匪兵一把抓住高梅子的头发问密件在哪。"我就一农村妇女，真没啥密件。"早已没耐心的匪兵抓着高梅子的头发将她拖到刑具上，大把大把的头发就这样被扯了下来，头上被揪的全部都是鲜血，更甚的是丧尽天良的匪兵将三层牛皮厚的皮鞭浸在盐水里后，恶狠狠地抽打着高梅子，几个回合下来，打得她皮破肉烂，但她依旧宁死不屈。活阎王束手无策，气急败坏地拿起高梅子的锥子对着高梅子的手边刺边说"我让你不招，让你不说"，十指连心啊，那锥子刺下去又拔起时倒勾起的肉，使高梅子的十根手指血肉模糊，那每刺一下钻心的痛，更让高梅子几度昏死过去，但又被敌人用凉水喷醒。这样残忍的酷刑，在牢中的5个月，反反复复地上演了13次，每次好不容易长住的伤口，又被敌人专挑受伤的地方折磨。可即便如此，高梅子依旧坚定信念、守口如瓶。精疲力竭的敌人，从未能在她的嘴里掏出一丝丝情报和实质性证据。后来，在高梅子丈夫等人的营救下，审讯未果的特警队放高梅子出了狱。

出狱后的高梅子，更坚定与敌人抗争到底的决心，先后冒着生命危险为杨菊、秦平、月梅等同志抚养了4个孩子。中华人民共和国成立后，高梅子和孩子们依然在塔儿山下默默无闻地务农。当有人问她“你有什么要求”时，高梅子只淡然地说：“没有，现在我们吃得饱穿得暖非常幸福了。”

其实，像高梅子一样平凡而又伟大的投身革命的英雄有千千万万，他们抛头颅洒热血，凭着坚定的理想信念，浩然的革命正气，开创了国家和民族的新生和未来。我相信这种力量就是我们中华民族的象征，在生死关头不屈服，在困难面前不低头。

我们的家乡是美丽的，英雄们献身的事业是壮丽的，而在美丽和壮丽之间，是幸福生活的我们。我是一名教师，在革命教育主题班会上，我给孩子们也讲了这个故事，革命精神的传承要从娃娃抓起，我将会继续把这千千万万个投身抗战的英雄们所凝聚的革命精神传递给我的学生们，让我们一代又一代的人更加懂得珍惜现在美好的生活，更加懂得传承革命英雄们身上勇于奉献、坚定信念、不求回报的平凡而又伟大的精神！

（作者系襄汾县教科局教师）

铁骨铮铮乔贯五

王 晓

白面书生铁石心，岂肯为敌作顺民？

至死骂贼不绝口，名比日月照古今。

这是80年前，年仅32岁的抗日英雄教师乔贯五在英勇就义后，当地人将他的英雄事迹写成传颂歌谣。让我们伴随这歌谣，走进襄汾县抗日纪念馆，穿越历史的云烟，去听一听他的故事。

1937年11月，日军铁蹄踏向山西，一时间襄汾处于一片焦灼混乱的状态。

为抗战，襄陵汾东区委组建后，乔贯五担任了区委宣传委员。期间他以小学教师身份为掩护，团结进步青年教师，向学生进行革命教育，灌输革命思想，激发他们的抗日觉悟。

这一天，他正在教室里给学生们上课，说道："同学们，国乱家难安，皮之不存毛将焉附？在这特殊的战争年代，只有我们团结起来才能救中国！才能守护好我们的家园，让我们行动起来吧！向世人展示，日军如何侵我国土，杀我国人的，当然，也可以拿起枪杆上战场奋起反抗！"说到这里，同学们都义愤填膺齐声吼道：

"誓死把日本鬼子赶出中国！"

可谁知可恶的顽固分子校长刘尚志竟不知什么时候站在了窗外，听到了这一切，慌乱地在门口走来走去，随后他破门而入，说道："乔贯五，你要造反吗？你是不是想害死大家呀？现在是谁的天下你不知道吗？"

只见乔贯五大声一吼：“当然是我们中国人的天下，这是我们中国人的土地！”说着与其进行了针锋相对的抗争。并告诉他说：“培养学生就是培养救国人才，就是为抗日救国增添力量。”“我们寸土必争！”气得刘尚志一时语塞，只好转身离开。后来，乔贯五策动学生驱逐吹捧蒋阎、攻击共产党、破坏学生抗日的教员张子彦，迫其弃职。

1939年12月，“晋西事变”爆发，阎锡山与日军合流发动反共高潮。他前往根据地学习，年底结业回了村。1940年2月7日除夕，乔贯五不幸在家中被捕，被敌人扣押至赵曲据点的日本警备队监狱。

那一天，刑狱的空气中弥漫着一股子血臭味，这时，日军特务对乔贯五同志又展开了新一轮的审问。可恶的敌人将乔贯五吊起来，用荆条和鞭子轮番抽打，打得他皮开肉绽。他大声吼道：“有种给爷来个痛快的！”几次昏死过去，然后又被冷水泼醒。受尽酷刑，他依然没有松口。他怒目圆睁、满含血水，满怀愤怒地说道：“很可惜我看不到你们滚出中国的那一天！”这时，日军特务恼羞成怒，大声吼道：“杀！”

第二天，他被拖到刑场，忍着剧痛，坚决不下跪，神态自若，仰望东北邓庄村方向，默默向那方热土告别、向自己的同志告别、向自己的父母妻儿告别，最后，面对敌人的枪口，他高呼：“打倒日本帝国主义，中国共产党万岁！”随着一声枪响，年轻的生命终结在1940年6月4日。

这便是襄汾抗日英雄乔贯五的故事，他对党无限忠诚，铁骨铮铮的精神就像青松一样，傲然挺立、万古长青！

（作者系襄汾县第二学校教师）

梨乡丰碑

——记2013年感动隰县十大人物李元生

张朝霞

是谁励精图治创建了隰县百种精品梨试验园？又是谁呕心沥血培育了中国第一梨——隰县玉露香、书写了隰州梨乡的今日辉煌和历史丰碑？他就是被评为隰县“梨果功臣”，被誉为“隰县玉露香之父”的李元生。

3600个日夜的守候

没有李元生那长达10年日日夜夜的守候，就没有今日隰县玉露香的无限风光。但是，没有隰县百种精品梨试验园，李元生也就无法实现那令人痴迷的守候；没有原隰县老区建设促进会会长王登华的倡导，也就没有隰县百种精品梨试验园的诞生。

1998年，时任隰县老促会会长王登华在探寻隰县梨果发展新思路时，大胆提出了创建隰县首个“百种精品梨试验园”。而此时已在隰县梨果战线摸爬滚打20多年，攻克了“高光效树体结构”和“彻底解决大小年结果”研究课题、获得“果树高级工程师”的李元生，被王登华慧眼识中，而承担起创建隰县百种精品梨试验园的重任。他集筹备创建、具体实施、科学管理、观察记载、快速繁育和迅速推广于一身，开始了更深层次的果树管理和示范的漫长求索之路。

位于习礼塬的30亩“百种精品梨试验园”，对于李元生来讲，园

李元生在果园中

中的126种新品种都与他结了缘，都是他感情的寄托、是他生命的组成部分、是他人生的梦想和追求。一会儿看不见它们，他心里就有一种不可名状的失落感。

刚建园的那年冬天，他一个人住在园中，偏偏这时，天降大雪，漫天的鹅毛大雪纷纷扬扬地飘落着，很快，厚厚的雪就覆盖了整个试验园，映入他眼帘的是白茫茫的雪花。看着茫茫白雪，他不由浮想联翩，他想到了人生奋斗中的坎坎坷坷和多年来自己独自在外管理果园的孤独和寂寞，不禁潸然泪下……但仅仅是那么一瞬间就过去了，因为他爱果树、爱果园。到了冬天，他完全可以离开试验园回到温暖的家中，但他舍不得试验中的这片梨树，更主要的是他每天要对梨树进行修剪管理、观察试验和记录对比。

新品种的试验除要投入大量的资金和劳动力外，还要不分昼夜耐心细致的观察记载。有时为了观察一个花蕾绽放的特点，他必须整夜整夜的守候。他知道他守候的不只是一朵花，而是他人生的梦想和追求！他夜复一夜地用雕塑般蹲立的姿势，在寒气犹存的春夜12点至凌晨3点进行观察和记录，而后进行对比和分析，常常是黎明的曙光照亮了试验园，他才拖着疲惫的身子回到园中小屋躺一会儿，又很快投入到白天的观察和管理中。超负荷的劳动，拖垮了他的身体，但他渴望试验成功的决心和意志不曾改变。

为了使精品试验园能缩短试验时间，早日选育出适合在隰县生长、生产的优良品种（品系），他除在定植时节精选了适合隰县的品种科学设置、合理布置重复外，还对各品种（品系）进行细致的观察、记载、分析，从生长的适应性、生产的实用性和果品的优质性、耐贮性及树体与果实的抗病抗虫性能等诸多方面进行反复对比，年复一年，周而复始。通过10年3600多个日日夜夜的守候观察、综合分析和无数次的对比，他最终选育出超越当时隰县大量栽植的酥梨特点的早、中、晚熟新一代品种——玉露香、龙宝、晋蜜梨、绿宝石等品种（品系）。

李元生在试验园选育出来的适合隰县栽植的新一代品种和对试验园的精细管理，得到了果树专家的赞誉。

农业部果树专家赵世发曾多次到试验园观察品尝和指导选优，并高兴地说："玉露香发展前景十分看好，有较强的市场竞争力，是非常有希望在全国推广的品种。"同时将玉露香品种引进北京观光果园。2002年，我国著名果树专家汪景彦在试验园实地指导时兴奋地说："梨园管理到这种程度实在不容易，这样的管理水平已达到国际水平。"2005年，农业部梨树专家闻讯前来，并带中央七套节目记者实地品尝后激动地说："你们头脑十分清醒，我国的农业发展就是要有超前意识，通过试验带动发展。如果都像你们这样，我国的农业发展要快得多啦。你们这个梨园可认证一个有机生产基地。"随后，这一新闻线索在中央电视台农业栏目进行了报道。

山西省著名梨树育种专家皱乐敏、郭黄萍曾多次亲临试验园指导选优，他们自豪地说："所选品种（品系）非常有市场竞争的生命力，引回试验是持续发展的必要。隰县果树的发展，就从这里找到了亮点。"2005年，山西果树研究所副所长牛自勉（博士后）在园考察指导时说："你们梨园管理的标准高，玉露香的品质超过了我们研究所的质量标准，是非常了不起的研究成果，这个试验园非常有试验价值。"

专家的肯定，果农的认可，促使县委、县政府从试验园中百里挑一选定玉露香作为县域主栽梨种，让玉露香从试验园走向产业化。同时，李元生管理的隰县百种精品梨试验园挂起了"山西省农科院现代农业研究中心综合试验站""梨树高海拔标准化综合试验站""国家梨树体系示范园"三块牌子，确立了新品种试验、核心技术示范等项目，研究试验工作晋升为国家级。

400万芽接穗的回报

没有李元生那400万芽接穗的回报，就没有今日隰县玉露香的恢宏气势；没有隰县百种精品梨试验园，也就没有培育玉露香的基地。但没有培育出玉露香，就谈不上400万芽玉露香接穗。

隰县百种精品梨试验园建园之初，除将隰县原有的品种金梨、铁梨等和在隰县表现较好的引进品种（品系）大花瓣梨、大果酥梨等50多个品种（品系）收入试验园后，又从兴城、郑州、陕西、甘肃、烟台等国家、省级果树科研院所引进了绿宝石、黄金梨等名、优、珍、稀、特品种（品系）接穗嫁接到试验园。在这里特别值得一提的是李元生把玉露香引进了试验园。也许他当时引进玉露香时，并没有想到隰县玉露香会享誉全国。他只是把玉露香当作一种新品种引进试验园，没想到他这一引进，就迎来了隰县梨果业的春天。

玉露香是由山西省农科院太谷研究所果树专家邹乐敏以新疆的库尔勒香梨为父本、河北赵县的雪花梨为母本，于1974年培育出来的特优品种，代号为74–7–8。1984年由张天生引入隰县，在城南乡牛家沟栽植观察。之后的几年中，只在隰县个别梨园有零散栽植，数量很少。城南乡车家坡张德喜的梨园有7株、阳头升乡贺木腰高成贵的梨园有14株、试验站梨园有9株，全部加起来没有超过30株。从1984年引进到1998年建起百种精品梨试验园的14年间，玉露香在隰县可以说是默默无闻、无人问津。

如果不是1998年李元生在张天生的梨园把玉露香引进试验园，也许玉露香至今还被遗忘在张天生的梨园。

1998年夏天，李元生冒着酷暑来到张天生的梨园，第一眼看到玉露香梨树的时候，就一见钟情，爱不释手。当时梨树的名字还不叫玉露香，而是代号74–7–8梨，后来才被命名为玉露香。张天生的梨园也只有几株玉露香梨树，他急切地采回了几十条接穗，拿回试验园嫁接到两株梨树上进行观察试验。之后，他又到车家坡、贺木腰、试验站等有玉露香的地方采回来大量的玉露香接穗，分别嫁接到试验园进行对比试验。

2000年，山西省农科院果树研究所梨树课题组负责人郭黄萍教授听说试验园嫁接了玉露香，专程来试验园调查，并让李元生帮助采接穗，找树苗。2001年春，李元生和王登华、张记贵专程来到山西省果树研究所走访了郭黄萍教授，就玉露香在隰县的发展前景进行了研讨，一致认为隰县发展玉露香得天独厚，气候特点和土壤条件都适合栽植玉露香。

2002年秋天，李元生把上阳德村于红根梨园6株玉露香树采摘的200多斤玉露香梨高价买回来，放在试验园的贮藏窑进行贮藏、观察，结果证明可以贮藏。2003年，他又把贮藏的玉露香拿出来让果农和领导进行品尝，反响较好。

2003年，他首先在小范围进行高接示范。在当时的后堰乡竹十村的张宝平梨园接1.5亩、张补旺梨园接1亩，午城镇下阳德村张春明的梨园接9亩、张新峰的梨园接7亩，在寨子乡但头村的曹福平的梨园接1.5亩、坪城村的韩候候梨园接2亩。通过东南西北和平川梨园进行试验，生长结果情况较好，为大面积示范奠定了科学技术基础。

2004年，李元生开始进行大面积试验和示范。2004年和2005年的两年时间，在阳德、习礼、坪城等37个梨园为391户果农高接换优2084亩，新栽1000亩，并培养出阳德、习礼、坪城等几个拥有玉露香梨500亩以上的大村，以及德虎塬80亩的大园和阎云海、张小平、李锁城等一批大户。这些大村、大园、大户的高产量、高收入，在梨农中发挥了极大的影响和带动作用，为玉露香在隰县快速发展开了先河。

玉露香梨在百种精品梨试验园试验成功，掀起隰县新一轮梨果高接换优的高潮，这也是李元生的梦想。从2003年起，他就给全县30多个村的500多户的果农送技术送接穗推广玉露香，面对人们对新品种的不信任和不接受，每到一个村他先找几个示范户无偿提供技术和接穗，给每户接上几十株树，等3年挂果后，再在全村推广。他先后为全县梨农提供玉露香接穗400多万条，培训果农1万多人次。为了便于管理和形成规模，他成立了全县最大果业合作社——源生果业合作社。合作社的果农达到了1029户，联系户达到2000余户，高接换优和栽植的玉露香面积达到了11000余亩。到2010年，他最早给高接换优的玉露香达到了盛果期，有的梨园亩产达到了2500公斤，有的果农人均收入达到了4万元，有的村总产量达到了35万公斤，有的梨园玉露香地头价

李元生在为玉露香梨套袋

每斤达到了8.5元、试验园每斤达到12元。玉露香已成为这些村奔小康的主导产业，他的那400万芽接穗功不可没。

40年时间的奉献

没有李元生那40年无私的奉献，就没有今日隰县玉露香的名扬天下。但没有西上庄林场那8年的历练和坪城村5年时间的提高，就不会有他40年无私奉献的基础；没有民政局果树基地那10年的攻克、百种精品梨试验园10年的守候和果业合作社7年的奋斗，也就没有他40年无私奉献的底蕴。

李元生40年如一日，奋战在隰县梨果发展第一线，为梨果奉献了青春、奉献了健康、奉献了一个共产党员全心全意为人民服务的全部心血。他用8年时间，在西上庄林场把自己历练成一个响当当的果树技术员；他用5年时间，使坪城村成为20世纪80年代全县唯一靠酥梨致富的万元户村；他用10年时间，在民政局果树基地攻克“高光效树体结构”和“解决大小年结果”的研究课题；他用10年时间，在习礼精品梨试验园选育出梨精优品种玉露香、龙宝、晋密梨等品种；他用7年时间，提供接穗和技术使全县玉露香面积达到50000亩；他创建了全县最大的果树合作社，指导留城村梨果获得农业部无公害产品认证，极大提高了产业竞争力。

2008年新品种玉露香试验出来了，高接换优的玉露香又有了显著效益，大面积栽植的玉露香也有了规模发展，但要让全国知道隰县的玉露香又成了他新的奋斗目标。于是，从2009年开始，他又开始跑市场，把玉露香向外宣传。他先给武汉、青岛一些果农快递玉露香梨的宣传资料，然后自己或托人到新疆、云南、河南、陕西、北京，还有省内太原、永济等地送玉露香梨。他通过快递寄宣传资料和样品，先后与十几家外地果商建立了长期联系，仅快递费用和印刷宣传材料费用就高达5000元。他派女儿带着玉露香跨过长江到杭州等地招商。他亲自带30箱玉露香到北京推销，仅这一次北京之行，连梨带运费就花去了他5000多元，但他无怨无悔。他说把产品直接送到果商手中是一条捷径，只要人家认识了我们的玉露香梨是好梨，销路就会打开，市场就会更大，果农就会得到更多的实惠。几年时间，他把自产的20000公斤玉露香作为样品送给了果商，换来了广大梨农的玉露香梨畅销价扬，为隰县的玉露香梨在全国打开市场做出了积极的贡献。

他为引进、培育、推广、销售玉露香所作的牺牲和贡献令人动容。当初创建百种精品梨试验园时，县上只投资了最初的启动资金4万元，后期的100多万元投资都是他自己的。而他家就他一个人有工资，要养活全家8口人，还要供4个孩子读书，家里一贫如洗，吃一顿白面馒头都很难得。有一年春节都没有吃饺子的白面，还是坪城村的好友韩冬秀给他家送来一袋白面，他二哥给他买了一条蝴蝶泉烟，才过了年。从1998年建起了百种精品梨试验园到现在，整整16年的春节他都是三十晚上回家，初一下午就回到试验园。16年的时间里，他白天在试验园或者果农的梨园劳作，晚上就在没有电灯的梨园小屋里度过。建园后的10年时间里，家人都在苇子坪的潮湿寒冷的出租屋里度过，爱人因此患上严重风湿病，因无钱治疗落下永远的病根。2003年他到省城给参加省老促会会议的领导送玉露香梨时，天下着大雪，他穿着破球鞋在大街上行走，感觉脚疼得像踩在刀刃上，回到住处后脚和鞋冻在一起脱不下来。他讲到这些流泪了，但我知道他心里最大的痛是爱女的离世。因为我曾经三次去试验园采访他，每一次他都要提起离世的爱女，每一次都流泪。他说如果不是他沉迷于试验园，也许有机会救女儿。

这次采访的时候，他刚参加完梨花节玉露香研讨会，感到责任更大、担子更重，对于全县梨农民的培训是他当前乃至今后较长一段时间的头等大事。他说他已经累垮了身体，累出了毛病。2012年开春他在梨园中忙碌的时候，突然感到浑身无力，虚汗直冒，赶忙靠着树坐下来休息。休息了一会还是站不起来，从这天回到家里他就爬不起来了，到医院一检查，他患上了严重的糖尿病。医生说是压力大、太劳累、饮食不规律引起的，他心里明白医生说得千真万确。望着30亩正在盛果期而且能为全县需要高接换优的果农提供玉露香梨接穗的试验园，想想对自己寄予厚望的1000多户合作社果农和2000多户联系户，他觉得自己不能就这样倒下去，而糖尿病又是富贵病，要休息好、不能劳累和饮食不规律，这些他都做不到。病情刚刚有点起色，他又投入到更加繁重的工作和劳动中。

想一想，他不这样拼命干也不行。因为他一个人既要管理试验园的30亩精品梨树，还要为1000多户合作社的果农进行技术、管理指导，为2000多户联系户进行技术培训，现在又要对全县的果农进行培训，还要亲自到重点示范园现场示范。正月里新年的味道还浓，他就踏雪来到一些没有技术人员和果农的果园里修剪果树。在这个乡镇刚刚下了培训会课堂，来不及吃饭就又跑到那个村里给果农讲课。但他无怨无悔，乐于奉献。

他说他感到最欣慰的是经过16年的努力，终于实现了建园之初王登华会长提出的隰县百种精品梨试验园建园8个目标：一是引进国内最新的优良品种（品系），经过观察试验、对比分析，筛选出适合隰县栽植的最佳品种（品系）；二是百种精品梨试验园要帮助果农避免乱引、乱栽造成的不必要损失；三是经过试验选育出品质好、产量高、受市场欢迎的品种（品系）；四是供各级领导来隰县指导工作时，观看一个试验园将隰县梨尽收眼底；五是供各地梨商来隰县购梨品，一睹试验园尽知隰县梨；六是试验成功栽植管理的新技术、新肥料、新农药，向全县辐射示范；七是试验园要成为一部隰县梨发展史上的活档案；八是试验园要成为果农适用技术培训的活课堂。

他说他做到了。他用16年时间，终于选育了玉露香和绿宝石等适合隰县栽植的精品梨新品种。在留城村，他从2003年开始作技术指导，历经8年，使该村所产梨和苹果于2011年被农业部认证为无公害产品，为再铸隰州梨乡新辉煌尽了绵薄之力，使隰县的玉露香梨远销国际市场有了通行证。

李元生从事果树管理工作已经整整40年了。他说这是一条布满荆棘和险阻的艰辛之路，但他走过来了。尽管这条路上充满了疑惑和痛苦，但他还是走过来了。就是在失去爱女的最痛时刻，他也没有停下来。今后，他更不会停下来。

相信李元生，一生会在他自己选择的农业科技创新的路上，永远走下去，实现他为广大人民群众谋利益的人生梦想和崇高理想，书写隰州梨乡的历史丰碑。

（作者系山西省作协会员，隰县政协退休干部）

山 魂

——七里峪十三抗日烈士记

邢立山

巍巍霍山壮古今，滔滔汾水唱英雄。在风景如画的霍山七里峪景区，矗立着一座“抗日烈士永垂不朽”的丰碑。我们的故事就从这里开始。

1942年，太岳军区为了积蓄革命力量，在与七里峪山之隔的沁源县兴居村组建了陆军中学（太岳中学）。陈赓司令员兼任校长。学校老师是从各部队抽调的一批大学生和有经验的领导干部。学校学员由勤杂人员和文化不高的连队干部组成。上课没有桌凳，就坐在背包上，没有笔墨纸，就用子弹壳做笔、烟灰当墨、桦树皮当纸、点松明子作灯。虽然条件异常艰苦，但大家的学习热情十分高涨。

1943年秋，侵华日军对太岳抗日根据地发动疯狂扫荡。10月1日，日军从介休、灵石分别出发，直逼沁源，形势十分危急。清晨，陆军中学全体师生开始转移。在茫茫霍山、山高谷深的林中小道上，师生们行进速度很慢。经过10个小时的翻山越岭，到达了霍山三眼窑村。三眼窑村虽说是村，其实只是一孔靠山石窑，大家决定在这里宿营。不久，疲惫不堪的师生沉沉地进入了梦乡。

拂晓前，寂静的山谷中传来了轻微的脚步声和马的喘息声。执勤的哨兵凭直觉判断可能是我们的学员来了，并没有将这一情况向上报。5分钟后，对方的声音愈来愈近，甚至还出现了模糊的人影。“是敌人”！前来查哨的班长立即鸣枪告急。枪声中，敌人恶狠狠地向三眼窑方向扑来。大家一面组织转移，一面抽调部分精干队员与敌人展开了激烈战斗。战斗中，由于敌众我寡，加上初次与日军交锋，缺乏经验，战斗中几十名师生被俘。天亮后，敌人进行了搜山，将被俘的师生和村中几名老乡押了起来，关在牛棚里。

下午5时，敌人进入牛棚开始点名，被点到的人分别被带到石窑洞内，逐个进行审问，严刑拷打，但是队员们个个大义凛然，宁死不屈，敌人没有获得一条有价值的线索。为了让其他同志尽快撤离，年轻的共产党员、组织干事陈国梁和宣传干事鲁兵主动向敌人谎称自己是唯一的学校干部，其他都是无辜的村民，要求留下自己，释放其他人员。随后敌人对陈国梁进行威逼利诱，让他供出根据地的驻地和人员名单。眼看其他同志都已被释放走远，陈国梁才放心地同敌人展开周旋，并怒斥日军的野蛮行径。气急败坏的敌人恼羞成怒，剥光了陈国梁的衣服，将他绑到院内一棵树上，用冰冷的河水不停地往他身上浇，冻得陈国梁浑身打颤。日军还不罢休，又在窑内架起火堆，拿起着火的木柴在他身上来回烧灼，疼得陈国梁浑身冒汗，却始终没有吐出一个字。陈国梁被敌人折磨得遍体鳞伤，奄奄一息。宣传干事鲁兵眼里噙着泪水，看着战友饱受摧残，大声呵斥敌人。日军队长气势汹汹地问："陈赓在哪里，你们的总部在哪里？"鲁兵仰天大笑："呸，军事机密岂能让尔等知晓，他们就在这无边无岸的茫茫大山里，在每

三眼窑烈士原纪念碑

一个共产党人的血液里！”敌人砍断了鲁兵的腿，鲁兵疼得昏死过去。这时，最后撤离的十几位同志担心战友的安危，折返回来准备营救。当同志们目睹两位战友遭受非人的折磨，个个怒火中烧，当即决定突袭营救。在营救行动中，同志们奋不顾身，打死打伤日军数人。然而，狡猾的敌人早有准备，最终13位同志被枪杀在长满荒草的沟畔，壮烈牺牲。让我们永远记住他们的名字：陈国梁、鲁兵、刘世铭、李根柱、李荫堂、杨茂清、郭炳、任学清、赵云、冯友亮、郝汉锦、孙宝琦、杜清德。他们牺牲时都不满20岁。当日晚上，成功撤离的陆军中学3名同志返回三眼窑，含着泪水将13名烈士的遗体掩埋。

2012年，霍州市将三眼窑烈士墓作为七里峪红色教育基地开发建设，并于当年开始修建十三烈士纪念墙。苍翠的青山，恢宏的气势，宏伟的雕塑，飘扬的红旗，瞻仰的人群送上鲜花，肃立默哀，永记这不屈的灵魂和不朽的丰碑。从此，山永在，魂相绕，山和魂永远相守相伴。

（作者系霍州市广电局原局长，现任临汾中华文化促进会副会长）

被河水卷走两个女儿的老红军安庆英

王小庆

每当翻阅安庆英的黑白旧照片时，耳畔总会响起其儿女对她坚定的革命信念、不怕流血牺牲的革命精神、九死一生的遭际的娓娓描述，脑海浮现出她离家找红军、三次过草地、延安革命岁月、受命发展生产、故乡探视亲人、扎根吕梁山区、宣讲长征精神的真实画面，仿佛就在昨天，历历在目，萦绕心间。感慨之余，催使我赘述一二，与读者共享。

悄悄离家找红军

2016年4月19日、20日，受邀连续两天分别到何锁林（安庆英次子）家、何喜林（安庆英长子）家聆听安庆英子女讲述其生前的传奇故事，寻觅其生活、战斗、工作的老照片。作为长子的何喜林召集妹妹、媳妇、儿女共7人在家等候。到时，寒暄几句，便从安庆英偷偷离家寻找红军讲起："我母亲1915年生于四川省苍溪县龙山镇，兄妹3人，排行最末。我姥爷以做生意为生，家庭殷实，不愁吃穿。因得独女，觉得老来有人伺候，被姥爷视为掌上明珠，那真是含在嘴里怕化了，捧在手里怕碎了。姥爷、姥姥的百般娇纵，养就了母亲任性、胆大、敢作敢为的秉性，可谓是男子汉的性格。母亲平时在家不事女红，专爱组织镇上同学、好姐妹嬉闹，颇具号召力。1931年九一八事变爆发后，抗日救亡活动遍及全国。母亲所在的学校师生罢课、游行示威。母亲积极投身运动之中，被姥爷拉回家里、严加管束，顺便经营家里生意。生意人来自天南地北，消息杂七杂八。母亲多次听到红军解救人民于危难、带领群众救亡图存的消息，便萌生了向往红军、寻找红军的念头。1933年的一天，红军部队经过龙山镇。母亲便叫上十余名好姐妹凑热闹，看红军宣传队的节目演出，初步接触了红军，尤其是看到红军里的女兵，留下了深刻地印象。之后更是以看演出为名骗过姥姥、姥爷，叫上好姐妹，尾随红军大部队行军。待红军宿营时发现母亲等十余名女青年，劝其回家，她们均表示不愿回家，强烈要求参加红军队伍。就这样，母亲想都没想给自己留条后路，以高昂的热情、激进的思想义无反顾地走向了战场革命。”

夜临金江过草地

谈起婆母，牛秀玲（安庆英之二儿媳）打开了话匣子：“婆母谈得最多的故事是红军二万五千里长征，几则小故事记忆犹新，我理解，只有靠坚定的信念、战无不胜的精神、百折不挠的毅力，才能走完长征之路。”

夜临金沙江急行军。金沙江滩险、水深、漩涡多，断崖深不见底，人掉入江中绝无生还可能。红军长征途中，婆母所在部队为躲避国民党飞机的狂轰滥炸，执行上级命令，晚上临金沙江急行军。红军纪律规定：不准说话，不准点火把照明，不论出任何意外不得停顿。那夜没有月光，蒙蒙细雨，耳边不时传来战友因路滑坠入金沙江中的扑通声，尽管如此，却未有一人发出声音。

三过草地。婆母所在的部队属张国焘领导的红四方面军。红军长征途中，张国焘另立中央，企图分裂红军，已经过完草地的部队又回返，后经党中央纠正，重新过草地，婆母才有三过草地的经历。过草地进程中，战友脚上经常起豆大的血泡；没有吃的，就吃草根、观音土；没有喝的，就喝马尿。有时马匹少都喝不到，就嚼野草根茎解渴。有一天，婆母肚子疼、发烧，想蹲下休息，无法行走，但战友不让，硬靠战友生拉硬拽前行。婆母曾亲眼见有的战士陷入沼泽、泥水渐漫过头顶而牺牲，亲眼见有的战士蹲下再也没有站起来而牺牲，后遇红军接应部队得救。婆母曾说，没有战友的团结互助、没有红军的坚强集体、没有党中央的英明领导、过草地是不可能完成的。

安庆英老人1996年重回延安留影

用尿盆吃饭。红军长征途中，饭属粥类，人多碗少，时间紧急，婆母见村民厕所旁有一盆便洗净盛粥吃饭。村民见状，急道："那是尿盆。"婆母答道："吃完饭便还你。"我问婆母："你不知是尿盆？"答："知道，村民知晓我，我只好装听不懂话、打岔圆过。"

爬出尸堆。红军长征途中，婆母任连长，奉命率部队执行阻击、掩护任务。战斗异常激烈，她大步冲上前沿阵地，战斗中被炮弹震晕，掩在尸体中，醒来后爬出，被接应战士解救。

宝塔山下革命情

延安是革命的摇篮、圣地，是中国共产党以及所领导军队的指挥中心。谈起延安，安庆英大女儿何玲珍插话道："妈妈向往延安，惦念宝塔，她在这里结婚、生活、战斗，感情深厚，经历了到延安、离延安、回延安的过程。"

到达延安。“我的妈妈长征结束到达延安后，被安排在被服厂工作，由于上过学、识字，年仅21岁的她，青春靓丽，深得在延安工作的未婚男领导干部赏识、追逐。很快，经组织介绍，妈妈与一团级干部相识、相恋并结婚。新婚第三天，丈夫奉命率部队执行战斗任务，自此杳无音讯。受保密纪律约束，妈妈在延安所办报纸上登载寻人启事，仍然没有消息。这次短暂的婚姻成为妈妈心中的终生憾事。1937年，妈妈与同乡且同为红四方面军30军的何占青相识、结婚。父亲当时在后勤部工作，参加大生产运动，负责喂猪、采购、加工食油事宜。至1938年，妈妈生育大哥（何喜林），后陆续生养两个姐姐。”

撤离延安。“1946年7月，蒋介石调胡宗南部向陕甘宁边区发动重点进攻，从东、西、南三个方向威胁延安，妄图突袭，逼迫中共中央退出陕北。在此形势下，爸妈随部队撤离延安，渡过黄河，越过吕梁山。渡河中，妈妈怀抱大哥，与两个姐姐坐船一同过黄河，狂风暴雨大作，因国民党飞机轰炸，眼看着两个姐姐坠河被洪水卷走。痛失双女，妈妈欲哭无泪，成为妈妈晚年时常念叨的话题。刚生下我时，专门照了一张相片，妈妈怀中抱我，爸爸鞋破指露。我不禁揣测，妈妈是被吓怕了，怕失去什么吧。”

回望延安。“1996年，临汾地区民政局组织辖区健在老红军回访延安。得知消息，妈妈激动、高兴之情溢于言表。我们儿女因她81岁、患有冠心病且行走不便，劝其不要成行，但未果。临行前几天，她茶饭不思，夜不成寝。经儿女们开会商量，由我陪妈妈前往。这次成行的老红军仅有8人。到延安后，参观了枣园、杨家岭等革命纪念场（馆），尤其是看到毛泽东当时种过的地、住过的窑洞和朱德用过的椅子时，触景生情，潸然泪下。到达壶口瀑布，妈妈执意单人照相，不用我搀，工作人员劝说也无济于事，无奈，她与地区民政局工作人员仅留一张照片。照完相，我看见妈妈眼角浸泪，想：妈妈是在默默祈祷葬身河底的两个女儿，一向强大的外表下，难掩其作为母亲的愧疚、不安。远在天国、未曾谋面的姐姐们，你们可曾原谅妈妈了吗？”

拿起锄头搞生产

安庆英随部队渡过黄河到达隰县后，怎会留在上均庄呢？当我提出这样的疑问时，何玲娥（安庆英之二女儿）如是说："妈爸留在上均庄发展农业生产是奉命而为，有几则小故事呢。"

奉命留在上均庄。"1946年11月28日隰县解放后，妈爸所在单位协助隰县解放区从1947年2月开始搞土地改革运动，地点在三区，尤其是上均庄搞得较好。1948年，解放军部队要南下，精兵简政，裁减伤病员、家属，留在地方发展粮食生产，支援前线。因爸爸在长征时负伤，一枚子弹从左胸肩穿过，伤愈后留下后遗症，左手仅大拇指和无名指能动，故妈妈奉命护理爸爸，留在了上均庄村。之后，妈妈带头参加生产劳动，带头参与互助组、变工组、长期组，带头入初级社、高级社，每年均超额完成粮食生产任务。"

养殖黄牛。"从1955年开始，隰县引进晋南大黄牛，改良当地康城牛。妈爸代表村里积极争取试点，建起配种站。妈妈协助饲养员配种，常引村妇议论，但她不予理会。至1957年，上均庄村以改良黄牛头数多成为全县的红旗点，隰县改良大黄牛成果在全国农业展览会参加展出，妈爸成为模范，上均庄成为国家、省、地、县养殖的示范点。1960年6月14日，苏联黄牛专家阿力克赛耶夫副博士到隰参观上均庄养殖的黄牛后，给予较高的评价。"

我要工作。"隰县石口医院初建，医务人员缺。妈妈在部队时当过护理员，曾在石口医院工作。但因爸爸左手残疾，有5个子女，孩子小、负担重、家务多等原因，妈妈无奈放弃了正式工作，回家务农，挑起家庭重担，并对爸爸说：'我要工作！不能把你当筹码给组织找麻烦、提条件。'于是，妈妈当选村妇女主任，开始了长达几十年的邻里纠纷调解员、家庭矛盾和解员、妇女权益维护员的工作，凡经她和解的纠纷，双方当事人均心服口服。"

梦回故里探亲人

安庆英的故乡在四川省苍溪县龙山镇。谈到故乡，聊起亲人，何春娥（安庆英之三女儿）回忆道："妈妈自1933年参加红军离家到1968年首次探亲，时隔35年之久，不知家在何方，亲人是否安康。"

探家不知家在何方。"1968年春，爸爸逝世于县医院，妈妈孤苦无依，遂提出回故乡看看。当时大哥29岁，大姐到我是14岁至6岁。只有大哥可以担此重任，于当年9月份陪同妈妈前往。到达龙山镇后，妈妈找不到家，老宅子的影像已在她的脑海里淡忘了。无奈，大哥、妈妈找到龙山镇政府，由政府工作人员出面打听，才得知妈妈的二哥家的地址。"

离家造成家破人亡。"大哥、妈妈经龙山镇工作人员引荐，妈妈与其二哥相见时抱头痛哭。两人情绪平复后，我二舅讲了妈妈参加红军后的家庭变故：妈妈参加红军后，姥爷、姥姥当天夜里不见爱女回家，因时局动乱、匪患猖獗，只好次日再打听，仍不得消息。姥爷心急，独整盘缠，离家上路寻找爱女，那真是福无双至、祸不单行，自此，姥爷再无音信，活不见人，死不见尸，至今没有下落。可怜姥姥丢失独女，不见丈夫，遭此双重打击，便一病不起。不久，大舅被国民党部队抓了壮丁，去向不明。家中生意日渐惨淡，入不敷出，只好歇业。家中积蓄，坐吃山空，家庭日趋败落。当妈妈得知家中变故系自己离家参加红军所致，心中五味杂陈，盘桓七日返隰。"

二探故乡亲人。"1987年春，已届古稀之年的妈妈提出想回故乡探亲。这次与前次不同，生活条件大为改观，一者我们兄弟姐妹均已成家立业，工作单位尚可，收入稳定可观；二者是大舅有了下落。于是，我们3个女儿相约成行。这次回故乡心情愉快，边旅游，边前行。到了四川老家，大舅、二舅、妈妈三人相见，互诉离别之苦，团聚20余日。有一天，给姥姥上坟烧香。坟上，一大家子20余口人刚跪下，只听妈妈叫了一声：'不孝女儿来看……'便晕了过去。我们吓坏了，忙掐人中，好半天才缓了过来，只恐妈妈冠心病发作出意外。我想：妈妈将家庭不幸之责归于自己，心存愧疚，今天终于发泄出来了。”

扎根老区献终身

隰县是山区，更是革命老区。何锁林（安庆英之二儿）如是说：“在我的记忆里，妈妈参加红军是干革命、扎根隰县山区是干革命、担任妇女队长是干革命，住在土改时分的窑洞里是为了革命、连爸爸的去世都是为了革命。可以说，她将一切献给了革命事业。”

妇女队长。“妇女队长没有品级、官衔。在妈妈的思想里，没有不干活的特权，只有带头干、多干、干得更好的责任和号召力。妈妈带领儿女们每天清扫村中道路用于积肥，几十年如一日；下地劳动同男劳力一样，挑大粪、搬石头，没有男女之分；进家门做饭、洗衣、挑水、劈柴等家务井井有条；晚上开会、学习、解决纠纷、计划生育、筹办婚礼样样不落；下河滩整出小块地，生产的粮食、蔬菜除家用外，常接济邻居，邻里和睦。妈妈很忙，不叫累，不知道累，也不会累。当儿女们割小麦喊累时，妈妈总会用四川话风趣地说：小娃儿累啥子嘛！当儿女们抬头问她为啥这样拼命时，她总自豪地讲：‘我是妇女队长！’”

淡然面对牺牲。“我的爸爸由于长征时负伤，体质弱，咳嗽、气短常住院。1968年住院期间，他主动承担一种进口新药的临床试验，不幸逝世。当妈妈得知真相后，曾有人劝她去告、去闹，索要赔偿。但妈妈环顾灵柩，淡然地对儿女们说：天塌不下来，有我呢！又对热心人说：人死不能复生，老何泉下有知，也不允许胡闹，就这样吧！那年，妈妈53岁。至2001年妈妈去世时，仍住在土改时分的地主家盛放酒糟的两孔窑洞中。窑洞居中，两边住邻居，没有搭灵堂的地方。两孔窑洞是妈妈留给儿女们的唯一财产”。

革命传统放光芒

当我凝视安庆英的遗像时，看到她慈祥中透着严厉，坚韧中含着无畏。我想她用一生的勇敢面对困难、阳刚普爱、大度忍让、先人后己，诠释着延安精神、长征精神，给后人留下享之不竭的精神财富。

做报告。何军（安庆英之孙子）道："我的记忆里，奶奶作报告是我最自豪的事。她讲的内容是长征、延安时期先烈们中的小故事，娓娓道来，引人入胜，深入浅出地晓喻人们珍惜今天的美好生活，努力工作。作报告的范围包括我县的行政机关、企事业单位、厂矿学校、武警部队。作报告的场次不计其数。有时受邀至太原、临汾驻晋部队讲演。"

与叫花子同桌吃饭。何翠莲（安庆英之孙女）说："我记得小时候，有一天正吃饭时，来了个叫花子，奶奶把她叫至饭桌上，与我们同桌吃完饭，给她拿上窝头送出门。我一直认为这是小事也没什么，后来长大了，才悟得奶奶的博爱。"

拾钱。何玲娥道："我上小学时，在路上捡到10元钱，当交给妈妈时，被训斥道：'在哪儿捡的送到老地方去，你再捡一个我看看！'后交给了老师，还给了失主。"

感恩。每年，县上有关部门逢年过节慰问安庆英时，她总是面带微笑，感恩地说："感谢党，感谢政府。"她1934年入党，每年按时交纳党费，直至2001年去世，享年86岁。

先哲说：生命虽已逝去，唯有精神永存。让我们缅怀红军先烈，坚定革命理想信念、为人民的利益奋斗终身，让长征精神代代相传、发扬光大。

（作者系隰县发展改革与经济信息化局主任科员）

你是黄河岸边最美的一朵梨花

——记全国五一劳动奖章获得者、隰县第一中学教师秦慧珍

王　军

题　记

那块黑板，写下的是真理，擦去的是功利。
那只粉笔，画出的是彩虹，洒下的是泪滴。
那个讲台，举起的是别人，奉献的是自己。

——一首关于秦慧珍的小诗

引　子

梨花，滋润了隰州无限风光；梨花，孕育了隰州斑斓特色。

梨花，织就了隰州绿色锦绣；梨花，撑起了隰州蔚蔚蓝天。

隰县，中国金梨之乡。四月的隰县大地，梨花开得漫山遍野，数也数不清、看也看不完，像雪原、像雪海、像阆苑仙葩、像童话世界。

梨花，一朵比一朵更美，要问哪朵最美，隰县一中的秦慧珍——就是梨乡最美的那朵梨花。

“教师，天底下最好的职业”

1993年，正是改革开放如火如荼的年代。

秦慧珍，一个扎着马尾辫、青春靓丽的女孩子，毕业走出了大学校门。

父母亲、哥哥都是教师。

童年时跟着父母在乡村小学上学的情景历历在目。那时候，她觉得父母亲在讲台上的形象很高大。他们滔滔不绝地把知识传授，琅琅的读书声、哗哗的翻书声、沙沙的写字声是对这份崇高职业的礼赞。

9月，隰县一中校园里，初秋的微风拂过，高大的钻天杨像一杆杆巨笔立在教学楼前。

沿海开放城市的发达没有吸引她，大城市的优越条件没有留住她。她不假思索地迈进了隰县一中的大门，看着熟悉的校园、呼吸着熟悉的空气，心里说："母校，我回来了；母校，我回来了！"

有的人，一生从事了好多职业；有的人，一生只做了一个职业。有的人，做着自己的职业，却牢骚满腹；有的人，做着自己的职业，却越来越爱它。

在秦慧珍的心中，一支粉笔，一块黑板，三尺讲台，便是职业生涯开始的地方。

秦慧珍没曾想到，拿起的教鞭，再也放不下，这一拿就是26年。

隰县文风兴盛，清有紫川书院，民国有省立九中、进山中学，中华人民共和国成立后有隰县师范。尊师重教的传统延绵不绝。

隰县一中，曾经云集了众多的优秀教师，培养了众多的人才。

但随着农村居民收入的提高，加之撤乡并镇农村学校撤并，隰县也像全国一样，优质生源向省市学校、外省市学校流去。

"高分生、好苗子都被市里中学录取了，这里300分就能上高中，570分就是最高分了。学生基础差是隰县一中的最大'校情'，也是必须面对的现实。"谈及学校的状况，隰县一中校领导无奈地说。

生源差，学校也要办下去；生源差，老师也要尽心尽力教。

校领导说："高考要出成绩，打个比喻，这就好比'要在贫瘠的土地上种出好庄稼'一样，怎么办？唯有用我们的双手努力去耕耘，除此之外别无选择。苦、拼二字就是我们学校的精神，而秦慧珍老师身上就集中体现了这种精神。”希望还在，必须努力。这是艰苦奋斗、砥砺前行的一班人。

踏进隰县一中的门，注定要吃苦；踏进隰县一中的门，注定要用拼命的精神换取更多学子在金榜上熠熠闪光的名字。

1996年带高三班数学，一直到现在。

1998年担任科研室主任，一直到现在。

一个人带文理复习班、侧重班、班主任。一个星期40多节课，每天基本全满。几十年如一日。

而秦慧珍一天一天地面对孩子们，一天一天地想着数学教学，一天一天地把自己固定在讲台上。

秦慧珍忙得像陀螺。

事实上，她对校园、对讲台、对学生是越爱越深了。唯有爱，才会全身心的付出。

学校提出“领导苦抓、老师苦教、学生苦学”的“三苦”精神和“流血、流汗、不流泪”的“拼搏”精神，秦慧珍就是这种精神最忠实的践行者。

要对得起教师这个神圣的职业，要对得起教师这个光荣的称呼。

她一直坚持自我提升，即使在最紧张忙碌的会考、高考复习时仍不中断教学理论的学习和教学方法的探讨。

虽然常常是重复上一学年的教学任务，但她绝不坐享其成，对每一份教案都结合新课改和学生实际进行再加工，力求精益求精。

她对自己提出了苛刻的“三个凡是”：凡是要求学生做的内容，自己先完成；凡是布置给学生的功课，一定进行详细的解答；凡是考试形式的题目，一定认真批改。

利用空闲时间在网上聆听国家特级教师的授课，掌握大师的教学方法和技巧。并认真进行笔记，将学到的先进教学方法及时运用到教学中。

每年高考过后，全国十多套数学试卷，她都要做一遍。

老师的窗前亮着灯光，老师的桌上摆得满满当当。秦老师的身影是

秦慧珍在上课

隰县一中最亮丽的一道风景线。

职业病折磨着她。尽管如此，她也从来都没有坐下讲课。这是对学生的尊重，是对教师这个职业的尊重。

为了不耽误教学，她经常带病坚持工作，从未因为自己有病耽误授课。

2005年，交口县高中欲聘她，给出每年10万元的高薪，说实在的，那时候她心动了，但她不想离开自己工作了几十年的校园，不想离开自己心爱的学生，最终婉拒。

由于她教学经验丰富，教学方法新，善于和学生沟通，赢得广大学生和家长的好评与尊重。

学生一听说她带数学、她当班主任，打消了欲外出复习的念头，到了太原、临汾的学生转了回来，都要去她带的班级复习。

有一次，学生纷纷找到校长，要求进她带的班级，一开始校长调整了几名优秀的学生进了班级，之后，一发不可收拾，复习学生都要进。没办法，校长召开专题会议，进行研究，之后复习的学生一个也不能进，分流到其他班级。就这样，她带的班级人数明显比别的班多20多人。

隰县一中的校园里，她像一泓温暖的春水，浇灌着莘莘学子。

“普通班、实验班、复习班、侧重班，不管哪种类型的班级，只要秦慧珍带数学，成绩都会显著提高。3年时间，我校高考成绩一年上一个台阶，2017年和2018年录取分数线，比2016年分别提高了61分和69.5分。2018年高考二本以上达线人数116人，2019年全校二本B类以上达线总数141人，大文大理大幅增加。这简直就是一个奇迹。”校长程勇说。

这奇迹是大家的功劳。这其中，秦慧珍付出得更多、更多……

秦慧珍，对得起教师这个神圣的职业，对得起教师这个光荣的称呼，对得起她“做人以德，德高人敬，工作靠勤，勤能取胜”的座右铭。

青山和大地会证明她的忠诚，蓝天和白云会昭示她的誓言。她用无悔的青春，播下绿色种子，催开灿烂花朵。

“教学，要做就做最好”

生源差并不是隰县的“独特现象”，而是全国山区县高中的“通病”。

有如进入寒冬，山区县高中在艰难跋涉着，山区县高中的教师们在艰难中前行着。

面对生源差的状况，秦慧珍在教学上使出了自己的浑身解数。

一个老师的授课能力强不强，取决于他自身的文化素养，取决于他对专业课的精通，也取决于他的表达能力。

秦慧珍就是集这几种能力为一身的一名优秀教师。

德国哲学家雅斯贝尔斯说：“教育的本质意味着，一棵树摇动另一棵树，一朵云推动另一朵云，一个灵魂唤醒另一个灵魂。”

秦慧珍就是那棵树、那朵云、那个灵魂。

教学上分层施教，侧重班怎么教？普通高中班怎么教？复习班怎么教？她自有一套办法。

教学时，力求通俗易懂，浅显明白，用最简单的话语讲清每道数学题。让学生听得懂，让不感兴趣的感兴趣，让学生有成就感。

一个时期来，在大文大理学生流失后，特长生成为学校高考的主力军。根据这种情况，她倡导提出成立特长班，进行分类教学。该思路被校领导采纳。

这是无奈之举，却是有为之举。

在教学过程中，秦慧珍注重课堂教学的各个环节，教学方法新、授课质量高、教学效果好。

备课上，抓住每节课的重点、难点，力求备好每一节课。

授课时，采用灵活多样的教法，寓教于乐、浅显易懂，使学生举一反三、提高接受能力。

批改中，对学生作业全批全改，从中发现问题，及时进行纠正，使学生将所学知识就地消化。

检测后，从中发现问题和不足，及时弥补巩固。

通过一系列的措施，使学生对所讲知识听得懂、弄得清、记得牢。

为提高高考达线率，在教学中抓尖子、带中间、促后进。分重点、分层次、分阶段地对学生进行高考模拟演练，引导学生有侧重地进行学习，掌握解题思路和技巧，从而提高了教学质量。

在教法上，大胆进行“先学后教、当堂训练”的高效课堂改革实践和探索，减轻学生的负担，力争让学生在自主、轻松的气氛中学习数学、学好数学，并取得了良好效果。

她善于引导学生，推动学习。凭借丰富的经验、超常的耐心和良好的沟通技巧，引导学生积极学习、快乐学习，使学生从“要我学”变为“我要学”，形成了“比学赶超 ”的良好氛围，学生在较短的时间内学习成绩有较大提高。

有效沟通学生，促进学习。针对学生底子差、难管理，活泼好动、思想活跃，难管、难教等状况，她经常深入同学中间，和他们谈心，了解家庭情况，掌握学生思想动态，及时释疑解惑，做好他们的后勤保障，解决他们的后顾之忧。

积极联系科任教师，助力学习。及时掌握每名学生的基本情况，了解他们的动态，共同商讨对策。

在育人上，她能正确处理好同事之间、学生之间的关系。只要教师和学生有困难，无论是学习上还是生活上，都能做到有求必应，赢得了广大教师和学生的信赖和敬仰，倍受大家欢迎，成为广大师生的楷模。

年级主任说："在秦老师的努力下，连续多年来，高考侧重班学生做到了数学基本及格。文科考试数学满分150分，她的学生有拿144分的。"她积极进行教学探索和创新，勇于进行教学改革，探索素质教育的新途径。

特长生成绩在较短时间内有了很大的提高，学校教学成绩每年均向前迈一大步。秦慧珍像一面旗帜，引领着隰县一中全体教师冲刺着一个又一个高峰，把优异教学成绩写在了美丽的隰州大地上。

习近平总书记说过："作为教师要有'一棒接着一棒传''一代接着一代干'的精神，实现教育事业的薪火相传。"

小张老师提起秦老师对她的帮助，仍充满了感激。"我是从初中调到高中任教的，由于没有接触过高中教学，不知如何下手。秦老师看在眼里，急在心里。自告奋勇帮扶我，使我很快熟悉了教学工作"。小张老师是秦慧珍结对帮扶的对象。

旁边的王老师说："小张教师现在也成了教学业务骨干，还是省、市教学能手呢。"

作为骨干教师，秦慧珍注重帮扶，发挥作用。坚持对青年教师进行听课、评课，指导教学方法和技巧，提高他们的教学能力，发挥传、帮、带作用。在日常教学中，经常对年轻教师、新教师的教学进行指导，使他们能较快地熟悉教学工作、不断地进步。

每月至少开展一次新老教师之间的互相听课和评课活动，关注年轻教师、新教师的教学研讨课，共同商讨教学方法和方式。

不定期检查年轻教师、新教师的教案和作业批改等情况，及时给予指导和改进意见。

毫无保留地传授自己的教学经验，提供教学课件等，为年轻教师、新教师创设良好的学习机会。通过帮扶，促进青年教师快速成长，使青年教师一个个成为了学校的教学能手和业务骨干。

在抓好教学工作的同时，她还积极给青年教师进行示范课教学，开展“传”“帮”“带”活动，全面提升青年教师素质，促进青年教师成长，进一步提高学校的教学水平。近年来，先后为西山县教师和本校教师进行示范课教学10余次，使青年教师教学水平得到了提高。

薪火传承促成长，不忘初心育新苗。秦慧珍不辱使命、不忘初心，紧跟时代步伐，“传道授业、立德树人、心怀家国”。她用她的教育理念与敬业情怀，影响着年轻教师，成就着年轻老师。

“学生，得到像母亲一样的关爱”

高尔基有句名言：“谁爱孩子，孩子就爱谁；只有爱孩子的人，他才可以教育学生。”

作为一名班主任，必须要用爱来交换爱，用信任来交换信任。只有做到爱中有严，严中有爱，才能使自己像磁场般地紧紧地把学生凝聚在自己的周围。

2009年春节刚过，新学期学生报到后，秦慧珍发现班里少了一个叫张丽的同学。

这个学生艺术底子好，学习成绩也不错，只要再加把劲，就一定能考上一本院校。

张丽缺课让她十分着急。“这个学期最为关键，如果落下功课，或许会耽搁一个人的美好前程”。课后，秦慧珍立即联系了张丽，电话中得知张丽家境贫寒，母亲又突发心脏病，治疗花了七八万元，家庭为此欠下了许多债。无奈之下，张丽决定辍学，外出打工。

了解情况后，秦慧珍驱车30公里来到张丽家，耐心细致地做思想工作。最终，张丽返回到了学校。

同时，她将此事汇报给了学校。校长当即拍板，减免张丽的学杂费，并免去全部食宿费，解决了张丽的后顾之忧。

当年，张丽不负众望，如愿考上了大学。离校时，张丽在毕业寄语中写道：是她点燃了学子心中的理想和希望……鲜花感恩雨露，因为雨露滋润它成长……我要感恩我可敬可爱的秦老师。

秦慧珍就是这样用自己的真心、爱心、耐心关心着学生、爱护着学生。

有位学生，父母为了给他们创造较好的学习条件，克服生活不便、经济压力大的困难，在县城租住了房子，母亲专门照顾姊妹两人的生活起居，他在高中就读，妹妹在三中读书。父亲在农村耕种、管理几亩幼树。父亲闲暇时间到县城看望母子三人。

一次，学生的父亲在从县城返回村里的途中，突发意外，自己骑的摩托车与大车相撞，当场身亡。家里的顶梁柱没了，作为家中唯一的男孩，这位学生一下子思想崩溃，意志消沉，向她请假并有退学打工的念头。

听说这一情况后，秦慧珍专门驱车几十公里到这名学生家中，进行安抚和慰问，做学生的思想工作，给母亲讲明利弊。在她的劝说下，该学生和母亲表示，再苦、再累、再难也要让孩子读书，从而避免了该学生失学。

临走时，她放下300元，解一家燃眉之急。

母子俩感激地目送她很远很远……

有位女生，爱追求所谓的个性自由，不把校纪校规放在眼里，很多老师都曾被这名学生惹火、惹怒甚至气哭。

但她从未放弃这位学生。

一次，她正在上晚自习课检查作业。这名女学生说不会做、也不交作业本，还说作业本在宿舍里忘拿了。她非常生气，数落了这名女学生几句，并要求回宿舍拿作业去。该学生扭头就出了教室。

她以为该学生回宿舍拿作业去了，等了有10分钟，宿舍没有，找遍了校园的各个角落，终于在教学楼梯下的旮旯里找到。

找到后，看到女同学在那里哭鼻子，说了一句："老师我错了，以后我按时完成作业，再也不敢了。"

她听到这句话以后，又好气又好笑，心里的气一下子消了。把学生叫到旁边，耐心细致地做思想工作，进行心理疏导，重新树立了她好好学习的信心。在当年的高考中，该学生顺利地考上了艺术学院本科。

从1993年工作至今，她一直在默默关注那些家庭条件困难的学生。

有名学生考入了自己理想的大学，可是由于家庭困难，自己暑期打工，还是难以筹到学费。她了解情况后，通过各种渠道，争取到一家企业老板的支持，无偿为学生资助3000元，解决了该学生的上学费用，并且该企业老板表示，要一直资助到大学毕业。

该学生感激涕零地说："秦老师，你就和我的妈妈一样，无微不至地关心和照顾我，真的无以回报，只能以优异的成绩回报你，回报社会。"

班级里有一位腼腆的女生，通过了解她的兴趣爱好、家庭状况、学习情况，她认为"懒"是她最大的毛病。

懒得早起（父母催促才起床）、懒得骑车上学（必定要父亲送）、懒得学习（回家从不看书）、懒得按时完成作业甚至懒得吃早饭，所以胃一直不好……

在一次家长会上，她主动找了这名学生母亲，了解孩子在家的情况和父母教育方法上的一些问题。

之后，她及时关注这名学生的变化，一旦发现有一丁点的进步就马上表扬，时不时地投去一个激励的眼神。

渐渐地这名学生身上的"懒"字在悄悄远去，学习成绩也逐步提高。

"打开孩子们的心扉就等于成功了一半。处于青春期的学生们叛逆性强，尤其是学艺术特长的孩子，更是活泼好动、思想活跃、不易管理。但是，只要你有爱心、耐心，尊重他们，用对方法，就一定出现神奇的效果”。秦慧珍说。

得知王子浩平时缺乏家庭关爱，导致思想不振，学不进去。她就抓住王子浩头脑聪明的特点，赞美、鼓励，用爱来感化他。

王子浩却说：“我在高一、高二就没好好学习，想来就来，想睡就睡，习气很难改了，您就不要费心了。”

听到孩子自暴自弃的话，秦慧珍并没有撒手不管，而是经常在生活上关心他、学习上帮助他、思想上鼓励他。

在秦慧珍的不懈努力下，王子浩终于有了变化，不迟到早退，上课不睡觉，认真完成作业，月考成绩一次比一次好。当拿到大学录取通知书后，王子浩第一时间打电话给秦慧珍，兴奋地说：“秦老师，太谢谢您了！没有您的关心，我肯定堕落了，这辈子就毁了……”

听到电话里传来的啜泣声，秦慧珍的眼里也噙满了泪花。“那种满足感、幸福感，是什么都换不来的”！回忆起往事，她脸上洋溢着灿烂的笑容。

“秦老师教课很细致、有耐心、有方法。我印象最深刻的就是，她从不主张题海战术，而是精做精练。每做一道数学题，她都会把大家的思路引导到课本上，告诉我们万变不离其宗，让我们的头脑非常清晰”。田嘉璐说。

任瑞丽说：“每次考完试，秦老师都会和同学们一一谈心，分析原因，疏导情绪，给我们加油鼓劲。有时候心情烦躁了，还盼着上数学课呢，听完秦老师的课后，心情都会变得很轻松、愉悦。”

10多年来，她多次向困难学生赠送学习资料。她的办公桌里总是备着一些常用药、饼干、方便面、一次性杯子等日常及卫生用品，并无偿提供给学生。在她看来，尽最大的努力帮助需要关爱的人，是她莫大的荣耀。

习近平总书记在全国教育大会上强调指出，教师是人类灵魂的工程师，是人类文明的传承者，承载着传播知识、传播思想、传播真理，塑造灵魂、塑造生命、塑造新人的时代重任。秦慧珍正是这样一位的践行者，为了传播知识、塑造灵魂，她殚精竭虑、废寝忘食……

"付出，没有最多只有更多"

育有德之人，需有德之师。要帮助学生扣好人生第一粒扣子，教师不仅要成为经师、学问之师，更要成为人师、品行之师。

叶圣陶说："教育工作者的全部工作就是为人师表。"

作为省学科带头人、临汾市名师，20余年来，秦慧珍秉持着"教书者必先学为人师，育人者必先行为世范"的宗旨，默默地付出着。

谁也数不清她流了多少汗水。

谁也数不清她受了多少疼痛。

由于长年在一线工作，身体落下了很多毛病。

一次，正在上课的她，突然"咚"的一声，晕倒在讲台上。学生们围了过来："老师，您怎么了？""老师，您醒醒。"带3个高三毕业班，离高考仅20余天，由于超负荷工作，过度劳累，她终于体力不支倒下了。

学生把她扶回办公室。按说她可以在家好好养病，把课派给其他老师，但为了即将高考的学生，她心急如焚，坚持上课。每天上完课后输液，输完液又拖着虚弱的身体投入工作。

一周的时间天天如此。学生们看着她在讲台上那苍白憔悴的脸，无一不被她的精神所感动。那段日子，班里纪律好得出奇，同学们听话得出奇。黑板擦得乌黑，教室干干净净。孩子们盼望着她早日好起来！这是孩子们对她最好的回报。

回想起这件事，与秦慧珍搭班子多年的英语老师郑雅妮感慨道："因劳累而倒在讲台上，这样的事我只在影视剧里看到过，没想到真的会发生在身边，触动太大了。在她的人生中，似乎只有前进的号角、没有歇息的脚步。"

由于长期劳累，她血糖低、身体不好，每年暑假都要输液，进行调理。

每天在讲台上抬臂写字，患上了肩周炎，肩膀疼痛难忍。左肩刚治好，右肩又疼开了。

治好了，再复发。复发了，再治好。就这样周而复始。

课堂上要讲课，课后要给学生辅导，还要给有问题的学生做思想工作，每天不知要说多少话。她患上了咽炎，严重的时候连话都说不出来。

母亲含着眼泪为她熬药："闺女，什么事还有比身体重要的？你不能放下来轻松轻松？"

学校领导来家看望她，"秦老师，你什么时候上班？学生们都等着你呢，你的班别的老师接不了，也接不好"。

其实她心里也放心不下学生，于是二话不说，"放心吧，只要好点，我马上就去学校"。

一年四季，她都是早上五点多到校。尤其冬天，早上一开家门，凛冽的西北风扑面而来，刮在脸上像刀子一样，不由得让人瑟瑟缩缩。这时候，谁愿出门？但她知道，她的学生在等着她，几十双眼睛在等着她。

一年四季，她都是晚上10点半回家。幽深的小巷子黑魆魆的，走到这里，她的心跳总是加快，头发紧张地竖了起来。这时候，小巷口总有一个温暖的身影，那是她的丈夫准点在巷口接她。这时候，她的心里充满了感动，有家人的陪伴，一路前行，无所畏惧！

高跟鞋、花裙子、化妆品，这些跟女人有密切关系的东西，都远离她而去。别人都去住楼房、电梯房，她仍住在老旧的平房里。

工作一步都没有落下，家里的事却无暇顾及。最让她痛心的是，由于工作忙，自己的孩子顾不上管，考的大学也不理想，现在还在外面打工。

这些年，家务大部分都是丈夫做，孩子都是丈夫接送。

有时忙起来，一二十天都顾不上去看望父母，她也能想到，父母那双望眼欲穿的眼睛。

她算不上一个好妻子、好母亲，作为女儿、儿媳，尽的孝道确实很少。

提起家人，她满含愧疚。对于这个家，她付出得太少太少了，失去的太多太多了。

爱与责任铸就师魂。秦慧珍仍然奋战在高三一线，为隰县的教育事业出力流汗。她的敬业精神和对教育事业的满腔热情，深深打动了全校师生，成为师生的楷模、教界的典范。

“喜悦，来自对成就的享受”

三尺讲台，三寸舌，三寸笔，三千桃李；

十年树木，十载风，十载雨，十万栋梁。

育桃李、树栋梁，这是每一位教师的终极目标。

高考后，看到一个个学生被理想的大学录取，秦慧珍的心中升起了非凡的成就感。这对她来说是莫大的享受。

好多家长领着孩子到她家中“谢师”，她常常被家长、孩子理解和感恩的话语感动得热泪盈眶。

好多学生放了寒暑假来看老师，坐一坐，聊一聊，欢声笑语，充满了她的小屋。

对学生严格要求、耐心开导、倾力相助，不仅赢得了学生的尊重，更被不少学生视为知己朋友。

带高三毕业班23年来，她迎来送走了一批批学子，到现在估计有3000多名学生，有的记忆深刻，有的连名字也忘了。

好多次，在路上、在公交车上，遇到俊男靓女，礼貌地问她“秦老师好！”

她都有点茫然，这是谁啊，是邻居、同学或是亲友的孩子？

仔细一问，原来是她带的学生。她只好尴尬地说，“对不起，我都不记得你的名字了”。

学生们说：“老师，你带的学生太多了，哪里能一个个记住，你只要记住我是你的学生就行了。”

有的说：“谢谢老师当年把我管得那么严，我才有机会考上大学，真的谢谢你！”

听了这些话，她的心里荡起层层涟漪，脸上露出了由衷的笑意，成就感十足。

2016年，当又一次梨花开遍隰州大地的时候，传来了秦慧珍获得全国“五一劳动奖章”的消息。

这一年的梨花开得特别稠密，这一年的梨花开得特别娇艳，这一年的梨花好像在迎接好消息的到来。

当梨花簇拥着秦慧珍归来的时候，当梨花捧起璀璨夺目的全国“五一劳动奖章”的时候，隰州大地沸腾了。

学校意气风发，家长喜上眉梢，学生欢欣鼓舞。

这一天是梨花的节日，是隰县高中的节日，也是秦慧珍的节日。

2012年被省教育厅评为“省学科带头人”，2013年被市妇联授予“三八红旗手”，2014年被授予市“五一劳动模范”，2015年被授予省“五一劳动奖章”，2016年被授予全国“五一劳动奖章”，2019年3月获省级“三晋英才”称号……对于秦慧珍来说，记不清多少年来获得了多少荣誉、多少鲜花与掌声，全国“五一劳动奖章”只是她获得的荣誉之一。

她喜欢的是默默做事，滤去浮华，不忘教育初心，牢记教育使命，厚植家国情怀，坚守教育理想！

她追求的是“无怨无悔，默默奉献”。

她用青春和奉献弹奏着育人育才的音符，谱写着不忘初心的生命之歌。

（作者系山西省作协会员，隰县县委宣传部主任科员）

一位县委书记和一个贫困山村的情结

陈 荣 陈正斌

万宝山是山西省乡宁县枣岭乡的一个小山村。乡宁县委书记窦正森曾两次来到这里看望小山村的乡亲们。

仅居住着9户人家的万宝山，地处黄河边沿，西与陕西省隔河相望，是乡宁县最边远的村庄，也是乡宁县最贫困的村庄。2000年夏，这里遭受大旱，夏粮薄收，造成群众生活困难。县委书记窦正森从百忙中抽身来到这里，挨家挨户看望乡亲，挨家挨户送上党和政府对人民群众的关怀。

一年多过去了，转眼进入2002年，窦正森常常想起万宝山，想起黄河边上那9户贫困人家。他们如今的日子过得怎么样了？

2002年1月13日，窦正森又一次来到万宝山。乡亲们听说曾看望、帮助过他们的窦书记要来，家家户户把院落打扫得干干净净，全村人一起包饺子招待亲人。

像一年多前一样，窦正森挨家挨户看望乡亲。首先到的是李斗子家。一年多前，窦正森走进李斗子家窑洞，盛粮食的藤筐空空的，地上仅有半袋子白面。李斗子愁眉苦脸地说："家里没有积存的粮食，吃一袋买一袋，买粮的钱是他们下煤窑挣的。这不，儿子不在家，下煤窑挣钱去了。"窦正森一下子回想起以前的情景，忙问李斗子，今年粮食怎样？李斗子拉着窦正森的手到另一眼窑洞，揭开塑料篷布，露出的是一袋袋小麦，足有3000多斤。窦正森看着眼前整齐的粮袋高兴地说："民

万宝山情怀

张锦平

（一）

宝山望断黄龙阁，
母亲河绕脚下过，
沉睡千年遗憾事，
万众明春齐开拓。

（二）

户户花椒上规模，
牛羊叫唤满山坡。
待到二零零五年，
宝山唱响致富歌。

以食为天，有了粮食，温饱解决了，还得想办法发财致富……”

窦正森来到一户姓张的人家。这家有兄弟俩，哥哥张建立、弟弟张建龙都到了婚娶年龄。一年多前，窦正森到这里时，女主人告诉窦正森，我们家孩子大了，都娶不到媳妇。窦正森问，现在怎样了？女主人告诉窦正森去年大儿子结婚，已有一女，4个多月了。窦正森看着卧在炕头的小家伙活泼可爱，脸上不由得露出微笑。

这是78岁老人张春发的家。一年多前，张春发老人身体不好，老人50多岁的儿子生病卧床，孙子痴呆，一家老的老，病的病。现在张春发老人身体硬朗，儿子站了起来，孙子病情有所好转……

窦正森是吉县人。万宝山村和吉县山水相连，有相互作亲的习俗。九户人家的万宝山村就有4户人家的媳妇来自吉县。窦正森来这里，她们说是娘家人来了。窦正森也亲切地称她们为“姐妹”。一声声“老姐”“大妹”的呼唤，顿时缩短了县委书记与农民群众的距离。

挨家挨户看望完毕，窦正森盘腿坐在炕头，与乡亲们一起商讨脱贫致富办法。窦正森提出让万宝山村整体搬迁的设想。窦正森说：

“万宝山村没有通电，路途遥远，群众居住分散，要解决用电一项就得10多万元。如果把10多万元补贴给每户村民，帮助他们在交通便利、有电、有水、有学校、有医院的地方重建家园，把现在的万宝山退林还草、养牛养羊、着绿点银，万宝山名才会副其实，一举几得。要不，我们年年要来这里访贫问寒……”窦书记的一番话，使村民们看到了脱贫致富的希望。

离开万宝山村回县城，路过与万宝山村同一村委管辖的西庄岭村。听说不久前，此村的村主任不幸去世，窦正森坚持要去看看。

窦正森坐在这户人家的炕头。这位仍沉浸在失去丈夫巨大痛苦中的女人贺香子，走到丈夫遗像前说：“孩爸，你知道吗？你的领导看你来了……”一句话没说完，放声大哭……窦正森眼睛湿润了。他对贺香子说：“你丈夫在世时，为人民群众做了不少工作，人们不会忘记他……”说完，将800元钱递到贺香子手里，“春节就要到了，给孩子添件衣服，置办点年货，以后有什么困难，找政府、找我们解决”。窦正森还嘱咐贺香子，要孝敬父母，教育好孩子……

早在几年前，乡宁县委、县政府一班人就形成一个制度：春节前后，不跑上面跑下面，不走富户访穷户。窦正森对随行的同志说：“我们坚持这样做，就是要帮助贫困群众解决一点具体困难，了解群众想什么、迫切需要什么，把党和政府的温暖送到群众中间，这是我们每个党员干部的工作，也是我们每个党员干部的责任。”

晋陕峡谷中黄河滚滚流淌，同样流淌着窦正森和干部群众一起实践“三个代表”重要思想中发生的故事……

（作者陈正斌系中国作家协会山西分会会员，陈荣系中共乡宁县委党史研究室党史股负责人）

白再兴

许小根

白再兴，白老七的儿子。白老七，“井圪塔寨子”抗击侵华日军的领头人。

白再兴，这个名字在我心头萦绕了多年。若不将他写出来，总觉得是种遗憾。但刚写了“白再兴”3个字，便喉头哽咽、鼻子发酸、眼角发湿，写不下去了。

井圪塔惨案发生时，白再兴13岁。他随父亲白老七、母亲刘海云一同躲进寨子里避难，是寨子里30名老弱妇孺中的一名。1939年元旦，应该是个喜庆的日子，可白再兴却得跟着父母避难，因为日军来了。当乡亲们刚进寨子还没来得及抽掉悬梯时，日军就在汉奸的带领下尾随而至。日军进寨子抢东西时，白再兴和其他10来个小孩子躲在寨子最后面，蜷曲成一团，谁也没敢出声。当然，大人们也没谁敢吭气，眼睁睁地看着日军把寨子里的钱财洗劫一空。元月2日，白再兴的父亲白老七和大家商议，不能再让日军抢东西了，把赖以生存的粮食再抢走，满寨子的人不被日军杀死，也要饿死。再说，日军要欺负妇女咋办？于是抽掉梯子，断了来路，决定和日军开战。果然，日军又来了，要进寨子，乡亲们不让。鬼子寻来梯子往上爬，于是就开打。日军用的是枪，乡亲们用的是头天运进寨子里的石块。这一天，白再兴把石块往寨口运，让大人们打。白再兴也想打，被白老七吼住了。要节约“弹药”。这一天大捷，石块砸死了两个日军，我方无一伤亡。日军到岳家庄村去火化尸体了，乡亲们在寨子里欢呼雀跃，群情激昂。元月3日，日军又来、又打。日军没有攻进寨子，但寨子里的石头也打光了。不敢再出去捡石头，因为日军就住在村里。乡亲们连夜在寨子里挖土块，准备明天的“弹药”。白再兴也在拼命地挖，但他基本挖不到土块，劲太小，挖下的大都是黄土面子。元月4日，日军再来、再战。白再兴继续抢着镢头挖土块，哪怕是土面子呢，撒出去也顶事。寨子里的锅碗瓢盆都打出去了，除了手中的锄镰镢斧再没有可战斗的武器了，可这些农具怎能抵挡住日军的钢枪呢？日军进了寨子，开始了杀戮。日军的枪在寨子里乱射，刺刀在寨子里乱刺，枪声、吼声、哭声、撞击声交织在一起，乱成一片。一阵后，寨子里一片寂静，寨子里血流成河，亲人们的鲜血流出寨子，落下山崖。日军制造了这桩惨绝人寰的惨案就走了，那一刻定格在1939年1月4日下午6点。

流着血的寨子里有了气息，有人从死人堆里爬了起来，随后又站了起来，他用恐惧的目光在漆黑的寨子里环视着，又用恐惧发颤的声音轻轻地喊了一声：“有人吗？”无人应声。他踉跄往寨子口走去，他就是白再兴。白再兴，这个只有13岁的孩子，被日军刺了4刀，但他没有死。他满身都是血，忍着剧痛，用手捂着肚子出了寨子。

当白再兴在寨子里轻轻地呼喊“有人吗”时，其实是有人听见了，一个是6岁的女孩白彦青，一个是7岁的女孩白梅梅。她们一个被倒下的大人压在身下，一个被母亲卷入席筒里，逃过一难。当她们听到白再兴喊时，谁也没敢吭声。

白再兴，逃出寨子，在漆黑的夜里，在刺骨的寒风中，他能去哪？他本应该就近找户人家疗伤。可是他没有，他顺着山路往南跑，那边有个村庄叫兰古庄。他听大人说，村里逃出来避难的青壮年大部分在这个村子里，一个是兰古庄村离他们村近，一个是村里好多人在兰古庄有亲戚。白再兴要给他们去报信。白再兴头上一直在淌血，肚子上也一直在往外冒血，他已没有了力气。他在用信念支撑着身体，走几步摔一跤，血和成的泥把他裹了，他还在夜色里前行。当白再兴步行10里山路在兰古庄村找到他们村的人时，已经是第二天的凌晨了。这一天是农历十一月十五，皓月当空，寒风刺骨。白再兴已不能流利地说话，他在哭，哭声中带着恐惧、带着疼痛、带着伤心、带着委屈。他的哭声都已软弱无力。他在哭声中断断续续叙述了寨子里发生的事后，就倒在乡亲们的怀里。乡亲们喊着白再兴的名字。喊得月光都暗了，喊得山峦都发抖，最终没有喊醒这个13岁的孩子。乡亲们说，看到这个被血和泥裹着的孩子时，他们都哭了。

白再兴走了，是在给乡亲们报完信后走的，是带着无尽的遗憾走的，他才13岁。乡亲们在接到白再兴报信后回到寨子，救出了两个幸存的小女孩，掩埋了亲人们的尸体。

我的脑海里时常出现白再兴的形象，虽然我连他的照片都没见过。他出现在我的脑海里时是个稚气未脱的小男孩，调皮捣蛋而又活泼可爱的样子。当我想到他时，也同时想到我的13岁和我13岁时的伙伴，想到我孩子的13岁和他13岁时的那些伙伴，禁不住就有些汗颜。白再兴正是贪玩的年龄，正是坐在学堂里读书的年龄，正是享受着父母的呵护、享受着童年欢乐的年龄，却遭受着苦难、疼痛和恐惧，直到幼小的生命被剥夺。他在生命的最后一刻，拼命地和死神赛跑，在离开世界之前给乡亲们报信，这需要多么坚强的毅力和坚定的信念？若是我们，能做到吗？白再兴做到了。

（作者系原中共吉县党史研究室主任）

无名老伯

王 军

穿越岁月的峰头，伴随历史的云烟，回顾那段可歌可泣的抗战历史，一个平凡而又伟大的无名英雄将走进我今天的讲述中……

1938年3月，地下共产党员——隰县牺盟会特派员彭若涛带领义泉工作组的5名同志，来到义泉村建立区政府、恢复村政权、领导保卫义泉区抗日政权的斗争。

自从来到义泉后，工作组的同志们基于当时的严峻形势，时刻保持高度警惕，很少脱衣睡觉。4月的一天，他们听到台儿庄大捷，日军即将从山西撤走的消息，感到无比振奋。胜利在望，这下该犒劳犒劳自己、美美地睡一觉了。几个人脱衣而睡，不一会就响起了鼾声。

睡眼蒙眬中，突然听见“咚咚咚咚”急促的敲门声和叫唤声：“彭特派员快起来，日本人来啦！”紧接着“砰”的一声，房门被踢开了，进来的是看门的老伯，他不由分说地一把揭开彭若涛的棉被，催他穿衣，转身把窗子推开，让他听远处传来的密集枪声。彭若涛猛然坐起来，向窗外一望，只见河对面的村子火光一片，日军确实来了！

情况十分紧急。大家穿上衣服，连扣子也来不及扣，便带上东西出了门，往靠近森林的黄土村方向跑去。彭若涛因为要带油印机，迟走了一步，老伯急了边催促他快走，一边把毛毯甩给他，猛地一掌把他推出房门，用命令似的语气说：“快走，敌人进村了！”

彭若涛站在房檐下犹豫地望着房子说：“老伯，油印机扔了算了，我们一道跑吧。”

“你先走，我捆好油印机追你们，再迟谁也走不了了！”

这时，义泉村已响起日军嗒嗒的马蹄声和机枪声，老伯又焦急地催促起来，声调几乎是发狂似的：“你们放心走吧！不要管我，万一落到鬼子手里，我就把他们引到黄土村去！”

老伯走出门外，一把推了彭若涛个趔趄，说完“啪”的一声关上了门。这时，同志们返回来找彭若涛，彭若涛只好咬着牙眼含热泪离去。

几个人一口气跑上村后的山头，向义泉村所在的川道远望，义泉村传来群众的啼哭声和敌人凶恶的叫骂声。“是老伯救了我们，他现在不知怎么样了。”彭若涛焦急地说。

战友樊建德拉了彭若涛一把，“彭特派员，赶紧走吧，义泉一带山低川宽，不好隐蔽，我们要赶快转移到密林深处的野留原村。”

大约过了半个小时，从黄土村方向传来了激烈的枪声，同时能看见冲天的火光。彭若涛沉痛地说：“一定是老伯把敌人带到黄土村去了，区游击队和日本鬼子打上了。”

日军在黄土村没有找到工作组的同志，又派骑兵从小路追了上来。由于转移及时，敌人一无所获，向深山老林胡乱打了一阵机枪，又让汉奸喊了一通话，见没有动静，就撤走了。

事后彭若涛才知道，那天晚上，老伯把敌人带到黄土村，日军察觉上当了，便疯狂地用乱刀砍死了这位临危不惧、大义凛然的爱国老人。彭若涛让区委的同志务必找到老伯的遗骨，按烈士安葬。可惜未找到，连老人的姓名也没有查清。

1983年，时任四川省高教厅厅长的彭若涛回到阔别40多年的隰县，特意来到义泉村曾经住过的老屋前。这位出生入死的老革命，想起了40多年前在这里发生的一幕，想起了这位无名老伯，不禁潸然泪下。

他怀着内疚和不安的心情，摘下帽子，说道：“安息吧，敬爱的老伯，恕我们没能安葬你的遗体！安息吧，敬爱的老伯，我在这里给您敬礼了！”

（作者系隰县县委宣传部正科级干部）

不忘初心敬先烈 牢记使命筑强国

王 莹

“亲爱的爹娘：我加入中国共产党了！此刻有太多话想对你们讲……离家四年多了，说心里话，我非常想念你们，真想立刻回家去看看，哪怕只看一眼！可是，我不能这么做，敌人的枪炮正威胁着祖国的安全，儿作为一名军人，不能不尽自己的责任和义务。儿知道，战争是残酷的，是要流血甚至是付出生命的，而我早已做好了一切思想准备。假如，我是说，假如……我牺牲在战场上，请不要伤心，我是为祖国、为人民牺牲的！”

这是襄汾籍战士贾荣庆的一封家书。他牺牲时年仅26岁。

1917年，贾荣庆出生于山西省襄汾县东坡沟村的一个农民家庭。受父亲影响，贾荣庆幼时便为人正直、胆量过人。19岁时，他就跟着村子里的红军写标语、做宣传，并加入了共产党领导的牺盟会。1937年，国难之际，他毅然投笔从戎，考入山西国民兵军官教导团，学习期间常在同学中进行“国家存亡、匹夫有责”的宣传。七七事变后，贾荣庆积极参加抗日救亡运动，经常组织同学们出壁报、做街头演讲、唱革命歌曲。同年10月，他光荣地加入了中国共产党！

1938年，贾荣庆被调任洪赵县游击队队长，参加了反“扫荡”战斗。这是一场激烈、残酷的战斗。山高坡陡，地形险要，敌人战壕层层交错，明碉暗堡到处密布。一声令下，贾荣庆和战友们积蓄已久的怒火交织在猛烈的枪弹里射向敌阵，任凭敌人的枪弹不断地在身边呼啸，贾庆荣全然不顾自己的安危，勇敢地且打且进。打得发红的枪管，闪烁着炽烈的火光，那是他的心在喷着烈焰！他被敌人包围，怕后续部队再中埋伏，毅然决然地拉响手榴弹，准备与敌人同归于尽！刹那间，敌人的包围圈被炸得四分五裂。贾荣庆险逃一劫，但右胯也被炸伤。

贾荣庆身负重伤后，仍然坚持革命工作。1942年8月，他同战友段成文、石黄等人追捕两名逃敌，在吴家庄村南的一棵大柏树下，与敌军相遇被抓。残暴的敌人企图用肉体的痛苦逼迫他们交出情报，可敌人错了。铁锤敲打的只是他们的肉体，却击不散贾荣庆作为一个共产党员骨子里的顽强。敌人恼羞成怒，举起刀砍向了贾荣庆。瞬间，鲜血染红了军装，染红了他身下的黄土……

“荣庆，荣庆，荣庆……”战友们大声呼喊着他的名字，可年轻的男孩再也没能够给出任何回答。他始终保持着宁死不屈的神态，一双眼睛死死地注视着敌人……

那一年，贾荣庆26岁，正是意气风发、鲜衣怒马的年纪。然而，这个年轻的战士却用特殊的方式写下了属于自己的故事。

习近平总书记指出：“一个有希望的民族不能没有英雄！一个有前途的国家不能没有先锋。”许许多多贾荣庆式的革命先烈虽死犹存！他们的躯体倒下了，但他们身上的革命精神代代相传！

从战争走向和平，革命先烈们用鲜血和生命铸就了共产党人的钢铁信念。他们的品格犹如一座座红色的灯塔、永远闪耀着奋进不息的精神光华!

（作者系襄汾县教科局教师）

把壶口推向世界的人

段希白

沸腾了！

壶口沸腾了！

吉县沸腾了！

1997年6月1日，柯受良驾车飞越黄河壶口瀑布在中央电视台和香港凤凰卫视中文台直播，把壶口推向了世界！

壶口，被陈保堂炒热了、炒响了、炒爆了！

吉县，地处吕梁山深处、黄河岸畔、地下缺挖的，地上缺拉的。改革开放前，世世代代与落后为伍，祖祖辈辈与贫穷相伴。

1992年，陈保堂任吉县县委书记后，利用一个多月的时间，踏遍了全县的梁、峁、沟、壑，走访了县、乡、村的干部群众，日夜苦思，到处寻计问策。当他站在黄河岸边，看到汹涌澎湃的壶口瀑布，水里冒烟、旱地行船、谷涧起雷、彩虹通天的壮观景象，使他浮想联翩、激动不已……“有了，这就是吉县的聚宝盆。我要开发壶口，再不能让吉县人民端着金饭碗讨饭吃了”。

当他把开发壶口的设想提出来后，全县上下一片哗然。一股黄水能挣钱？吃饭、加油、招待，能招来的是财富，还是包袱？是固守封闭贫穷，还是改革开放富裕？陈保堂苦口婆心从吉县讲到全国，从全国讲到世界，从当前讲到长远，强烈的反差对比和一幅幅诱人的规划蓝图，一串串喜人的收入数字，像一把烈火在吉县人民心中熊熊燃烧起来。变包袱为财富，改事业为产业。“以壶口开发为龙头，把旅游作为支柱产业”的开发战略写进了中共吉县第八次代表大会的工作报告里，写进了吉县第十一次人代会的工作报告里。

对人民的承诺，一诺千金。为了自警自励、信守诺言，他给自己的外孙女起名“一诺”。决策一定，他雷厉风行，精彩的举措一个接着一个。

宣传也是生产力。要使更多的人认识壶口，必须加大力度，把壶口宣传出去。他撰写《走上无烟工业之路》等文章，在《山西日报》等相继发表。组织实施各种媒体、人员、形式、层次的强大的宣传攻势。先后举办了全国性的“壶口杯”有奖征文；主办了山西电视台“五彩缤纷”专题晚会；邀请了百余名全国各大报刊、电视台记者、作家、艺术家来壶口景区写壶口、画壶口、拍壶口、唱壶口。几年来见诸报刊的文章及各种艺术形式的作品有一千多篇（件）。在这场声势浩大的持久的宣传活动中，利用各种场合讲壶口、说壶口成了陈保堂难以抑制的“癖好”。1993年在厦门招商会上，陈保堂边摆地摊卖宝石纽扣，边宣传壶口。他慷慨激昂的演讲吸引了很多客商，给很多人心里投下了诱惑。他随身装一张伍拾元人民币，无论是外出开会还是亲友相聚，或者有旅游团来县，只要有机会，就把伍拾元人民币高擎在手，大声宣讲：“大家知道吗？伍拾元人民币背面的图案就是壶口（第四套人民币），就是全国旅游四十佳……”伍拾元人民币他不知掏烂了多少张。他就是用这股子劲头，为开发壶口呐喊助威、鸣锣开道。

食、住、行、游、购、娱，旅游产业最起码的基础设施，这些赶不上去，开发壶口只能是纸上谈兵。而这一切的一切都离不开两个字：资金。但吉县这个省级贫困县缺的正是这两个字。怎么办？他心里装了3个字：筹、跑、求。他从吉县跑到临汾，从临汾跑到太原，从太原跑到北京；从局长跑到省长，从省长跑到部长。在跑资金的过程中住的多是低档次的客房，吃的多是方便面，就的多是榨菜。有一次随行的同志看不过去要将剩下的半袋榨菜扔掉，他马上阻止说道：“谁让我是贫困县的书记呢？”感动得那位同志半天说不出话来。

1994年，农历八月十五，他还在太原跑资金，晚上12点才风尘仆仆赶回临汾。上午刚拔完输液针头的病体，加上一路的颠簸疲劳，使他下车后，晕倒在楼梯口。清醒后，他一步一步爬上3楼，家里人用热水敷，一个多小时后，腿脚才恢复了正常。他在吉县工作6年，只有一个中秋节是在家中度过，不是在外要钱奔波，就是去壶口施工现场慰问民工。1995年时任省交通厅厅长智玉莲来临汾检查工作，正在吃饭的陈保堂听说后，扔下饭碗，立即出发，直奔临汾，边汇报边恳求。他的敬业精神感动了所有在场的人，一次为壶口争取到旅游线路款140万元。还有一年去建设部求资金，离下班时间不多了，坐车线路不顺，他们几个人跑步赶路，引起警察和行人的好奇，成为北京大街上的一道风景。

身体的苦累易消除，心理的伤疼难平复。为了壶口，陈保堂一切都能承受。1997年夏，他去省城某厅找领导，碰了一鼻子灰，那份难堪、那份窘迫，刺得这位五十多岁的县委书记心里扎疼。有人称他为“高级叫花子”，他满不在乎。为了吉县、为了壶口，“黄连我敢吞，毒汁我敢咽”。

拳拳赤心抒壮志，痴痴追求撼天地。经过1800多个日日夜夜的奔波操劳，终于使壶口换了模样。吉县至壶口45公里颠簸的沙石路，变为平坦的沥青路，荒芜的壶口景区披上了彩色的盛装，三星级宾馆拔地而起，水、电、路、程控电话样样畅通。景区固定资产增加到2000万元以上。

基础设施上来了，客源怎么办？只有举办具有壶口特色的惊、奇、险、高、雅、趣的丰富多彩的活动，以活动为载体，把自然与人文、名胜与艺术紧紧结合在一起，才能使游客高兴而来、满意而归，才能使壶口知名度随万千游客辐射出去，使壶口的经济效益、社会效益滚滚而来。陈保堂高屋建瓴，运筹帷幄，在他的组织策划下，壶口活动好戏连台，红红火火。

1993年，举办了首届黄河壶口漂鸭子活动，中外游客上万人参加了开幕式。

1994年，第一届壶口国际漂流月，举办了龙槽走钢丝、密封舱装人漂壶口、橡皮舟游三门等惊险活动。在壶口上空走钢丝的第一次试走时，河北的杂技演员望而却步，胆战心惊。陈保堂看在眼里，急在心头，他和杂技演员共进午餐，安慰鼓励，并给她买了两双鞋。杂技演员感动得当场表示，凭陈书记这片热情，就是摔进壶口，粉身碎骨也在所不惜。入密封舱漂流的张志强入舱前情绪不稳，陈保堂对张志强说："没问题，要是有意外，我亲自漂，黄河为证，绝不食言。"张志强激动得热血沸腾，一头扎进密封舱，一举成功！

1995年，又推出了触目惊心的黄河大桥悬索跳，令群山震惊，使黄河瞠目。

1996年，横跨晋陕峡谷的高空钢丝骑摩托表演精彩纷呈，带给人们一份独特的享受。

1997年，第四届吉县壶口国际漂流月，创下了举世罕见的亚洲第一飞人驾小汽车飞越壶口的奇迹。其场面之大，前所未有；游人之多，史无前例；范围之广，震惊中外。这次活动倾注了陈保堂大量心血。尤其在柯受良考察完壶口，主意未定，要立即返回时，他死拉硬拽，苦苦挽留，和柯受良在一个小摊上喝羊汤，吃饼子。热乎乎、香喷喷的羊汤下肚后，柯受良打趣说："喝了陈书记的'迷魂汤'，不飞也不行了。"飞越成功后他还说："不是陈书记的'迷魂汤'也许就没有我柯受良的今天。"在飞越前的五六天里，陈保堂没睡过一个安稳觉，5月30日到31日两天48小时没合过一眼。6月1日早晨得知壶口方向车辆拥挤、交通堵塞，弄不好会影响整个活动和转播。他心急如焚，乘车赶到堵塞处，急行12里，果断下令，不收门票，车辆一律放行，使飞越活动井然有序、如期进行、圆满成功。

柯受良飞越成功了。陈保堂累得牙疼、脸肿、腿跛、背驼了。人们心疼他，劝他休息，他又紧张地去总结，去进行新的构思……

五次漂流，五次飞跃巨变。大跨度的前进，使吉县旅游业出现超常规的发展。

壶口，1991年接待游客1000余人次，1996年增加到20万人次；

1991年门票收入3000余元，1996年猛增到76万元。1997年上半年就超过了100万元大关，社会综合效益由1991年的200万元大幅度地提高到2000多万元。1996年全县财政收入比1991年翻了一番多。

旅游业的启动，牵动了其他产业的发展。吉县先后被评为全国绿化先进县、体育先进县、全省爱国卫生先进县、拥军爱民模范县、扶贫攻坚先进县、减轻农民负担先进县和全区精神文明建设六连冠。

吉县人封闭的家门打开了。

围绕旅游产业各种经营大军活跃起来了。

壶口，在香港回归祖国前夕，乘着空中电波步入了96个国家和地区。步入了一个崭新的历史时期！香港知名人士邵逸夫先生91岁时曾来到壶口，激动地说："太雄伟了！太壮观了！太美了！我回香港后要好好宣传壶口。"并表示，如果身体允许，他还要来吉县看壶口。

1997年8月15日，中央电视台第七套节目，在《大地之子》栏目中播放了《黄河的儿子——陈保堂》的专题片，介绍了他执着顽强旅游兴县的事迹。吉县人民自豪地说，"吉县人民好福气，只因有个陈书记"。

（作者系原临汾市粮食局审计科副科长）

黄河岸边绽放的女儿花

段慧琴

米玲，一位黄河水养育的女儿，2017年4月由山西省市场监督管理局（原省工商局）派驻隰县李城村担任第一书记、驻村工作队长。3年来，她带领李城村支两委、三支干部帮扶队伍，精诚团结，共同努力，改革创新、干事创业，通过党建引领、文化助力、产业带动，使李城村精准扶贫工作取得了成效，谱写了一曲曲带领村民脱贫致富的时代乐章。

对标一流找差距　争先创位强班子

米玲牢记扶贫攻坚工作职责，认真抓班子、育队伍，建强基层组织，结合“改革创新、奋发有为”大讨论活动要求，她积极组织在李城村全体党员中及时开展党员各项活动，利用党日活动、微信群等形式组织全村党员学习，聘请理论专家、优秀党员、读书会长走上讲台，讲授十九大报告、乡村振兴战略、红色革命故事，组织党员每天登录“学习强国”APP，认真开展系列学习活动。李城村还对“改革创新、奋发有为”的6位优秀党员进行表彰，组织全体党员和复员退伍军人统一着装、重走东征路，教育大家发扬革命传统。以党员结对帮扶为契机，不断增强党支部的凝聚力、战斗力、号召力，建强李城村党支部，为各项工作的开展打下良好基础。2018年5月6日，李城村召开“改革创新、奋发有为”大讨论专题党员大会，请党员田智云作专题报告、讲党课，发动大家种植绿色农产品，提升产品附加值；弘扬李城村“非遗”秧歌文化，以文化促进产业发展；要求党员“对标一流找差距，争先进位再发力”。2018年4月17日，在盛开的梨花树下，李城村党支部带领大家成功举办了“祖国在我心中——书香隰州全民阅读”纪念活动。

李城村党建工作有声有色，带动了全村各项工作开展，被评为文明村、五星级党组织。

争取项目资金570万元　基础建设惠及6村

为了进一步推动“改革创新、奋发有为”大讨论向纵深发展，米玲积极履行第一书记职责，带领李城村支两委、三支队伍，提高政治站位，强化思想认识，带着感情扶贫，努力为村民办事、服务。针对村民们反映强烈的半沟村入村道路、李城村入村路口、李城村上垣路、苛西前坪桥等问题，想方设法与相关部门沟通，借脱贫攻坚东风，在县委、县政府领导的关怀和各部门领导的支持下，争取项目资金总计570万元，完成李城村管涵桥、苛西七孔入川桥、柴家等3桥建设，完成了李城村5条道路硬化，4个石砌引洪渠开建，完成李城村柴家垣、处池上垣道路维护和边沟出水渠修建，联通4G宽带项目连接到李城村柴家垣、柴家沟、处池，方便了村民与外界的信息沟通。

同时，米玲响应社会力量扶贫的号召，积极动员太原诗词学会、太原九九文学社、众爱心商家关注李城村，为李城村读书会捐书，为村中捐衣、捐物、捐鞋，价值近200万元，用于李城村扶贫超市，鼓励积极参加村集体劳动和励志脱贫模范。李城村先后接待8批200余人来李城村开展社会实践及结对帮扶活动，接纳多位朋友为“荣誉村民”。

带着感情扶贫　着力为民办事

米玲以不落下一人的认真态度，先后为村民高爱兰、史九生、秦锁兰、员红兵等人办理残疾证、低保等手续；自费出资1万多元捐助重病患者、贫困户、残疾人、贫困学生；帮助梨农解决购肥资金2000元、浇地管道60盘，帮助梨农销售玉露香、土豆、萝卜等农产品5万余公斤。

村民的小事在米玲心中都是大事。和村民相处时间长了，米玲知道他们的需求，知道他们的特长，6个自然村的村民都在她心里。谁家有什么困难，需要什么帮助，米玲尽力帮扶。她先后帮助71岁的韩天花将酱菜、腌蒜推向市场；帮助60多岁的村民郭黄花销售手工箅子50多个；半沟村民高三学生马景阳家庭生活困难，她带头捐500元并动员太原服装城的朋友捐助；处池村民刘鹏龙患胃癌手术抢救，她带头捐助1000元，并发动大家为其救助5815元；贫困户李水萍患尿毒症，生活困难，她动员商户李见山一对一进行帮扶。

探索挖掘李城文化　赢得多家媒体关注报道

米玲通过探索和挖掘李城村秧歌、门帘、剪纸等各种文化，成功举办两届“秧歌文化节”、九九重阳节尊老敬老、李城村读书日活动。《“小秧歌”扭出好日子村民有了精气神》2019年5月22日在《山西晚报》发表。新华社、《大学生村官报》（原《农村干部报》）、《山西日报》等多家新闻媒体广为关注李城村，先后发表稿件80余篇。《大学生村官报》2018年11月30日、《山西农民报》2018年8月14日在头版头条分别以《在“朋友圈”书写富民惠民篇章》《米玲：小康路上一个都不能掉队》，《太原日报》2018年3月9日“时代新人”栏目头条发表《盛开的索玛花》，报道李城村第一书记米玲的工作。

善于发现亮点　宣传脱贫模范

米玲善于发现李城村亮点，鼓励贫困户立志脱贫，组织评选并表彰李城村9户励志脱贫模范，利用业余时间，编辑以脱贫事迹为内容的

《脱贫路上一家人》《都挺好》《笑意写在脸上》等美篇共327篇；编发李城村《文明简报》7期。

米玲先后被省人社厅、省妇联、省扶贫办表彰为山西省巾帼建功标兵、山西省模范第一书记，被临汾市委授予“优秀农村第一书记”称号，被隰县县委、县政府授予“优秀第一书记”“优秀新闻工作者”称号，被评为2018年全省干部驻村帮扶工作模范个人。

（作者系山西省作家协会会员，中国散文学会会员）

折翼天使振翅飞　征战奥运扬国威

高强明　王陈红

2012年9月，伦敦残奥会会场，鲜艳的五星红旗冉冉升起，中华人民共和国国歌响彻上空。在冠军领奖台上，中国女子坐式排球队的姑娘们捧着奖杯，热泪盈眶。你知道吗？在他们当中就有一位洪洞姑娘，她，就是从飞虹塔下走出的残奥冠军——王亚男。

王亚男打小聪明伶俐，活泼开朗，喜爱音乐舞蹈，是爸爸妈妈的掌上明珠。然而，天有不测风云。2008年5月12日，噩梦降临，17岁的小亚男不幸遭遇车祸，倒在了血泊中。这对于她和整个家庭来说，犹如晴天霹雳！

在市人民医院抢救室，亚男双目紧闭，脸色苍白，满身血迹。母亲看到女儿空荡荡的裤管，哭喊着："我的娃，你这是怎么了呀？"一下子哭晕了过去。父亲抱着母亲，对着急救室，用嘶哑的声音喊着："大夫，救救我娃，求求你们救救她吧……"急救室的门开了，医生惋惜地说："对不起，孩子的左小腿……没保住。"母亲再次晕倒在地。最煎熬的几天，父母一直守护在女儿的身边，眼哭肿了、泪流干了、心也破碎了。17岁的花季少女失去了小腿，这是何等残酷。出院后，王亚男情绪十分低落。每天不梳头，不洗脸，一言不发。为了使亚男走出阴影，这天，母亲试探着问："男男啊，每天晚上，村里有好多人都在跳舞，咱也去看看吧。"一听说音乐、舞蹈，亚男的眼睛顿时亮了起来……

参加健身队后，王亚男的性格慢慢变得开朗起来。不久，还当上了教练，去各地比赛。在亚男的带领下，她们健身队还夺得了全县第一名的好成绩！捧着奖牌，她忽然意识到：身体的残疾并不可怕，重要的是如何去面对。

这天，深夜11点，出车回家的父亲，看到亚男屋里的灯还亮着，便轻轻推门进去，可转身出来时，已泪流满面。母亲看到一惊:“你怎么了，啊？”父亲泣不成声……母亲赶紧跑到亚男的卧室，只见她正咬着牙，一点一点清洗化脓感染的伤口，截肢处已是血肉模糊。母亲哭喊着说:“男男啊，咱再也不去跳舞了。”亚男却平静地说：“妈，没事，我能挺住。”

年复一年，亚男身残志坚、越挫越勇，她带领的健身队名声也越来越大。上海残疾人训练中心得知情况后，邀请亚男前去训练。

“妹，姐就要走了。这一走也许几天，也许几年……机会也许就这么一次，姐决定出去闯一闯！这些年来父母一直为我担惊受怕。我走后，你一定要好好学习，并替我照看好咱爸妈……”妹妹一字一句读着姐姐临走前留下的这封信，泣不成声。

2009年9月，王亚男一步一回头，离别了生养她多年的故土，踏上南下的征程。透过车窗，看见爸妈那变白的鬓发和期盼的眼神，王亚男再也忍不住地哭了出来。

初到上海，举目无亲，加上饮食不习惯，想家的念头，时不时就冒了出来。生活的不便，倒还能克服，但训练的艰辛程度，真是无法想象。在冰冷的地板上，以双手和屁股着地，双手像腿一样作为支撑，闪转、腾挪、传球、扣球……手指裂开了缝、渗出了血，屁股磨起了泡……因为无法承受这种魔鬼般的训练，她一度产生放弃的念头。每当夜深人静的时候，看到夜空中那轮明月，那种孤独、寂寞、无助，使她更加思念远方的家，怀念家乡的一草一木。但一想起亲人们的叮嘱、父老乡亲的期盼，还有为国争光的心愿，她咬紧牙关，硬是坚持了下来。

2011年底，看到有些老队员进了国家队，她十分羡慕，便暗暗发誓：“我也要进国家队，我要登上世界领奖台，为国争光！”春节前夕，听说国家队需要陪练员，她二话没说，毅然退了回家的车票，报了名。从此以后，她自我加压，刻苦训练。深夜，队员们都休息了，可她还在一个人训练。特制的运动裤，几天就能磨烂一条。功夫不负有心人，在国家队赴伦敦比赛前，王亚男光荣地成为国家队的一员。折翼天使终于可以振翅飞翔了。

坐式女排国家队主教练徐慧敏说："进入国家队一般需要训练7年以上，而王亚男仅仅用了两年的时间。她之所以能在全国16支代表队、100多名运动员中脱颖而出，前去伦敦参赛，并成长为国家队的主攻手，主要是她表现出来的强大实力和对坐式排球的痴心热爱。"

自2012年起，王亚男与队友们发扬顽强拼搏的精神和爱国情怀，先后赴英国、美国等14个国家参加国际赛事，8年6次蝉联国际冠军。她本人还获得了"世界最佳防守运动员""第十四届残奥会二等奖"等多项荣誉。

王亚男身上涌动着的这种敢于拼搏、不甘人后的精神和爱国主义信念在奥运舞台上得到了充分的体现。她的事迹告诉我们：人生难免有几多坎坷和挫折，但只要有积极乐观的人生态度、顽强拼搏的精神、挑战自我的毅力，成功就不是梦！

在王亚男从千里之外的上海发给家乡的问候中，她说道："父老乡亲们，你们好，我现在在上海正与队友备战2020年东京残奥会，每天过得艰辛而充实，虽然远隔千山万水，但我时常想念家乡的山、家乡的水、家乡的人，是你们的期盼、祖国的荣耀，给了我走向世界和为国争光的拼搏力量！加油！！！"

王亚男，你是平阳大地的骄傲，是黄河儿女的骄傲，更是祖国母亲的骄傲！

（作者高强朋系洪洞县广胜寺镇人民政府副镇长，王陈红系广胜寺镇综合文化站站长）

母 亲

王 煜

在我们霍州有这样的一位普通医务工作者，说她普通是因为她和千千万万医务工作者一样，默默耕耘在自己的岗位上。就是这样一位普通的医务工作者被霍州百姓铭记于心。1965年11月11日的这一天在北京，人民大会堂，她受到周恩来总理的亲切接见。带着一份好奇，我走近了红色医生石兰峰。

又是一年清明节，霍州市李曹镇范村的任刘管老人，虽然已经年过八旬，但他仍像往年一样冒着淅淅沥沥的春雨，拄着拐杖来到一座墓前，焚香磕头，深情祭奠。这里长眠着一位他一辈子都忘不了的恩人。

60年前，任刘管在夭折了5个娃娃后，已不敢再奢望能有一个健康的孩子出生。当时的农村，没有孩子根本就抬不起头，在村里处处受人讥讽。

爹娘整日唉声叹气，媳妇日渐消瘦，任刘管只能默默地躲在角落里流泪。孩子已成为这个家庭不能触碰的痛。

这已经是任刘管他媳妇第六次怀孕了。肚子里的孩子对于这个家庭而言没有太多的喜悦，更多的是紧张、害怕甚至是恐惧。那段时间，任刘管几乎每天都在心里念叨：“我多想有个健康的娃儿啊！”生产的日子越来越近了，但媳妇的话却越来越少了，常常一个人坐在窗子前发呆，任刘管心里明白媳妇比他更害怕。

当时，年轻的石兰峰正在全县各个村推广新法接生，任刘管家的情况，她也听说过了，于是找到了任刘管，主动要求为他媳妇接生。十几个昼夜里，石兰峰无微不至地照顾着产妇，直到孩子健康顺利地出生。孩子的一声声啼哭为这个家庭重新点燃了希望。

石兰峰，1921年出生在霍州北部一个偏远的小山村。童年的苦难使她过早地体会了普通百姓生命被疾患所缠绕的不幸，幼小的心灵里坚定了从医的决心。1947年，刚刚解放的家乡第一次建立起新中国的医疗队伍，年轻的石兰峰毅然摆脱了家庭的束缚和世俗的偏见，参加了一年多的学习培训，如愿成为一名医务工作者，开始了自己一生不懈的追求。

当时的霍州，贫穷落后，医疗条件更是简陋。农村妇女生孩子根本没有安全可言。这一切，石兰峰作为一名妇产科医生，看在眼里、急在心头。她清楚，如果不用新的方法接生，不能让大家接受科学的生育理念，那么，无数个婴儿将没有机会看一眼这个美好的世界。

任刘管日盼夜想顺利出生的孩子，正是石兰峰苦心推广新法接生的第一个婴儿。就是这个孩子的健康出生，推动了霍州大地科学生育事业的进程。而这中间，融入了石大夫多少辛苦和汗水，恐怕只有她自己知道了。

在石兰峰接生的众多孩子中，有一个孩子是她最放心不下的。他叫张刘锁，6岁时父母先后患病去世。石兰峰得知情况后，毅然将这个苦命的孩子接到了自己的家中。

“爹，娘，你们在哪？我饿了，我好冷，我害怕！”

“孩子，别怕，跟我回家，以后我就是你的妈妈！”

从此，孩子的衣食住行上学就读，她全部包揽。石兰峰多了一个儿子。

医者，施以仁术以救人。精医术的石兰峰，每天都在为患者操劳担忧，却唯独忽略了她自己。1972年9月13日，冒雨赶了几十里山路的石兰峰，刚刚做完一例剖宫产手术，而另一张手术台上还有一名垂危患者正焦急等待着她的救治。

“现在产妇情况怎么样？孩子胎压正常吗？”

那一夜，她未曾合眼，终因劳累过度，倒在了最挚爱的手术台前。人民的好医生——石兰峰，就这样永远地离开了这个世界。

当张刘锁得知噩耗，从学校一路飞驰返回——

“妈妈，妈妈！”

石兰峰走了，妈妈走了。她太累了，她要歇歇了！

那一天，数以万计的霍州百姓自发地来到石兰峰家门前，院子里巷子里挤得满满的。大家眼含热泪轻轻地呼唤着，要为这位人民的好医生送上最后一程。石大夫，一路走好！

（作者系霍州煤电职工）

贴心帮扶显真情　多方举措助脱贫

——记隰县总工会派驻隰县阳头升乡居子村工作队队长张波

韩　蓉

居子村位于县城西南5公里处的后堰塬上，交通便利，霍永高速沿村而过。塬面宽广，地势平坦，宜于耕作，气候温和，昼夜温差大，光照充足，是隰县梨果主要产地之一。耕地面积3200亩，梨果面积2900亩。全村169户、660人，有建档立卡贫困户44户114人。2016年脱贫13户45人，2017年脱贫12户40人，2018年拟脱贫19户29人。

作为一名驻村工作队队长，张波勇于担责，挑起重担，义无反顾担任了居子村脱贫攻坚领导小组组长，一竿子插到底，事无巨细，亲力亲为。充分发挥核心带头作用，以身作则、率先垂范，坚持在一线中解决问题、开展工作。坚持“群众利益无小事”，关乎村民的大小事，尽心尽力帮助解决。三支队伍、两委主干分工明确，职责到人，统一步调、统一行动。自己在生活上工作上关心爱护工作队员、第一书记、包村干部和两委成员，大家同心同德、凝心共聚，形成了工作合力和组织保障。

大力发展梨果产业。张波邀请梨果专家制定并积极实施《科学规范管理、果品提质增效》规划；组织果农外出参观学习3次35人；果树培训3期180人次；聘请梨果专家果园实地操作指导4次210人；制作果树管理宣传版面15块、宣传资料1200余份，订阅《中农乐果业科技》杂志10份；帮助果农下载“中农乐”果树管理微信公众号；发放价值8000余元的锯、剪子、愈合剂等农资资料；购买价值1.8万元的枝条粉碎机一台。全方位的服务使果农开阔了视野，提升了果树管理水平。居子村果品得到提质，产量得到增产，收入得到增加。

激发贫困户内生动力。张波勤于入户、善于沟通，讲政策、出点子，为贫困户多渠道谋划。有劳动力的贫困户外出务工28人、家庭屋顶光伏发电1户、小额信贷7户（其中用于发展林果产业6户、发展家庭木器厂1户）、造林合作社9人、护林员1人、保洁员4人、清运工1人、计生员1人，为有养殖技术的3户贫困户提供种羊68只，并带动了3户贫困户受益。举办果树培训3期、畜牧培训1期、中式烹调1期、电商培训1期、交通安全知识讲座1期、扫黑除恶讲座1期，提高技能水平、多方增加收入，使有劳动力的18户贫困户有了稳定收入。

完善基础设施。张波积极联系引进果品深加工和恒温库建设项目、固水保塬项目、补修村中路及排水池项目、畜牧提升工程项目、人畜吃水管道更换等5个项目。既有带动群众致富的企业，也有惠及群众的民生工程，极大提高了群众生产生活质量。

积极开展帮扶工作。邀请中农乐、劳模等梨果专家为果农培训指导；联系劳模医疗专家为贫困户上门义诊；为15名务工贫困户救助500~1000元；组织工会干部、志愿者70余人为果农摘果；组织工会文艺爱好者到村指导文艺活动；通过义工联合会为3户贫困户申报换新乐园项目；为3户贫困户上大学子女每人资助1500元。残疾人李候平之子创业开了个理发店，张波利用工会优势，给环卫工人发了200张理发票，既拉来了客户，又让其靠自己劳动增加了收入。多方举措助脱贫，让更多人、更多力量参与到扶贫工作中，使贫困户深感党的温暖和社会的关爱。

村民王德贵72岁，身体硬朗，农忙种地、冬闲务工，每月2000元工资；魏金常65岁，虽患有慢性病但有养殖技术，张波引进畜牧提升工程，支助种羊8只，并动员其又买了20多只绵羊，使其有了自己的扶贫产业；李大虎身残志不残，有调漆技术，张波积极联系汽车修理厂让照顾其生意；王跃武，家庭人口多，因学缺资金致贫，其头脑灵活，容易接受新事物，就帮助落实富民贷5万元，用于发展家庭光伏发电，多次邀请梨果专家指导其果园生产，动员其子就业创业，增加家庭收入。

两年多的帮扶工作，经常入户走访。他亲民的工作方法、务实的工作作风，和村民结下了深厚的感情。淳朴的村民时常邀请张波到家里吃饭，他和村民约定，只需准备家常便饭。亲切的交流、零距离的接触，使大家都愿和他交朋友、讲真话。每个贫困户都有他的联系方式，大家有什么问题、需求，都会第一时间和他联系，他也会尽心尽力想办法给予解决。辛勤的付出、感情的投入，让张波深深地感觉到自己已融入居子村，感觉到自己已是居子村人，和村民结下了深厚的感情，赢得了群众的信任和拥护，被评为2018年全省干部驻村帮扶工作模范个人。

（作者系隰县总工会办公室主任）

侦察排排长张玉省

李普文

1947年4月2日，阎锡山五专署专员兼曲沃城防司令侯嘉藩，出动翼城爱乡团、曲沃爱乡团和保5团、保9团各一个营的兵力，在胡宗南驻曲沃蒙城49团一个连的配合下，对曲沃翼城交界的北山塔儿山一带进行“扫荡”。

恰在此时，曲沃县民主政府县长孙礼带领政府工作人员、县保安大队及民兵100余人，从翼城东山转来，在警4团一个侦察排的配合下，到翼城老官庄以北待命，准备插进曲沃活动，配合晋冀鲁豫野战军第4纵队和太岳军区部队攻打曲沃城。在这支队伍里，有郑村民兵队长张玉臣，还有他的4个兄弟：民兵张玉先、县大队侦察排长张玉省、民兵张玉贵、县民主政府工作人员张玉成。

张玉省，1923年6月出生于曲沃县郑村，在家排行老三。少时，家中贫穷，随人外出谋生，流落河南洛阳后，被国民党部队抓了兵，当时只有16岁。在国民党部队挨打受气，备受欺辱。一年后，他趁机逃跑，流落到山西省垣曲县打工谋生。

数年经历，使他看到共产党领导的八路军同国民党军队有着本质的不同。1943年2月，他参加了太岳四军分区司令员唐天际领导的八路军晋豫边抗日游击支队（简称唐支队），化名王佐臣。10月，加入了中国共产党。

1945年12月，陈赓率部开赴曲（沃）翼（城）地区作战，到

1946年1月13日午夜，停战协定生效后，曲沃广大农村全部解放。为了迅速发动新解放区群众，张玉省被派回曲沃四区开展诉苦复仇、反奸清算和减租减息运动。

他在工作中爱憎分明，大胆泼辣，很快在郑村、常家、靳家、林节、安泉等村组织起群众，向地主恶霸展开斗争。地主托人送礼求情，他退掉礼品，痛斥送礼人。奸霸设席向他套近乎，他掀翻席宴，转头就走。

为了保卫翻身成果，县委决定迅速发展民兵组织，张玉省走门串户动员青年参加民兵，建立村自卫武装。在他的热情帮助下，郑村、常家、靳家等十几个村都建起了民兵班。民兵组织初建时没有武器，他谋划着向敌人要。一次，城内武装特务十余人潜出城，到神泉村谋杀我方人员，破坏反奸清算运动，他迅速带领30多名民兵，手持大刀长矛，发起突然行动。敌人仓皇逃窜，他冲上前去扭住敌特，缴获手枪一支。这次战斗，他们还缴获3支步枪，俘敌5名，大长了民兵志气。从此，四区各村民兵日益壮大，保护着群众翻身后的胜利果实。

1946年6月，蒋介石挑起全面内战。8月初，国民党胡宗南部侵入曲沃，县委、县民主政府带领干部、民兵、群众2000余人转移东山。此间，张玉省经常带领民兵深入敌后，打编村、除恶霸，开展游击活动，使敌人闻风丧胆。

这次，张玉省和张玉臣分别率队随县民主政府孙礼县长行动，解放曲沃。谁曾想到，他们在翼城县挂里村，与侯嘉藩纠集的阎顽爱乡团相遇。因敌众我寡，我方被敌人包围，情况非常紧急。为掩护县政府和民兵大队转移，张玉省带领侦察排迅速占领洞儿窊山头，英勇阻敌。

郑村民兵队长张玉臣为掩护部队撤退，陷入数倍于己的阎军重围，他双手拉响腰间6颗手榴弹，当场炸死炸伤7个敌人。张玉臣也壮烈牺牲。

张玉省在激战中被俘，同时被俘的还有20多名政府工作人员和侦察员。在曲沃城内监狱，张玉省面对敌人的严刑拷打，宁死不降。

在曲沃城解放前夕，敌人开始大屠杀。张玉省与赵丕显等27名壮士被残杀，尸体被投入枯井内。

张玉省牺牲时，年仅24岁，1950年被曲沃县人民政府追认为革命烈士。

（作者系中共曲沃县委党史研究室主任）

诗情画意

黄河圖

黄河边的歌声

马毅杰

山还没睡醒，我们已经在路上。

我们要到晋西黄河岸畔，去赶赴一场特殊的视听盛宴。

80多年前，25岁的光未然带着抗宣三队的战友们就是从那里第一次东渡黄河，并站在高山之巅，望滚滚黄河。一个多月后，他身负重伤，需送回延安治疗，也是在那一带西渡黄河的。

在浊浪翻滚的大河上，他听到的是艄公们不畏凶险吼出的黄河号子，看到的是他们搏击风浪的顽强与勇敢。此时，光未然早已忘却了难忍的疼痛，胸中涌动着万丈豪情。回到延安，在病床上，他用5天的时间，以口述的形式完成了长诗《黄河吟》的创作，并与战友冼星海共同谱写了不朽的乐章《黄河大合唱》。这部伟大的作品，自问世以来，从延安唱遍全国，唱响全世界，它已成为中华民族不竭的精神源泉。

几年前，为亲眼见证一场特殊的捐赠仪式，我们来到此地。那天的黄河岸畔也是人头攒动，欢天喜地。光未然先生手书《黄河颂》书法作品，要捐赠给晋西永和人民。那字里行间倾注的可是先生对母亲河的大情大爱，饱含着捐赠者对乡亲们的殷殷之心。这对正在奋力脱贫攻坚的黄河儿女该是多么大的鼓舞啊！那天，光未然先生的儿子张安东带着幼子也来到这里，望着当年父辈留下足迹的山川大河，抚摩着镌刻有父亲头像和《黄河颂》手书的巨石，他眼噙热泪一直凝视着，并深情地对身边的儿子说，孩子，你看，那是爷爷！是爷爷啊！

那天午后，在大河边，在高岗上，一场别开生面的《黄河大合唱》正在进行。忽然，天空中，乌云翻滚，电闪雷鸣，大雨顷刻间噼里啪啦地下了起来，击打得人们睁不开眼睛。我发现“台上”百余名身着盛装的演员阵容，丝毫未动，安如泰山；而守候在“台下”的观众，谁也不肯离开。特别是坐在我前面的那位老奶奶，当狂风骤雨袭来时，她身边的儿子急着要扶她离开，被她一把推开了，依然镇定自若地坐在原地，还是那样专注地看着、听着，听“风在吼，马在叫，黄河在咆哮”的歌声，高亢激昂，响彻云霄。这一幕一下子定格在我的脑海中，再也挥之不去了。

转眼，一年过去了。

今天，这里又聚拢来方圆百里的乡亲和远道而来的观众，我的目光便不自觉地在人群中搜索起熟悉的面孔。你看！你看！旁边那位满头银丝的老人，不就是去年见过的老奶奶吗？她让我惊喜得几乎要喊出声来，我穿过人群就想上前和她搭话。

“奶奶，您又来了”。她点头微笑。

我竖起大拇指说：“您才是最喜欢《黄河大合唱》的人！”

她看着我摇头，“不行，不行，俺只会唱几句，俺男人可全会哩！”

“什么？什么”？这让我更是新奇，“那大爷在哪儿呢”？我四下里寻着。

奶奶说：“别找了，他来不了，早死啦！”说这话的时候，奶奶那干涩的眼眶就有些潮湿了。听站在她身旁的儿子讲，他的父亲早在几十年前就不在了，是在朝鲜战场上牺牲的。那时，他还在母亲的肚子里。他听母亲说过，他的父亲在延安时就参加过《黄河大合唱》，那些曲子，父亲在新婚之夜还亲口给母亲唱过哩。自打父亲走后，守了一辈子寡的母亲，就经常哼哼这个歌，哼了一辈子，也只会那一小段，“风在吼，马在叫，黄河在咆哮”。

多少年来，每当遇到迈不过去的坎，母亲就哼唱得更勤了。那个时候，还是少年的他，就知道母亲绝不会趴下，一定会站起来的。儿子说，现在的日子有多好啊！特别是母亲的生活，国家可照顾了，要啥有啥不缺啥。母亲常对他说，要是你爸能活到现在该有多好啊！一准儿还能站在台子上唱《黄河大合唱》哩！这不，听说黄河边又要唱丈夫曾经给她唱过的歌了，她怎能错过！早早地就催着要来，一会儿也不能耽搁。看到奶奶那饱经沧桑的脸上绽放出花一样的笑容，我的眼睛也潮湿了。

我和奶奶说话的时候，几个年轻的姑娘就一直站在跟前听得入神。姑娘们都是从省城赶来的大学生，她们告诉我，《黄河大合唱》以前在影视剧里看过多次，在大剧院也听过多次，在学校还亲自参加过排练演出呢。而站在黄河岸畔，以天地为舞台，以大河为背景，听《黄河大合唱》还是头一回，这样难得的机会，怎能错过！她们是乘火车，坐汽车，又走山路赶来的。姑娘们说，她们就是要亲身感受一下这样的氛围，因为黄河大合唱表现出的不屈不挠、勇往直前的精神，正是现在的年轻人最需要的。

前排的小凳上坐着一位头戴遮阳帽的大爷，看着他的穿着就不是本地人，一问，才知道，他从上海来，是专为陪同老伴而来。老伴是这次寻访团的成员。他说，“《黄河大合唱》好啊！你别看我那老伴，平时走路弯腰驼背、气力不足，一唱起这些歌来，腰板也直了，气也足了，连药也不用吃了”！

说话间，河岸边，高岗上，大合唱的强大阵容已经排列到位。其中，有当年抗敌演剧队的后代，有爱国华侨，有专业团体的艺术家们，有当地的干部群众，还有红军小学的师生。在那激情高昂的朗诵中，《黄河大合唱》拉开了序幕：

朋友！你到过黄河吗？你渡过黄河吗？你还记得河上的船夫拼着性命和惊涛骇浪搏战的情景吗？如果你已经忘掉的话，那么你就听吧！

随着一阵激昂的音乐响起，排山倒海般的歌声在黄河边回荡。

啊，黄河！你一泻万丈，浩浩荡荡，向南北两岸，伸出千万条铁的臂膀，我们民族的伟大精神，将要在你的哺育下，发扬滋长，我们祖国的英雄儿女，将要学习你的榜样，像你一样的伟大坚强！

听着这气势磅礴的乐章，我的血液在沸腾，我的心在飞翔：过去，我们的前辈在《黄河大合唱》的歌声中，追求着民族的解放；今天，我们唱着它，要实现中华民族伟大复兴的梦想！

几个小时过后，一场气势恢宏的音乐会在黄河边落幕了。

高山、大河慢慢地安静了下来。一片空地上，只见一位年轻的妈妈，正在给3岁的小孩教唱那句歌词：“风在吼、马在叫，黄河在咆哮……”

一遍又一遍。

她告诉我，《黄河大合唱》的歌，得让孩子从小就学会。只有这样，等他将来长大了，才会有精气神……

（作者系永和县文联原主席）

响彻黄河的威风锣鼓声

张　旭

临汾市古为尧都，世称平阳。上古五帝之一的尧，将女儿娥皇、女英嫁给了舜。每年二女回娘家、回婆家，两地群众便敲锣打鼓迎送。自此，威风锣鼓，一敲就敲了4000年。从远古传说到历史考证，在黄河岸边独有的文化中沉淀、孕育、发展，不断焕发出新的生机。2006年6月，经国务院批准，晋南威风锣鼓被文化部列入第一批国家级非物质文化遗产名录。

历史悠远的鼓声

“威风锣鼓”最早的名称为“锣鼓”，老百姓俗称“家伙”。对于临汾锣鼓的起源，史书尚无定论，据传，始于尧、舜时代，距今已有4000多年的历史。

传说，在距今4700多年的时候，有一天尧王访贤路经周府村（今洪洞县甘亭镇羊獬村）时，发现一只母羊在一片沙地上生下全身青毛的独角异兽——獬，生下3个小时后，就长成和母羊一样高。和尧王同行主管行律的皋陶发现“此羊见斗则触不直，闻论则咋不正”，是一只神羊。于是，将此羊牵回帮助断案。恰在这时，尧王的妻子散宜分娩，生一女孩，起名女英，坠地能坐，三日能行，五日能言，满月能织，百日通晓天文地理。尧王认为此地是风水宝地，将此地更名为羊獬村，并把全家迁居于此。故有“羊生獬，羊獬村，尧王立世到如今”。

后来，尧王在历山访贤时遇到驾牛耕田的舜，经过考察，不但将帝王的位置禅让给了他，还将自己的两个女儿许配于他。从此娥皇、女英便以历山为婆家、羊獬为娘家，两个村的人从此也成了亲戚。羊獬村的人称娥皇、女英为“姑姑”，历山人称她们为“娘娘”。每年农历三月初三，娥皇、女英回娘家，农历四月二十八，娥皇、女英回婆家，两地群众就会敲锣打鼓迎接，以示威风。

在接姑姑送娘娘的民俗活动中，威风锣鼓所打的曲牌都与所途经的22个村落有关，每停留一个地方，就会敲打与此地发生的故事有关的曲牌。比如《风搅雪》，说的是有一年的三月初三，气温骤降，大风卷着雪花漫天飞舞，但接姑姑的人依然顶着寒风要到历山接姑姑。尧王深受感动，便做了这首曲，答谢大家的真情厚意，此曲只有羊獬人敲。比如《吃凉粉》曲牌多在路上行走或中途吃饭时表演，沿途队伍要在指定的几个村子集体休息吃饭，农历三月，村里没有很好的饭菜招待大家，大多是一些凉拌菜，其中最受欢迎的是凉粉，能解除途中的疲劳和辛苦，该曲听起来如缕缕凉风拂面，使人顿生凉爽舒服之感。又如《笑回乡》曲牌形象地描绘了娥皇、女英在路上和乡亲们有说有笑的场面，此曲表达了大家的愉快心情。再如每年农历四月二十八，汾河西边历山的队伍要到汾河东岸的羊獬村“接娘娘”。这天，羊獬村的队伍要到汾河东岸等候迎接，当历山的队伍来到河边时，两支队伍隔河相迎，敲锣鼓以示问候。羊獬村队伍面西演奏《西河滩》迎接“亲戚”，同时，历山队伍隔河面东演奏《东河沙》热情呼应。

从历史考证方面来说，鼓的创造很有可能是远古人类感动于自然之声，如雷鸣、石滚、空洞物体的碰撞等，模仿其声音的洪大、威严、旷远。我国古代有“鼓法天，钟法地”的记载。1980年，襄汾县发掘出土的新石器时代晚期的龙山文化中，发现了“土鼓、鼍鼓、石磬”3件国内原始社会时期的打击乐器，其中鼍鼓被誉为“中国第一鼓”，证明当时锣鼓已经产生。春秋时期，鼓乐类名称开始较多地散见于我市各类文史古籍的记载中。如“谏鼓、雷鼓、革卑鼓”等，说明锣鼓在当时已初具规模，成为祭祀活动的一种主要表现手段。

我们无法考证接姑姑迎娘娘民俗活动中的锣鼓演出形式，但根据考古发现，锣的出现较鼓要晚很多，大约在西汉。将锣与鼓相提并论起于宋代，这时才有锣、鼓、铙、钹的组合演奏。

唐王朝建立后，锣鼓艺术开始在临汾市兴盛普及，这在唐玄宗《南山雀鼠谷》答张说的诗中“背陕关山险，横汾鼓吹频”（《霍州志·艺文》篇）有窥豹见斑。至今尚存下来的200多个曲牌传说中，许多皆为唐朝历史人物及典故传说而得名，如唐王点兵、四马投唐、天下归唐、唐王大德胜等，随着“安史之乱”的时代动荡，唐王朝的衰竭，大批具有高深造诣的宫廷乐工舞人开始流散民间，进入寻常百姓行列。到了清末民国期间，据《临汾市志》记载：“全县村村有锣鼓队，春节期间处处有锣鼓声……”锣鼓被广泛地运用在各种场合，在田间地头、集市庙宇、逢年过节、欢庆丰收等活动中威风锣鼓都是主角，在当地民俗文化中扮演着重要的角色，与人民的生活、活动息息相关，娱人功能占据了主导地位。

考古发现、历史记载和民间世世代代的传说相互印证着锣鼓的诞生和发展，独特的地理位置、悠久的历史和丰富的传统文化积淀，为威风锣鼓这种古老的民间艺术的生长提供了肥沃土壤。它汲取了不同时代的艺术精华，伴随着人类的脚步一路走来，始终活跃在临汾大地上，鼓声阵阵，响彻黄河岸边。

震撼人心的鼓声

锣鼓声音洪亮，音域宽广，深沉浑厚，慷慨激昂，给人美的享受。威风锣鼓表演者强悍矫健的身姿，粗犷豪放的性格，朝气蓬勃的气势，处处体现了黄土高原上北方汉子豪爽奔放的性格。威风锣鼓最早因社日祭祀土神及求神祈雨而兴盛，后来发展为民间社火和喜庆节日压轴民间艺术表演节目。旧时威风锣鼓队规模较小，一般14人一队，称为一堂。2人击鼓，2人持铙，2人持钹，8人敲锣，因用锣8面，所以又称“八面威风”，其特色就是“威风”。从锣鼓的配置打法，演奏队的组织、表演、着装，都在展示威风。威风锣鼓内容丰富，形式多样，融音乐、舞蹈、技艺于一体，在民俗学、历史学、社会学、美学的研究中，威风锣鼓都显示出重要的价值。

威风锣鼓将乐、舞、技三者有机结合，动作上讲究“帅、漂、脆”，表情上讲究以情动人，队形讲究变化多端，音乐上讲究丰富多变。打击时，动作“帅”的威武刚劲有力、“漂”的轻巧敏捷、“脆”的张弛有度，动作花样更是眼花缭乱。鼓手有“单槌绕花”，锣手有“转槌”“拌槌”“翻槌”“盘槌”，钗手有“单翻花”“双翻花”“前翻花”“后翻花”“盘手花”，铙手有“上下擦拍”“前后擦拍”。表情上，情动于中而形于外，伴手、眼、身、步、头几个部位相互配合，舞姿多变，充满美感。再加上队形层次分明，构图严谨，阶梯分明，跟随着指挥者以横、直、斜、弧四种线路巧妙交替行进，场面好不壮观，令人眼花缭乱。最终人鼓合一，在鼓、锣、铙、钗的打击中倾情舞动，气势磅礴，威风凛凛。强奏时，鼓声震天，钹光闪烁；轻奏时，又如春雨滋润禾苗，给人们带来愉悦与鼓舞，从而增强求得好年景的信念。这可能就是《易·系辞》中“鼓之以雷霆，润之以风雨”的意境吧。

焕发生机的鼓声

临汾锣鼓经过数千年的历史沿革，不断变化，不断创新，尤其是中华人民共和国成立后，锣鼓逐渐成为人民群众直抒胸臆的代言工具。那一时期，“翻身解放”“大跃进”等喜事对锣鼓的传播再次起到了推波助澜的作用。改革开放后又跨入了开拓、振兴的新阶段，在20世纪八九十年代，迎来发展的黄金时代。1980年元宵节期间，临汾举行了第一届锣鼓比赛，从各地“锣鼓”“威风”“锣鼓家伙”等不同的叫法中，统一称为“威风锣鼓”，从而为威风锣鼓的创新发展带来了曙光与转机。1988年，临汾市首次举办了中华人民共和国成立以来规模最大的“龙年社会文化节锣鼓赛”。之后，我市威风锣鼓队经历了艺术家们的反复锤炼，接二连三赴省进京甚至出国表演。1988年参加全国首届农民运动会开幕式表演；1989年参加庆祝国庆40周年专题片《我爱你，中国》电视录像；1990年由410人组成的威风锣鼓队，在北京举行的亚运会开幕式上献艺；1997年又代表文化部赴香港参加了香港回归大型庆典；2003年走出国门，在日本举行的亚太地区电力年会上大展风采。

威风锣鼓不仅震撼了中国，也震撼了世界，被誉为古今中外首屈一指的“民族鼓乐”“黄河之魂”“中华第一鼓”“天下第一鼓”。“鼓法天，钟法地”。威风锣鼓踩踏着有节奏的鼓点，伴随着浑厚的鼓声，通过几千年世世代代劳动人民口传心授发展，在山西这片古老的土地上，不断焕发勃勃生机。响彻黄河岸边的锣鼓声，敲出了黄河儿女的坚韧和不拔，敲出了中华儿女的威武和雄壮，更是敲出了中华民族不屈不挠、英勇顽强的民族性格，那鼓声历久弥新，永远震撼人心！

［作者系中共临汾市委党史研究室（市地方志研究室）方志编研一科四级主任科员］

黄河赏湾

马毅杰

一

有一道命题，让我思考了许久。说，从雄伟多姿的青藏高原巴颜喀拉山出发，流经9个省区，行程5400多公里，最后汇入渤海的中华母亲河——黄河上最大的景致是什么？

是“咆哮万里触龙门”？还是“玉门九转一壶收”？是“一片孤城万仞山”？或是“一支黄浊贯中州”？在我看来，这些描述黄河的千古绝句都非那最完美最尽兴的满意答案。因为它们即使再夸张再浪漫再赋予黄河文学的灵动，似乎也只能代表黄河风情的一点一面一种姿态一方景致。正应照于传唱了不知多少代的那首古老民谣“我晓得，天下黄河九十九道湾”。我倒觉得，黄河上最大的景致不是别的，恰是那蜿蜒逶迤、盘旋而至，犹如巨龙飞舞般的那一道道湾。因为在世界的大江大河中，能与黄河“拼”弯道的河流，大概是极少的，弯道奇多成为黄河有别于其他大河最凸现的特点。要读懂黄河，你首先得读懂黄河上的那些或美丽或奇特或险峻或深沉的湾，而要探寻那一道道湾的博大深邃，最具代表性，也最值得游人去眺望、去品读和赏析的当数黄河上那尤为大气与神奇的湾——乾坤湾。

乾坤湾，深藏于黄河干流上最长的大峡谷——晋陕峡谷中段。在黄河千姿百态、曲里拐弯，数都数不清的弯道中，乾坤湾比不得位于河道上游若尔盖境内被誉为“宇宙中神奇幻影”的黄河第一湾那么舒展、明朗、宁静，那里是白云蓝天的故乡，碧草萋萋，空气纯净，河水透着晶莹剔透的亮光，仿佛初长成的美丽少女，待字闺中，准备出阁远行，处处浸透着生机与清丽；也不同于地处黄河与长城唯一的交汇点，民谣中所吟诵的“神牛开河到偏关，转身犁出个‘老牛湾’”的那头“老牛”般沉稳、厚重，不动声色；更有别于位于秦地洽川被称作黄河流域最大湖泊型的“黄河湿地湾”那样华润、殷实、悠然。乾坤湾的浩大气势，雄浑神奇，首先展现在她的坦荡无私、包容天下的胸襟之上，在那里您可以真切地领略到高山大河唇齿相依、相濡以沫的缠绵与鸾凤齐鸣、和谐共生的瑰丽长卷，更会感喟和折服造物主谋篇布局的大手笔。

二

回溯远古，英雄的母亲河从世界屋脊启程，穿越重峦叠嶂、千岩万壑，横跨茫茫的河套平原，一路高歌来到内蒙古的托克托河口镇

纪念《黄河大合唱》诞生80周年永和乾坤湾音乐会

后，便挥师南下，迈入了她更为难料的艰险之旅。奔流到海不复回的性格，注定了她必须具备超凡的毅力和大无畏的气概，面对前方万仞高山挡住的去路，母亲河出手不凡，几乎是以壮士断臂的勇猛，挥舞着手中的利器，刀劈斧砍，愣是将拦路的黄土高原劈出一条长达700余公里的大峡谷，这一壮举大概只有勇往直前的母亲河可以做到。

当浩浩荡荡的黄河之水，从高山深谷中一路咆哮着奔腾到位于晋地永和县西南的浍河里村，谁曾想，巍峨险峻的绝壁悬崖早已聚集了强大的兵力来阻挡母亲河的前进，遭遇堵截的母亲河，岂会退缩，她是迈着坚实的步伐，英姿飒爽，奔向比武场的。母亲河是聪明睿智的，这一回合，她似乎不打算用“勇”来克敌，而是要与对手来一次“智”的较量和比拼。看到前方高傲的山崖，她没去理睬，而是佯装退却，扭头向西而去，大有诱敌深入、避实就虚之意。愚笨的山崖自以为阻击得逞，在他洋洋得意之时，母亲河猛地调转身姿奔东而去，山崖似乎猛醒过来，调兵遣将再来阻拦，母亲河则采取以柔克刚之法，积蓄力量，寻找时机，而后，以杀回马枪的战术直冲身后的山崖，岌岌可危的山崖似乎有些招架不住了，眼瞅着自己坚硬无比的身体将要被层层穿透了，这时，母亲河莞尔一笑，转身潇洒地朝南而去，如此两转三折，终于冲出重围。当她以胜利者的姿态回望自己走过的道路时，一个巨大的“S”湾形成了，这个美丽的大“S”，不仅展示出了她优美丰满的曲线体态和飞扬的风采，更向宇宙万物彰显了她倔强不屈的性格，华夏大地从此便有了这一道美妙的景致——乾坤湾。

三

经过一冬默默的坚守与等待，在那“三月桃花水”的时节，黄河水迅猛鼓涨饱满起来，她昭示着母亲河又能舒展身姿，尽情地歌唱了。就在这个生机勃发的多情季节，我携几位挚友徒步来到乾坤湾发端的地方——永和关，一个千年的古渡口。要沿着陡峭的河岸，踩着羊肠小路和乾坤湾来一次零距离的接触，真正感知一番她的神秘、奇异。道路是难行的，甚至隐藏着难以预料的凶险，但总有一种诱惑吸引着想去探寻，哪怕就是一次冒险也在所不惜。

狭窄的沿途是在想象当中的。在河畔上行走，有些地方甚至窄细的一个人过还得侧着身体，扶着山石，脚下就是数丈深的悬崖，悬崖下便是滚滚的黄河水在奔腾。一路走来，一路倾听，一路眺望，一路体味，在这里，你想听到激情澎湃的黄河咆哮声吗？如千军万马狂吼着涌来的黄河水，定会让你感知到“浪淘风簸自天涯”的英勇与强悍；还是在这里，你想看到黄河之水静若处子、柔美温情的一面吗？转过一道大湾，便有另一种景致会呈现，黄河水平静得如同一片大湖，一块铺展在天地间硕大无比的青铜镜，会让你体悟到什么叫柔情似水。在这动静结合、一张一弛之中，游人定会感悟到宇宙自然的大法则，也会联想到人类自身走向的轨迹，看到眼前这大气大美的绮丽画卷，你会情不自禁地想高喊，想歌唱，想把温润清新的空气大口大口吸个饱、吸个够，与此同时，更会产生一种强烈的探寻欲念。

沿河行走几十里，乾坤湾的神奇便渐渐显露出来。走在这一道浑圆圆的大湾里，仰望深褐色绝壁悬崖的万仞之高，你会发现，它们好似圆规画就的半圆，圆得几乎没有褶皱，不显凸凹，圆得光润润、齐簇簇，你会觉得冷峻耸立、坚硬如钢的山石，似乎也富有柔韧之性，你会不由得联想到制陶工匠在做陶模时游刃有余的优美动作。此时，再观汇入这弯道中的黄河水，俨然一路劳顿的人儿，终于可以平静地安卧在这道能遮风挡雨的港湾里熟睡了，那睡态就像依偎在恋人怀抱中那样温馨甜蜜，那份恬静与闲适，让你都不忍心拨弄出一点点声音去打搅和触碰他们。当你轻手轻脚继续行走，转过这道湾步入另一道大湾时，面对依然浑圆圆的几乎没有褶皱，不显凸凹，圆得光润润、齐簇簇的大湾时，你定会产生这样的恍惚和错觉：难道我还在原点吗？难道我行走了一程，又回到原点了吗？驻足观望，仔细琢磨和辨认，你才会意识到自己站立得“错位”，或是眼前景致魔术般的转动，从左到右，由北向南，在山崖间漂浮游弋的山岚掠过，会显现出铺展在天水之间那两个大半圆，衔接得奇美无比，规整到一种极致。

啊！原来他们就像一双孪生兄弟，对称得让人惊叹，圆得让人觉得神奇。面对此景，倘若你用手指比画比画山崖行走的“路线图”，哪怕略知一点点东方文化的人，都会有似曾相识的眼熟。结伴而行的几位挚友，一下子发现“新大陆”似的兴奋地高喊起来：“太像了！太像了！这不就是一幅活脱脱的太极图吗！”

其实，这一神奇的发现，早已不是我们的“慧眼独具”了，我们只是慕名而来想亲眼见证这一奇景的游历者。有关乾坤湾的奇妙传说，在这古老苍茫的山水之间还不知流传了多少年多少代了。

相传，在那天地初开、人类启蒙的上古时期，被后来者奉为中华民族人根与人文之祖的伏羲曾在这里就有过超凡不俗之举。面对黄河这一大阴阳相随的大弯道，他久久不肯离去，观天，察地，定阴阳，画八卦，揭开宇宙万物之定律，为后世敬仰。

据说，在这一带有关伏羲兄妹成婚、繁衍后代、教民结网从事渔猎畜牧的故事皆有流传。

我想，既然是传说，则难免掺入想象、演绎和浪漫的成分，也必有“真传”与“讹传”之虞，因为传说毕竟是传说。就权当是一个神话故事，听听也十分有趣，不曾料，这一档档事儿还真不单单是传说的那么简单。众所周知，伏羲在创立阴阳五行理念之后，道教确立了代表东南西北四个方位的天尊，所谓：青龙、白虎、朱雀、玄武。奇巧的是，经有关专家实地考证，在乾坤湾四周皆能找到一一对应的地域地名，还有伏羲当年发明并应用的绳纹陶、网纹陶，在此地域也均留有遗痕。更为奇妙的是，在这浩浩的乾坤湾中有个村子就叫伏羲村，这个镶嵌在黄河飘带上的小村是从何年何月开始叫这个名字的，谁也说不清，但往前推延几百年前的本地县志上却清清楚楚地记载着它的存在，于是有关乾坤湾的传说就更不只是传说的那么简单了。

四

黄河赏湾，赏出了神奇，赏出了奥秘，赏出了中华古老文化的根脉，便更觉得“黄河上最大的景致不是别的，恰是那一道道博大深邃的湾”的判定，应该是有理有据的。自以为对于黄河湾情有独钟，殊不知痴迷者却大有人在，让我辈望尘莫及。

据报道，2011年3月某日，晴空万里，阳光明媚。南方某报一名环保记者，在北京飞往南国的航班途经晋陕大峡谷的万米上空时，透过舷窗俯视，他惊奇地看到一条蜿蜒盘旋、银光闪闪、活灵活现的“巨龙”在群山间腾飞。他兴奋至极，并举起手中的相机摄取多幅照片。回到家便急不可耐地观地图、查资料，一要确定“巨龙”所在的方位；二要把“巨龙”的龙身与他收藏的各种“龙图”做比较，通过照片与中国古代皇帝龙袍上飞腾的中华龙、故宫九龙壁上的龙图做比照。他更加惊奇不已，因为这些龙身形状与黄河弯道弯曲的走向同出一辙，惟妙惟肖之惊人相似。记者很快做出决定，要去实地考察这条大弯道，几天后，他来到了晋陕大峡谷，开始了自己的神圣的探寻。经徒步验证，这条蜷曲盘旋的“蛟龙”就是途经山西永和县境内68公里，自北而南由黄河河道上的英雄湾、永和关湾、郭家山湾、乾坤湾和仙人湾等7个大弯道组成的。记者在思考着，所有目睹了这一奇景的游人都在思考：龙是中华民族的图腾与象征，炎黄子孙被称为龙的传人，那么“中国龙”到底是怎样“生”出来的？中华龙飞腾之像为何能与这段黄河弯道的路线图形出现高度的一致呢？古代中国既无飞机，亦无别的飞行器，更无从谈航拍设备与条件，如何能将黄河弯道图形“移植”到龙袍壁画之上，难道真是巧合而已？这还真是一道值得破解的中华文化之谜。让人欣喜与安慰的是，早在几年前，这里已经被国土资源部批准建设“蛇曲国家地质公园”了。

五

漫步于这别具特色的国家地质公园，面对黄土地貌中层层叠叠如波涛起伏的山峦，与浩浩黄河构成的博大辽远的山水气象，我们的心胸一下子达到超然的开阔和舒展，那是大自然赐予的纯美的享受。

走进黄河地质博物馆，仿佛踏入深邃的时间隧道，穿越茫茫时空，回到远古体察黄河的万年造化，瞻仰黄河流域人类文明薪火的点燃，目睹母亲河轻轻地摆着摇篮哺育一个伟大民族的历程。

站在伏羲亭，品读八卦图，驻足乾坤台，眺望山川大河，你一定会惊叹大自然的神奇造化，更会感怀先祖的超凡智慧，人与自然绵延不绝、和谐统一的法则为万世之宝。

在这里游览，“黄河宣言台”应该是必去的景点之一，它是针对当今黄河流域污染加重、水土流失、沙漠化、断流等重大忧患，为维护黄河生态环境、造福两岸众生，专门建造的一个宣誓平台。站在这里，面对母亲河，郑重举起右臂，向黄河庄严宣誓，旨在唤醒人们对母亲河的敬意与关爱之情，承担起保护黄河的责任和义务。

游览之中，我特别欣赏这样一句话：“龙行黄河，天下永和。”“永和”二字包容了太多太多的内涵，天与地，山与水，自然与人，人与人，远古与未来，在宇宙间，在这大千世界还有什么会比这两个字更有意味的？

黄河赏湾，是一次旅行，更是一次洗礼和陶冶，她让你感恩大自然的造化与恩赐，感恩中华古老文化的神奇魅力。走过山南海北，这样身心投入到如此地步的旅途实在难得，着实让人流连忘返。这注定成为储存在心底一生的景致、一部大书，让人时常会去回味，会去拜读……

（作者系永和县文联原主席）

天下黄河一壶收

王友明

《尚书·禹贡》上记载："盖河漩涡，如一壶然。"仅仅8个字，便把黄河壶口的壮阔雄奇景象跃然纸上；唐朝诗仙李白"黄河之水天上来，奔流到海不复回"的脍炙人口佳句，更把黄河奔流的壮观景象，描绘得出神入化。从古至今，引无数游客前往黄河壶口观瀑，令众多诗家牵动着悠悠情思。

怀着无限的敬畏之情，我无数次来到位于山西省吉县城西45公里处的黄河壶口，凝听瀑布的怒吼，观看磅礴的气势。

但凡来到这里，几乎无人不对黄河壶口瀑布表现出敬畏之情。

记得第一次去吉县黄河壶口，还是30年前。汽车在黄土高原上奔驰，一望无垠的黄土沟壑像起伏波动的浪涛一样奔涌到天边。我倚窗贪婪地看着那一片连一片的黄土地，想象着千百年来，这片古老土地上的刀光剑影、羽扇纶巾，我的心也像黄河水一样滔滔奔流。女娲造人的美丽神话故事，更是不可阻拦地进入脑海。

女娲，是一个人身蛇尾的女神，盘古开天辟地以后，在天地间到处游历。女娲滑行在大地上，她热爱树木花草，然而她更加陶醉于那些更活泼、更富有朝气的鸟兽虫鱼。在把它们打量了一番后，女娲认为盘古的创造还算不上完整，鸟兽虫鱼的智力远远不能使她满足，她要创造出比任何有生命之物都要卓越的生灵。这样，世上就会有了能主宰和管理万物的生命，也就不会仅仅只是野草漫山、野兽成群、飞禽成帮，世界也就不会寂寞和荒凉了。

当女娲沿着黄河滑行，低头看见自己美丽的影子时，不禁高兴起来，她决定用河床上的泥按照自己的形貌来捏泥人。女娲心灵手巧，不一会儿就捏好了好多的泥人。这些泥人几乎和她一样，只不过她给他们做了与两手相配的双腿，来代替蛇尾巴。女娲朝着那些小泥人吹口气，那些小泥人便被灌注了活力，“活”了起来，变成了一群能直立行走、能言会语、聪明灵巧的小东西，女娲称他们为“人”。女娲在其中一些人身上，注入了阳气——自然界一种好斗的雄性要素，于是，他们就成了男人；而在另外一些人身上，她又注入了阴气——自然界一种柔顺的雌性要素，于是，她们便成了女人。这些男男女女的人们围着女娲跳跃、欢呼，给大地带来了勃勃生机。

女娲想让人们遍布广阔的大地，但她感觉太累了，做得也太慢了。于是，她想出一条捷径。她把一根绳子放进河底的淤泥里转动着，直到绳子的下端整个儿裹上一层泥土。接着，她提起绳子向地面上一挥，凡是有泥点降落的地方，那些泥点就变成了一个个小人。就这样，女娲创造了布满大地的人们。为了使人类绵延不绝，女娲为人类建立了婚姻制度，让男女互相配合，生儿育女，使人类一直繁衍连续至今。

因此，中国人把作为人类生命起源的黄河，叫作母亲河。

在紧邻黄河壶口瀑布的吉县人祖山上，最负盛名的是建有被称为人祖庙的“娲皇宫”。几千年来，女娲就站立于海拔1742.4米的人祖山巅，注视着黄河，注视着壶口瀑布，注视着被“母亲河”的黄色染黄了皮肤的子孙们。女娲造人的神话，为黄河罩上了一层神秘的色彩。由此，黄河壶口瀑布更成为世界瞩目的旅游热点。

汽车颠簸着冲出黄土的峡谷，同伴们激动地大声喊道：“快看，黄河到了！”

我的思绪被拉回到现实，只见远远的地方，黄河像田野上累极了的一位劳作的母亲，平躺在蓝天白云之下，平静安详，从容不迫。我即刻领略了她的开阔和浩大，她的内敛与平和。

又行驶了20余分钟，我终于听到了震天动地的怒吼声。那怒吼

举世闻名的黄河壶口瀑布

声，像千军万马在大山深处奔腾；那怒吼声，像雷霆万钧在乌云背后酝酿；那怒吼声，像多声部的大合唱……

一下汽车，我便奔向黄河壶口。

黄河壶口，位于黄河中游秦晋峡谷之中，河西属陕西省宜川县壶口乡，河东与山西省吉县相接，是我国仅次于贵州省黄果树瀑布的第二大瀑布。因黄河壶口形状似一把壶的口子，故而得名。

黄河壶口两岸，苍山挟持，万里滔滔的黄河水，从千米河床排山倒海似地奔涌至此，河床由300多米宽骤然收束成50多米窄狭的深槽。浩渺的黄河水顿时收缩成一束，以其不屈的性格，从30多米落差的黄河壶口，怒吼着飞流直下，发出轰鸣巨响，奔泻于十里龙槽，其声似雷鸣，数里之外可闻，真个是天下黄河一壶收！那倒悬倾注、垂直下跌的黄河水，形成一道金黄色水帘，挂于两边山群之间，煞是壮观。黄河壶口瀑布既是黄河的象征，也是中华民族不惧艰险、勇于开拓、勇往直前的精神象征。

近前观之，波浪翻滚，如龙腾虎跃，像巨壶沸腾，更是惊天动地，摄人心魄，令人敬畏。这就是黄河，炎黄子孙的母亲河；这就是黄河壶口，华夏民族的最强音。

黄河壶口以巨大的洪流汇聚成巨大的自然力量，以坚韧刚强的自然品格，赋予了中华民族崛起与发展的内在动力。五千年的历史，在这里霎时深邃而雄壮；黄河那粗犷、雄浑、庄严、豪放的性格，在这里得到最完美的显示。滚滚洪流，奔腾成炎黄子孙不屈的信念；阵阵怒吼，凝结成华夏儿女铮铮的誓言！

因黄河壶口瀑布气势壮观，周围自然景观奇特，各种荣誉接踵而来：中国旅游胜地四十佳、国家重点风景名胜区、国家地质公园、国家AAAA级风景名胜区、《黄河壶口瀑布》特种邮票、中国最美瀑布。尤其是面值50元人民币（第四套人民币）上的黄河壶口瀑布，那翻江倒海、奔腾跌泄、气势磅礴的壮观景象，不知震撼了多少人的心灵！

“烟从水底生，船在旱地行。未雾彩虹舞，晴空雨蒙蒙”。瀑布湍流急下，激起的水雾腾空而起，恰似水底冒出滚滚浓烟，数里外便可望见。升腾而起的水雾，经阳光折射，因不同角度而形成各种彩虹，有时呈弧形，从天际插入水中，好似长龙戏水；有时呈彩带横贯水中，犹如虹桥卧波；有时在笼烟腾雾中出现锦团彩簇，瞬间万变，飘忽不定，奇诡迷离。水底悬流激荡，发出的巨大怒吼声，如轰天惊雷，声传数里。

立于黄河壶口岸边的巨石之上，云烟生脚下、浪花溅在身、怒吼声贯耳鼓。我痴痴地望着黄河壶口四周的山川与岩石，望着气势磅礴的大瀑布，我似乎看到华夏民族子子孙孙从这生命之壶中奔涌而出，也似乎看到华夏文明之源从壶中滔滔涌流。

五千年古老文明，三千里东逝黄河，诞生了举世无双的黄河壶口瀑布，她是一首令人荡气回肠的史诗。在这里，我觉得，整个身心都融入了神奇、壮美的境地！

来到黄河壶口观瀑，虽然已经多次，但每次观瀑留给我的感觉都是新鲜的，印在我心中的形象都是美好的，给予我心灵的震撼都是特有的。

一年四季，随着季节变化，黄河壶口呈现出的景色各不相同，妙趣横生：春天的黄河壶口，冰岸消融、凌块跌落、惊涛怒吼，大有山崩地裂之势；夏日的黄河壶口，洪峰滔天、浊浪排空、吼声更壮，犹如龙虎显威；秋季的黄河壶口，雾气腾空、彩虹飞架、清风舒卷，令人流连忘返，醉意深深；冬时的黄河壶口，黄河水从两岸形状各异的冰凌和层层叠叠的冰块中飞流直下，激起的水雾在阳光的照射下呈现出美丽的彩虹，瀑布下搭起美丽的冰桥。特别寒冷时，莽莽黄河，冰封雪冻，瀑布挂满冰凌，银装素裹，分外妖娆，令人仿佛置身于北国佳画之中，不禁慨叹大自然的鬼斧神工！有诗赞曰："闻说导河经始地，当年疏河半留痕。四时雾雨迷壶口，两岸波涛撼孟门。"

千百年来，这里不仅游人络绎不绝、流连忘返，而且也发生了许许多多惊心动魄、难以忘却的故事，见证了许多人间奇迹发生的时刻：被誉为"天下第一鼓"的威风锣鼓，便产生于黄河岸边，而它的威风正是源于气势磅礴的黄河壶口瀑布。威风锣鼓有着悠久的历史，4000多年前，帝尧部落的人们就已经在黄河岸边"击鼓耕田"。如今，襄汾汾河畔的"尧都"陶寺出土了成双成对的鼍鼓、土鼓和石磬等特大乐器。威风锣鼓的音乐形式在其原生地平阳（临汾）一带流行开来，并最终定型于黄土高坡、黄河岸边；抗战初期，诗人光未然在黄河壶口临水渡船，站在高山之巅，俯视黄河，见那黄河水似雷鸣，震魂摄魄，由此，名垂史册的《黄河大合唱》诞生了；多届壶口瀑布国际漂流月，颇具中华特色，活动直接传向全世界；华夏第一走杨云，横跨黄河壶口走钢丝，震撼亚洲；九州第一漂张志强，乘密封舱漂黄河壶口，威慑四海；中华第一跳又是张志强，黄河大桥悬索跳，令群山惊呆；亚洲第一飞人柯受良，驾车成功飞越黄河，激动人心；吉县"黄河娃"朱朝辉，成功飞跃黄河，成为驾驶摩托车飞越黄河的第一人……

"风在吼，马在叫，黄河在咆哮，黄河在咆哮……"在黄河壶口观瀑，确是人生之中的一大乐事。每每凝望千姿百态、壮观无比的人间绝景，我便处于痴醉的状态，生出无尽的遐想。难怪古今诗人和音乐家们演奏出一曲曲"黄河大合唱"，既唱出了中华民族的神圣与庄严，又吹响了催人拼搏与奋进的号角！

唐李忱《瀑布联句》云："千岩万壑不辞劳，远看方知出处高。溪涧岂能留得住，终归大海作波涛。"有一首《黄河壶口》的歌，也是这样唱的："黄河壶口啊，一壶老酒啊，盛满了五千年的欢乐和忧愁。酒也有些浑，那味也有些厚，可怎么总是喝也喝不够。看得见先辈在招手，听得见船工号子吼。嗨，嗨，带上她走到天尽头，忘不了生我养我的家门口，忘不了生我养我的家门口。黄河壶口啊，一壶老酒啊，醉倒了二十四史百年风流。酒是这样醇，那味也有些厚。醉透了如情似梦的好时候。滋润着山川如锦绣，引来了天下好朋友。嗨，嗨，愿和她岁岁长相守，喝不尽九曲黄河这壶酒。"黄河壶口，凝聚成一种巨大的力量、一种崇高的精神、一种永恒的浩气、一种生命的呐喊！

黄河壶口的魂魄，在汹涌澎湃中千锤百炼；黄河壶口的忠诚，在慷慨激昂中坚如磐石；黄河壶口的生命，在波澜壮阔中精彩绽放。这便是我黄河壶口观瀑的感悟！更是我敬畏黄河壶口的理由！

朋友们，如果你曾在漫漫的沙漠里踽踽独行，如果你曾在荒芜的原野上徘徊彷徨，那么，我劝你走近黄河，倾听一下黄河壶口的慷慨激昂，欣赏一下黄河壶口的浪漫劈波，领略一下黄河壶口的不朽神韵，感受一下黄河壶口的壮观景象。你的情操一定会在这里得到陶冶，你的灵魂一定会在这里得到净化，你的精神一定会在这里得到升华，你一定会和我一样，对黄河壶口油然而生一种敬畏之情。

敬畏黄河壶口，亦是敬畏生命！

（作者系临汾市文广新局原党委书记、第一副局长）

吉县唢呐：兼具宫廷韵味与黄土风情

董文达

大裆裤、兜肚、绑腿，这是黄河岸边山西省吉县唢呐人最具特色的标志；高亢激昂、粗犷豪放、原生态展示，这是吉县唢呐表演的特色。2006年，吉县唢呐入选山西省第一批非物质文化遗产代表性项目扩展项目名录。

吉县唢呐历史渊源

唢呐艺术在吉县流传已久，兼具宫廷韵味和黄土风情，是晋南地区吹奏乐的典型代表。据史料记载，吉县唢呐传世已有480年的历史，其体系的形成与明嘉靖年间的朝廷重臣石宝有着密切的关联。

石宝原籍河北藁城，官至吏部尚书兼文渊阁大学士。明世宗登基后，欲用他为自己谋利益。秉性耿直的石宝，不仅不支持皇帝的要求，反而“据理力争、持论坚确、遂失帝意”，被发配至山西吉州（今吉县）王家原一带，“贬为乐人，十世不得科考”。

石宝和全家历经千辛万苦落户王家原西关后，恪守乡规，以礼仪传家，善待邻里，不卑不亢。儿孙们拜当地老艺人为师，刻苦学习唢呐技艺，个个练出一身绝活。石家之人演奏的唢呐高亢、明亮，方圆百里无不闻其名。石宝将宫廷音乐的一些优秀元素嫁接到当地流行的唢呐曲牌中，使曲调更加优美动听。即使曲调名称和周边县市相同或相似，但其旋律更流畅悦耳。至今当地还流传着“西关响家到，女子才上轿”“西关乐人到，女婿满脸笑”“没有西关鼓手，姑娘死活不走”等赞誉石家乐人的顺口溜。几百年来，晋南人把吉县唢呐视为正宗，竞相习之。招人喜欢的吉县唢呐直接推动了当地吹奏乐的普及和提高，并对地方戏曲“蒲州梆子”音乐的形成产生了重要的影响。

吉县唢呐的构造和特色

吉县唢呐主要由杆子、毽子、哨子三部分构成。制作工艺要求很高。

杆子，长29厘米，内膛由细到粗，最大内径3厘米。杆子用材多采用本地山区所产的木瓜木、对节木、黑老蛙木、黄栌木等细致木材。经过对木材烘干等工艺制成。杆子上面开孔7个，后面开孔1个，孔与孔之间刻成竹节状。发音的哨子用芦苇根制成，憋气为一铜钱大小的铜片，卡于毽子与杆子之间，与碗子、毽子均为铜制。铜碗由两节焊接而成，连接部分加铜箍固定，最小直径小于木杆下端，以固定套牢在木杆下端，最大直径14厘米，整个铜碗成一马蹄形，与其他地方的喇叭形的碗子决然不同。毽子内用极薄如纸的紫铜卷成，外套两个铜制的状如糖葫芦的套子，一个武士的三人盔，长5厘米，下面紧卡在杆子上端，可安哨子。

吉县唢呐音域排列很独特，全身8个音孔，构成一个八度再多一个大二度，而每相邻的5孔之间构成一个纯五度，成为独具一格的“五度相生律”。由于其外形的特点，音色显得古朴淳厚、浓重无华，感染力很强。

吉县唢呐的曲调曲牌

吉县唢呐曲目、曲牌丰富多彩，代表性曲目有《朝廷出南门》《孔子哭颜回》《下坡趟核桃》《大摆队》《朝天子》《祭灵》《梳妆台》《哭皇天》《凤凰单展翅》《亲家母吵架》等，这些经典曲目既彰显了当地农民憨厚朴实的天性，又体现出富丽堂皇的皇家风范，成了当地群众不可或缺的视听盛宴。

吉县唢呐的演技与传承

吉县唢呐演奏技艺主要靠口传心授。高超的唢呐绝活，如口鼻无休止循环换气、一口吹多个唢呐、用鼻孔吹奏、模拟男女对唱等技巧，需要多年的勤学苦练方能达到一定的水准。“台上一分钟，台下十年功”是历代唢呐传承人赐给一代又一代唢呐人的金玉良言。

吉县唢呐的传承，得益于一代又一代的薪火相传。据典籍记载，历史上传承人已有十代：第一代，石宝（1463—？），演奏兼编曲；第二代，石豪（1496—1560）、石强（1500—1565）；第三代，石树义（1531—1594）、石二娃（1536—1598）；第四代，石正林（1575—1643）、石正清（1577—1650），演奏；第五代，石发生（生卒年不详），演奏；第六代，石中利（生卒年不详），演奏；第七代，石伸保（生卒年不详）、石伸存（生卒年不详），演奏；第八代，石天怀（1805—1887），演奏；第九代，石均利（1843—1910）、朱来有（1860—1932）、贵年（1862—1927），演奏；第十代，石闷呆（1906—1967）、石三全（1910—1975）、石小娃（1912—1963），演奏。

中华人民共和国成立以后，以杨吉生、葛文、刘晋明、张新忠、冯拴拴为核心的吉县唢呐人，为传承这一传统文化，收徒传艺，培养了众多技艺高超的传承人。近年来，由吉县农民组成的壶口原生态唢呐队，频频应邀参加上海世博会、西安世界园艺博览会、北京农博会等各大盛会，在高亢激越的唢呐声中，吉县壶口汉子以夸张的动作、高超的演奏技艺，让人们记住了震天怒吼的壶口瀑布，也记住了这群黄河汉子的粗犷豪迈。

（作者系山西工商行政学校退休教师，临汾市非遗保护中心专家委员会委员、临汾市法显文化研究会特聘专家）

好大一道湾

王友明

身披晚秋的风，站在晋陕大峡谷之中、黄河岸畔的一块巨石之上，我极目远眺，眼前山峦起伏、沟壑纵横，黄河犹如一条巨龙，在黄土高原丘陵沟壑间，奔腾不息；俯视凝望，位于“S”形黄河古道边上，犹如黄河巨龙怀抱其间的“阴阳鱼”的河怀村和伏义河村，以及形似太极图的一道大湾，便尽收眼底。

脚下闪出的是一条看不到底的沟壑，沟壁几乎是完全垂直的，沟内那一个优美巨大的弯道弧度为320度的“S”形大湾，不由得让我激动、让我惊叹：好大一道湾！

这道大湾，河缠着山、山抱着河，河里有山、山中有河，山河相连、山水相映，奇妙无限、奥秘无穷，为晋陕大峡谷镶嵌进一道不可或缺的风景，为伟大的母亲河增添了幽雅深邃的文化韵致。

雄奇的黄河，素以弯折多变著称，向有九曲十八弯之誉。民歌中，亦有“天下黄河九十九道湾”的唱词，可见最美不过这道大湾。或许大自然也知道“物以稀为贵”的道理，因此，这道大湾形状出现的异常“吝啬”，她是独一无二的。

观看这道大湾之前，我真的未曾想到，伟大的母亲河，竟然连她的拐弯处都是这么优雅、美丽、大气、壮阔！

导游告诉我说，这道大湾，名叫乾坤湾，是一幅天然太极图，是黄河古道秦晋峡谷上一大天然景观，也是山西省永和县和陕西省延川县最亮丽、最壮观的一个风景点。

说实在的，从永和县城出发时，透过车窗向远处眺望，满目是光秃的大山、贫瘠的黄土。如若不是前方大山的轮廓已经显露出挺拔，奔流的黄河已经呈现出亮色，我真的难以想象，这里竟然是黄河蛇曲国家地质公园之所在！

据国土资源部测定：黄河蛇曲地质遗迹，全长约50公里，东西宽约2公里至20公里，地质遗迹保护面积152.64平方公里，是我国干流河道上发育规模最大、最完好、最密集的蛇曲群。

有传说云：三皇之一的人文始祖伏羲，就出生于此。他常来大湾，“仰则观象于天，俯则观法于地，观鸟兽之文与地之宜，近取诸身，远取诸物，于是始作八卦，以通神明之德，以类万物之情”，创立了太极八卦学说，开创了华夏文明的先河。如今，在大湾的周围，还有许多美丽的传说。

不管传说是否确凿，但那大量的自然景观和人文景观，完全可以证实，大湾是黄河文化积淀最为丰富的一道湾，是母亲河上最美的一道湾，是一处地地道道的自然文化遗产景观，是华夏文明的一个缩影，是黄河流域上一道奇特的风景，更是一个历史悠久的知名品牌。

观看大湾，的确是一种美的享受，是一次灵魂的净化，更是对黄河博大精深文化底蕴的深刻感悟！

高悬的秋阳丽日，为我映照出了一脸的灿烂。我发现，任凭那日日夜夜永不停息的黄河水怎么努力地奔流，也根本无法改变大自然勾勒出的大湾，无法改变这一幅山水和谐共生的绚丽画卷。

深情凝望着大湾，我脑海里凭空生出许多幻想，心灵深处更是浮现出“和谐”的画面。

难道不是吗？大湾美妙绝伦的景象，不恰好被“永和”这一地名诠释出更加丰富深邃的内涵吗？什么和睦、和顺、和乐、和美、和平，什么和洽、和悦、和善、和缓、和婉，一个富有时代气息的崭新的“和谐”主题，全部被黄河文化积淀最为丰富的大湾凝为永恒。

毫无疑问，这道大湾的深邃与伟大，就存在于它自身的实体之中。

透过大湾的历史文化和神秘色彩，我猛然悟出了大湾阴阳合抱、互为转换、相依相存的辩证哲学思想；悟出了母亲河气势磅礴、勇不可当的气度和精神！我心中顿时产生了一种热血沸腾、壮怀激越的情感！

久久地在这块巨石上驻足，太阳也在高远处悄悄地注视着美丽壮阔的大湾。我深情地凝望、全身心地感受、赞美……

目光所及，山峦、沟壑、滩头、梯田都用自己的方式记录着大湾的痕迹。那一棵棵生长在石缝里被寒风无情摇撼着的酸枣树，那一片片久已枯黄又被行人的脚步蹂躏了的野草根，也在以最大的热情展示着祝福的真诚，以不枉为生命、以不辜负时光。

在这片富有生命的世界里，我对这道大湾的情感更加浓厚了，目光、举止、思维、感受、遐想，一切似乎都停留在一个更高的境界里，至少灵魂深处已经浓厚地滋生了一种超越地域、超越时空、超越追求的情绪。

散文以山水铺垫，山水为散文润色。对于爱好散文创作的我而言，大湾是我散文创作的又一个梦幻般的境地。在这个境地里，我行其所行、感其所感、得其所得、乐其所乐，或登山凝望、或临水观赏、或释放本性常态、或畅达超脱闲情。无论是以何种形式，其内容都是一脉相通的，那就是归趋于大自然，在大自然的画境中，寻求精神的升华、寻求生命的可贵。

观看大湾，寄情大湾，也是做大自然的赤子。把飘逸洒脱的大湾作为赏心悦目的家园，作为对黄河母亲的欣赏与祝福，这对我来说，真是一种心灵的慰藉、生命的放歌。

纵情凝望大湾，真诚放志大湾，与自然界的“杰作”进行一次亲密接触、亲近交流，这既是美的汲取，更是在进行一种精神的输出，我所感受到的是一种亲悦和谐，也是一种感佩敬仰。

赞美大湾的寓意，不是什么“歌功颂德”，而是自身情趣与志向的一种表达，是对伟大母亲河一种挚爱的表达。

正是在这样的状态下，自然界的“杰作”大湾，才真正进入我的精神生活的深层，由最初领略大湾的神韵之美，变成了一种生活的情

作者在永和乾坤湾

趣、一种生命的感悟、一种人生的态度。

至此，我又不免想象起来：作为世界第五大长河，中国第二长河，中华文明最主要的发源地，被国人称其为“母亲河”，浩浩荡荡、一泻千里，既以“行迹无定”著称，更以“狂奔怒吼”闻名的黄河，夏季里，每当大汛期间，“母亲河”的滔天浊浪，一定会在这里汹涌，一定会发出惊心动魄的轰鸣与咆哮，“母亲河”那独自的暴躁性格，也肯定会在这里展露无遗吧。

正当我兴致勃勃地想象着“母亲河”暴躁性格的时候，突然发现，山脚下竟然有面积大小不等的块块梯田，安静地躺在大湾的怀抱。我侧耳倾听，听不到澎湃的黄河水声响；我注视远望，看不到汹涌的黄河水流动。黄河如同一位温婉的女子，在这里尽显其阴柔之美。

那一刻，我以少有的平静心境，凝神屏息地观看着大湾，不由自主地融进那梦幻般的画面里，从而更加感受到了母性的温柔。

伟大的“母亲河”啊，您在我的眼里，并不是躺着的河流，而是站立着的河流，您是“顶天立地”的伟大母性，以坚韧刚强的个性和温柔博大的爱意，影响与呵护着炎黄子孙！黄河母亲，您温文尔雅、谦和有度、心胸豁达、海纳百川的品性，不知激励和感动了多少中华儿女？！

面对“母亲河”，凝望着大湾，我顿觉人的渺小，但很快又感到人的伟大。人，只是生物智慧的产物，而正是这无声无息、奥妙无比的智慧，驯服了亿万年来黄河狂暴的性格，让其广泛地为人类服务。

于是，我心中不禁涌动起一股柔情，急欲冲出喉咙，并随着空气播散，以向大自然、向“母亲河”传递一个信息：您给予中华儿女温柔的呵护，我们更会以真挚的爱意回报于您！“母亲河”啊，请您一定要相信，中华儿女的智慧能量是无限的！随着晋陕大峡谷的不断开发，大湾丰富独特的旅游资源价值迅速凸显出来，其保护开发态势也显露出了诱人的前景。

可以预料，凭借着中华儿女的智慧能量，大湾很快将走出“深闺”，被世人广泛相识。她不仅以其罕见的雄奇、柔美和酷似中国传统文化中的“阴阳八卦图”形状，继续保持着“母亲河”上成串“明珠”中最耀眼的王冠，而且在“保卫黄河绿色生态工程”中，以其葱茏的绿荫环护、别致的亭榭点缀，成为魅力无限、游人如织的黄河一大景观，成为一幅旷世绝伦的神奇画卷……

（作者系临汾市文广新局原党委书记、第一副局长）

寻黄河源　思大河魂

吕雨生

九曲黄河，大国血脉。黄河，中华民族的母亲河，已成为中华民族的基本文化符号。黄河文化是中华民族的根和魂，历史悠久、博大精深，承载了太多太多的记忆和期盼。黄河因为流经黄土高原而携带大量泥沙，河水浑浊呈黄色而得此名。中国古籍中称“河”，《汉书》里始有“黄河”之名。

饮水思源也好，追根溯源也罢，从古至今，中华儿女就一直对黄河源头进行了永不停歇的追溯，并留下了许多美丽的传说和动人的诗篇。比如唐代大诗人李白就写出过许多首关于黄河的诗篇，其中最著名的诗句就有“黄河之水天上来，奔流到海不复回”“黄河落天走东海，万里写入胸怀间”“黄河西来决昆仑，咆吼万里触龙门”“西岳峥嵘何壮哉，黄河如丝天际来”等。在这些诗句中，这位伟大的浪漫主义诗人运用瑰丽的想象，对黄河的源头做了艺术化的探寻。

《尚书·禹贡》曾有“导河积石，至于龙门”的记载，“积石”即阿尼玛卿山，也称为大积石山，但这里离黄河源头还有一段不近的距离。《山海经》《尔雅》有“河出昆仑”的记载。西汉张骞出使西域后，有黄河“发源于于阗，东流至盐泽，再潜行地下，南出为河源”的说法（见于《史记·大宛列传》）。这些说法虽不确切，但却延续到隋唐。

隋唐以后人们逐渐对黄河河源建立了正确的认识。隋炀帝大业五年（609）灭吐谷浑后置河源郡，即今青海果洛藏族自治州和海南藏族自治州部分地区，表明人们已知黄河发源于此。

唐太宗贞观九年（635）为平定吐谷浑叛乱，将领李靖、侯君集、李道宗曾率领人马到达星宿海一带。《新唐书》载他们“次星宿川，达柏海上，望积石山，览观河源”。唐宋以来，长期将星宿海称为黄河源头。

到元代人们开始对黄河河源进行实地考察。元至元十七年（1280）元世祖忽必烈派都实等人勘察黄河河源，对星宿海一带作了详细考察。延祐二年（1315）潘昂霄根据都实的调查写成《河源志》一书，明确指出黄河发源于星宿海西南百余里处，该处有“水从地涌出如井，其井百余”。

清康熙四十三年（1704），康熙帝命拉锡、舒兰探黄河河源。他们到达星宿海，发现星宿海上源还有3条河流，但并未追至源头。拉锡、舒兰归京后绘有《河源图》，舒兰还写有《河源记》。

康熙帝末年组织全国性的地形测量，康熙五十六年（1717）派喇

星宿海宽5~6公里，长约20公里，水泊群集的沼泽草甸，大小湖泊景色犹如繁星罗列，故汉语有“星宿海”之称，状如孔雀开屏

嘛楚儿沁藏布、兰木占巴及理藩院主事胜住等人前往河源地区进行测量，此行“逾河源，涉万里”，回京后将测量结果绘入《皇舆全览图》。此次测绘把星宿海以上的河源也勘查和绘制出来。

清乾隆四十七年（1782），乾隆帝命门侍卫阿弥达“恭祭河源”。阿弥达到达星宿海以西300里处，对星宿海上源3条河流进行了实地勘查，认定星宿海西南的阿勒斯坦郭勒河（即今卡日曲）为黄河上源。

19世纪开始，一些国外探险家、地理学家各自持有不同目的来河源考察，搜集了一部分有关河源地的资料。

中华人民共和国成立后，对黄河源头进行了多次考察。可以说，对河源地的大规模考察正是从这时开始的。1952年，由黄河水利委员会组织，在项立志、董在华率领下，对黄河水利委员会河源勘查队对黄河河源进行了数月勘查。河源勘查队认定约古宗列曲（玛曲源流段）为黄河正源。

1978年，青海省邀请中央和地方有关科研专业人员，再次对黄河源头和扎陵、鄂陵两湖进行实地勘查，提出了卡日曲为黄河正源的建议。

1985年，黄河水利委员会根据历史传统和各家意见，确认约古宗列曲为黄河正源，并在约古宗列盆地西南隅的玛曲曲果树立了黄河源标志。

在这里，我们遵从1985年的科考结论，用一段总结性的话来说明黄河的源头：

黄河（玛曲）源头分水岭玛曲曲果日（藏语音译），意为“孔雀河源头山”，向北约一公里，众多泉水喷出，当地群众称“玛曲曲果”，意为“孔雀河源头”，再向北进入约古宗列（盆地），藏族意为“炒青稞的锅”，是一个东西长20公里、南北宽13公里的小型山间盆地，海拔4500米，盆地内有众多大小不等的湖泊，是水草丰美的沼泽草甸。

这段黄河干流流经约古宗列盆地而得名约古宗列曲。约古宗列曲穿过长约18.4公里的黄河源头第一峡茫尕（峡）后进入玛涌（滩），始称玛曲。意为“孔雀河”。

玛涌（滩）是一片东西长50公里、南北宽20公里的草原，河流两侧分布有不少湖泊，中间是星宿海。星宿海宽5~6公里、长约20公里，是水泊群集的沼泽草甸，大小湖泊犹如繁星罗列，故汉语有“星宿海”之称，状如孔雀开屏，这就是玛曲（孔雀河）名字的由来。

玛曲流出星宿海，接纳卡日曲后，以3股水流流入扎陵湖，又经10公里多流入鄂陵湖，两湖之间河段一般宽26~42公里，水深0.5~1.4米。

玛多县黄河桥以上称河源段，长285.5公里，流域面积2.09万平方公里。

从古至今，人们对黄河源头进行了持续不间断的考察，留下了许多历史佳话，也留下了许多有趣的故事。这些无疑为黄河源头增添了无尽的魅力和些许神秘色彩。今天的我们，在继承黄河魅力的同时，也要弘扬黄河文化。

保护传承弘扬黄河文化，首要的职责和使命就是讲好黄河故事、传承黄河精神。要结合实际，深入挖掘黄河精神蕴含的时代价值，把黄河故事讲实讲活讲精彩，凝聚起推动临汾高质量发展的强大精神力量。

讲好黄河故事，赓续勇于探索的创造精神。滔滔大河，滚滚向前。黄河流域作为政治、经济、文化中心的时间超过了3000年，孕育了河湟文化、河洛文化等。在山西境内，黄河文化历经岁月砥砺，衍生了龙文化、姓氏文化、孝道文化、红色文化等，创造了中国最早的文字，涌现了一大批光耀世界的政治家、文学家、军事家、改革家、科学家。我们要讲好这些黄河故事，建设文化新高地，增强文化认同感和自豪感，为推动临汾高质量发展凝聚共识。

讲好黄河故事，赓续不屈不挠的奋斗精神。黄河素有“三年两决口，百年一改道”之说，历史上决溢1500多次，大改道26次，沿黄滩区为黄河安澜付出了巨大牺牲。沿岸人民在与黄河水患不断的搏斗抗争中书写了精彩的治黄篇章，“瓠子堵口”“高超治河”“三娘子英勇堵口救乡亲”等黄河故事，彰显了人民不屈不挠的奋斗精神和坚韧不拔的斗争精神。在新时代，凭借这种奋斗精神，临汾人民同贫困作斗争，同污染作斗争，同疫情作斗争，攻克了一个又一个难关，取得了一个又一个胜利，为黄河故事续写了一篇又一篇美丽华章。我们要讲好这些临汾故事，发挥典型示范引领作用，为推动临汾高质量发展凝聚斗志。

讲好黄河故事，赓续同舟共济的合作精神。自古以来，黄河被誉为“百川之首”“四渎之宗”。农耕文明与游牧文明、中原文化与草原文化在黄河流域交流交融交锋，逐渐形成了中华民族“尚和合”“求大同”的独特精神标识，彰显了黄河文化兼收并蓄、融合包容的思想特性。20世纪60年代以来，一批批来自五湖四海的建设者汇聚平阳，一批批知识青年来到临汾，共同为国家建设和临汾发展奉献青春、智慧和力量。我们要讲好这些临汾故事，营造“尊重人才、吸引人才、留住人才、共赢未来”的浓厚氛围，为推动临汾高质量发展凝聚智慧。

讲好黄河故事，赓续坚定执着的追梦精神。梦想是人们对美好未来的向往、憧憬和追求。正是基于对美好生活的执着追求，一代代沿黄儿女接续奋斗，让黄河从沟壑纵横到披上绿装，从滚滚黄水到水清河晏，从善淤善决到岁岁安澜，创造出灿烂的黄河文化和中华文明。从“尧都平阳”到新兴现代化城市，从“棉麦之乡”“膏腴之地”到“工业大市”“内陆口岸”，临汾人民信心百倍、步履铿锵，谱写了一曲曲执着追梦的壮丽凯歌。我们要讲好这些临汾故事，激励全市人民奋力拼搏，为推动临汾高质量发展凝聚力量。

（作者系山西师范大学历史与旅游文化学院硕士研究生）

黄河安澜会有时

张 强

小时候，我对黄河的认知来自一条鱼。记得买了一本小人书，连环画式的，书里写到日军进了城，到集贸市场上打劫，将一位乡下老农辛辛苦苦从黄河里打捞起来的3条胖娃娃一般的黄河大鲤鱼给抢了去。那画面上的大鲤鱼呈茄紫色，鳞片也泛着古铜光，鱼嘴里还吐出一串活泛的水泡儿，那价值可是农家好些天的口粮。老农不舍，日军便二话不说用枪托将老农打翻在地，扎了鲤鱼挑在刺刀上扬长而去。后来，老农还在卖他的黄河鲤鱼，只是打捞起来的块头大的鱼，得照例送给据点里的日军打牙祭，以换取一张往返于城乡之间的“通行证”，而尺数小鱼则被老农悄悄用来在鱼腹中给我军藏送急需药品和军事情报。在后来的一个晚上，日军在酒酣耳热、猜拳行令、啃吃黄河大鲤鱼之际，被我军一锅端了。小小年纪的我，感念黄河鲤鱼为抗日战争胜利做出的莫大贡献。黄河生灵，它是属于母亲河的，不容外来侵犯。

长大了，我对黄河的解读来自一块匾。这块匾是石镌的，约一米高下、两米横长，字是从右往左排列的，苍劲有力，气透石背，落款是明万历三十一年原刻复制。它就高高悬嵌在临汾鼓楼的西侧。从人们的交谈中，我了解到“控河汾”的寓意，“河”指黄河，“汾”指汾河，“控河汾”是人们对大自然的美好愿景，也诠释了对河流的无限敬畏。数百年前，作为黄河主要支流的汾河常年发大水，幸由鼓楼震得河患，保一方平安。而晋陕大峡谷里的黄河，以万夫莫当之势，

黄河安澜，国泰民安

一泻滔滔，走泥飞沙，携天地之威，破峡壁，下龙门，不时给中原一带人民带来无妄之灾。1938年6月，蒋介石令属下在河南郑州市附近的花园口炸毁黄河堤防，被洪水冲击的县有44个，其中包括河南20个、安徽18个、江苏6个，导致1250多万人受灾、390万人外逃、89万人死于非命。黄河掀澜，伤害了无辜百姓，也敲响了蒋家王朝覆没的警世钟。黄河沿线的百姓说，谁安抚了黄河，谁就安抚了民心。

工作后，我在黄河岸边骑了一回小毛驴。那是10年前一个初秋的雨后，我有机会去了趟心驰神往的黄河壶口，去观瞻那段最烈马奔腾、汹涌澎湃、撼人心魄的黄河真性情。一位头裹白羊肚毛巾、花白胡子、精神矍铄、哼着地方小调的老者，牵着他的戴着红花笼头的小毛驴陪我游览。我骑在滑溜的驴背的驮鞍上，老汉牵着毛驴，边走边给我作导游讲解。老汉说，约70年前，阎锡山丢了太原城，撤退盘踞在这黄河岸边，妄图作"黄河割据"，延续他的土皇帝统治。奈何阎骑的毛驴也被他的"兵农合一""三颗鸡蛋上跳舞"的政策折磨得精瘦，有一回竟将阎掀溜了。当时十里八乡的青壮年，都偷偷跑到黄河对面宝塔山方向去了。阎锡山气急败坏，暗地里还与日军谈起了欲作投诚的交易。奈何历史的车轮滚滚向前，阎锡山的算盘珠子在拨拉进退换算的当儿，黄河两岸却到处传唱起"风在吼、马在叫、黄河在咆哮”的《黄河大合唱》。阎锡山的如意算盘最终落空，38年土皇帝梦碎，那打了一辈子的算盘，最终挂在了台湾菁山草庐的一间破败的墙壁上。牵着毛驴的老汉若有所思地说，黄河是雄浑的，谁忤逆了历史就会被黄河吞没；黄河又是多情的，天下太平之日，便是黄河安澜之时。

前两年，我竟取用起黄河水。过去，我一直认为黄河是天上来水，是大自然的馈赠，也是舞动在华夏大地上的一条巨龙。它是博爱伟大的，也是伤人至深、摄人心魄、常人难以亲近的。我工作的地方离黄河百里开外，还间隔着百重山、千道壑，没想到，有一天我竟然取用上了黄河水。那是源于一项大型水利工程，该工程的实施，将上百公里外的黄河水凿壁穿山，提灌东扩，导引到我们这厢旱塬上来。初始我不大相信，后来工程果真兴建起来了，高耸的引黄水塔枢纽就笔直地峭立在我每天过往的马路边。没两年功夫，千里之遥的黄河水就被麻绳牵骆驼般导引过来了，在人工制成的宽厚敦实的钢筋水泥巷道里汩汩流淌。人们在黄河水巷边欢呼，燕雀在水巷上空翻飞，提灌而来的黄河水不再浑浊，冽冽然还泛着清波，鼓动着水花。我拎着水桶汲黄河水回来，在院子水池里养了几尾鱼，鱼又生鱼，如今水池里的游鱼已经成群了。闲来和群众聊天，无不感慨往昔干涸的田野会等来黄河水的滋养，没想到黄河水会以这样一种清澈如镜、俏丽如花的面容，呈现在世代面朝黄土背朝天的人们面前。黄河水原来也是灵性的，它的安澜，正在一步步成为现实。

现如今，黄河已经成为临汾人民的一道文化大餐。临汾17个县（市、区），原先有4个县和黄河毗邻，现如今黄河“长藤结瓜”般已经和更多的县携手。前些日子，临汾市召开了“第二届大河文明旅游论坛暨世界旅游联盟·黄河对话”协调会，这是山西省委、省政府与临汾市委、市政府进一步扩大山西、临汾旅游品牌影响力，推动文旅事业高质量发展的重要举措，届时将有世界六大河流——黄河、多瑙河、尼罗河、恒河、伏尔加河、额尔齐斯河流域国家的代表纵论大河流域未来旅游发展方向。临汾新一届市委、市政府开启了沿黄、沿汾、太岳“三大板块”建设，以黄河为魂，水域经济以无与伦比的竞发之势，妆点起山西表里山河。黄河以其独特的魅力和焕然气象，正走出华夏腹地，走向世界舞台。

黄河是人类文明的发祥地，亿万年来兀自流淌，它与华夏文明相伴相生、相辅相成，生生不息，孜孜以求。在新时代，黄河的河床已经铺设了中华文化、中华气派、中国保护的轨道。无数黄河儿女认真贯彻习近平总书记在黄河流域生态保护和高质量发展座谈会重要讲话精神，众志成城，生态优先，拉开了新时代“黄河大合唱”的序幕。曾经桀骜不驯的黄河水，蜿蜒而来又蜿蜒而去，天女散花般幻作导管万千，汩汩流过我的门前，担当起新时代河流的新使命。政兴，则黄河安澜；政颓，则黄河泛滥。黄河安澜，是政策归心、干群协力使然，也是高科技时代为黄河筋脉里植入的一个个芯片，古老的黄河将呈现出最柔情多姿的一面。

想起了孔子的那句话：逝者如斯夫，不舍昼夜。相信不远的将来，“莲动下渔舟、云穿夕照明”，将成为黄河新乐府。

（作者系临汾市政协调研室副主任）

黄 河 颂

裴文花

黄河是中华民族的摇篮，这条奔腾不息的河流，用它甘甜的乳汁哺育了一代又一代中华儿女，孕育出灿烂的华夏文明。我心中的黄河气势磅礴，唐代诗人李白有诗云："黄河之水天上来，奔流到海不复回"，滚滚黄水，九曲回荡，一路奔涌，在秦晋峡谷骤然收束，水面由浩瀚的400米，转眼间缩为50米，落差30米的夹岸深沟，疾流直下，涛走云飞，势如巨湖。我心中的黄河伟大而坚强，她象征着无数华夏英雄儿女，在侵略者面前从不低头，为维护民族而做出贡献和奋斗。她在养育与保护中华民族的同时，还激发了中华儿女的民族自豪感与自信心，以英勇的气概和坚强的决心保卫着祖国！

听那震耳欲聋的涛声，是谁在咆哮？看那波涛汹涌的壮丽景色，是谁在展示它优美的身姿？是我们的母亲河——黄河。她波涛汹涌，一泻万里，是我们中华民族的骄傲，是她谱写了中华民族的历史。在千万年的岁月里，黄河两岸的崇山峻岭，千沟百壑间的碎石被入黄的河流冲刷着，然后在九曲黄河奔腾咆哮的力度和野性的长年剥蚀、洗磨、流送及多种物理化学作用下，造就成大量寓意深刻、引人入胜的图案石和造型石。这些惟妙惟肖的黄河石蕴涵了华夏文明的深厚积淀，集天地之灵气，聚万物之精华，真是天然瑰宝出黄河，造化钟神秀，非黄河莫属，怎能不让人惊诧大自然的神奇造化和无穷魅力？黄河从横空出世的莽莽天际，从浩瀚的大西北，神秘的丝绸之路，河西走廊，漠漠荒原，一路北上南下，奔入东海。她带来了无边无垠的久远和深沉；带来了空灵迷茫的大漠孤烟和苍茫空旷；带来了诗情画意般长河落日的朦胧；带来了磅礴大气的茫茫九派；带来了秦砖汉瓦的质朴……而这一切，都在黄河奇石上体现了出来，这种文化绵延数千里，历经数千年。黄河不但孕育了黄皮肤的中华儿女，而且也孕育了千姿百态的黄河奇石，令人叹为观止。黄河之水天上来，奔流到海不复回！”她以一往无前的气概和千回百折中积蓄起来的力量，冲出潼关，勇决三门，劈开中原大地，汇入大海。黄河——中华民族的母亲河，她一手创造了中华民族，我们都是黄河的传人。她博大的胸怀、善良的品质，是亿万中华儿女力量的源泉。黄河是祖国的作风：永不低头折节，顽强拼搏的气魄，是中华民族拼搏的象征！自古到今，多少伟大的人物赞美黄河、崇拜黄河，她是中华文明的发祥地，惊涛澎湃，能掀起万丈狂澜浊流婉转，结成九曲连环；从昆仑山下，奔向黄海之边，把中原大地劈成南北两面。黄河——我们民族的摇篮，五千年的古国文化，从这儿发源；多少英雄的故事，在你的身边上演。黄河，你伟大坚强，像一个巨人出现在亚洲平原之上，用你那英雄的体魄筑成我们民族的屏障。大禹治水的故事，我们耳熟能详；跳进黄河里洗不清的典故，我们早就知道；黄河精神与黄河文化，将是我们继续拼搏、决胜未来的力量源泉。

提起黄河，古往今来多少文人墨客为其执笔。既有刘禹锡“九曲黄河万里沙，浪淘风簸自天涯”的雄浑，又有李白“黄河之水天上来，奔流到海不复回”的豪迈，也不乏王之涣“长堤春水绿悠悠，畎入漳河一道流”的婉转。作为中华儿女的母亲河，黄河绵延起伏、汹涌跌宕，在文人士子的笔下生动真实又形象多样，既承载了中华五千年的沧桑历史，又流露出绵延五千年的传统文化。这，就是我心目中的黄河，它养育了一代又一代的中华儿女，滋养着中华民族的文化品格，传承了中华民族的文化火种，或惊涛骇浪、或婉转悠长、或奔腾不息、或温柔多情，也正是黄河的生生不息、多姿多态，让这片中华大地不停迸发着生命的活力。

为使黄河之水“千年不息向前流，万代绵延润绿洲”，提升黄河治理水平，维护黄河生态环境是历代劳动人民不遗余力的奋斗方向和目标。三皇五帝时期，黄河洪水泛滥，为了平息水患，保护农业生产，尧帝任命鲧负责治理黄河，但历时九年也不能够平息水患。舜帝时期，鲧的儿子大禹从父亲治水的失败中汲取教训，率领民众，改“堵”为“疏”，历经13年最终治水成功。大禹躬亲劳苦，栉风沐雨，同洪水搏斗，“三过家门而不入”。由此形成了公而忘私、民族至上、民为邦本、科学创新等为内涵的大禹治水精神。后世黄河仍旧多次泛滥，中华人民共和国成立之后，为了彻底解决自古以来的黄河水患问题，于三门峡市修建了集防洪、发电、灌溉为一体的综合性水利工程，还有着“万里黄河第一坝”的美称。在大坝的作用下，黄河造就了一片风景秀丽、空气清新的湿地，并由此而吸引了数以千计的白天鹅来此过冬，三门峡市也由此被誉为“天鹅之城”。当踏上这座

图为壶口瀑布，是黄河中游流经陕晋大峡谷时形成的一个天然瀑布，与中越边界的德天瀑布、贵州省黄果树瀑布同为中国三大瀑布

壮观宏伟的大坝时，不仅饱览了“不尽黄河滚滚来”的威武雄壮，更为劳动人民的无穷智慧所折服。屹立于黄河之上的雄伟大坝，犹如一位大力神时刻守护着黄河两岸人民的生命安危，“黄河安澜，国泰民安”则是它永久的使命，转身回望，黄河的雄伟壮阔尽收眼底，一览无余滔滔的黄河水不停地冲刷着那份坚定不移，矗立在大坝下游中华民族不屈精神象征的中流砥柱，还有为纪念在此义务为来往船只导航的张公，故命名为张公岛凶险奇绝的黄河古栈道，无不充满神奇色彩。当库区正常蓄水时，宽广美丽的湖泊一望无际，似天池银河对岸山峦青，仿佛遒劲的龙脊逶迤向深峡下游，野鸭成群，大雁结队，更是为此增色不少。美丽的白天鹅飞翔于蓝天碧水间，真可谓：落霞与“天鹅”齐飞，秋水共长天一色。

是九天的穹音传来远古沉重的鼓响，庆贺一条深深的血痕源长，汹涌过千山万壑的土地，横看是滚滚黄河三千里，孕育了千秋万代的民族子弟，纵观是巍巍中华五千年，酿就了顽强勇敢的民族气魄。这河，这孕育了黄皮肤的黄河，化作我们的血液，刻入我们的筋骨，融入我们的脏腑。民族在这里与她融化，黄河精神铸就民族之魂，民族之魂保卫黄河精神。

最早的文字兴起，最早的洞中陶器，中华民族的祖先缘起黄河一路迁徙，于是黄河的种子在九百六十万平方公里的土地上开花结蒂。在尚未愚昧之时头顶遮雨的屋顶，在尚需茹毛饮血的比肩携行，于是民族的祖先在自然的磨砺中步步前行。逐鹿中原，炎黄相继，有神农尝遍百草为民族开拓生存之道，有伏羲亲授农耕让黄河两岸遍地生金，黄河的故事还在继续，黄河精神生生不息……

（作者系山西师范大学历史与旅游文化学院硕士研究生）

黄河古渡——永和关

苏胜勇

永和关，位于山西省永和县城西北70华里的黄河东岸，是黄河上的一个古老的渡口。

自从有了黄河，就有了永和关渡口。古老的渡口永远与黄河连在一起。

繁盛过往

永和关与陕西省延川县的延水关渡口隔河相望，自古是联结秦晋、沟通南北的水旱码头。

永和县原名狐讘县，县城在今天的永和关。对岸的延川县的县城在今天的延水关。说起这两县两关，还有一段有趣的故事。

相传在西汉末年，黄河上水匪草贼为患，狐讘、延川二县百姓也因东西摆渡的经济利益而时有争斗，以致地面不安、水路断航，给两岸百姓的生产和生活带来极大不便。后经两县知县多次商洽，决定各自把县城向后移70华里，沿河设关布防，以利黄河航道畅通无阻，永结秦晋之好。东岸设永和关，取永久和好之意；西岸设延绥关，遂持续安宁之意。今人称延绥关为延水关，实际是“绥”字的谐音。如今，永和县城和延川县城一东一西，均距黄河70华里，而且黄河两岸均有城墙遗址，尤其是永和人干脆称遗址为“城墙背后”。由此看来，上述传说并非虚构，而是确有其事。

黄河顺着晋陕大峡谷扬波走石，滚滚南下，当行至永和关一带时，受山势所迫，向东拐了一个大弯，河湾里水面开阔浩渺，时而泛起片片涟漪；水燕贴着河面欢飞，迭次衔起朵朵微澜。这里看不到奔腾翻滚的洪波，也听不见震耳欲聋的涛声，东岸地势平坦开阔，进出便利，为过往船只准备了抛锚停靠的良好条件，也给两岸的百姓提供了来往摆渡的方便，成为天然的水旱码头。据此地的老船工回忆，清末民初这里相当繁华。每年夏秋两季，黄河水量丰富，从青海、甘肃来的运药材的“草船”，从内蒙古、宁夏下来的运麦子、芝麻的“粮船”，从晋西北下来的运瓷器“瓷船”，从柳林、中阳下来的运红枣的“枣船”等货运船只，成群结队地来到永和关，在这里休息一夜，次日清晨待河雾退去之后，起锚继续南下。有的商人干脆把货物运到岸上就地销售。那时候，永和关黄河湾的码头边经常停泊着众多的船只，有时并排三行蜿蜒数里。同时，买卖人的“高脚队”（骡马队）从山西驮着粮食、铁器到陕西换回食盐等物资，来回都在永和关过河、留宿。那时候，永和关的几家客栈几乎天天客满，以致后来永和县仅有的几家富户都是从永和关发迹的。从这个意义上来说，是黄河养育了永和县。

1936年红一方面军东征时，永和关是一个主要渡口，半个多月的时间里，10多条大木船来回摆渡，为保障红军东征作战发挥了极大作用。尤其是东征的中后期，红军在晋西南富庶地区筹措的粮款大都由永和关过黄河运往陕北，以致后来东征胜利结束以后，永和关又是红军班师河西的主要渡口，毛泽东同志和东征指挥部首长也是从这里过黄河的。

抗日战争爆发后，阎锡山退守晋西南山区，在黄河东岸驻扎重兵，名曰抗日，实则封锁陕甘宁边区，使黄河南北彻底断航，东西摆渡也受到严格限制。

在抗日战争中，永和关作为通往敌后抗日根据地的交通要道，中央军委在这里设立了秘密交通站，经常有中央首长、部队、抗战大学生经此赴敌后根据地。同时，敌后干部、伤员、进步青年和陕北奇缺的各种物资，也是经这里转往延安的。在长达8年的时间里，永和关对坚持抗战，保证抗战最后胜利起了极大的作用。

解放战争中，永和关设有解放军的兵站，从大宁、隰县、洪赵等地向延安运送武器、弹药、粮食等物资，为支援保卫延安、支援西北野战军作战，发挥了不可替代的作用。

古津新貌

1967年初，当时的“文化大革命”兴起了学生徒步大串联风潮，永和关理所当然地成为西去延安的必经之路。一支支“长征队”的红卫兵身穿绿军装，足蹬黄草鞋，打着红旗，呼着口号来到永和关，再坐船过黄河到达陕北延安。还有许多的红卫兵从陕北出来，经过永和关过黄河到山西，再到北京去。那一段时间，是永和关人最忙碌的日子，他们做好热饭热菜热汤接待东来西往的年轻人，再划着木船把他们安全送过黄河……那是些怎样的日子呀！8个人坐一条船，两名老乡划船，河面漂浮着冰块，撞击着船帮，空中刮着刺骨的寒风，坐船的和划船的都冻得上牙打下牙，两岸都有排着队等待过河的学生队伍。人人都热血沸腾，高呼口号，因为他们想起了当年东渡的红军战士！

党的十一届三中全会以后，国家把开发黄河、建设黄河、利用黄河、保护黄河提上了议事日程。短短几十年间，一项项新的规划出台了，一个个大的工程面世了。古老的永和关也发生了巨大变化。再不是几十年一贯制的木船、木浆、破房、烂路的模样，以一种崭新的面貌为两岸人民服务，为黄河母亲服务。

20世纪80年代，一条三级标准的公路劈开悬崖峭壁直通黄河边。交通部门在永和关设立了航运管理机构，组织起一支由国家、集体、个人船只组成的船队，修建了适应不同水位的三级码头和仓库、候车船室等设施，购进铁壳机器船，开展了两岸摆渡业务。两岸渡口也恢复了集市贸易。时值集日，两岸人民彼此交往，互通有无，人员交流，热闹非凡，使古老的渡口又红火起来。

慢慢地，两岸攀亲戚的多了，不是河西的女子嫁到河东，就是河东的闺女跟到河西。两岸的经贸来往也多了，河东的白面、棉花卖到了河西，河西的食盐、杂粮卖到了河东。老百姓高兴地说："这才正经是秦晋之好哩……"

陕西省神木、府谷一带发现大煤田之后，秦晋两省加快了开发利用黄河的步伐，实施疏浚航道、整修码头、货物存储等工程 。永和关再度展现出水旱码头的风采。进入千禧年以后，由山西省永和县政府和陕西省延川县政府共同引资兴建的永和关黄河大桥，于2005年10月建成通车。一桥横架东西，从此天堑变通途。两岸人民再不用雨天盼晴天，旱季等雨季了，再不用坐着羊皮筏子和小木船担惊受怕了，再不怕机器船搁浅闯滩了。原来需要耽误一整天的时间等船、赶船、坐船的情形，再也不会有了。

2018年12月29日下午2点 ，是永和关人永远铭记的日子。这一天长（治）延（安）高速公路永和县城至永和关段高速公路正式通车了！ 项目终点与陕西延安至延川高速公路黄河大桥桥头相接，在永和关附近设置一个现代化的出口。也就是说，永和关人一出门就踏上了中华人民共和国高速公路网，想去哪里都是一句话的事。

如今的永和关短途运输有农村公路和国省道，长途有高速公路。昔日高亢的船工号子、凄厉的叫船呼声，再也听不见了；还有那冰天雪地在黄河滩上跋涉的艰难、三伏酷暑坐船的煎熬，已经成为遥远的历史。永和关的"关"字，只剩下一个纯粹的地名了。

今天的永和关，青山耸立，关隘依旧，大河安澜。

可期明日

永和关人有一句话：黄河边的人离不开黄河，黄河也离不开岸上的人。

虽然有了黄河大桥，有了高速公路，但是永和关人对黄河的敬畏

黄河一号旅游公路美如画卷

和依恋并没有丝毫的减退。

古老的渡口，险峻的关山，依然融合在永和关人的血液和生活里。这一点可以从永和关村近几年的明显变化看出来。

永和关村地处黄河东岸，距永和县城70余华里，村前是波涛滚滚的黄河，村后是陡峭直立的绝壁。古时只有一条羊肠小道通向崖顶，据当地居民说这个只有150口人的小村庄，受黄河文化的熏陶，依照“五行”相生原理而建：村前是黄河，河边植有一株古槐，古槐上边建村，村子上是地。其寓意为：水生木（古槐）、木生火（人烟）、火生土（土地）、土生金（致富）、金生水（循环往复），一草一木，一山一水，无不跳动着“和”的音符，共同演奏着“和”文化的协奏曲。说是老百姓对幸福生活的期盼也行，说是祖先开发建设村子的初衷也罢，反正都能自圆其说。

永和关村民全部姓白，先辈来自襄汾县，明崇祯年间，迁居于此，已经有400多年了。当初村民主要的谋生手段无非是做生意和划船。当然，最早应该是划船，船多了、货物多了、住的人多了，慢慢就形成了一个居民区，就有了街道，就有了管理机构，就有了乡俗民约，就有了400多年的永和关村。

几百年来，永和关村的居民完全靠经商和划船谋生。自从修了黄河大桥，修了高速公路，船没了、客人没了、生意没了。永和关人的生计断了！一座原本功能齐全，四通八达的村子竟然破败不堪，人去村空、房屋凋敝、街道荒芜，只剩几位年迈体弱的老人守候在祖屋里，儿孙们过年过节才回来瞧一眼……

村中有一棵400多年的古槐树，树下立一块石碑，警示村中白氏族人要团结一致，和睦相处。

在永和关旧址上，建有一座砖木结构的建筑物——白家祠堂，门上镌刻一副楹联。上联是：世世代代莫忘同根同宗同祖；下联是：子子孙孙牢记互谅互帮互助；横批：千秋万代。

古树、宗祠强烈地表达出一份乡关情怀，故土永远是游子心中最终的牵挂！

于是，一份份开发永和关文化旅游的设计出台并实施了。

永和关人如梦初醒，原来我们这里还有这么多值钱的东西呀！

像红军崖。当年红军东渡时，先到东岸执行侦察任务的12名红军战士在天亮前被敌人发现，奋不顾身地从高崖上滑下，躲在一个石窟中，与敌人对战。弹尽粮绝后，纵身跳入奔腾的黄河中，留下了惊心动魄的故事。

像驼驮龟石。在村北部1公里左右的东岸崖顶上，有一块巨石，像一个硕大的骆驼驮着一个大石龟。传说远古时候，老龟驮骆驼渡过黄河，骆驼则驮老龟上山，后累死在崖顶，老龟便伏在骆驼背上不吃不喝，化成了这块巨石。

像将军石。在通往永和关村的半道旁，有一块巨石，远远望去好像一个身穿盔甲的大汉。他是黄河与永和关的保护神，也是每一位来永和关开发文化旅游的客人的保护神。

像风蚀壁画。黄河在这儿拐了一个弯，顺河槽吹来的劲风，猛烈地扑向黄河东岸坚硬的石崖上，年年岁岁，百折不挠，竟将石壁撞击得千疮百孔，鬼斧神工一般留下无尽奇妙的壁画。千百年来，它驻足在黄河岸边，让所有来到这里的人能深切地感受到岁月流逝和自然沧桑。

像十八村“约法三章”。沿黄河岸畔18个村，有一个村规民约：黄河中的财物属公共所有，任何村、任何人不准霸占；一旦发生河难，立即互传信息，所有村的成年男人必须到河难处抢救，凡无故不到者，罚粮一石；黄河中所行船只，停靠在哪个村，哪个村管吃、管住、管修理，遇到资金方面困难，帮助解决。这约法三章，体现了黄河人助人为乐的高尚情操，也体现了包括永和关人在内的18村人的团结与和谐。这是黄河的精神，黄河的力量！

不远处的永和县旧城遗址，城墙、烽火台、禹王磴、守关犬、前城坪、后城坪等遗址保存完好。境内危岩奇石妙趣天成，长达数千米的凤雅长廊千姿百态、造型各异。这里地势险要，沙滩宽广。游客乘坐快艇在黄河里沿着永和关走一遭，就能把这些奇妙的景点尽收眼底，忍不住要弃船上岸亲临其境考究、欣赏、游玩一番。

永和关以全新的倩影展现在世人面前，用不争的事实昭告天下：黄河常在！永和关长兴！

（作者系山西省作协会员、临汾市交通局原副局长）

龙行黄河乾坤美　天下永和中国梦

田永峰

在中华民族源远流长的历史长河中，黄河一直被誉为“母亲河”，历经千百年的风吹雨打，始终呵护着华夏儿女砥砺磨难、艰辛探索、勇往直前，创造出一个又一个令世界叹为观止的人间奇迹，描绘出中华民族伟大复兴的中国梦。

我的家乡位于黄土高原上晋西南的山区小县——永和县，面积不大、人口不多、资源缺少、经济总量还小，但是却非常美丽：抬头可见的蓝天白云，漫山遍野的苍松翠柏，民风淳朴的“窑里掌柜”，东征红军的红色典故，久负盛名的黄河滩枣，槐花飘香的永和圆饼，更为美丽的是我们徜徉在黄河母亲的怀抱里，有着巧夺天工、蕴意深厚、景色大美的黄河乾坤湾！

光照乾坤湾

黄河乾坤湾

黄河乾坤湾是中国最美的十大峡谷之一——晋陕大峡谷中的一颗璀璨明珠，是宝贵的自然文化遗产景观，是华夏文明的一个缩影，是黄河母亲对永和人民的恩赐。在流经永和68公里的地境内，共形成五个地貌区七道湾，每个区有每个区的特色，每道湾有每道湾的精彩，首尾相连共同创造出龙的神韵，宛若中华民族精神图腾的诞生之地，俨然中华民族鲜活的复兴之路。

综合地理交通、区位优势、整体规划等因素，在仙人湾观黄河奇景最为优雅、最为美丽，最令人心旷神怡、流连忘返。伫立黄河蛇曲地质公园观景台，仙人湾秀美景色一览无余：优美的320度“S”形大弯，形成河抱着山、山依着河，河里有山、山中有河，山河相连、水山相映，你中有我、我中有你，一山一水、一阳一阴的奇妙景象，浑然天成、情趣无限、奥妙无穷。

远眺上游，河道弯曲、群山起伏、错综复杂，可谓“雄关漫道真如铁”，流淌着中华民族近代以来的苦难、屈辱、艰辛；道道隆起的山峰，正是中华儿女从不屈服、奋起抗争、保家救国的真实写照，筑起的是以爱国主义为核心的民族脊梁。母亲，在艰难困苦中前行，摸索出适合自己走的路！

凝视眼前，山水相连、水山相依、和谐共生，可谓“人间正道是沧桑”，流淌着中华民族努力全面建成小康社会的拼搏、创新、喜悦；河对岸优美的山峦、开垦的层层梯田、错落有致的红枣树，正是中华儿女艰辛探索、不断奋斗、富民强国的美好映衬，展示的是“世界，我来了”的民族豪情。母亲，在拼搏创新中前行，坚定不移地走中国特色社会主义道路！

展望下游，山势蜿蜒、河道渐宽、滚滚入海，可谓“长风破浪会有时”，流淌着国家富强、民族复兴、人民幸福的伟大中国梦；绵延的山峰，正是中华儿女持续奋斗、不懈追求、实干兴邦的美丽画卷，显现的是东方巨龙盛世腾飞的民族情结。母亲，在实践远航中前行，矢志不渝地走中华民族伟大复兴之路！

这里，想起一位师者所云，黄河精神是与时俱进的，是和东征精神、民族精神一脉相承的，是我们取之不竭、用之不尽的动力之源！

龙行黄河乾坤美，天下永和中国梦。黄河、永和，在这里不仅仅是河名、地名已经超越时空地域，在实现中国梦的征程中被赋予了更为深刻、更有内涵、更加美好的寓意：乾坤美，中国梦！

（作者系永和县委编办主任）

黄河力量

杨谛峰

中巴车拽着绵绵雨丝缓缓驶进永和时，傍晚的天色已把县城涂抹得有些混沌了。这是我第一次来永和，心里有一种新奇的东西在慢慢升腾。此次是来参加“红军东征”西渡路线采风活动和省作协副主席李俊虎老师长篇小说《中国战场之共赴国难》研讨会的。

第二天，刚走出永和宾馆，让我突然就惊诧到永和竟是别有洞天的一方天地。天蓝得跟水洗过似的，云白得让人惊讶，草绿得像刚萌出地面，就连空气都清新得像初生的婴儿。

县城长在山里。一层层的山、一层层的绿，把县城温柔地揽入怀中。山中，冒出现代化的高楼大厦、气派的教学楼以及层层叠叠的民居。脚下是宽敞舒展的马路，不知延伸至哪里，还有穿梭在城市中穿着时尚的年轻人。这些让我好奇，是什么神力把一个现代化都市栽进了山里，并且茁壮地成长起来。

永和位于山西西南，临汾市的西北隅，吕梁山的南麓，县域总面积1212平方公里。提起永和，我会情不自禁想起黄河、大山、东征。

说起黄河，离不开众所周知的乾坤湾。黄河覆盖永和近70公里，悠悠岁月里，在浩荡深长的晋陕峡谷里，让自己庞大的身躯蜿蜒曲折走过，形成“S”形的七个大湾，从北到南，纵横捭阖，洋洋洒洒，英雄湾、永和关湾、郭家湾、河浍里湾、白家山湾、仙人湾和于家咀湾，连接成中国河流中规模最大、最完美、最密集的蛇曲群，这就是闻名遐迩的“乾坤湾”。龙行黄河，天下永和。古老的黄河，浑厚的

黄河乾坤湾

身躯，厚实的河水，承载着岁月，承载着苦难，承载着苦痛，传承着一代代人的期盼。广袤无垠的原野上，黄河龙一样的身躯行走于天地之间，肥沃了两岸沃野，养绿了万重山岳，哺育了一代代黄河儿女。黄河的气魄在这里升华、升腾，黄河排山倒海的气场在这里展示，黄河精神在这里蓄积、张扬。也许没人知道，黄河水是怎样吸吮茫茫高山的涓涓细流，一路奔走，最终艰难地嬗变，让自己变得丰沛饱满，极尽浩瀚、壮阔之美。

看不到黄河的源头不要紧，人们只需要看到这些就足够心旷神怡。苍茫大山，蜿蜒黄河，黄河水沉稳熟练地流淌在黄河大峡谷里，两侧是上万年的大峡谷，日夜相伴在一起。或许对于我这个初来乍到者来说，眼前的这山、这水、这草、这木还显得较陌生，可是，它们，上万年如影随形的相伴相生，年复一年，四季更迭、轮回，它们之间已经熟稔得闭住眼也能想出彼此的模样。上万年的相伴，让它们彼此之间已经有了血肉联系。这种情感在彼此的身体里流淌升腾，在寂静的岁月里默默相伴、互诉衷肠。

天地运行，日月更迭，阴阳合抱，和谐共生。黄河流经永和，流转峰回七曲，势如乾坤和合。黄河游走在群山之间，潇洒的身影游动在人们的眼眸中、赞美中，磅礴的气势震撼着世人，蓬勃的生机给人鼓舞。黄河就是这样日复一日年复一年地在群山之间流过，流进人们的心田，流进人们的记忆。

在烟波浩渺的历史岁月里，乾坤湾为黄河两岸的人民创造了生活的契机、生存的可能，同时，也留下了美好的传说，让乾坤湾披上了让人神往的神秘面纱。我们听说过，在上古时代，远古居民都经历了一场滔天洪水，而乾坤湾则有可能是伏羲一族逃避洪水之灾的栖息之地。伏羲在此演八卦，结绳记事，奠定了华夏族的文明基石。我们不难想象到，在那个茹毛饮血的时代，在洪水与大陆的交替中，伏羲通过观察古老而曲折的乾坤湾，在天玄地黄中思索出阴阳相生的古老哲学思想。他的这一思想告诉远古人民在绝望中不要放弃希望，在困顿中要坚持努力，在毁灭中要涅槃重生。这是我们整个民族思辨的思维，是一枚思辨的种子，在洪水退去的神州大地上生根发芽、茁壮成长，在这片古老而神奇的土地上，人类一代代繁衍、生活，创造出古老辉煌的中华文明。

在黄河漫长的流动中，为何偏偏在永和境内就划出优美绝伦的

“S”形大湾，从而形成河依山、山抱河、河中有山、山中有河、一山一河的壮阔画面。也许这就是永和地质地貌的独具匠心之处，注定让永和天下闻名。

永和的山是赤裸的，狂放的。强劲的筋骨粗野地暴露在外，袒露的身躯肆意地蔓延横行，以一副倔强的姿态俯视着这方黄土地，桀骜不驯的性格让绿草大树都望而却步，不敢靠近。尽管身侧有黄河水日夜不停地汩汩流过，但大山依旧光裸着粗犷的身体，似乎一点水分也没想给自己留下。即便这样，“三北”防护林硬是在永和扎下了根，荣获全国“三北”防护林体系建设突出贡献奖。这种战天斗地的精神岂不正是永和人民的真实写照吗?

东征是永和的又一亮点。1936年东征期间，毛泽东主席在永和前后居住生活了13天，这期间，毛泽东居住在赵家沟。电视剧《红军东征》编剧孙国强认为，东征是中国革命由国内战争转向民族解放战争的重要拐点，是红军在万里长征之后、挟百战余威主动实施绝地反击的英明之举。对于永和来说，东征是具有划时代意义的，首先是提高了永和这个偏僻小县的关注度，其次是给世代生活在这块黄土地上的人们带来了一种既古老又新鲜的政治理想和社会期待，同时也打破了一潭死水般的永和，开辟了山西又一次走出去的历程。

永和之所以有今天改天换地的崭新面貌，我倏忽间释然了。正是一代代坚韧不拔、排除万难的永和儿女，才成就了永和今天这座让人瞩目的现代化城市。

（作者系山西省作协会员，中国煤矿作协会员，临汾市作协副秘书长，尧都区委党史研究室工作人员）

西望黄河

郭　林

来一次亲近黄河的旅行，是我多年的一个夙愿。

2015年5月18日，“红军东征”西渡路线采风活动暨长篇小说《中国战场之共赴国难》研讨会在永和召开，这一次，期盼多年的愿望得以实现。

第一次到永和，是10年前的冬天。那时，从临汾通往永和的公路正在加宽，车子天不亮从临汾出发，到永和已是红日当午了。

如今，永和不仅通了高速，从永和县城通往黄河岸边东征纪念馆的山间公路也早已变成了柏油路，汽车行驶在上边，舒适而惬意。车子一路向西、向西……

终于，在蜿蜒的群山之中，在寥廓的苍穹之下，一条幽深的峡谷铺陈在面前——两岸壁立万仞，远处长天苍茫，视野里，是黄河一览无余的身姿。

从远处看，黄河是宁静的，宁静得仿佛停滞了一般。

这就是那条对生活其间的万物生灵不可或缺的河流么?

临风向河，水深流长。初夏的阳光给黄河涂抹了一层银亮的光斑，一如层层鳞片，波光闪闪，这般优美，这般婀娜!

谁说它桀骜不驯?谁言它奔腾咆哮?眼前看到的黄河只像一条盘卧大地的银蛇，此刻正蜷曲身躯，静悄悄地仰天酣睡呢!

面对黄河，冥冥中有一种似曾相识的感觉。

可能是出生在旱塬上的缘故吧，从小就对河流有一种天然的敬畏

永和红军东征纪念馆

和好奇。六七岁的时候，有一天，相约了两个长我两岁的大哥哥，居然大胆实施了一次探望汾河的“旅行”。

河是何物？它究竟是什么样子？那时，对于“河”的概念我还是模糊的，只是在大人们的闲谈里，得知到它似乎在村西很远的地方。

此刻，站在黄河高高的河岸上，思绪伴随着初夏的凉风急速飘过……

之前虽无数次地穿越黄河，但那是在车里，在桥上，在天空的飞机上，与这样的亲近方式相比，有着天壤之别。

当年红军东征西渡时，那肩挑、马驮的装备，那衣着单薄的红军战士就是从这条大河上冒着枪林弹雨渡过的吗？

1935年底，刚刚在陕北落下脚跟的中国工农红军，正处在一个危机四伏的境地。张学良的东北军、杨虎城的西北军、阎锡山的晋军等，这几十万人马，都奉蒋介石之命要“围剿”不足一万人的中央红军。

为了民族大义，也为了红军的生存，毛泽东一方面给杨虎城等一些受命“围剿”红军的地方实力派人物写信，要求结束内战，共同抗日，一方面做出了“抗日反蒋、渡河东征”的战略决策。

1936年2月，毛泽东在陕西清涧县袁家沟筹划渡河时，虽是初春二月，黄土高原不仅冰冻未化，而且还飘起了鹅毛大雪，站在西北高原茫茫的黄土地上、奔腾的黄河岸边，此时的毛泽东望着眼前的情景，紧锁眉头，感慨万千，昨天的赫赫辉煌，今天的屈辱困顿，历史的流云不经意间飘过眼前，神圣的使命感像一团熊熊大火在伟人的胸中燃烧起来，千古绝唱《沁园春·雪》就这样在胸中诞生了：“北国风光，千里冰封，万里雪飘。望长城内外，惟余莽莽；大河上下，顿失滔滔。”

在抗日形势如此严峻的情况下，毛泽东力挽狂澜，始终洋溢着他浪漫的天性。这首气势磅礴的诗词，道出了伟人指点江山、主宰未来的文韬武略。

1936年2月20日，红一方面军在毛泽东、彭德怀、刘志丹的指挥下，从陕北清涧渡过黄河，东征战役正式打响。阎锡山在黄河东岸苦心经营的21县联合防共、防红工事，顷刻间土崩瓦解。其间，毛泽东曾两次进驻永和县，并在永和生活、战斗了13个日日夜夜，路经40多个村庄，行程200余华里。东征途中，毛泽东指挥红军先后在山西几十个县开展工作，为之后在河东一带建立根据地打下了基础。

1936年4月13日至15日，中共中央在永和县赵家沟召开军事会议，作出了“回师西渡、逼蒋抗日”的战略决策。5月1日至5月5日，红军主力和总部人员先后从延水关、永和关、清水关、铁罗关一带渡过黄河，返回陕北。5月5日，毛泽东率红军总部回到陕西杨家圪台，签发了《停战议和一致抗日通电》。

1936年5月14日至15日，中共中央在延川县太相寺召开了政治局扩大会议，毛泽东在报告中对东征胜利的意义作了高度的概括和评价：打了胜仗，唤起了民众，筹备了财物，扩大了红军。

红军东征是一段史诗。正是由于红军东征，使阎锡山同意了中国共产党抗日民族统一战线的政治主张，使山西成了抗战初期国共两党统一战线的典范；正是由于红军东征，使张学良同意了与中国共产党携手，并在日后毅然发动西安事变，促成蒋介石不得不接受中国共产党提出的抗日民族统一战线；也正是由于红军东征，中国共产党向全国民众宣传了自己的主张，促进了民众觉醒，在山西播下了抗日火种。东征是中国革命史上一个重要链环，它的重要性和历史意义不言而喻。

由此，永和成为红色革命的摇篮。

有人说：所有的风景都属于一部分人，所有人生来都会属于不同的风景。当年伟人面对滚滚大河时，一腔激情和渴望一定在胸腔久久激荡。也许伟人模拟了日后种种可能，却没料到几十年后的今天，一队迈着探寻脚步的人沿着当年红军东征西渡路线来到这里：重走东征西渡路线，重温那段硝烟弥漫的历史。《中国战场之共赴国难》——一本书的诞生和一场文学对话，让这个原本庄严的地方充满了浪漫和诗意。

文学的担当是什么？文学怎样适应当下的需要？

在昔日伟人运筹帷幄的地方谈论文学，再旧的话题都会生发新的含义，再迟钝的思维都会被激发出闪光的灵感。

这无疑是对文学的虔诚，在关心或从事文学创作的人身上得到最充分的体现。我们说，有关文学的对话，只有在探寻历史的基础上才会凸现其真正的意义。

“俱往矣，数风流人物，还看今朝”——今朝的中国共产党，无疑将重写历史，超越历史。

“黄河落天走东海，万里写入胸怀间”。这是一千多年前的唐朝大诗人李白面对黄河写下的千古名句。

“三万里河东入海，五千仞岳上摩天”。这是宋代大文豪陆游描写黄河的不朽诗作……

如此看来，勇气、胸襟、抱负、诗才……这大概是古往今来所有优秀诗人所共有的特质吧！

如今，无论是当时毛泽东居住过的上退干村，还是当年红军回师西渡的永和关，那些激荡人心的风烟故事，早已伴随这黄河古道的风，千载黄水的浪，流向历史深处。只有母乳一般的大河气息与两岸六月的枣花香交织缠绕。

蹲在河边，脱去鞋子，将脚和手探入水中，让母亲河温暖的水流将手脚浸漫包裹。河水划过皮肤的感觉温暖、惬意，这样的感觉，会使你猛然间滋生出“再活五百年”的豪情。同行的朋友们纷纷捡拾黄河石，准备带回去作为纪念。石头没有什么特别之处，只因为它源于母亲河。

人与大河，大河与人，其间的联系千丝万缕，任谁也说不清，道不明。是的，没有除黄河之外的任何一个去处，像黄河这般令人亲近、陶醉。赶快按下相机的快门吧，让自己和母亲河永远定格在一起！

诗人朵渔说：“永和是真正诞生诗歌的地方。”

永和县上退干村（现东征村）毛泽东东征路居地旧址

我想，这是永和留给人们的印象，也是外界对黄河岸边这方土地的评价。

是的，这里的水是黄的，天是蓝的，地是“红”的，与许多地方一样，当年这里同样诞生过“父母叫儿打东洋，妻子送郎上战场”的一幕幕感人场面。在这样的地方随便抓一把黄土都是诗歌的词语，随意将一个意向或物象延展开来，都是激动人心的诗篇。这样的诗歌，是黄河水滋润过的词语，是吕梁山锻造后的诗句，是沾着黄河泥巴、从带着血色的土地里诞生的大诗篇。它是有灵性的，有着可循的历史、可寻的根，每一个词、每一句话、每一个标点都含义深刻。吟诵这样的诗，你会情不自禁、心弦颤动、热泪盈眶。

黄河不仅影响着周边的气候环境，同时也塑造了周边的黄河人。

没有黄河，永和会单调、逊色许多；没有永和，黄河则少了一份呵护和陪伴。千百年来，在这河与人、人与河的牵连中，永和人性格中的山野之气不见了，骨子里的狭隘和小气也褪尽了，仗义、豪爽、奔放之中有着一种软绵绵的固执和大河般的气度。

绿色永和的崛起，让昔日黄土梁峁，变得青山叠翠。退耕还林、退耕还草、荒山治理，是永和大地由黄变绿的秘籍与法宝。今天的永和人收获的是精神的富有、物质的充裕、环境的改善、家园的美好……

黄河是永和的黄河，永和是黄河的永和。

永和，永和——永永远远，美美和和。

（作者系山西省作家协会会员，临汾市作家协会副主席）

在永和看黄河

乔斌斌

在壶口看黄河，看到的是飞瀑激流。汹涌的黄河水从高处跃下，水石相击，水花四溅，形成彩虹一样的水幕，发出震撼人心的轰鸣。水幕的确诱人，但那巨大的轰鸣声让人不寒而栗，那种飞流直下的气势让人敬而远之，感觉所有的一切都是震撼，震撼到心灵不由得清净，大脑不由得思考。

在三门峡看黄河，看到是水势湍急。陕州公园的那一段黄河，河水走得很张扬，水流肆虐地侵蚀着身边的土地。那些临时约束它的土岸，下半部分都被掏空了，只有很薄的一层孤零零悬在那里。远远看见一方一方的土落到水里，走路也步步惊心，担心自己脚下的土坯不定在哪一刻也会带着自己随水而去。

在小浪底看黄河，看到是一潭碧水。水在这里聚集，泥沙也在这里慢慢沉淀，通身的黄色慢慢褪去，黄河居然成了碧波荡漾的一潭清水。在水上荡舟，满目都是奇峰秀丽山峰秀美。低头看那一潭水清澈地能看到自己的影子，可是，这哪里有黄河的影子。

在永和，远远望见在山谷中蜿蜒的那条土黄色的河流，心竟然平静下来。

之前想要见到黄河的那种急迫和即将见到黄河的那种激动，片刻之间，无从寻觅。心灵寂静，寂静到所有想法随同空气消逝。振臂拥抱，在黄河面前太俗；大声宣告，又会打破黄河庄严的岑寂。唯一能做的，就是眼睛引导着双脚，透过密密的树叶，站在高高的山头，攀着乱石嶙峋的崖壁，向前，向下，看河水，看峡谷，看黄河蜿蜒。水是黄的，浊的，那是汇集了巴颜喀拉山的点点滴滴，凝聚了黄土高原精华的水。黄河两岸都是山的断崖，那是坚硬如铁，经过亿万年打磨方才与水和谐的石崖。石崖为岸，峡谷做身，那来自天上的黄河水平缓向前。令人惊讶的是，当这冲刷了黄土的水，慢慢流淌在山石裸露毫无生命色彩的峡谷中时，所有的一切竟然组成了灵动无比的画面。而且，就是这水，就是这岸，无论丰水期水位暴涨或者枯水期水落石出，它都是从北而来，在永和这块土地上，转几个弯，然后，向南而去，万年如斯，亿年如此，胜似闲庭信步。

沉稳、平静、低调、本色、平和，所有一切的感觉，叫人心止如水，沉静如水，这是黄河，这就是叫作母亲河的黄河。

如能翱翔，你能看到永和绵延不止的山与谷，不是苍山翠色，而是只有裸露的土石的颜色。山没有尖尖的高峰，统一都是中间稍微高起的山脊，两边是缓缓向下的山坡，均呈风雨剥蚀的样子，山坡愈走愈低直到山谷。这是黄土高原典型的山与谷。其实，这山不叫山，叫做丘陵；这谷也不是谷，是沟壑。

丘陵沟壑之间有细小的带子盘旋缠绕，那是连接丘陵沟壑的道路，这是莽莽自然中的人的力量。当然，不能错过的是那条宽大的黄丝带，在太阳光下，它能发出耀眼的光芒。68公里，居然扭了7扭，把这满眼的丘陵沟壑紧紧连缀在一起，避实就虚，左右回旋，把它们牢牢捆在这片黄土上。山河相映，山水相依，让黄土与黄河和谐成一道最美的风景。在空中俯视，这黄土与黄河的和谐，竟然是一条蜿蜒盘旋鳞光闪闪的龙的模样。这是大自然的鬼斧神工，也是母亲河与中华龙文化的渊源。

如果不辞劳苦，还可以走到黄河的身边。泥沙和石块形成的堤岸缓缓延伸到水里，水势和缓，包容所有的来客。水是黄色，却略带清亮，掬一捧水，还能看见漂浮的沙土粒。洗洗脸，不妨事，这是自天上而来的黄河水呀。如果还有兴致，不妨脱掉鞋袜，挽起裤脚，踩着柔软的泥沙和石块慢慢走到河中去，这才是与母亲河最亲近的接触。河边都是鹅卵石，或白或黑、或大或小，都经历了桑田沧海的变幻，都遭遇过难以计数的浮沉。无须挑拣，随意一颗俱可珍藏，比起陶瓷瓶罐山水字画的古董，这是古董中的古董了。河滩上草木茂盛，人入其中，难觅踪影。最喜人的还算菖蒲，绿油油的枝上，擎着长长的红褐色的果实，在这单调的黄河滩上，这奇异的菖蒲的果实看起来朴实，诱人，折几枝在手，带回家中，插在最显眼的地方，比那开得最绚烂的花更招惹人。

阁底乡退干村，一个黄河岸边普通的村落，却与一位伟人有着千丝万缕的联系。1936年，红军抗日先锋军东征，两次进驻永和县，前后住了13天。回师西渡时，曾路居退干村关帝庙。直到今天，住退干、珍珠米、五星枣、沙发石、殉义柏仍然是永和的老百姓津津乐道引以为豪的故事和传说。现在，退干村改名东征村，村里建起了红军东征纪念馆。纪念馆内，毛泽东同志的塑像昂首向前，沉稳、自信、平静、平和，一如他身边的黄河。就是在这段黄河，毛泽东同志曾经东征西渡，黄河岸边的土地上，留有毛泽东同志的足迹。永和这段黄河，在中华民族的生死存亡关头，见证了共产党人动员全民族抗日救亡的历史。

这条黄河，用它的沉稳、平静、自信，承担起中华民族救苦救亡的咆哮。

“啊，黄河！你怒吼着，叫啸着，向着祖国的原野，响应我们伟大民族的胜利的凯歌！向着祖国的原野，响应我们伟大民族的胜利的凯歌！”

“风在吼，马在叫，黄河在咆哮，黄河在咆哮”。

在永和，在沉稳平静的黄河中，我们听到了母亲河的声音。

今天的永和人，更加珍惜这条黄河，发展旅游，建成黄河蛇曲国家地质公园；造林绿化，改善黄河的生态环境。黄河的存在，让他们用最大的使命、最足的力气去改变自己的生活，于是，道路修通了，荒山荒坡变绿了，永和红枣的名声打出去了，老区人民的笑声多了。

来看黄河的人都说，这里变了。他们知道，这种变化源于黄河给予这片土地的一种精神，一种将永远传承下去的精神。

（作者系洪洞县教科局宣教中心主任）

细探壶口瀑布

杨递峰

这是震天的巨响；这是大自然的鬼斧神工；这是突然失重的巨大洪流与断崖石壁发出的剧烈碰撞；这是惊天巨吼，是古人千百年来的天问；这是黄河大绝唱。

位于吉县西侧的黄河，流经晋陕峡谷，在吉县壶口一带河床突然下跌数十米，流水直泻，形成闻名遐迩的壶口瀑布。壶口一带，两岸苍山夹峙，把滔滔黄河水约束在狭窄的黄河峡谷中，河水聚拢，敛水成束，收为一股，奔腾呼啸，跃入深潭，溅起浪涛翻滚，形似巨壶内黄水沸腾。

下车，和阳光撞个满怀，这里的每一缕阳光像一根根琴弦被微风弹奏，似一个个欢快的音符在身上流淌。与其他地方的阳光相比，这里的阳光不仅是温和的，而且是有湿度的，饱含水分与热情。我看到了，壶口瀑布！那巨大的浪涛，在形成的落差直泻注入谷底后，水花冲天，水雾弥漫至半空，遮蔽了视线，打湿了双眼，景色蔚为壮观。那水雾像温柔少女的手，在脸上轻轻地摩挲，那种感觉，只可意会不可言传。又似淙淙泉水，滋润着皮肤，滑滑的、湿湿的，让你的困乏无影无踪，还若一杯绿茶，闻一闻，清香扑鼻；抿一口，涩涩的；咂一咂，有甜甜的味道。扬起的帘幕，衔着泥土草木的气息扑面而来，又扑进浩荡的河水中，刹那间又不见。神奇的变幻让人称奇。缥缈如云烟的瀑布不但可嗅、可亲、更可以听。听，这里既是石破天惊的台风暴雨，又像是和风细雨般呢喃私语。在听觉上达到一种微妙的美感。黄河滔滔，从远古一直流至今日，并将一刻不停地继续流泻下去。断崖处，水密雾浓，蓊郁的水汽从谷底冉冉升起，蒸腾多姿、幻化无定。从雾破云开的空处，在奔腾咆哮的浪涛里，在这种原始冲动中，可以充分窥见瀑布若隐若的一峰半壑。听旁边有人说，要纵览瀑布全貌，最好能找一径，走过曲曲弯弯的断崖，步下山去，冲着水浪，踏着满地的石径与沙砾，便可探入瀑布的秘密。

壶口瀑布的浩大让人称奇。偶然让人捕捉到镜头里，俯身一看，才发现镜头里的自己及不远处的人群密密麻麻，在浩荡的水流冲刷的奇观中显得渺小模糊，形同蝼蚁。壶口瀑布不愧享誉全国，无数人慕名而来，迫切地想一睹其真容，今生若不来壶口瀑布一趟，真是人生一大遗憾。感谢上天恩赐这方宝地，它，属于你我，属于吉县，属于中国，也属于世界。

只有激荡才能恢宏，水不激不跃，人不激不奋。壶口瀑布附近的农人抓住机遇，壶口两岸的人们像这直泻下来的瀑布一样，有对生活的激情与放浪不羁。一驴，一白毛巾，驴背上还装有行囊，那里面是专供游人穿戴的装束。他们同八方游客合影留念，挣些生活费。那粗糙的摸过犁耙踩过土地的双手双脚如今开始变得绵厚，那脸上如犁过的深深皱纹更多了斑斑阳光。游客们都忍不住跃跃欲试，头缠红巾，身系印花红衫，眨眼工夫便是另一番风情的女孩儿。还有男子接过农人的鞭子，头缠白毛巾，一手抓驴笼头，脸上绽放出笑意。驴头在侧，瞪一双黑滑的大眼，时不时打量着身边这个年轻小伙儿，那紧抓笼头的精致白皙的手掌便有些微微颤抖，驴背上坐着战战兢兢的女子，慌不迭地叫着让下面的人一定要抓紧。抑或是豪放如粗犷农人的女子，打算扬鞭奋蹄让毛驴沿着壶口护栏走一遭。

云渐渐低垂下来，遮住了一方天空，一阵凉风吹过，暮春的小雨就来了。细密的雨，斜斜地落下，与不知名的鸟儿成了瀑布边的精灵，织就一首首飘逸的小诗。我在瀑布隔栏侧，任凭雨珠亲吻。雨水顺着脸颊而下，嘴唇丝丝甜，鼻子嗅到泥土的气息和淡淡的清香。闭眼静听，那淅淅沥沥的雨声，仿佛是长笛吹出支支轻柔、温婉、缠绵的曲子。脑海里浮现了一幅水墨画：大地是一张绿色宣纸，细雨是一支饱蘸色彩的毛笔，轻轻一点，那色彩就晕开去，晕开去……花儿红，草儿绿，山儿青。

夜宿壶口酒店，树香沁鼻，宵寒袭肘，雨水打在树上和房檐上，韵律清脆可听，夹着一股股的细流沿瓦槽与屋檐潺潺泻下。不远处的壶口波涛似曾袭来，那古老悠长的音乐，仿佛是从历史和时光深处一路而来，由远而近，和着雨水敲在瓦上的声响，各种敲击音与滑音密织成网，像是谁的千指百指在按摩耳轮。

枕着苍苍交叠的山影和万籁都歇的俱寂，仙人一样睡去。好生惬意自在！山中一夜饱雨，次晨醒来，雨霁云开，湿漉漉的雨把天空擦亮，清爽爽的风把花香捻成弦，让阳光弹拨。这是壶口酒店的早晨，干净透亮的早晨，鸟鸣声渐渐明朗，起床看窗外，鸟儿们已叫落一地的阳光，满目金灿灿。走在春风里，阳光薄薄地落在眉间，悄无声息。我踩着阳光的影子在壶口品尝初夏即将到来的味道。空气中处处弥漫草木的清新和花儿的清香，鸟儿在欢愉地歌唱，声色清脆而甜美，让人不忍大声说话，仿佛一声断喝竟能把那鸟鸣声生生打断。

（作者系山西省作协会员，中国煤矿作协会员，临汾市作协副秘书长，尧都区委党史研究室工作人员）

黄河渡口师家滩

许正堂

师家滩在乡宁县域，西临黄河，与陕西省宜川县隔河相望。黄河在晋陕峡谷自北向南而流，东边即为师家滩渡口，并与黄河紧紧连在一起。远古时期，师家滩这块土地曾是黄河河道的一部分，后因黄河水改道西移，河道变为滩地，人们迁居这里，因村里师姓人家较多，故村名为师家滩。

师家滩何时居住人家？何时成为渡口？无文字记载。近年来距师家滩不远的北角头村发现，在旧石器时代这里就有人类居住、劳动、繁衍、生息。故师家滩不论作为一个村庄，还是一个渡口，无疑是有源远流长的历史。据生于光绪二十六年（1900），当时还健在的老人师太祥回忆：师家滩曾有过昌盛时期。在他还很小的时候，村前的黄河水面上经常有船只来往。这些船只有的从上游下来，有的从下游上来，船只多时一天达几百只，少时也有几十只。平时的师家滩黄河河道非常窄狭，浩荡的黄水隐藏在一条又低又窄的石槽里，人们只有走到跟前，才能看得见黄河和水面行驶的船只。

师家滩的昌盛和败落与当地的煤炭生产相关联着。当时师家滩一带有私人开办的煤矿七八座，每天生产大量的煤炭。这里距驰名中外的“壶口瀑布”40余里，装着粮食、药材、牲畜的船只经过“旱地行船”绕过“壶口瀑布”来到师家滩卸货后，由于壶口的悬崖陡壁船工们再无力使这些船只返回家园。从下游上来的船只，也被陡峭的壶口挡住无法上去。师家滩就成了上下船只的集中点。船只起程时，均就地装煤。这样，师家滩生产的大量煤炭通过黄河船只远销到黄河两岸的秦晋各地，有的甚至远销到河南、安徽一带。近代师家滩的败落是随着一件偶然事件发生而出现的。民国9年（1920）夏季，师家滩村逢会唱戏，矿井里水位急骤上升。因没有排水设备，单靠人用羊皮包提水，排水不及。在一天时间内，七八座煤矿全部被水淹没。煤炭停止生产，师家滩随即败落。1929年山西赵城人南汉宸（中国人民银行原行长），乡宁城内人贾世长等集资在师家滩开办“晋兴煤矿股份公司”，由于采取较先进的采煤技术，煤炭产量大增，师家滩又昌盛一时。1939年，日本军队占领了师家滩，当地人全部逃走。昌盛的师家滩变成了无人之地。直到1945年8月日本宣布投降，人们才纷纷返回家园。中华人民共和国成立以后，由于公路、铁路事业的长足发展，逐渐取代了水运，这里一直没有大的发展。但是，师家滩这个古老的渡口，对于联接秦晋、保持黄河两岸秦晋人民经济文化交流，始终起着纽带作用。黄河水运事业至今仍然是当地群众生活来源之一。

师家滩有着其光荣的一页。据老年人回忆，1936年中国工农红军东渡后，这里和革命圣地延安就有了往来，河东的棉布、粮食、铜铁通过师家滩渡口运往黄河西岸，继而运往延安，延安一带出产的花、麻、盐也源源运来供应当地农民。解放战争时期，师家滩人民组织了30余人的船工队，到禹门口摆渡人民解放军渡河，支援解放大西北。船工队队员王狗子同志就是在摆渡解放军渡河时光荣牺牲的。师家滩人民为中国人民的解放事业做出了贡献。

黄河流经的师家滩上下峡谷是整个黄河流域的精华所在。师家滩北40里处除有驰名中外的“壶口瀑布”外，还有壶口下游的“三门”，即孟门、石门、龙门。从壶口瀑布至师家滩还有一条蜿蜒20多公里的清代长城。长城各段均有堡城相连。堡城有城墙，上设有瞭望台、炮台、烽火台。初步考证，清同治六年（1867），西捻军张宗禹率兵于吉县强渡黄河向京津挺进，清政府派谷景昌等将领在黄河沿岸驻防，修筑了这条长城，以阻挡捻军东渡。师家滩南3里处有一座落黄河东侧石崖上的石鼻村。村内有清乾隆年间兴建的民宅4座。民宅建有大门、二门、侧门、影壁、旗座、正房、厢房，均系砖木结构。每座院落雕梁画栋，工艺精细，是黄土高原、晋陕峡谷民俗住宅的典型代表。其中有一座民宅的两侧砖石上有民间传奇故事人物和两幅东西禹门图，对研究清代建筑、考察了解黄河沿岸历史和风土人情有一定的价值。为了重整黄河航运事业，1987年山西省交通厅决定投资47万元在师家滩附近的石鼻村修建码头。石鼻码头于1988年动工，1990年完成。年吞吐量为5万吨。1992年，西坡镇农民吴光华与樊家原村委、吉县乡镇企业局三家联合，投资1000余万元，开办了寨沟北山煤矿，设计年产能9万吨。2010年，该矿与井子滩煤矿兼并重组整合，更名为山西华晋吉宁煤业有限公司。

随着企业的发展和周围环境的变化，经济状况不断好转，村民在师家滩村两委会的带领下，修复了禹王庙，建设了新农村，为师家滩的经济文化和旅游事业开辟了广阔的前景，古老的师家滩渡口将以崭新的面貌迎接着一个繁荣昌盛的新时代。

（作者系乡宁县枣岭乡民政办主任）

浍水之滨 风景独好

李 珍

浍河，曲沃人民的母亲河，千百年来，涓涓清流，滋养着两岸人民繁衍生息、薪火相传。但是，每到汛期，它又如匹脱缰的野马，横冲直撞、肆虐狂奔，淹没家园、冲毁良田，并曾两次冲毁曲沃县城。滋养曲沃儿女的母亲河，又给曲沃人民带来数不尽的灾难与辛酸。

20世纪50年代，沐浴着新中国绚丽的阳光，在建设社会主义的年代里，中共曲沃县委、曲沃县人民政府，以前所未有的勇气与担当，立下愚公移山志，修筑浍河水库，变水害为水利，造福子孙后代。然而，在一穷二白的中华人民共和国成立初期，别说对于一个只有15万人的农业小县，就是对于一个地区、一个省而言，修建一座水库也是一项十分庞大而艰巨的工程。没有工程机械，缺少资金保证，各种物资短缺，一个个困难像拦路虎般横卧在面前。但是，在那激情燃烧的岁月里，全县干部群众斗志昂扬、意气风发，以战天斗地、改造世界的革命精神，迎难而上，用心血、用汗水、用担当、用生命，筑起一道造福人民的幸福大坝，谱写出一曲撼天动地的英雄壮歌。

时任县委书记的袁极平，当仁不让，就任工程建设总指挥。在建设大坝的一千多个日日夜夜，他奋战在大坝上，一心只想着带领全县人民把大坝建成，把美好的生活带给曲沃的明天。可偏偏天公总要将磨难横在眼前，就在大坝合龙的当晚，震雷轰响、闪电狰狞，漆黑的工地，暴雨滂沱，洪水咆哮着直奔即将合龙的大坝，此情此景直教人脖颈发凉。千钧一发之际，袁极平挺身而出，振臂一挥；“共产党员跟我来”！说时迟那时快，他纵身一跃，跳入了滚滚洪流之中，紧跟着他有24名敢死队队员跃入河心，抢着木椽随波翻滚，在场的筑坝工人深受鼓舞，纷纷以必死的决心投入抢救国家财产、保护大坝的决战之中，顷刻之间，万千群众和共产党员在英雄们的带领下，在大坝的缺口处筑起了一道牢不可破的人墙！洪水分流了，大坝合龙了，可是袁极平书记却由于连日超负荷的劳动身体严重透支，只见他一口鲜血夺口而出，直直地倒入水中，不省人事。

浍水呜咽，万人动容，山河同悲、日月失色。洪水肆虐了三天三夜，万千儿女战斗了三天三夜，不知多少人倒在了工地，但没有一个逃兵，没有一个人喊累，更没有一个人叫苦。他们用汗水、用鲜血甚至生命诠释了他们心中的力量：万众一心、敢想敢干、艰苦创业、不屈不挠！

在建设大坝的过程中，男儿挥汗如雨，女儿们更是巾帼不让须眉。你看那妇女标兵许凤英，虽已儿孙满堂、两鬓斑白，当回忆起那段难忘的岁月，总是激动得嘴唇颤抖，手舞足蹈，下意识地重复着当年挥铣舞镢的动作；你看那“赵一曼”突击队长王桂香，超负荷的劳动使她见了平车便尿裤子，但她没有逃跑，没有退缩，而是主动请缨，申请晚上上工，数百个夜晚，她就是这样穿着尿湿的裤子坚守在大坝上；你看那人称“大洋马”的女英雄，奔跑的双脚如滚动的风火轮，艳羡了多少人的目光，如今年迈的她每每站在县城东关凝望东方，在她模糊的记忆中，依然不能忘怀那个叫做浍河大坝的地方；你看那浍河滩上的6具冷冰冰的棺木，是否还记得她们正是如花的芳龄啊！

英雄的曲沃人民，经过近两年的艰苦奋斗，克服了无数的艰难困苦，赢得了最终的胜利。你看那30多公尺高的拦洪大坝，像一条金锁链，紧紧锁住了浍河这条蛟龙；你看那巍峨的浍河大坝，历经60年风雨，巍然屹立、岿然不动，它正述说着博大而深沉的历史沧桑，述说着曲沃几十年来翻天覆地的变迁。无论天荒地老，无论日月流长，它永远昭示后人以战天斗地、欲与天公试比高的拼搏精神!

英雄们!你们看，你们用勤劳的双手建设的大坝依然熠熠生辉，你们的后人正踏着英雄的足迹，昂首阔步前行。英雄们!浍河水库忘不了你们；浍河河水忘不了你们；25万曲沃儿女忘不了你们!你们就是浍河最美的风景!

（作者系共青团曲沃县委副书记）

去壶口

王智刚

我是吉县人，在我的村庄西边，吕梁山铺陈着身姿迤逦远去。老人们指着淡蓝的山脊说：黄河，就在山脊底下。然后，有人会细眯起眼，咂摸着嘴，好像在搜寻往事，半天，说一句："咱们这一段黄河，有一挂大瀑！"

我还不太清楚那挂大瀑叫做壶口的时候，便去看过它。

那是20世纪80年代初，我上小学二三年级的时候，爸爸带我去壶口，坐的是一辆卡车，爸爸特意给我从家拿了个小板凳，我坐在小板凳上，双手抓牢车厢挡板，一路颠簸前行，翻滚的尘土死死跟在车后，拐弯或减速时，便从车后扑卷过来，大家一声惊呼，个个灰鼻子土脸。我却兴奋异常——这可是我第一次旅行！汽车在崇山峻岭间左拐右转，没多久，我就晕车了，浑浑噩噩到了壶口，下了车，仍然是天旋地转，天和地扭结在一起，在我脑海里撕扯，剧烈的眩晕让我呕吐不已。别人下到河滩去看"大瀑"了，我最后躺在汽车的阴凉下昏昏沉沉睡着了……

我的第一次壶口之行就这样浮皮潦草地结束了。只记得壶口岸畔荒凉空旷，似乎有一排废弃的窑洞，像一串黑洞洞的句号，孤零零地被点画在山脚下；只记得那天天空又蓝又远、澄澈如洗，宽阔浑黄的河面反射着强烈的阳光，在我的记忆里亮晶晶地闪。

第二次去壶口是20世纪80年代末，初中毕业的暑期，姐夫那时候经营一台"小嘎斯"，把山西的煤送往陕北。暑假里便跟随姐夫出车，既是随车的小帮手，又是闲逛，顺道看壶口。壶口镇所在的地方当时叫作七郎窝，那时候已是一个供歇脚吃饭的小村落似的“旱码头”了，一排低矮破旧的小平房，是专门给秦晋过往司机开的小饭店和小旅店。一盘炒西红柿鸡蛋辣椒，就着馒头，吃得非常香。小旅店里点的是几盏煤油灯，夜晚，河风呼呼，油灯摇曳，黄河水声喧哗。山西吉县这边的路还是不像样子，和上次一样，去看壶口得去陕西宜川那边，那边路况好，比较方便。宜川当时在壶口旁做了些简单的修建：有一间紧贴在崖壁下的售票亭，有一条可以下河滩的石阶路。买了两块钱的门票，我沿着石阶走下河滩，偌大的壶口两岸没有其他游客，只有我一个人。黄河水完全一副不管不顾的样子，仿佛有一股巨大的力量驱赶着，黄色的浪涛汹涌，澎湃出撼动天地的大瀑。第一次看到如此恣意奔腾的水，我微微有些胆怯。我那时候大概刚刚读过张承志《北方的河》，小说里的水此时此刻从脑海里翻滚出来，和眼前的黄河水汇集在一起，久久震撼着我。回去的好几个夜晚，我都梦见浩浩渺渺的水从天边雷鸣般滚滚而来又滚滚而去。

壶口瀑布

第三次去壶口是高中毕业。高考结束，约几个同学去壶口。坐的是临汾发往延安的班车，车是老式公共汽车，整部车的漆面脱落得斑驳可见，走在山路上像艘大轮船，慢慢腾腾，一摇三晃。车到黄河大桥，便要南折往延安去了。我们于是步行到壶口去，从桥边下到黄河岸边，朝北沿着千米龙壕悠哉而去。很多人可能没有这样体验过，其实别有一番滋味，沿着嶙峋的河岸，一路看着身旁的黄河被束缚在窄窄的河道里迅疾地流淌，夏日的阳光重重地压在我们的肩膀上，又被河谷劲道的风瞬间拂去。到了壶口，已是暮色苍茫，夕阳的余晖铺满了整个峡谷，壶口瀑布被敷上一层金光，飞溅着、跳跃着金子一样的波浪，大瀑小瀑，就像一匹匹上好的江南锦缎。我们几乎是摸着黑往回返，四周黑黢黢的，寂静中，黄河的喧嚣似乎放大了好几倍，在耳畔轰轰地响。

当天夜晚，我们就住在大桥旁的小店里。依稀记得是有了电灯，但仍然一片寂寥，我们便到黄河大桥上去高谈阔论，兴致勃勃地说些不着边际的话。繁星满天，星星们颗颗硕大。第二天，等不着延安折返的班车，我们拦住一辆拉黄河沙的卡车爬上去，仰面躺在软绵绵还带凉气的黄河细沙上，随着车身的颠簸舒服地摇来晃去，看那些黄土

通往壶口瀑布的高速路

墚峁波浪一般在车前车后起起伏伏。

再去壶口，我已参加工作。因为在媒体当记者的缘故，再加上正好是吉县全力宣传壶口、推介壶口的时期，因工作去壶口的次数很多。路早已是柏油路，推开车窗，吕梁山满目苍翠，倘若是秋天，深深浅浅的红叶把整座大山装扮成一幅色彩飞扬的卷轴，在这卷轴的边缘，会突然看到一道金黄的镶边——黄河到了！

先是壶口漂流节，接着是1997年和1999年两次“飞黄”，壶口的知名度迅速抬升。壶口已经是全中国的壶口了。清楚地记得，一次随韩国媒体记者组成的采访团去壶口，看到他们在壶口大呼小叫、几近疯癫的样子，“长枪短炮”齐上阵，纷纷摄影，久久驻足，不愿离去。我想，壶口已然是世界的壶口了。

2007年春节，因刚买了自己的家用小车，我鼓捣家人大年初一去壶口逛逛。已经不用翻吕梁山了，新修的壶口旅游路沿着清水河平坦地抵达黄河，又沿着黄河河谷悠然北上，驾车其上，松弛了原先行驶在大山间多多少少的紧张情绪，多了一份气定神闲的安逸与平和。

2012年夏，青兰高速临汾到壶口段通车，从临汾出发，不到两个小时，就可驶抵黄河。飞驰在宽阔的高速路上，真有点恍惚，从当年搭顺车到今天自驾游，若干次去壶口的画面如同一帧帧凝固的画面浮现在眼前……昔日土路、砂石路、柏油路，到今天的旅游路、高速路；昔日在河风中摇曳的两盏煤油灯，变成了今天华灯初上的旅游目的地！

去壶口，时间还会催生新的憧憬。

（作者系《临汾政协》杂志主编）

千里黄河一壶收

陈新平

2020年10月7日上午10时，我们在壶口瀑布山西景区拍摄其壮观情景。大自然果真是鬼斧神工！奔涌而来的黄河水，如千人击鼓、三军冲锋、万马奔腾，吞天吐地的大飞瀑，挤压着、呼啸着、旋转着倾斜而下，疯狂地涌入“壶口”，有如神来之手掂起一壶黄水，倾天而倒，一泻千里。其气势之大、吼声之巨，世间绝无仅有！

壶口瀑布是我们一家5口当年国庆之旅计划中的最后一站。早上6点多钟，我们就从“中国授时城”陕西蒲城出发。开车师傅白海峰是位热情的向导，为了消除长途旅行的疲惫，他不但为我们准备了音响话筒，方便我们在车上歌唱娱乐，而且义务担任我们的讲解员、摄影师。我们从韩城开始，一路沿着沿黄公路北上，他一边开车，一边给我们介绍沿途风景和壶口瀑布的大概情况。他说，壶口瀑布是黄河中游流经秦晋大峡谷时形成的一个天然瀑布，地处陕西和山西两省交界处，东濒山西省临汾市吉县壶口镇，西临陕西省延安市宜川县壶口乡。瀑布宽达50米，深约50米，最大瀑面3万平方米，是中国仅次于贵州省黄果树瀑布的第二大瀑布，是世界最大的黄色瀑布。滚滚黄河水至此，300余米宽河面的洪流骤然被两岸所束缚，上宽下窄，在50米的落差中翻腾倾涌，声势如同在巨大无比的壶中倾出，故名“壶口瀑布”。黄河壶口瀑布景区面积约100平方公里，为陕西省和山西省共有著名风景名胜区，1988年被定为国家重点风景名胜区，现为国家AAAA级景区和国家地质公园。

经过3个多小时的车程，上午9点多钟我们顺利跨过黄河大桥进入山西省壶口瀑布景区。游客排成长队，景区服务井然有序，特别让我感动的是景区售票处工作人员看到我的一级视力残疾证，主动微笑提醒我，不但本人可以减免门票，而且可以减免一个陪护人员的门票。她说，凡是二级以上残疾证在山西壶口瀑布景区都能享受这种免门票待遇，并为我们开通绿色通道。我心里暖暖的，感恩党和政府的扶残助残好政策，随着社会文明进步，我们残障群体出行也越来越方便了。

江泽民题写的黄河壶口瀑布

我们跟随长长的人流，通过检票口，走下台阶，顺着人工修建的沿河曲廊前行，过一座拱曲桥，老远就听到隆隆作响的水声。走到凹凸不平的河滩上，迎面遇到一位穿翻毛羊皮背心、头裹白毛巾的老汉，骑着装饰花哨、挂着铃铛的小毛驴，浓郁的黄土高坡风味扑面而来。老汉很是热情，用当地方言向我们打招呼，邀请我们骑毛驴照相。此时，只听见四面八方的游客，川流不息向这里涌来，壶口瀑布龙槽岸边，到处人山人海，那场面真叫壮观！

站在龙槽岸边，只觉悬瀑飞流，似烟尘缥缈，如细雨蒙蒙，随风飘洒，真可谓“声震四十里，烟雾溅湿人”。这或许就是母亲河送给前来亲近她的儿女们最别致的礼物吧！久慕世界第一条黄色瀑布的威名，我心心念念期盼了好多年，今天终于夙愿以偿。虽然梦过无数回，但眼前壶口瀑布的气势磅礴、场面宏大，还是大大超出我的想象。我紧紧握住女儿的手，感激她和家人带着视力严重障碍的我不远万里、不辞辛苦专程赶来，真是不虚此行呀！

滔天洪水倾注一壶，万钧之力激起撼天惊雷，数里之外即可听到隆隆吼声。当地民谚道“一里壶口十里雷”，就像《保卫黄河》中唱的那样“黄河在咆哮”。女儿告诉我说，壶口瀑布旁边就标有黄河大合唱的舞台。那是1938年9月，正当抗日战争极其艰苦，著名诗人光未然带领抗敌演出队来到壶口，触景生情，写下了不朽的诗篇《黄河颂》，冼星海为这首诗谱了曲，《黄河大合唱》就此诞生了。“风在吼，马在叫，黄河在咆哮……”战斗的旋律激励中国人民奋勇向前，直至把日本侵略者赶出中国。这回身临其境，听着奔腾不息的黄河水，我为自己是炎黄子孙和华夏儿女而深感自豪！

河谷里雾气弥漫，我在爱人的引导下，壮着胆子扶着护栏细细聆听母亲河的声音，感觉就像一锅正沸着的水。壶口瀑布不是从高处落下，让人们仰观垂空的水幕，而是由平地向更低的沟里跃去，我只能俯首侧耳聆听被急急吸去的水流。前两天，黄河上游下过透雨，那河里已被灌得浪沫横溢，但上面的水还是一股劲地冲进去，冲进去……我在雾中想寻找想象中的飞瀑，但水拍河岸，雾罩乱石，除了扑面而来的水雾，震耳欲聋的涛声，我什么也捕捉不到，只觉得整个世界都在咆哮，好像自己身躯被黄河水雾紧紧拥抱，我的呼吸在加快，心脏怦怦直跳……

九曲黄河万里沙，浪淘风簸自天涯。

第一次如此近距离亲近母亲河，不知是太感动了，还是被母亲河溅起的雾水打湿了，我的双眼模糊了。只听见壶口黄河水浊浪排天、声震峡谷，黄河在这里由宽而窄、由高到低，那河水像是被一个无形的大洞吸着，顿然拢成一束，向龙槽里隆隆冲去，先跌在石上，翻个身再跌下去……无数次的跌，一川大水硬是这样被跌得粉碎，碎成点，碎成雾。当地人说，曾有一头黑猪掉进去，再漂上来时，浑身的毛竟被拔得一根不剩。我听了不觉打了个寒噤。

就在头天晚上，有位好友得知我要去壶口瀑布，急忙劝我说：“壶口瀑布落差太低了，上游的黄河水也平坦无奇，没有庐山瀑布那‘飞流直下三千尺，疑是银河落九天’的高度美，你眼睛不好看不见，估计没有什么收获。”我没有放弃，到了现场，更坚定自己的选择是正确的。在我听来，这壶口瀑布上游的黄河水就如慈祥的母亲缓缓而来，也许是几千里长途奔流，母亲累了，要翻个身站起来，于是黄河水在此直蹬着巨石挺直了腰，但是母亲没有站起来，却把自己摔成无数水珠。母亲也许疼痛难忍，怒吼着向下面的十里龙漕奔去；也许是母亲数千年的奔流要在此成仙了，于是母亲脱胎换骨如凤凰涅槃、浴火重生般义无反顾地直泻而下；也许是母亲数千年的奔走，已习惯于平和，远远望着前面十里龙槽里的黄河水泻入“地下”，母亲犹如精卫填海般直冲下来，要将十里龙槽填满填平，于是在此发出雄浑的怒吼。

悬瀑飞流形成的水雾飘然升空，虽然暖阳当头，但在瀑布附近，犹如细雨，湿人衣衫、沁人肌肤，这也是水底烟雾所产生的又一有趣的景观。我满头是水，衣服也被水雾缠绕，却兴奋得像个小孩，张开双臂大声呼喊，让雨雾再大一点、再猛一点，给我痛痛快快淋个够！这是母亲河溅起的灵气，灵气附身，幸福一生！我久久伫立龙槽边，尽情让黄河母亲的灵气多在自己的身上黏附、覆盖。我轻轻抬起手，用舌头舔舔手上的雾水，闻闻、再闻闻，仿佛闻到孩童时母亲身上那熟悉的奶香味。女儿悄悄告诉我，当年亚洲飞人柯受良飞越壶口瀑布时堆砌的跑道遗迹还依稀可见，吉县小伙朱朝辉摩托车飞跃黄河也在此。我感叹，黄河母亲就是这样，以她博大的胸怀笑迎各方游子在她的身上跳跃飞舞。

这时，身边游客突然高喊：“彩虹飞渡了！”我本能地抬头远望，却因为视力障碍，睁大眼睛啥也看不见，白茫茫一片。只听见周边游客的尖叫声、欢呼声，还有观光直升机在头顶盘旋飞行的轰鸣声。女儿快速按下相机，抢拍这一壮观美景，然后慢慢给我解释道：今天阳光正好，壶口瀑布上空出现彩虹飞渡了，五彩斑斓，仿佛仙境。正如那句脍炙人口的诗词所说，“水底有神掀石浪，岸旁无雨挂长虹”。

女儿和1岁半的宝宝在岸边捏黄河泥沙玩，我也加入其中，用手细细抚摸脚下的黄河石。这些如钢似铁的顽物竟被水凿得窟窟窿窿，如蜂窝般陈列，更有一些地方被旋出一个个光溜溜的大坑。而整个龙槽就是这样被水齐齐地切下去，切出一道深沟。人常以柔情比水，但至柔至软的水一旦被压迫竟会这样怒不可遏。原来这柔和之中只有宽厚，绝无软弱，当她忍耐到一定程度时就会以力相较，奋力抗争。据《徐霞客游记》中所载，当年壶口的位置还在这下游1500米处。如此日夜不止，这柔和的水硬将铁一般的石头寸寸地剁去。就像我认识的那么多残障朋友，经历了许多磨难便有了自己与众不同的个性，真是越挫越勇啊！

我突然陷入沉思，眼前这个壶口瀑布，怎么一下子集纳了海、河、瀑、泉、雾，所有水的形态；兼容了喜、怒、哀、怨、愁，人的各种情感。造物者难道是要在这壶口中浓缩一个世界吗？

依依不舍告别壶口瀑布，我是一步三回首，心绪难平，对母亲河的感情愈发深厚。中华儿女就如这黄河之水，奔腾不息，源远流长！耳畔再次传来那熟悉的《黄河颂》："……我站在高山之巅，望黄河滚滚，奔向东南。

惊涛澎湃，掀起万丈狂澜；浊流宛转，结成九曲连环；从昆仑山下奔向黄海之边，把中原大地劈成南北两面。

黄河！你是中华民族的摇篮！五千年的古国文化，从你这儿发源；多少英雄的故事，在你的身边上演！黄河！你伟大坚强，像一个巨人出现在亚洲平原之上，用你那英雄的体魄，筑成我们民族的屏障。

黄河！你一泻千里，浩浩荡荡，向南北两岸伸出千万条铁的臂膀。

我们民族的伟大精神，将要在你的哺育下发扬滋长！我们祖国的英雄儿女，将要学习你的榜样，像你一样的伟大坚强！像你一样的伟大坚强！"

（作者系玉山县盲人协会主席）

为壶口干杯

段希白

“源出昆仑衍大流，玉关九转一壶收”。汹涌澎湃的黄河一泻千里，奔至山西吉县和陕西宜川的大峡谷处，骤然间河床由300多米宽，紧缩成50余米。河水以排山倒海之势，雷霆万钧之力，在这里激起惊涛骇浪，掀起束束黄色水帘，溅起凌空万丈的水上云烟，架起一道彩虹……

壶口，黄河上一颗璀璨的明珠，曾经令多少人激奋感叹，令多少人流连忘返。但最令人惊叹、令人振奋、令人难忘的是中国山西吉县第四届国际漂流月中，亚洲飞人柯受良先生驾汽车飞越壶口瀑布惊、险、奇、绝的一幕。

为了尽早看到这一壮观景象，1997年6月1日，我带着刚拔掉输液针头的病体，心急如焚地向黄河岸边奔去。

尽管交通秩序组织得很好，汽车只准朝壶口方向单行，但由于人们都想尽早看到壶口，双排汽车一辆辆相争相挤毫不相让，车流形成了一条逶迤不断的长蛇。等待的人群，钻出车门以步代车，探听路情，性急的警车直按喇叭，期盼立即疏通出一条通道。

经过一两个小时的艰苦爬行，沸腾的人群、奔腾的黄河终于显现在眼，遍山满谷，一派节日气象。两岸青山上挂满了“迎香港回归”“祝柯受良先生飞越成功”等巨幅标语。汇集在这大河槽中来自国内外数万名游客，头顶烈日，手提食品袋，肩挎高倍望远镜，迈着疲倦的步履，寻找适当的位置，适合的角度，争取多看一眼壶口瀑布的风姿。大片大片的停车场挤满了两万来辆各式汽车，黄河两岸的山头上坐满了数万名热心的观众，设在黄河东岸长265米、宽5米的跑车道，腾空飞架，气势若虹，车道上试车的柯受良先生理所当然地成了万众瞩目的焦点。人人脸上流露出焦急的情绪，大家不知为这位勇士征服大自然、当之无愧的“亚洲飞人”倾注了多少激情。上午10点30分，在晋陕峡谷河槽搭起的舞台上，举办了精彩的文艺表演，各路名人登台献艺。1600余人的临汾威风锣鼓队、陕西安塞腰鼓队和800人的黄河大合唱团，用铿锵有力的鼓点，雄赳赳、气昂昂的歌声，唤起对祖国母亲的一片赤子之情。这歌声这鼓点是对柯受良先生顽强毅力和超人胆识的鼓励、加油、助威，这歌声这鼓点显示了中华民族的强大，这歌声这鼓点向全世界展示了中华民族的骄傲、自豪，展示了华夏儿女的威严和力量！

到了，扣人心弦的时刻终于到了！

下午1时20分，柯受良这位钢铁汉子，在严峻的生死搏斗面前，戴好头盔，身着一身红色防火衣，在助手们的协助下系好安全带，镇定地坐进了飞车内。顿时，黄河两岸人群涌动，所有的目光，望远镜、照相机、摄像机都瞄准了柯受良，密切注视着勇士的一举一动。这时，我的心和大伙一样，都提到了嗓子眼，屏住了呼吸，暗暗祝愿：“柯受良先生飞吧，我们盼你成功！”“壶口瀑布，歇息一下吧，让柯先生顺利飞越！”

“在场的观众们，擎起我们的双手吧，把柯先生腾空托过对岸！”

“我们是你坚强后盾，飞吧！”

中央电视台、香港凤凰卫视台，几位节目主持人瞪大了眼睛，攥紧了拳头，提高了嗓门，两岸的黄河儿女踮起了脚跟，伸长了脖子，眼睛死死地盯住了三菱跑车。瞬间，马达轰鸣，由柯受良驾驶的日本三菱跑车，以140公里的时速，1.58秒的瞬间，箭一样地窜过了壶口，钻进了对面的纸箱堆中。白色跑车在壶口瀑布上空划出了一条漂亮的弧线，溅起白色泡沫浪花，给流淌不息的母亲河绘出了一幅壮丽的画卷。

成功了！

黄河两岸万众欢腾，鞭炮齐鸣，欢声雷动。工作人员把柯受良先生迅速从驾驶室簇拥出来。我目睹了那成功的一幕，目睹了柯先生的英雄形象。这是一场生死之后的相逢，他脸上挂满了汗水，挂满了激动的泪花，挂满了成功的喜悦，此时此刻，他已泣不成声，观众又一次次地涌动，沸腾的壶口瀑布，热闹的气氛达到了高峰。在吉县宾馆庆功会上，柯先生说："我是中国人，我是炎黄子孙，我为把长城、黄河带到全世界感到自豪！我希望祖国海峡两岸尽快统一，相信中国会更好。"

看完飞越，老伴挎着高倍望远镜，从黄河近岸向我们站立的方向缓缓走来。脸上挂着几分紧张和激动，他的心脏仿佛和柯先生一起跳动，说话的声音有点变调。我们迈步在沙滩上，边走边议论，忘记了太阳的暴晒，忘记了饥渴，忘记了一天的疲劳。老伴即大发评论，柯受良的这次飞黄壮举，是扬中华子孙之威、壮中华子孙之胆、长中华子孙之志、激中华子孙之情的壮举！柯受良先生的飞黄成功，是在香港回归前30天，献给香港回归的一份厚礼、一份爱心。此举对增强中华民族的向心力、凝聚力，激发中华儿女的爱国热情，无疑将起到巨大的推动作用……

我在一旁抑制不住兴奋的情绪，柯受良这次飞越黄河壶口，名扬全球，但组织这次活动的主要负责人——吉县县委书记陈保堂同样功不可没。是他在省、地领导的支持下，组织了第四次国际漂流月，是他通过柯受良、通过中央电视台和香港凤凰卫视台，把壶口推向了世界。

可谓是，柯受良飞越黄河壶口长炎黄子孙之志，陈保堂组织国际漂流扬华夏母亲之威。

这是铁的事实。我们为中国有柯受良这样的英雄感到骄傲，为吉县有陈保堂这样的书记感到自豪！

历史不会忘记这两位英雄。他们的名字将永远和壶口联系在一起。让我们共同举起盛满时代浓酒的酒杯，为壶口干杯！

（作者系原临汾市粮食局审计科副科长）

到了临汾咱是回家

张 媛

2019年9月18日，习近平总书记在郑州主持召开黄河流域生态保护和高质量发展座谈会时强调，黄河文化是中华文明的重要组成部分，是中华民族的根和魂。说到根和魂，就不得不提起山西临汾。“所有旅行都是出发，到了临汾咱是回家”，作为土生土长的临汾人，这句话于我而言，早已耳熟于心。汾水滔滔，依之而兴。临黄河第二大支流而居的临汾，是中华民族文化的发祥地之一，也是一部文史长卷，读之回味悠长。“尧都平阳”，即今临汾；九州之中，故称“中国”；“中国”一词的源起之地，黄河文明的核心所在，是为“华夏第一都”临汾。

10万年前的丁村人，用石器敲击出原始文明的火花；尧庙华门穿越千年、如日东升，开启了华夏文明之门；“问我祖先在何处，山西洪洞大槐树”，洪洞大槐树承载了移民后裔的百年乡愁。全国重点文物保护单位43处、省级重点文物保护单位58处、各类文物单位3000余处、非物质文化遗产数量居全省首位，临汾的文化精髓和民俗特色值得步步回首、细细品读。临汾是一幅山水诗画，赏之沉醉其中。四季分明、冬寒夏热，四周环山、中间平川，境内大小河流200余条，郭庄、龙祠、霍泉三大名泉奔涌不息。“千里黄河一壶收”，壶口瀑布是中国唯一的潜伏式瀑布，世上唯一的金黄色瀑布；太岳山叠嶂连云、满目苍翠，孕育了雄、秀、古、奇、险、幽的特色景观资源；舜王坪为历山自然保护区主峰，是华北最高的亚高山草甸，也是华北和

洪洞大槐树，移民的时间从北宋末年延续到清代中叶

黄河中下游唯一保存完好的原始森林……临汾的山水有奇特之姿，花石有绝妙之趣。“平阳记忆”“印象临汾”两大工程锻造城市新名片，“黄河、太行、根祖”三大旅游板块叫响“中国根·黄河魂”旅游品牌。

五千年文明看山西，其中精髓在临汾。早在4300多年前，中华民族的始祖之一尧帝就在尧都这一方水土之上，启蒙先民、锁定历史、广凿水井、推进农耕、实行禅让、协和万邦，缔造了最早的“中国”，开启了华夏上古文明的先河。尧都，中国文明从这里开始，这里有纪念文明始祖帝尧的尧庙，有帝尧安息之所、世称“神林”的古帝尧陵，有气势雄伟高大的华夏文明之门——“天下第一门”华门，有“藐姑射之山、有神人居焉”的姑射山仙洞沟风景名胜区，有三皇五帝之一的文明始祖尧帝诞生地帝尧古居，使人们可以感受到尧都五千年的文明传承。

中华文明五千年的根脉，在此枝繁叶茂。黄土高原的古都平阳，焕发新生。任何人可以到这里，自由感受亲切的临汾，开始一段回家的旅程，寻找一次情感的归宿。女娲伏羲，孕育生灵，拥抱黄土，开创人之初始。尧帝厚泽，凿井而饮，耕田而食，画中国之雏形。洪武移民，垦荒屯田，民族融合，延华夏之血脉。世界上最早的观象台，印证着农耕民族对于季节的敬畏。中国最早的龙盘图腾，刻画着九州大地上最早中国的印证。中国最早的汉字朱痕，记录着中华民族文化的绵延永续，这一切，无不在诉说，“中国根”就在这里。登高望远，舒展着今日华夏儿女的自豪和幸福。

在临汾，可以贴近中华民族的母爱河，感受黄河母亲的胸襟和气魄，壶口瀑布在诉说，金涛澎湃、万马奔腾，黄河的怒吼喊出中华民族自强不息勇往直前的精神。登临乾坤湾，黄河像一条巨龙在黄土高原蜿蜒起舞，黄河母亲在这里宁静、吉祥而充满智慧，天地造化，太极乾坤，黄河的安静呈现出中华文化厚德载物的包容，循着沿黄公路，驶入群山的褶皱中，在这里中和文化和道家文化融为一体。

置身博物馆，晋国古都仿佛就在眼前。车马坑边，战鼓雷鸣、铁马金戈，复现晋文公开疆拓土的霸气；侯马盟书，记录2500年前精忠报国的誓言；穿越到500年前的寻常人家，精美的石雕门楼，讲述着一派安居乐业的祥和。文明的传承，就刻画在交错的横梁和清幽的院落间，隽永生动。飞虹塔是世界上最大的多彩琉璃宝塔，《西游记》从这里取景，琉璃之光，隐隐闪耀，八面玲珑，层层不同；《赵城金藏》诉说着其中的传奇，全世界现存最早的佛经，与《四库全书》并驾齐驱；水神庙中精美的元代壁画，保存完整，绝无仅有……

每年都有数以万计的中华儿女来临汾寻根问祖，每年都有不计其数的炎黄子孙来临汾追本溯源。临汾，“东临雷霍、西控河汾、南通秦蜀、北达幽并”，有大小河流200余条，均属黄河水系；历史悠久，是华夏民族的重要发祥地之一和黄河文明的摇篮；非物质文化种类繁多，有蒲州梆子、威风锣鼓等多种民间艺术形式，被誉为“梅花之乡”“剪纸之乡”和“锣鼓之乡”……

所有旅行都是出发，到了临汾，咱是回家……

（作者系山西师范大学历史与旅游文化学院硕士研究生）

古诗词中的黄河

薛　柔

在《说文解字》中“河”的意思是：“水。出敦煌塞外昆仑山，发源注海。”即专指黄河。中华民族是农耕民族，黄河作为中国境内最重要的大河，对中华文明的形成与发展有着不可替代的作用，是中华民族起源与发展的摇篮。因此，黄河也被大家称作母亲河。人们将自己的情感融入其中，将本是自然物象的黄河变成了一种精神象征。这种情况不是现代才有的，在古典诗词中也经常可以见到。

虽然一直生活在黄河流域，但却很少能亲眼见到黄河的壮美，因此我对黄河的印象绝大部分来自历代文人墨客的诗词。

提到黄河不自觉便会想起一首朗朗上口的古诗，那就是王之涣的《登鹳雀楼》：“白日依山尽，黄河入海流。欲穷千里目，更上一层楼。”这首诗应该承包了大多数人对黄河的第一印象，是儿童时期经典的启蒙读物。这首诗并没有用什么高深、晦涩的词语，前两句简简单单的10个字便把夕阳西下，诗人目送黄河远去，无边无际的壮阔景象跃然于纸上，缩万里于咫尺，使咫尺有万里之势，画面气势宏大，振奋人心。后两句则从远和高的空间上着手，使人不自觉代入其中，想象自己远眺黄河的情景，更是将对景色的描写升华到人生哲理的层次，令人回味无穷。这就是我对黄河的第一印象。

关于黄河的诗词早在南北朝就已出现了，如南朝刘孝威的《公无渡河》中“请公无渡河，河广风威厉”，南朝范云《渡黄河》中的“河流迅且浊，汤汤不可陵……寄言河上老，此水何当澄”，《木兰辞》里“不闻爷娘唤女声，但闻黄河流水鸣溅溅。旦辞黄河去，暮至黑山头”。

描写黄河的名句也非常多，除了前面提到的诗词外，还有李白的《将进酒》：“君不见黄河之水天上来，奔流到海不复回。”王维的《使至塞上》：“大漠孤烟直，长河落日圆。萧关逢候骑，都护在燕然。”王之涣的《凉州词·其一》：“黄河远上白云间，一片孤城万仞山。羌笛何须怨杨柳，春风不度玉门关。”王昌龄的《横吹曲辞·出塞》：“白花垣上望京师，黄河水流无尽时。穷秋旷野行人绝，马首东来知是谁。”这些都是描写黄河的名句，不仅描写出了美丽壮阔的黄河景象，其背后的故事以及诗中表现出的精神都值得我们细细品味。

不过，给我印象最深的是唐代诗人刘禹锡的《浪淘沙·其一》：“九曲黄河万里沙，浪淘风簸自天涯。如今直上银河去，同到牵牛织女家。”刘禹锡，字梦得，是唐代著名诗人，有着“诗豪”之称。公元805年，发生了历史上著名的“八司马事件”发生，刘禹锡自此开始了贬谪生涯，一贬就是近十年，直到815年，刘禹锡才得以奉召回京，但不久就再次被贬连州刺史，这一贬又是5年，后直到826年冬应召回洛阳。而刘禹锡被一贬再贬，人生中的23年时光便过去了。正如他在自己诗中所说：“巴山楚水凄凉地，二十三年弃置身。”他的处境之艰难，生活之困苦可想而知。《浪淘沙》九首是刘禹锡从洛阳到长安，从长安到巴蜀，从苏杭到安徽，最后又回到洛阳，穿越了大半个中国，画了一个巨大的圈圈后写下

黄河大铁牛

的，可谓是记录下了他的每一帧生命见闻。一贬再贬的人生经历没有使其消沉，反而激发了其创作灵感，让他得以写下了一首首流传千古的诗篇。

《浪淘沙九首（其一）》，便是其中一首豪迈的千古名作。诗中描绘了黄河的雄伟气势，并借神话传说的演绎寄寓了迎难而上的洒脱精神。诗的前两句“九曲黄河万里沙，浪淘风簸自天涯”，意思是说，九曲黄河中的沙砾，随着滚滚波涛流经万里，饱受浪涛的冲洗和狂风的颠簸，从天边一直来到这里，这两句是对黄河景象的描写，十分大气豪迈。后两句“如今直上银河去，同到牵牛织女家”，则紧承前面一句中的“自天涯”，将黄河与天上的银河联系了起来，说自己想逆流而上，沿着黄河去往银河到牛郎织女的家中做客。在古代传说中，黄河与天上的银河是相通的。据《荆楚岁时记》记载：“汉武帝派张骞出使大夏，寻找黄河源头。张骞走了一个多月，见到了织女。织女把支机石送给张骞。”同书还记载了我们所熟知的牛郎织女的故事。固刘禹锡在这里便自然而然的引出，想要迎着狂风巨浪，顶着万里黄沙，逆流而上，直到牵牛织女家的豪迈想法。“牵牛织女”在这里暗指那高高在上的朝中之位。“居庙堂之高则忧其民，处江湖之远则忧其君，是进亦忧，退亦忧”。刘禹锡即便遭受不公被一再贬斥，但他心怀高远、兼济天下的雄心壮志并没有磨灭，他想要在高处任职、为人民造福的理想并没有改变。这种百折不挠、积极进取的人生态度令我十分敬佩。由此可见，刘禹锡所歌咏的万里黄沙，能够乘风破浪，自天边来到此处，有着一往无前的顽强性格，它是有着象征意义的，暗指刘禹锡自身所经历的一贬再贬的困苦生活，就如同万里黄沙乘风破浪的艰难路程，但即使过程艰难我们也要保持初心，不忘自己的理想抱负，要有迎难而上的勇气，坚持到底的毅力，这是值得我们在遇到人生困境时所学习的。《浪淘沙》九首中还有一句我十分喜欢，那就是“莫道谗言如浪深，莫言迁客似沙沉。千淘万漉虽辛苦，吹尽狂沙始到金。”这首虽并不是描写黄河的，但其中蕴含的哲理却是我在遇到困难时用来激励自己的。

九曲黄河

雄浑壮阔、奔腾咆哮、一泻千里几乎是历代黄河诗词所共有的内容之一，诗人们对黄河发出了由衷的讴歌和赞美，是黄河文化以及传统民族精神形成的重要推动力。诗歌里的黄河，凝聚了历朝历代诗人豪迈的情怀与忧国忧民的历史责任感。黄河是所有中华儿女的感情寄托，体现了华夏文明的源远流长，体现了中华民族的生生不息，体现了新时代中国人继往开来、实现中华民族伟大复兴的豪迈情怀。我们每个人都有弘扬、传承的黄河文化责任，让我们一起通过传统诗词了解黄河文化，传承黄河文明，发扬中华民族的传统美德。

（作者系山西师范大学历史与旅游文化学院硕士研究生）

壶口瀑布与她的传奇故事

陈健翔

壶口瀑布是中国第二大瀑布，也是世界上第一大黄色水流瀑布。该瀑布位于晋陕峡谷的黄河河床中，西临陕西宜川县桑柏，东濒山西吉县七郎窝。

壶口以上，黄河水面宽约300余米，至壶口河道乍缩为50余米，水敛成束，飞流直下，倾入深槽，形成落差30余米的巨大瀑布，惊涛拍岸，10里以外可闻，激起百丈水柱，气势惊心动魄，形成独特而壮观的景色。因上宽下窄，如茶壶倒水，故名壶口。

过去因群山阻塞，交通不便，需经多日跋涉，才能一睹壶口雄姿，现在当地政府大兴旅游业，兴修了一条通往壶口的盘山公路，为旅游者提供了方便。后来，又修了一条更为平坦的旅游路。直到2012年，青兰高速建成通车，去壶口更为便捷。

壶口瀑布被确定为“国家级重点风景名胜区”“中国旅游胜地四十佳”“国家级地质公园”等称号以来，来旅游观光的游客日益增多。旅游淡季时，一天游客不下数百人，到了五一、十一黄金周，一天游客达到数万人。

壶口瀑布堪称中华一绝，附近迷人的自然景观和人文景观也让人流连忘返，美不胜收。有我国最晚的清代长城、古老的明代码头、神奇的石窝宝境、雄伟的“守河神龟”“牛马王庙”“孟让夜月”“人祖山神庙”“锦屏山伏羲庙”“克难坡阎锡山故居”等，都是游客的好去处。

“旱地行船”与“水底生烟”并称壶口两大奇观。

在明清时期，黄河水运发达，黄河两岸人民，自古用木船或皮筏渡河运物。上游船行至瀑布上方，立即将船拖出水面，在陆地沙滩上由数十人簇拥用纤绳将船拖行二三公里，绕过瀑布和千米龙槽后再放回水中行驶，被称为“旱地行船”。现在公路运输非常发达，黄河上水运已成明日黄花。

“旱地行船”景色已经不见，而“水底生烟”可谓日日上演。黄河水在瀑布处奔腾而下，激起一团团水雾，如同烟云一般，颜色由黄变灰、由灰变蓝，景色奇丽，故有“水底生烟”这说。在四季天气晴朗的早晨，经阳光照射，可见彩虹挂在瀑布上方，非常美丽，形成“岸旁无雨挂彩虹”的奇特景象。

壶口因居北方，四季景色各异。严冬与早春，冰封河面，水流涓涓，瀑围冰柱冰挂，形如冰桥珠帘，给人以俊美之感。晚春时，冰河解冻，冰水相杂，咆哮如雷，浩浩荡荡似有千军万马。看瀑布最佳时间是夏季及金秋，因雨量充沛，主副瀑布连成一片，水流湍急，千沟万壑之水汇聚一起，呼啸怒号，气贯长虹，形成天开一堑势雄豪的壮美景观。

壶口是黄河魂、民族魂，是中华民族不屈不挠的精神象征。为了开发壶口，让壶口走向世界，在国家、省、市的支持下，吉县政府将壶口及方圆60平方公里辟为风景名胜区，多方筹资，对路、水、电、通信等设施进行改造。从1994年开始，连续举办了八届“中国壶口旅游月”活动，推出了众多的“天下第一”：华夏第一走——河北姑娘杨云横跨壶口走钢丝；九州第一漂——天津勇士张志强用密封舱成功漂越瀑布；中华第一跳——张志强从黄河大桥悬索跳，亲吻母亲河；东方第一骑——河南骑士王风海、王风琴在壶口瀑布上高空骑自行车、摩托车表演特技；天下第一走——河南高空王子冯九山手持平衡杆在瀑布上走钢丝，创下了吉尼斯世界纪录；中华第一跃——1997年6月1日台湾著名特技演员柯受良先生驾汽车飞跃壶口瀑布和1999年6月20日黄河娃朱朝辉驾摩托车飞越黄河更使壶口扬名天下。2001年9月，著名男高音歌唱家孔太在壶口瀑布旁高歌一曲《龙魂》，又创下吉尼斯世界纪录，让人们又一次感受到黄河壶口的魅力。2002年11月8日，在瀑布旁又举办了《黄河壶口瀑布》邮票首发式，成为献给党的十六大的厚礼。2010年9月、2012年8月先后举办了第一届、第二届中国（山西）黄河壶口文化旅游节，壶口的名气叫得更响了。

涌来万岛排空势，卷作千雷震地声。壶口瀑布以她独特的魅力吸引来数以百万计的游客、众多新闻工作者和文艺工作者，掀起了传播壶口文化的热潮。电视台、广播电台、电影制片厂、广告公司、音像公司纷至沓来，以壶口为背景拍摄的专题片、电影、广告、MTV，纷纷通过传媒向世人展示，让壶口声誉鹊起，成为中华民族自强不息的精神象征。

壶口瀑布奔腾不息、一往无前的开拓进取精神，是中华民族精神的象征，被喻为“中华魂”。壶口瀑布不仅饱含着丰厚的文化底蕴，而且它以“惊、奇、险、绝”名扬四海。在国家重视旅游的大环境下，壶口瀑布这一黄河古道上的明珠，明天会发出更加灿烂的光芒。

（作者系山西省吉县融媒体中心主任）

最美莫过乾坤湾

田永峰

乾坤湾，是黄河流域上一道奇特的风景。即使没去过的人，仅凭望名生义，亦可知其形巧夺天工，其意蕴含深厚。

黄河乾坤湾位于中国最美的十大峡谷之一的晋陕大峡谷之中，是自然文化遗产景观，是华夏文明的一个缩影。她有数个观赏景点，魅力俱佳，各有千秋。但我认为，最具观赏最为完美的一道莫过于山西省永和县阁底乡境内的那一段，既雄奇又柔美，既飘逸又和谐，使人流连忘返，感触颇深。

“黄河之水天上来，奔流到海不复回”。滔滔不息的黄河水从巴颜喀拉山一路走来，滚滚而泻，气吞山河，锐不可当，造就了中华民族伟大的精神图腾，我们都为作为一名炎黄子孙、共饮黄河水而感到骄傲。显然，黄河在勇往直前的行进中，还具有非凡的创造力，她在展示大势磅礴之时，也不忘彰显个性。于是，她在流经永和县阁底乡境内时，优雅地摆动了几下身姿，一幅旷世绝伦的神奇画卷便呈现在世人面前：一个巨大的“S”形大弯！只见这方奇弯，河抱着山、山依着河，河里有山、山中有河，山河相连、水山相映，你中有我、我中有你，一山一水、一阳一阴，情趣无限，奥妙无穷。就连欢快跳跃的浪花也为这一壮丽奇景不禁呐喊喝彩。立足岸畔，凝视对岸，又可将八卦中的“阴”“阳”解读一二。“阳鱼”即山，即河对岸被水环抱320度的那座山，山脚开垦的层层梯田，错落有致的红枣树，恰似鱼头的鱼唇与触须，山是沟壑万千、梁峁相连，又似鱼身的鱼鳞与鱼鳍，摆尾自然顺畅，宛若入水游跃一般。“阴鱼”即水，即山的倒影反向，阳鱼尾为阴鱼首，阳鱼首为阴鱼尾，正映了阴阳合抱、互为转换、相依相存的辩证哲学思想。且周围存在着与八卦图相关的青龙、白虎、朱雀、玄武四方标志物和以伏羲、女娲的名字命名的村庄、庙宇以及大量相关的传说，更是增添了黄河乾坤湾的历史文化和神秘色彩。

乾坤湾的形成诚然历经艰难险阻、风雨沧桑，但对于博大的黄河母亲来说，也只是一个灵性的杰作，是黄河雄浑之下的飘逸洒脱而已。与壶口瀑布的洪波急湍、惊涛拍岸相比，这里的黄河恬美文静了许多，温文尔雅，谦和有度，给人一种心胸豁达、海纳百川之感。再看看山河相抱、阴阳合一的奇景，不正是一个和谐相处、共生共荣的典范吗？什么功名利禄、荣辱得失，全都在这里随风而逝、抛之脑后，人的心境自由自在地放松，吸一口清新的空气，全身心融入其间，彻底回归自然，化作尘埃。巧合的是，如此美妙的奇景却又被永和这一地名诠释出更加精彩的内涵，永远和平、祥和、和谐，在这里超越了地域，超越了时空，超越了我们追求的境界。和谐，已然成为乾坤湾永恒的主题。

黄河九十九道弯，最美莫过乾坤湾。观乾坤湾不仅仅是一种美的享受，同时也是一次灵魂净化，更是对中国博大精深文化底蕴的深刻体会。

（作者系永和县委编办主任）

红色基因与黄河文化的时代价值

——基于中国共产党临汾历史的时代考察

肖振国

习近平总书记指出，要深入挖掘黄河文化蕴含的时代价值，讲好“黄河故事”，延续历史文脉，坚定文化自信，为实现中华民族伟大复兴的中国梦凝聚精神力量。作为中国共产党历史的重要组成部分和不可或缺的关键支撑，地方党史以微观样本形态折射出中国共产党百年历史发展的主题主线和主流本质。临汾是华夏民族重要发祥地之一和黄河文明的摇篮，是革命老区，是晋陕豫金三角区域中心城市，以黄河文化为切入点，对中国共产党临汾历史进行时代考察，探寻党的红色基因与黄河文化的时代价值，意义重大。

一、革命战争年代：红色基因为黄河文化注入时代特色

“黄河宁，天下平。中华民族治理黄河的历史也是一部治国史。”但是，长期以来，受生产力水平和社会制度的制约，再加上人为破坏，黄河沿岸人民的美好愿望一直难以实现。历史来看，临汾西部的永和、大宁、吉县、乡宁与陕西隔黄河相望，黄河第二大支流汾河由北向南贯通整个临汾地区，受地理位置和地形地貌影响，临汾素有棉麦之乡和膏腴之地的美誉。但是在旧社会，不论平川还是吕梁山区，都存在坐拥数千亩土地的大地主或大商户，他们凭借对土地的垄断，通过地租、雇工、高利贷等对占农村1/3以上人口的贫雇农进行剥削。生产的发展与广大群众生活的巨大差距，使社会矛盾非常尖锐。

1919年五四运动后，临汾地区的进步青年和人民群众开始觉悟，

特别是1921年7月中国共产党成立后，宣传新思想新文化的进步社团和刊物在临汾不断涌现。在傅懋恭等晋南乃至山西最早一批共产党员的领导和影响下，1924年前后，临汾籍的刘守维、阎紫琴、张振山、李少卿等优秀青年在太原、临汾等地加入中国共产党，使临汾成为山西建党较早的地区。临汾地方党组织成立后，立即投入领导工农革命力量进行反剥削、反压迫、反暴政等斗争，1926年秋组织数千农民抗议捐款征税，迫使当局放弃了向穷人摊派“富户税”的做法，已经收缴的如数退还。1927年7月，山西省共5个地委，临汾地委是其一；全省共9个县委，临汾地区的霍县、赵城、临汾和翼城县委占其四。作为晋南共产主义的一个根据地，晋南很多党团组织从临汾发展起来。大革命失败后，面对危难局面，党领导人民及时调整策略，保存恢复发展力量，独立领导革命武装，发动群众进行革命活动。“我们要真理不要钱”，是临汾共产党人对反革命旧势力的铮铮铁骨。

1936年，毛泽东率红军渡黄河进行东征。红军东征前后历时117天，在临汾境内75天，是东征红军在山西活动时间最长的地区；总共扩红8000多人，在临汾地区扩红近5000人。红军所到之处，军纪严明，对群众秋毫无犯，一方面斗争土豪劣绅，横扫贪官污吏，开仓济贫救助贫苦百姓；一方面宣传发动群众，宣传抗日救国主张，使临汾人民切实感受到“红军对穷人太好了，完全是为了咱穷人”，“只有跟着共产党走，参加红军才能打败日本侵略者，才能过上幸福生活”。同时，遵照党中央关于“大力发动群众，开辟河东革命根据地”的指示，在洪赵一带创建了山西河东工委，在汾西创建了中共勍香区委、勍香区苏维埃委员会等，建立了河东抗日游击队和龙子祠游击大队，扩大了中国共产党和红军在临汾的政治影响，为建立抗日民族统一战线打下坚实的基础。抗日战争全面爆发后，1937年11月初，太原沦陷前夕，中共中央北方局、八路军驻晋办事处、中共山西省委等从太原迁至临汾，周恩来、刘少奇、朱德等在临汾指挥华北抗战，党领导的临汾地方武装力量配合八路军主力部队，开辟了晋绥、晋西南、太岳等抗日根据地，临汾一度成为山西和华北的政治、军事中心和坚持敌后抗战的战略支点。这一时期，李公朴、沈钧儒、丁玲等大批爱国进步人士和青年到达临汾，从事民运和抗日宣传活动；西北战地服务团、战斗剧社等党领导的文艺团体在临汾各地为群众演出，号召民众团结抗日，参军参战。张光年在吉县壶口横渡黄河时激发出创作《黄河大合唱》歌词的灵感，贺绿汀在临汾刘村八路军学兵队创作的《游击队歌》，这些作品凝结着中华儿女坚韧不拔、自强不屈、反击侵略、保家卫国的坚定信念，是20世纪30年代中国共产党人对黄河文化注入红色基因的经典范例，一经问世便广为流传，点燃了临汾、华北直至全体中国人抗日救国、自强报国的燎原之火，成为凝聚中华民族力量和爱国主义的强大精神武器，黄河作为中华文化的标志性符号和象征也愈发巩固和突显。

解放战争期间，临汾地方党组织动员广大民众，配合人民解放军先后发起同蒲铁路中段战役、临浮战役、晋南反攻作战、吕梁战役等，歼灭了数十万国民党军队。特别是1948年3月7日至5月17日解放临汾战役期间，为配合人民解放军在西北和豫西的战略反攻，面对敌人长期经营且坚固设防的临汾城，在党中央、中央军委的坚强领导下，徐向前率领晋冀鲁豫军区、太岳军区和吕梁军区6万多人民解放军，历经72天艰苦鏖战，以初建武装同蒋阎正规化部队抗衡，克服攻坚装备简陋的严重不足，坚持来自人民、为人民而战的果敢精神，发扬知重负重、克难攻坚的坚强意志，创造出坑道爆破攻坚新战法，歼灭临汾守敌2.7万余人，两次受中央军委贺电表彰，诞生出“光荣的临汾旅”，这是党史和军史上唯一由中央军委授予荣誉称号的最大功勋单位。据统计，从3月6日至5月20日，地方党组织动用民工、民兵、车辆合计5010510个工，门板258035块，檩条102137根，口袋2002270个，铣12436把，棺木2998副等；加上战前准备和战后休整，群众供给支前小米7073452斤、小麦10965292斤、马料2127211斤、柴21145111斤、炭3356609斤、草5443059斤。数字的背后是人心，是历史发展的大势所趋。正是由于党中央的正确领导，地方各级党组织的高效落实，攻城部队的浴血奋战，临汾群众从历史对比中切身感受到中国共产党是全心全意为人民谋利益的党，才有了“解放军需要什么，我们就支援什么”的群众觉悟和实际行动。

铁心向党、勇于攻坚、严守纪律、紧密团结的临汾攻坚精神，是新民主主义革命时期中国共产党领导临汾人民在临汾战役中形成的宝贵财富，也是解放战争时期中国共产党人为黄河文化注入的时代特色，成为新生的人民政权在临汾最基本的基因底色。

二、社会主义革命和建设时期：红色基因是黄河文化最靓丽的时代底色

1949年10月中华人民共和国成立后，临汾人民在党的领导下，恢复社会秩序、土地改革、参战支前支援全国解放、整党建党等各项工作相继展开。一方面肃清敌人溃逃时留置在临汾的大批残余力量，镇压土匪、恶霸等反革命势力，取缔“一贯道”“圣母军”等反动会道门组织，召开地方各级人民代表会议，建立健全人民民主专政的国家制度；另一方面，采取边军管接收、边复工生产等措施，没收反动派遗留在临汾的银行、自来水厂、发电厂等官僚资本，工矿企业很快恢复生产，商号恢复营业，新民主主义经济快速发展起来。同时，在临汾、襄陵等新解放区进行土地改革，继续完成翼城、浮山等老解放区的新民主主义革命任务，荡涤旧社会遗留的娼妓、大烟、赌博等污泥浊水。在胜利完成各项社会改革和支援抗美援朝战争的同时，到1952年底，临汾地区工农业生产达到历史最高水平，为向社会主义转变进而开展工业化建设准备了条件。

1953年，根据国内经济、政治条件及国际形势的变化，党中央提出过渡时期的总路线，采取社会主义工业化和社会主义改造同时并举的方针，动员全党全国人民为实现总路线规定的任务而奋斗。到1956年，根据党在过渡时期的总路线、总任务，中共晋南地委领导全区人民完成了晋南农业、手工业、资本主义工商业的社会主义改造，全区执行第一个五年建设计划进展顺利，临汾现代化工业经济的坚实基础起步奠定；社会主义基本制度在临汾地区建立起来，临汾实现了历史上最广泛、最深刻的社会变革。

从1956年9月党的八大召开到1976年10月“文化大革命”结束，在中华人民共和国成立初经济、政治、文化和社会等发展基础上，晋南社会主义建设取得了巨大成就，但也经历曲折甚至严重挫折。无论是成就还是失误，正确地加以总结，正面经验和反面教训都是党的宝贵财富。这一时期，党和人民坚持自力更生、不怕挫折，继续探索适合国情的发展道路，涌现出大量先进典型和英雄模范人物，形成了自强自立、艰苦奋斗、奋发图强的创业精神，这种精神，对于维护国家主权和民族尊严，巩固和发展社会主义制度，发挥了重大作用。晋南地区在农业战线上产生了棉花八仙、小麦十杆旗、玉米谷子九先锋、畜牧六大标兵、植树造林五面旗帜，财贸战线上有浮山县寨圪塔供销社等影响全国的先进集体，还有被周总理赞誉的王德合、爱国丰产金星奖章获得者吴春安、办社先河刘洪玉、玉米先锋耿宁成、大山的主人王明茹、老劳模张东山、好干部穆国器、棉花状元鲁建功、心里有树地换装的刘清泉、党的好女儿和人民的好医生石兰峰、五好民兵和神枪手标兵许金金等一大批劳动模范和先进典型，翼城县商品直线运输、洪洞县农村发展水电站等先进工作经验影响全国。党中央号召全党和全国人民向先进模范人物学习，先进典型和模范与全区群众一带二比学、赶帮超，使晋南社会主义建设事业焕发出更大的热情和力量，在战胜重重困难后重新焕发新气象。然而，这期间也有曲折失误，主要是在“人民公社化”“大跃进”和“文化大革命”运动中，“左倾”错误严重，党和国家的工作、社会秩序受到巨大破坏，国民经济发展大起大落，一度挫伤群众的积极性，客观上也有天灾造成减产，影响了群众生活。综观这一时期中国共产党领导晋南人民进行的各项工作，尽管有过失误，但是党察失误后，党立即努力纠正错误，调整方针政策，持续推进社会主义建设向前发展。正如1981年6月党的十一届六中全会所指出的：“我们现在赖以进行现代化建设的物质基础，很大一部分是这个期间建设起来的；全国经济文化建设等方面的骨干力量和他们的工作经验，大部分也是在这个期间，培养和积累起来的。这是这个期间党的工作的主导方面。”

从1976年10月粉碎“江青反革命集团”到1978年底党的十一届三中全会召开，临汾地区各级党组织按照党中央、中共山西省委的部署，对“文化大革命”造成的混乱进行拨乱反正，推动经济和社会各项建设事业逐步走上正轨，为历史转折的实现准备了必要的条件。

回顾这一时期的历史，可以发现，在党中央的领导下，临汾地方党组织带领全区人民着力改变旧中国留下的一穷二白的烂摊子，一手抓全区人民吃饭穿衣等最基本的民生问题，一手抓工业、交通、国防、科技等强国的基础支撑，为实现国家繁荣富强和人民幸福富裕而奋斗，一步一个脚印对适合中国国情的社会主义建设道路继续探索，孕育形成的创业精神、奋斗精神、革命精神、奉献精神等红色基因，构成社会主义革命和建设时期，黄河文化在临汾最突出的时代底色。

三、改革开放新时期和中国特色社会主义新时代：红色基因是支撑黄河文化代代相传的强大动力

党的十一届三中全会作出把党的工作重心转移到经济建设上来，实行改革开放的历史性决策，实现了中华人民共和国成立以来党的历史上具有深远意义的伟大转折，开启了我国改革开放和社会主义现代化建设新时期。习近平总书记指出，中国特色社会主义是改革开放以来党的全部理论和实践的主题。在一定意义上，这就是中国共产党人在新时期的红色基因，是新时期坚持黄河文化的时代表现，构成黄河文化在新时期、新时代丰富发展的强大动力。

具体到临汾，40多年来，临汾地方各级党组织带领临汾人民认真贯彻落实党的基本理论、基本路线、基本方略，在省委、省政府的领导下，国民经济和综合实力持续增强。在1978年地区生产总值8.4亿元、财政总收入9411万元、人均地区生产总值为291元的基础上，地区生产总值1980年突破十亿、1996年突破百亿、2011年跨过千亿。到2020年，全市地区生产总值达到1505.2亿元，财政收入135.3亿元，人均地区生产总值为33586元。同时城乡居民收入得到大幅提高，生活质量明显改善。1978年地区人均国民收入为235元，人均消费水平仅为107元，到2020年全市居民人均可支配收入超过2.3万元，居民人均消费支出超过1.3万元，分别是1978年的90多倍和100多倍。

随着人民生活水平的不断提高，城市化进程的加快，临汾城镇人口与乡村人口的比重发生了较大变化。城镇人口占总人口比重由1978年的13.21%提高到2020年的53%以上。全市城乡居民消费结构发生了根本性的变化，消费从温饱型向小康型转变，发展型、享受型、品质型消费支出不断增加，新的消费增长点不断出现，消费质量稳步升级。在吃的方面，全市粮食生产稳中向好，在农田水利设施、种子品种、种植技术和机械化水平持续改进的有力保障下，粮食总产量从1978年的86.1万吨增长到2020年的212.7万吨，增长了1.5倍；人均粮食产量从1978年297.5公斤/人增加到2020年471.7公斤/人，增长了58.6%，实现了粮食供给从短缺到丰年有余的历史转变，居民生活在吃饱基础上倾向于吃的讲究、营养、质量。在穿的方面，居民在四季有衣、随季更换的基础上，追求穿得舒适、品牌、时尚。在住的方面，居民在住有所居的基础上追求住得更宽敞、舒适、便捷。在出行方面，私家车已走进寻常百姓家，2020年全市居民私人汽车超过72万辆，群众出行追求得更可靠、更方便、更环保。此外，商圈经济和街区经济、楼宇经济的多元化发展，反映着临汾人民消费结构的进一步改善。

特别是在共享改革发展成果方面，党的十八大以来，中国特色社会主义进入新时代，在习近平总书记脱贫攻坚思想指引下，临汾市深入贯彻落实中央、省、市各项脱贫政策和决策部署，聚焦“两不愁三保障”突出问题，发挥党建引领脱贫攻坚工作全局独特政治优势，通过社会保障兜牢民生底线、教育扶贫阻断贫困代际传递、健康扶贫遏制因病致贫、基建提升和易地搬迁摆脱穷窝、产业就业扶贫激发脱贫内生动力等精准且系统的脱贫政策，2020年全市贫困发生率从2015年底的5.97%实现动态清零，临汾17个县（市、区）450万人民不落一地、不落一户、不落一人，全面建成小康社会的庄严承诺如期兑现，同时多措并举推进脱贫攻坚与乡村振兴有效衔接，常态化统筹疫情防控和经济社会发展各项工作，持续巩固拓展脱贫攻坚成果，困扰临汾数千年的绝对贫困问题在中国特色社会主义新时代画上了历史性的句号。

结 语

回望过去，中国共产党临汾历史作为党领导人民在临汾开展伟大社会革命和伟大自我革命实践成果和理论成果的临汾样本，以大量事实见证着红色政权从战争中走来、新中国从一穷二白烂摊子基础上建起、中国特色社会主义在中国落地生根并不断发展，构成了黄河文化在黄河中游独特的实践形态和思想形态。面向未来，始终坚持在中国共产党的领导下，坚定文化自信，继续为实现人民对美好生活的向往不懈努力，红色基因和黄河文化必将在中华民族伟大复兴的征程上交相辉映、赓续传承，黄河文化的时代价值也必将在红色基因的赋能下获得更加坚实的实践支撑和发展动力。

（作者系中共临汾市委党校马克思主义理论教研室主任）

黄土高原民居活化石——刘氏民居

王 军

隰县东部上天山雄踞傲视，是临汾西山海拔最高的山峰。上天山西麓塬面广袤，沃野平畴，美丽的陡坡村就位于这里。村中以刘姓为主，旧时耕种土地成千上万亩，家道富足，人丁兴旺。刘氏家族重视文化，设校延师，课读子弟，明清以来家族中文武秀才众多。鼎盛时期的刘家，大兴土木，在塬面上建成了一座座气势非凡、雕梁画栋的北方四合院。现存的刘氏民居成群连片，古朴厚重，展示了刘氏家族昔日的兴旺与辉煌，也为我们留下了宝贵的建筑文化遗产。

一门望族

陡坡村属陡坡乡，距陡坡乡政府2.5公里，距县城30公里。该村位于陡坡塬面，塬面开阔，土质肥沃。据刘氏族谱记载，刘氏在宋代即家居斯土，已有近千年历史，族谱从明末开始记载，到现在已历17世。刘氏家族以农兴业，农耕不忘读书，崇文重教，一直设有家学课读子弟，明清时多有生员（秀才）、童生，文士辈出，有“陡坡村，文武秀才多半村”之誉。中华人民共和国成立前，刘文明为紫川书院主讲，刘登甲毕业于山西大学，任省立第九中学教员。改革开放后，刘氏家族更是人才蔚起，现有研究生4人、大专以上73人、中专53人，分布于全国各地。

民居群落

陡坡村刘氏明、清民居建筑群，全部建在高原之上，占地面积75889平方米，合113.8亩，现存窑洞260孔、石碾石磨20个、石狮11对、影壁11个、占地2713平方米的花园一处（遗址）、占地1672平方米的古庙一座、由民国时期山西省财政厅厅长王平题匾的刘氏宗祠一座。刘氏民居代表性建筑是由刘氏第十代孙刘士昭、刘士强、刘士瑯、刘士璠、刘士琰五兄弟（均为清代生员）建于清康熙年间的5个大院，分别坐落在村东南西北中，各占地1376平方米，气势宏伟、布局合理，建筑风格别致。村内全部院落均为砖券窑洞，有五孔正砖窑、六孔东西岔窑，或三孔正砖窑、六孔东西岔窑两种格局；大门为四椽式大门楼或窑洞式大门，大门正面有4米高、2米宽砖照壁，雕刻有不同形式的花草及动物图案，大门立柱下均有不同形状各异的动物石柱，大门正上方均有门匾；各院均有两道或三道大门，院内青石铺院，红石条压沿，均建有马圈。有青石子铺成的12条“青石马道”，花样有拐子花、富贵不断头等多种样式。

古建精品

刘氏民居建筑群表明，明清时期，该地社会稳定，农业收入较丰，刘氏家族积累了相当财富，才有了大兴土木、盛极一时的砖窑建筑群，因此，刘氏民居的建筑形式就是对于当时刘氏家族经济文化发展情况的一个重要反映。

在隰县谙正、蒲县克城一带煤炭蕴藏丰富，陡坡塬上土层深厚，到处都有黄土，是烧砖的现成原料；在紫荆山一带，则有取之不尽的青石、红砂石，建造砖窑取材十分方便。砖窑的建造是先砌出窑洞的侧墙，上部以拱券的形式结顶，上覆之以土，再将后部用砖封堵，前面建造门窗。砖窑民居的特点是利用较易得到的砖、石材料，而省去难于得到的用作房柱和栋梁的大木，也是一种因地制宜的建筑形式。

刘氏砖窑民居在修建上十分讲究，不仅以砖砌建筑为主，并且砖窑修建中还有许多磨砖对缝的修筑特征。为了从建筑结构形式中凸显富贵繁荣，这些砖窑民居建筑中，还会使用制作精美的木雕或者是石雕、砖雕、彩画等。此外，在窑洞建筑的靠窗一面，还会修筑火炕，以满足居民取暖需求。

刘氏砖窑民居集中于1平方公里之内，均为坐北朝南，布局均匀，宏伟壮观，也兼有防备盗匪流寇的功能，一家大门关闭，别人很难进来。大部分砖窑有两三百年甚至四五百年的历史，经受多次地震撼动、风雨侵蚀而安然无恙，显示了传统建筑文化的魅力。几十人聚居一院，秩序井然，毫不混乱。砖窑院所保留的民俗文化，让人感受到中华传统文化的深厚久远。

刘氏砖窑民居住窑正中间的一孔是窑院中等级最高的窑。按照传统的伦理纲常，正中主窑为长辈居住，儿子居住正中主窑的左右或偏窑。窑院中很少有专门作为客厅的窑洞，正中主窑兼有客厅的功能。而有几个窑院的大户人家，则分起居窑院、会客窑院和杂物窑院。

刘氏砖窑四合院是名副其实的院，宽敞开阔，阳光充足，视野广大，文化内涵丰富，体现了中国传统的居住观念。砖窑四合院上有一片天，下有一片地，中有一家人，天地人浑然一体，气息相通，生活其中，和和睦睦，怡情悦性。中心院落也为住客们提供了互动交流的场所，如同邻里一般。

特色独秀

陡坡村刘氏砖窑民居有以下特色：

一是全部建在黄土高塬的平坦之地上。一般土窑洞为靠山窑，依崖壁斩削掏挖而成，在黄土高原很常见，但建在塬面之上的砖窑群落却很少见。

二是全部为砖窑。刘氏砖窑民居全部为砖券窑洞，没有瓦房，没有石窑，可见一是这种建筑形制适合于当地，二是当地人对这种建筑形制情有独钟，一家修建，群起效仿，遂成群落。

三是独特的排水系统。村中有两个大小泊池，全村的雨水都能经马道流入两个泊池中。泊池一是起到蓄水的作用，二是解决了旱塬上大牲畜的饮水问题。

刘氏砖窑民居是黄土高原难得一见的中国历史文化遗产群村落，是研究黄土高原家族发展史的活化石。它浓缩、保存了千百年来黄土旱塬的农耕文明的传统经典，保留了民间文化中的精神信仰、生产方式、生活方式，充分展现了当时隰州人的聪明和智慧，对于研究晋西南黄河文化具有重要意义。

（作者系山西省作协会员，现为隰县县委宣传部主任科员）

黄河大合唱

冯　莉

朋友！你到过黄河吗？你渡过黄河吗？你还记得河上的船夫拼着性命和惊涛骇浪搏战的情景吗？如果你已经忘掉的话，那么你听吧！

1938年末武汉沦陷后，诗人光未然带领抗敌演剧第三队从陕西宜川县的壶口附近东渡黄河转入吉县、永和一带抗日根据地。在黄河岸畔吕梁山的两个多月里，他与抗日游击健儿一起出生入死，感受了抗日烽火遍地燃烧；他亲眼目睹了黄河船夫与惊涛骇浪进行生死搏斗的情景，在他的眼里是船夫与险滩、急浪的搏斗，更是英勇顽强的中华民族在战胜日本帝国主义！火热的生活触发了他的创作激情。

1939年春天到达延安后，病榻之上的光未然根据两次渡河及在吕梁山行军的经历创作了长诗。作品完成后，光未然把已到延安鲁艺任职的冼星海与演剧三队的同志们请到他居住的窑洞里。

一盏昏暗的油灯旁，年轻的诗人用低沉的声音朗诵了《黄河船夫曲》《黄水谣》等8个部分的《黄河大合唱》的歌词。光未然的深情感染着窑洞里的每一个人。诵读结束时，冼星海凝神片刻，突然站起，将歌词一把抓在手上，激动地说："我有把握把它谱写好！"

冼星海当时正在谱写《生产大合唱》，他用了6天时间完成后，立即着手《黄河大合唱》的谱曲。当时，他完全进入了一种难以抑制的精神状态，长时间不休息，偶尔躺到床上抱头沉吟，很快又从床上猛然蹿起，继续谱曲。冼星海喜欢吃糖果，但延安又买不到，于是光未然颇费周折给他弄来两斤白糖。他写一会便抓一把白糖放进嘴里。夜

红军东征永和纪念馆

深人静，炭火熄灭了，但冼星海的创作热情比炭火还要炽热。6个昼夜过去，冼星海呕心沥血，终于完成了《黄河大合唱》的全部曲谱。1939年4月13日，《黄河大合唱》在陕北公学礼堂的首演获得成功。5月11日，在庆祝鲁艺成立一周年的音乐晚会上，冼星海亲自指挥100多人组成的合唱团，演唱《黄河大合唱》。

“但是，中华民族的儿女啊，谁愿意像猪羊一般任人宰割？我们抱定必胜的决心，保卫黄河！保卫华北！保卫全中国！”民族存亡的危难时刻，一曲慷慨激昂的《保卫黄河》在延安奏响。“一曲大合唱，可顶十万毛瑟枪”。《黄河大合唱》很快唱响全国，成为抗日歌曲的“主旋律”，激励着无数热血青年投身民族解放的行列，奔赴前线奋勇杀敌，奏响了中华民族救亡图存的时代最强音。

“《黄河大合唱》歌唱了我国抗日军民乘风破浪的雄姿，歌唱了中华民族伟大坚强的气概，向着中国受难的人民，向着全世界劳动的人民，发出了战斗的号角”。在一篇回忆文章中，光未然如此写道。

2019年是黄河大合唱创作80周年，4月9—13日，分别在陕西宜川壶口、山西吉县壶口、山西永和乾坤湾、延安鲁迅艺术学院旧址再次奏响《黄河大合唱》。这是光未然的儿子在寻访他父亲创作《黄河大合唱》之路。在永和乾坤湾，看着父亲光未然的亲笔手稿《黄河颂》，他说，一个能够传承《黄河大合唱》精神的民族，就是一个能够创造辉煌的民族。

习近平总书记强调："江河之所以能冲开绝壁夺隘而出，是因其积聚了千里奔涌、万壑归流的洪荒伟力。在近代以来漫长的历史进程中，中国人民经历了太多太多的磨难，付出了太多太多的牺牲，进行了太多太多的拼搏。现在，中国人民和中华民族在历史进程中积累的强大能量已经充分爆发出来了，为实现中华民族伟大复兴提供了势不可挡的磅礴力量。"

浩浩黄河水，悠悠岁月长。《黄河大合唱》传唱至今，蕴含其中的自强不息、不屈不挠、勇往直前的精神永放光芒。她见证了5000年来中华民族的苦难，也见证了中华民族的奋起，更见证了中华民族的辉煌。

《黄河大合唱》第三乐章的最后一句是"向着祖国的原野，响应我们伟大民族的胜利的凯歌！"

今天，在中国共产党的坚强领导下，中华人民共和国走过了72年的光辉岁月，伟大的中国共产党迎来100年华诞，再次唱响《黄河大合唱》，就是要汇聚我们的力量，建设我们的新时代，走向我们的光明未来。让我们在这曲民族赞歌中继续奋勇前进一往无前，继续唱响《黄河大合唱》！

（作者系红军东征永和纪念馆副馆长）

后　记

事非经过不知难，成如容易却艰辛。“讲述黄河故事、传承黄河文化”系列活动开展以来，市委、市政府高度重视、大力支持，确保了临汾黄河故事征文大赛和讲述比赛按期推进，并在全国获得大奖。延续历史文脉，坚定文化自信，经市委、市政府同意，决定编辑出版《“讲述黄河故事、传承黄河文化”优秀文集》，编审委员会成员对入选文集的100篇故事文章进行了认真审核把关、反复修改完善。

市委书记闫晨曦同志百忙之中抽出时间，专门听取编写审核汇报，通读了所有故事文章，并提出了具体的意见建议，要求一定把好政治关、史实关、文字关、质量关；市委副书记、市长李云峰同志随时关注进展情况，审读书稿内容并及时批拨专项经费支持；市委常委、秘书长郭行杰同志协调市委办公室提供了多方面帮助；市委常委、宣传部部长闫建国同志多方协调，优化工作环境和条件，对编撰工作提出具体指导意见；临汾日报社、临汾市广播电视台、山西职业技术学院、山西传媒大学等相关部门单位给予密切配合大力协助。

此文集的编修工作，得到了上级党史方志部门领导的亲切关怀和精心指导。中指办党组书记高京斋同志，亲自打电话指导文集编辑相关工作，并协调安排出版事宜；省院院长曹荣湘同志，亲自对书稿进行审核；副院长焦永萍、郭秀翔，院长助理宋元、总编审赵永强等同志，详细审核书稿并提出具体修改意见。在此，对“讲述黄河故事、传承黄河文化”系列活动提供指导、帮助以及多年来关心支持临汾党史和地方志工作的各级领导和相关部门，一并致以诚挚的感谢！

党有所需，史有所为。临汾党史方志工作者始终坚守为党立言、为国家立心、为民族立魂的神圣职责，上下合力，攻坚克难，把编撰工作的每一个环节抓实、抓细、抓精。主任屈波，总揽全局，综合协调，精心策划，从严把关，责任到人，使这项工作科学、有序、高质、高效推进；副主任靳水旺，具体分管主抓，全力推进推动；副主任刘鹏举、李慧，密切配合，积极协助倾力支持；信息资料科科长李艳洁，不畏艰难，多方联络，精心对接好每一个环节工作；全市党史方志工作者和市聘党史方志专家学者，争先恐后，踊跃参加，积极撰写文章，大家以高度的政治责任感和强烈的使命担当意识为这项工作付出了艰辛的努力。

但由于时间跨度长、涉及范围广、内容丰富多样，加之编辑水平有限，本书难免存在一些不当之处，敬请社会各界批评指正。

中共临汾市委党史研究室

临汾市地方志研究室

2022年3月